福田甲子雄全句集

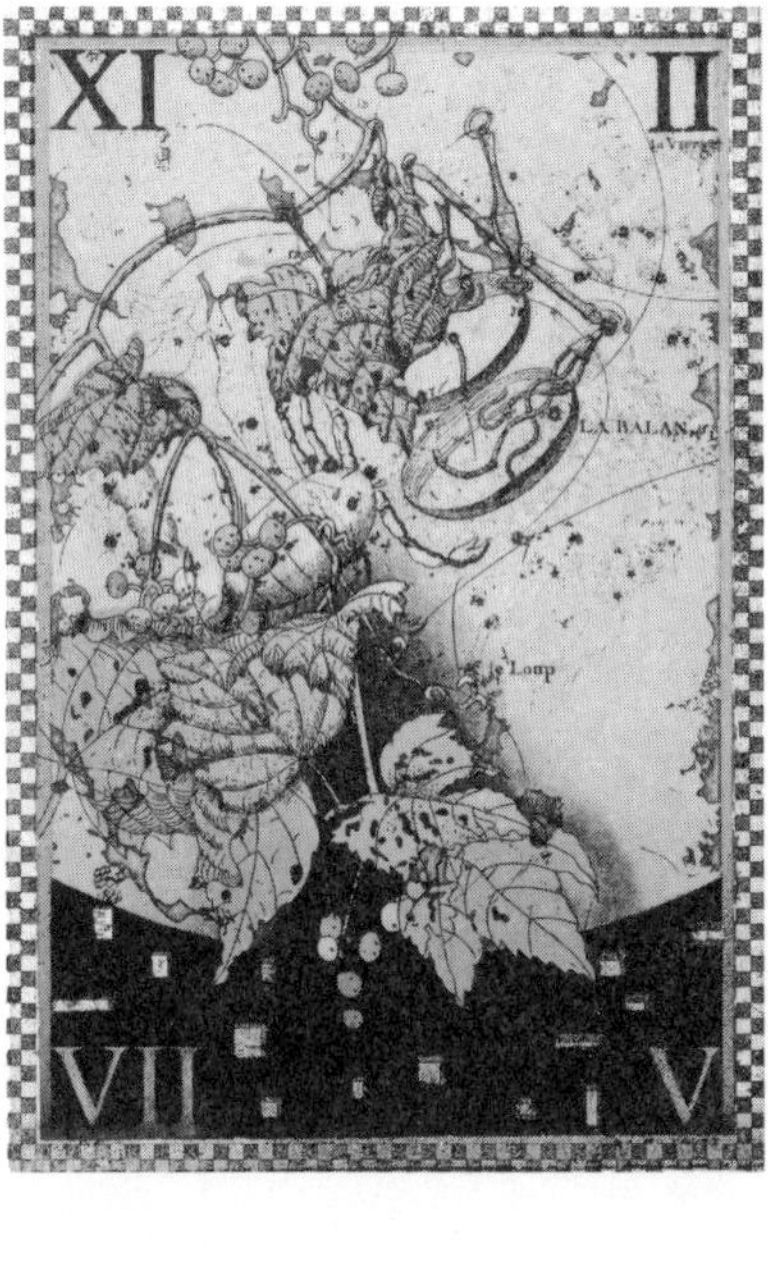

ふらんす堂

1994年4月20日松山市にて／撮影·乾燕子

生誕も死も花冷えの寝間ひとつ

甲子雄

福田甲子雄全句集*目次

第一句集　藁火
序・飯田龍太　11
夕焼　昭和三十五年以前　15
青麦　昭和三十六年〜三十七年　16
籾筵　昭和三十八年〜三十九年　18
峠の馬　昭和四十年　20
青公孫樹　昭和四十一年　22
糸車　昭和四十二年　23
晴夜の旅　昭和四十三年　25
一束の藁　昭和四十四年　27
磧畑　昭和四十五年　30
後記　35
第二句集　青蟬
昭和四十六年　39

昭和四十七年 43
昭和四十八年 46
昭和四十九年 48
あとがき 53

第三句集 白根山麓
昭和四十九年 57
昭和五十年 57
昭和五十一年 59
昭和五十二年 63
昭和五十三年 65
昭和五十四年 66
昭和五十五年 69
昭和五十六年 71
あとがき 74

第四句集　山の風
昭和五十七年　77
昭和五十八年　79
昭和五十九年　81
昭和六十年　84
昭和六十一年　87
昭和六十二年　93
あとがき　95

第五句集　盆地の灯
昭和六十二年（夏より）　99
昭和六十三年　100
平成元年　102
平成二年　105
平成三年　107

平成四年（夏まで） 111
あとがき 114

第六句集 草虱
半　纏 平成四年〜六年 117
山女どき 平成七年〜九年 121
猿の毛 平成十年〜十一年 125
破れ傘 平成十二年〜十四年 129
あとがき 135

第七句集 師の掌
蒼　鷹 平成五年〜八年 139
邂　逅 平成九年〜十一年 141
月の海 平成十二年〜十四年 147
曼珠沙華 平成十五年 150

人恩師恩　平成十六年　153
妻 の 声　平成十七年　158
あとがき　福田亮子　160

自句自解100句　163

評論
遠方の花　217
俳句をささえるもの　227
飯田龍太十句撰　238

著書解題　瀧澤和治　247
年　譜　齋藤史子　中村誠　廣瀬博　保坂敏子　259
あとがき　『福田甲子雄全句集』刊行委員会　291
初句索引　293
季語索引　322

福田甲子雄全句集

凡例

○福田甲子雄の既刊句集七冊をその初版により完全収録した。
○漢字表記は原則として初版に従ったが、
●旧字は原則として新字
●常用漢字、印刷標準字体として定めのあるものはそれに準ずるとしてある。但し、例外として、詩歌で用いられる「螢」「瀧」など幾つかの漢字と固有名詞は初版どおりとした。
○仮名遣いは原則として、ルビ・前書・脚注を含めて歴史的仮名遣いに統一した。また、作品によっては同一の語にルビの有無の差が見られる場合もあるが、初版どおりとした。
○オノマトペに類する語は仮名表記の場合、作者の意図を重んじて初版通りとした。
○無季の作品については初版のままとした。

第一句集

藁火

1971（昭和46）年6月1日印刷
1971（昭和46）年6月15日発行
発行者　飯田龍太
印刷者　株式会社サンニチ印刷
発行所　雲母社
定　価　700円

よもぎの香／飯田龍太

福田甲子雄さんは、廣瀬直人さん共々雲母の編輯を担当している。

しかもその間、甲府の月例句会には必ず出席する。東京の会にもしばしば同行する。したがって私は、月に何回となく甲子雄さんと顔を合わせることになり、これがもう何年も続いている。また、関西方面はもとより、北海道や九州へも一緒に何度も旅したことがある。

しかし、あまり身近かなひとは、親しさに狎れて、かえって判断を誤ることが間間あるものである。夫婦喧嘩・親子喧嘩・親馬鹿チャンリンからはじまって、兄弟垣に鬩《せめ》ぐだの風樹の嘆ともいう。これらはすべて身近かな親しさに狎れ、互いの節度を忘れたところに大方の原因があるようである。

ことに私のような、判断の甘い人間は、この点を厳に慎まなければなるまいと思うから、自分の判断はさて置き、甲子雄さんに対する周囲の批評には特別敏感に、そしてまたおのずから深い関心を持つことになる。

ところで話は脇道にそれるが、むかし小学校には、どこの学校にも校訓というのが額に入って飾ってあった。いまもそうだろうか。

学校によって文句はさまざまである。努力とか謙譲とか、あるいは友愛や独立自尊など。私の村の小学校は、すこし慾張って三つ。規律・勤勉・誠実が校訓であった。校歌のなかに引用されて何百遍も唱わされたので、中身の理解はともかく、文句だけは否応なくおぼえてしまった。

甲子雄さんの出身校には一体どんな校訓があったのだろうか。知人や友人のひそかな評判にきき耳をたてていると、甲子雄さんの学校には余程たくさんの校訓があり、しかもそれを拳々に服膺し、いつか全部身につけてしまったのではないかと、そんな気分になることがある。

ただし、こういう噂話は、そこに当人があらわれた途端に消滅する。話題としてそのまま決して発展することはない。つまり、話題が自分にとってたいへん結構な方向にあると見てとると、甲子雄さんは、巧みに話の方向を変える。この技術がまた実に見事で、そこで一座の雰囲気はぐんと盛り上がる。ことにその場が、俳句会のあとの置酒歓談の場であるなら、そのために友愛の密度を一段と加えるのが常である。

けれども、例外がひとつだけある。

たまたまその時の話題が、後進育成に及んだ場合は、甲子雄さんは途端に日頃の謙譲を振り捨て、あたかも自信のかたまりのようになる。断じてあとへ退かない。胸を張って足下身辺の新鋭の数を誇り、かつ、その未来を仰望して必ずこうつけ加える。

「俺はまあ、たしかにたいしたことはない。しかし俺のところには、凄く優秀なのが一杯居るんだ。いくらでも出てくるんだ。」

ここで一座はたちまちシュンとなる。誰ひとり反論する者がない。

たしかに氏の身辺からは湧き出るような勢いで新人が現われてくる。もっともそのなかには、羽蟻のように鮮やかに湧き、たちまち大空に消えて行方の見えなくなった俊秀も若干ないことはないが、大方のところは間違いない事実で、これには余程の毒舌家でも半畳を入れる余地がない。

ところで問題はこの発言の前の部分である。酒の席では、いままでのところ、友人の誰もが一応聞き流すことにしてきた。それに異議を申したてでみても、何等効果がないことが分かっているからである。

しかし、こんどこの『藁火』一巻が発刊されるということになると、事情ががらっとかわる。いかに韜晦の術をこころ得た甲子雄さんといえどもこれからは、そうそう巧みに話題を転換出来るものではないだろう。レッキとした証拠が眼の前にあるのだ。はたしてその言う通り、俳人としてたいしたものであるかないか。知人友人は『藁火』によってその確たる証拠をにぎるだろう。有無を言わせぬ証拠をにぎった上で、徹底的に甲子雄論を展開するに違いない。その時、甲子雄さんがどんな顔つきをするか。それを思い浮べると、私はなんとも愉しくてしかたがない。私だけではない。おそらく氏の周辺のたくさんの知友は、すべて私と同じ思いではないかと想像する。

前にも書いたように、私は甲子雄さんと一緒に、随分あちらこちらへ旅したが、この句集を読むと、その折の句がたくさんあるようである。北海道の作もそうである。九州の旅吟もそれだ。

しかしこれらの句は、旅先で私と別れ、ひとりになった折の作が多い。つまり、甲子雄さんは、同行者があると、同行者の身辺にあれこれとこころ遣いし、すこしでも相手の旅をたのしくしてやろうと考えるから、自分の大事な句ごころの方は苦もなく犠牲にする。それがひとりになった途端、湧然と詩情にかかわる。集中「オホーツク海」の作などがその端的な例。

むろんこの句集には、そんなわずらわしい同行者を持たぬ旅吟もたくさんある。例えば昭和四十二年の「北陸の旅」。この一連は、雲母誌上に特別作品として三〇句掲げたなかのものであるが、甲子雄さんの旅の性格を如実に示し、同時にこの人の俳句の特徴を正確に物語っている。

甲子雄さんはたしかに旅が好きなようだ。しかも旅するたびに秀句を得る。しかしその作品は、単なるゆきずりの旅人のこころで対象を見ない。風景が美しければうつくしいなりに、またきびしければ、きびしいなりに、仮に自分がそこに生まれ、そこに育ったらどのような思いを抱くだろうかと考える。旅の好奇が風土の愛憎にかかわるまで待つ。作品の厚みは多くそこに原因するのではないか。このことは生まれ故郷の山国を対象にしたとき、一段と痛切に、そして鮮やかにその特色を発揮する。

いつかの早春、カメラの名取晃さんと三人、私の家の裏山の棚田道を散歩したことがある。谷向うの雑木林の梢で頬白が囀り、まだ白雪を深々といただく南アルプスの麓のあたりに、甲子雄さんの故郷の家々が光って遠望された。

棚田の日溜りに萌えはじめた蓬を見つけると、甲子雄さんはポケットから茶封筒を出してたんねんに摘んで入れはじめた。まだ小さな若芽であったからひとにぎり摘み溜めるにも随分時間がかかる。晃さんも私も仕方なく摘むのを手伝った。

二・三本摘むとよもぎの香が指に沁みた。甲子雄さんは一寸照れくさそうな顔をしながら、

「帰って家内に草餅をつくらせます。僕の郷里では餡《あん》は塩味だけで砂糖は入れない、昔からずっとそうです。草餅はこれが一番です。」と言った。

そういえば甲子雄さんの句には、どこか早春の蓬のにおいがする。それも塩餡を入れた草餅の、キッパリとした素朴な風味である。


甲子雄さんを評して、かつて大器晩成型と評した俳家があった。私は甲子雄さんに会うといつも「男子三日会わざれば刮目して待つべし」という文句を思い浮べる。離れて近い内容だろうか。

ただし、氏の出身校に、はたしてどんな校訓があったか、いまもって確かめたわけではない。

夕焼　昭和三十五年以前

藁塚《にほ》裏の陽中夢みる次男たち
繭を煮る臭ひの中に芥子赤し
土くさき霧のながるる真葛原
遮断機の夕空ふかく秋燕
母の忌の蟹みつつ汲む泉かな
東京の木枯にたち方位なし
除夜の鐘果てたるあとの高嶺星
石を積む荷馬車たちまち雪の中
大旱の百姓に楯なにもなし
鶏頭の暮色をはなす吾子の声

颱風の灯が煌々と牛うまる
牛の眼が人を疑ふ露の中
人の死が重なる霜へ釣瓶の音
冬晴の呟きをきく橋の上
春昼や子が笛鳴らす遺族席
樺の花こぼるる風の丸木橋
潮騒や爪のびるごと日脚伸ぶ
古墳観る同じ眼もちて蝶をみる
新緑に眼をやすめゆく囚徒たち
夕焼の橋女きて紙飛ばす
新緑の激流に立ち名を呼ばる

夕焼中子がかたまりて石数ふ
夏雲や電線多く苛立たし
放課後の砂の乱れに夏の空
蟬の死にもつとも水の虔しく
夏雲のうしろ気になる女の前
藻の花の涼しさ揺るる授乳刻
水枕つる一陣の稲の風
雨冷えの突堤に鳴く犬殺せ
ひややかに捨髪ひかる藪の中
冬日向雛のごとくに紙漉女
遅刻児に日が重くなる葛の花

風つのる刈田の農婦うつむくな
歳晩の靴音星に護られて
寒明けの空部屋の隅鼠くさし

青麦　昭和三十六年〜三十七年

藁塚凍る夕日に吹かれ幟立つ
書道塾出る子入る子に玉霰
仕事する腕見られゐる冬日向
火の見櫓高し安堵の冬部落
涸れ川の火に少女きて鶴となる
雪山の星の吐息が水にあり
少年の声が旭にのる枯林

乳牛に似て尻親し冬耕婦
鶏買が影忘れゆく蟬時雨
蛙鳴く小さな駅の娑婆めく灯
日盛りや首から下が消えてゆく
老婆ゐて墓場のごとき月の土間
影寄せあひ遺されし者夏野ゆく
炭火吹く秋風を負ひ一家負ひ

瑞牆山麓天使園にて

鐘が父母きき入る霜の天使たち
炎天の牛が店舗を覗き行く

入倉朱王氏尊父の火葬　二句

火をつける顔がのり出す秋灯
隠亡の白髪秋の闇と親し

つきまとふ不安青麦さむくゆれ
老婆来る青葉の月を淋しくし
繭を煮る老婆に青嶺より微風
あるだけの明るさを負ひ麦運び
緑のなか雨具もたざる神父行く
靴音が正確に灼け神父来る
神棚の習字に盆の夕日さす
灼ける町より峠へふかき轍あり
夏野きて生前のごと甕暗し
声たまる道より低き西日の家
褐色の麦褐色の赤子の声

青葉の旭執念水と流れ去る
思ひ出せぬことおもひゐる梅雨の夜
炎天の家と古びて柿の幹
山腹に露けき灯あり髪匂ふ
竹林をぬけ稔田の温かし
没日いますがるもの欲し冬の橋
木枯の川におよべる華燭の灯

籾莚　昭和三十八年〜三十九年

枯桑の上の枯山あたたかし
墓掘の鶴《つる》嘴《はし》反つて雪解光
さくら咲く闇檻となり人いるる
肢肉つり再び白き春の暮
さくら咲く妻子連れても行処なし
磨かれし馬匂ふなり夏木立
個々に岩得て裸子の匂ひけり
夕焼の桐の根におく松葉杖
向秋の風波にのる笹の舟
水絶えし蟹に白帆のごとき雲
家占むる夏蚕の眠り夜の富士
送火を吹く秋風をみてゐたり
貨車の馬嘶く暁のいわし雲
柚子匂ふ夜の雪山見ゆるなり

行く年の追へばひろがる家郷の灯

冬日いま紙に賢し嶺にやさし

進学の話冬野の変圧器

釘をうつ音穴となる大晦日

設計図抱き雪晴の木戸くぐる

銃声の中にまどろむ籾莚

大根の俄かに日射し積まれゆく

喝采は堂内のこと桑枯るる

崖をおつ想ひの中に枯木照る

雪の夜の藁火ともゆる漁婦の髪

鳥よりも早く目覚めて雪の杣

葬具はこぶ月下の橋に離れぬ冬

残雪の樹海女の香をうばふ

起きてすぐ眠き五月の草あかり

猫黒く八月の屋根静かなり

田植すむ青年やるせなき晴夜

横浜山下公園

暑きベンチ船の彼方は死後の色

巨船きて木蔭の少女明るくす

田植女の誰も火がまつ家路あり

掌中の砂の涼しさほととぎす

東京荻窪ぐらし

棗《なつめ》熟る少女に道をきく日暮

故郷は稲の刈りごろ雲とべり

壜ひびかせ霧へ翔びゆく配達夫
深秋の月を知らざる高層街
蜂のごと渉る冬日の交叉点

東京ぐらし三ヶ月終る

短日の麻紐白き帰郷の荷
手さぐりに水甕さがす霜夜かな

峠の馬　昭和四十年

枯桑に風暗澹と甕ひとつ
馬嘶いて寒林を明るくす
寒風の崖みづいろに入日の塔
藪をゆくともしびの紘余寒かな
樫の木の小鳥啼かねば寒き墓地
残雪の山揺り籠となり寝おつ
きさらぎの糸吐くごとく病み給ふ
春ちかき馬に夕陽の砂嵐
春雪の樹の下をゆくしづかな馬
蒔き終る顔寄せあひて日暮なか
種おろし遠嶺しぐれのうつるころ
蜂飼の家族をいだく花粉の陽
暮るる地に摘みとる桃の花あふれ
桃ひらく遠嶺の雪をひからせて
灯もして寝おつ喪の家こぶし咲く
磔《たく》像《ざう》は潮風に錆び雪解富士

夏蜜柑つぎつぎ黴びて光る空
北嶽の青葉にしめり峠の馬
刈りのこる麦は孤島に似てさびし
いくたびか馬の目覚むる夏野かな
石臼の穴いぶかしむ梅雨の鶏
梅雨の蚕臭をよろよろと煮つめる火
炎天の海をめざして神父の歩
ふるさとはおぼろにしげり川しろし
炎天の暗き谿間の家に入る
竹山の雨燦々とかたつむり
炎昼のくらき谿から斧ひびく

水面に聖母がまざと汗の妻
盆ちかき妻の裁ち屑火のやうに
少年に怒濤のごとき初夏の山
陽が強きみどりの山に岩動かす
雲たかし蟬満開の故郷の杉
隣席の人わすれゐて涼しき夜
灯は個々の思ひをいそぐ秋の風
唐黍に月のさしゐる峠口
岩におく間引菜にある夕日射
満月の屋根に子の歯を祀りけり
雪ちかづく田に安息の水みちて

冬せまる月の縦山ばかりなり

龍太先生御母堂葬儀

弔旗いま出てゆく露のふかき谿

青公孫樹　昭和四十一年

元旦の街を出てゆく貨車の馬
こがらしや川砂をつむ男たち
雀より眼ざとき雪の茜山
霜の窓ふけば月夜の嶽せまる
泣き声のつぎつぎ雪の種痘室
風邪の子と夜更颪《おろし》をきき澄ます
教会がきちきちひらく雪嶺の前
去る人の荷を見つめゐる寒き道

梅雨に入る橋の上なる夜学生
家々の日暮をまとひつばくらめ

伊豆下田

白壁は女なく場所卯波みえ
畳屋のあまたの刃物ひかる夏
硝子戸に浴衣うつりて祭くる
髪のびるごと夕焼の青公孫樹
刃物ならべて晩夏なる店小さき
米はかる音のかそけき茂りかな
夜の山のあをさ動かず兜虫
あちこちにいつか灯がつく貝割菜

龍岡村本照寺　三句

蟬逃げる羽音かがやく夕陽の寺

夏の露ぬれ髪いろに寺の屋根
ほのぐらき寺の茂りに女くる
竹伐つて墓山に月浮びけり
秋晴の盆地のビルを人翔びたつ
木枯の青年高き山をめざし
下山本国寺
茶をはこぶ少女に露の草ひかる
なだらかな冬日の丘は母の頸
小春日の鳥に慕はれゐる農婦
歳晩のいつまでも立つ家具屋の前
糸車　昭和四十二年
極寒の出口をさがす雑木山

石門を入る人々に冬の輝り
雪の夜のまざと土間ゆく母の影
氷柱よりつめたき森のマリア像
蒲田陵塢氏の死を思ふ
戸が開いて陵塢がくる雪の夜
師の部落見ゆる日向のゆるみけり
枯桑の陽につながれて糸車
ことごとく街に灯がつく榛の花
雪解けの山の悦《よろこ》ぶ夕日射
枯枝の風音さとき一夜の旅
鳥が去り夕日が去りて椿山
春さむき日かげ日向を結ぶ橋

石棺の暗さをこめて竹落葉
キリストの蒼さただよふ梨の花
洗濯のかわく音する楠の家
満開の蔓バラくぐりさびしさます
馬帰り青葉なまめきつつ暮るる
七月の囀りちかきほどけがれ
夕凪ぎて子の熱たかみはじめけり
熱のわが子に金雀枝《えにしだ》の揺れとほす
対岸の迎火に芦はなやげる
救ひなき茄子に水かけ旅に出る

北陸の旅　十五句

起き臥して離れぬ青田ばかりなり

海の隅より西日さす北庄《きたのしやう》
早稲の香に沈みゆく陽の泥まみれ
炎天の船ゐぬ港通りけり
馬冷すただただ加賀の入日かな
日盛りや流木いろの港まち
越前の夕焼芭蕉も曾良もなし
夕凪ぎて荒布いろなる家の中
野ざらしに見ゆ炎天の蟹港
森あれば墓あり加賀の西日落つ
出穂ひかる加賀路の果の昼さびし
旅つづく花藻にのぞく妻子かな

暑き夜の泥の匂ひの月に臥す
若狭こゆ青田の夕日にはげまされ
旅の塵はらふ極暑の家の前
蛇笏くる盆の裏山草刈られ
川底に盆供の桃のとどまれり
ふところの鍵の鈴なる夜の秋
盆すぎて山のおちつく夕日かな
黙禱の終るむらさき色の夏
船去りてしらじらのこる秋のビル
火をのこす刈田離れて細き川
秋の風繭のごとくに山ひかる

九州の旅　四句

霧の夜の荒濤こふる蘇鉄の実
濤たかし龍舌蘭の枯るるとき
禱るにはあらず冬日のクルス像
柿うれて白壁何もかもこばむ
年つまる刺繡の糸に夕日さし

晴夜の旅　昭和四十三年

年明くる川辺に箸を洗ふ音
碧空へ吊る小鳥籠風邪流行る
鮭つられきらきら年のつまる町
人ごゑの乾く畝々温みあふ
杜氏帰る山端に桑のかがやく日

木瓜の花風吹くたびに山乾く
おのづから揺れて明けゆく春の藪
山中をすぎ菜の夕陽みてゐたり
苗代に雪解をいそぐ白根嶽
鉄橋をかへる早乙女星をふやし
暗がりを知りつくしゐる沢の蟹
田の涯が灯もりてとぶ兜虫

北海道の旅　六句

夕映えのオホーツクを背に魚箱うつ
影ふかむ北限の田の観世音
雛をのせ狩勝をゆく青葉の汽車
蟹ゆでる火をあかあかと精霊舟
螢火のごと湖にきゆアイヌの灯

網走

短夜の鱒はこぶ馬車鈴ならし

木曾御嶽の旅　二句

祭くる木曾の晴夜の白芙蓉
声あげて嶽離れゆく晩夏の川
茄子馬が息して並ぶ月明り
引潮の砂とかがやく秋の風
木犀の匂ひ日影にかくれゐし
盆の灯をよろこびめぐる蟬ひとつ
秋の曇天何よりも妻さびし
実にならぬ花鮮やかに背後の闇
孤児のごと陽を恋ひて鳴く秋の雛

水際の落葉をてらす受験の灯
夕暮の外ばかりみて花木槿
秋の日は忘れ形見のごと光る
雲ひくく越後につづく霜の道
末の子と送火をたく雨の中
盆が去る激しき雨の屋根ばかり

八丈島の旅　三句

老人の働く刈田しぶきに濡れ
夕焼のどこに立ちても荒き海
潮じめりして夕焼けの常緑樹
冬茜くらき染場の糸ひかる
霜の夜鋏に音のあるかぎり

一束の藁　昭和四十四年

北嶽に項《うなじ》みられて枯野ゆく
頭《づ》の上に白羽毛舞ひゐて寒し
冬の日の小走りに持つオーム籠
凩の涯にあかるき真夜の塔
雪嶺より来る風に耐へ枇杷の花
花枇杷は人の気配におびえけり
家々に寒暮を頒ちゐる老樹
寒風の土へ掘り出す紅かぶら
縄《じよう》文《もん》の唄のきこゆる冬泉
枯野ゆく葬りの使者は二人連れ

冬耕のをんな男のためにのみ
忘れたる焚火見にでる闇の中
さむざむと畳におかれ洋鬘《かつら》
別々に山を見てゐる冬座敷
亡きひとの名を呼び捨てに冬河原
空碧し水仙の芽が藁をおす
寒き山から働く匂ひもち帰る
妻が病む家うち凍る夜をかさね
冬の夜の子にきかるるは文字のみ
山よりも水にすばやく寒波くる
吹雪く夜の一束の藁持ちにでる

身のうちに山を澄ませて枯野ゆく
極寒のいづこの山も日影もつ
川ひとつ越え故郷の冬に入る
冬ながき山をみてゐる聾学校
雪原は水を導き鷹とべり
大寒の牛に物音なかりけり
岬の雨ふればふるほど椿もゆ
砂山を吹き減らしゐる彼岸西風《にし》
ことに花かげは公園の清掃婦
生誕も死も花冷えの寝間ひとつ
桃は釈迦李はイエス花盛り

北風のまだ力ある花しどみ
囀りのたちまち風となる梢
池替への声燦々と嶺に流れ
種籾をおとす明るき嶺の下
皿洗ふ燕しきりに日暮をよび
草木より目覚めの早き茄子の花
むんむんと荒地耕す男の餉
去る人も来るも青葉の暗さおひ
みどり濃き山へ川音還るなり
伐りごろの杉そそり立つ夏の空
青草がサイロに満ちて祭くる

釧路

旅人に七月さむき風吹けり

小樽　三句

地に草に鰊しみつく夏の闇
うつむくほかなき炎暑の鰊小屋
断崖のいたどりぬらす炎暑の濤
ひよどりの眼《まなこ》かがやきはじめけり
火の中の鍋づるを見て秋の風
秋風が口をとざして通りけり
月明の嬰児とびこす轡《くつわ》虫
鎮魂の鳩爽やかな風をのこし
二階の子よぶ晩涼の夕餉どき
草々に声かけて過ぐ秋の風

奈良全国俳句大会

未知の顔知己の顔みな秋日和

小春日の痩せしとおもふ父の顔

古ぶ忌は煙のごとくまた除夜も

歳晩の水を欲しがる盆地の灯

嶽ねむらんと澄む水にうかびけり

磧畑　昭和四十五年

海峡の障子をこえて来る寒さ

ダンプ枯野に水をこぼして遠ざかる

木枯は受験地獄の灯を囃す

雪嶺より高き祭の幟旗

木枯は死の順番を告げて去る

夕ぐれの枯野六腑につきまとふ

杉青く日向にむかふ霜の巫子《みこ》

どの家も落葉いよいよ奥嶺かな

吹雪く嶺夕陽火の色地獄の色

冬晴の地底に知らぬ顔ばかり

腕のべては看護婦の枯野越え

陽をあびて産後のごとき刈田跡

元日の日向の手足小虫とぶ

山上の夕陽枯草のみ愛す

年の瀬のときにかすめる菩提心

山々を眠りにつかせ谷の川

朝の霜谷へ町から教師来る
ひとり消えまた一人来る紙漉女
襟首に日暮の雪嶺離れざる
なにに触れても音たてて寒の谷
枯れはてて隣部落の墓見ゆる
人それぞれに山中の寒気に溶け
八方の嶺吹雪きをり成人祭
潮鳴りや鉄砲虫の穴さむし
墓の文字幾たび消しに来る霙
雪はまづ田の畝をうめ墓につもり
香川より徳島を経て淡路島へ　五句
冬ざるる船は陽のある港をさし
南風わたる四国三郎細目して
睦月去る霙の藁をつむ舟も
海に入らんと寒き波たち吉野川
水仙のくまなく陽ざす淡路に入る
象の骸を遠まきに雪解山
受験日のせつせつ嶽の裏表
霜防ぐ火が懸命に旭を呼べり
春の風吹く千本の葡萄杭
松まだ寒く白蟻の穴を見る

山廬後山

火を育てんと枯枝を折る兜太
春さむし赤土ためて文士の靴

松山の風鏡餅割りに来る

風荒ぶ彼岸太郎の濤もまた

春暁の家に残る子離れる子

長男を次男が送る花吹雪

安《あ》達《だ》太《た》郎《ら》の山麓から花便り

陽に呼ばれ月に阻まれ花林檎

麦秋の動かぬ塔を見詰めをり

梢夜明けて早乙女が動き出す

てのひらの蚕おとさず青田こゆ

早乙女が着替へる納屋の月明り

魚煮て早乙女を待つ高嶺星

廣瀬直人氏尊父の通夜

白芥子の花に声かけ通夜の人

牧草のかがやく中の雲雀籠

明易き梢動かす能登の濤

たかぶりが鎮まる月の植田かな

浴衣着て爪に幼さ残しをり

花終へし壺の卯つ木が葉をのばす

笛合はす祭の若き男たち

夏雲やビル壊しゐる鉄の玉

強きものに磧畑の花南瓜

島崎藤村の生地馬籠を訪ふ　八句

暗き家に暗く人ゐる旱かな

老婆にも涼しさ賜ふ峠空

地蜂炒《い》る四方木屋に朝はじまれり
炎天に眠りをふかめ木曾檜
木曾晩夏子が育ち樹が育ちゐる
気短かき木曾山中の走り雨
檜山杉山涼しさに従へり
藤村の村の芒の女郎蜘蛛
葡萄の彩《いろ》をはこび来る法師蟬
揚羽流れて白桃の果が張れり
わが晩年の充実は百日紅
山羊がすり寄る夏潮の輝く丘
田からあがりて秋に入る空の下

幼な子流れ稗《ひえ》流れ西日の川
川しぶきつつ杉の木も秋に入る
沼わたる蛇夕焼けを消しながら
初秋の地におろされし鬼瓦
硝子磨く床屋の奥を土用波
山風のしなやかに吹く竹煮草
終校の鐘穂孕みの田を越えて
舗装路に水溢れゐる月夜の田
山の墓地鳥に追はるる蟬のあり
九月来る杉を見上げて牛啼けり
蟬はげし夕餉仕度の女充ち

長良川畔　三句

残暑いよいよ黙りつづける屋形舟

夕焼の砂になまめく錨綱

夕焼の暮れて出を待つ踊舟

長谷川双魚氏宅

崖に稲荷ありて涼しさ光る家

太陽は雉子の眼霧の雑木山

燕帰る葡萄いろなる空をのこし

拓きたるところ月さす鰯雲

檀《まゆみ》の実割れて山脈ひかり出す

伊豆今井浜にて　二句

海もまた一夜を経たる青蜜柑

穂芒や沖の大島不意に見ゆ

黄落の公園に機関車おかれ

芋茎《ずいき》干す陽の山脈へ群れとぶ鳥

田螺とるどの顔もみな日が沈む

廃軌道帰る穂草に闇をふかめ

大豆煮る灯や山腹も露の中

獣らをあたために来る秋の風

邂逅は藁火にも似て冬日向

後記

敗戦により満州から故郷にたどりついたのは、昭和二十一年初秋であった。三年ぶりに見る四方の山々のみどりが、青空に澄んで輝いていた感激を今も懐しく思い浮べる。

その年十月、勤務先の関係で飯野燦雨氏とめぐりあったのが、俳句を作るそもそもの契機となった。

私の町は、南アルプス白根三山の入口に当る山麓の扇状地にあり、大井雅人氏の出生地である甲州竜岡村は川一つ越えた小高い丘の緑濃いところにある。氏はかつて、私の町を次のように書いた。

「白根町は、河川のはんらんで作られた扇状地として有名であり、米作には適さない、盆地の砂漠地帯ともいえる所です。私の住んでいた北巨摩の者は、その地方を〈原方《はらがた》〉と呼び、そこから嫁さんをもらうと、世帯持ちがいいといわれていました。」

私の家の前を走っている国道五十二号線の道路を越して畑に出ると、太陽の出てくる東南の山間に境川村が遥かに見え、境川村の山襞を四つほど東に寄ったところに、廣瀬直人氏の一宮町を望むことができる。白根町が甲府盆地の西の山裾で、龍太先生や直人氏の住むところは、甲府盆地東南の山裾で、豊穣の土地に恵まれたおだやかな斜面である。山形も、土地も、そして人間も、東の山裾地方がおだやかでどことなくおっとりしているのに、私の住む西郡《ごおり》地方は粗野で荒々しい。

山口冬男氏が「雲母」に、そのことを次のように書いている。

「白根町は、聞けば一癖も二癖もある甲州のなかでも、一番甲州らしいところという。陽性で、シンが強く、いささか頑固で、人情に美しい翳がある。ちょっと、スタンダールを生んだ、雪国グルノーブルみたいな山あいではなかろうか」。

ともあれ、月夜でも灼けるという常習旱魃地で、平安時代初期に河川の大はんらんがあり、この地方の住民の生活困窮を救うために、時の甲斐国司が瘠地でも栽培可能な柿や葱苗など七種類の行商を教え許可を与えたことが、甲州商人の発祥であるという。

それが私の生まれ故郷であり、やがて骨を埋める地でもある。

この句集は、昭和三十五年以後の作品を中心に収録したが、それは、この年から『雲母』誌上に飯田龍太先生選の作品欄が開設され、その欄に賭けた情熱を私の俳句の起点と考えたからである。収録作品すべて龍太先生の選を経たものであり、菲才の句業のひと節として、己れの作品を振返って、今後の方向を見定めようと決意して句集『藁火』を刊行することにした。

つたない本句集のために、飯田龍太先生から心温まる序文をいただき、表紙絵を野村清六画伯のお手をわずらわし、また多くの先輩友人の励しに心から感謝を申し上げて後記としたい。

昭和四十六年五月

福田甲子雄

第二句集

青蟬

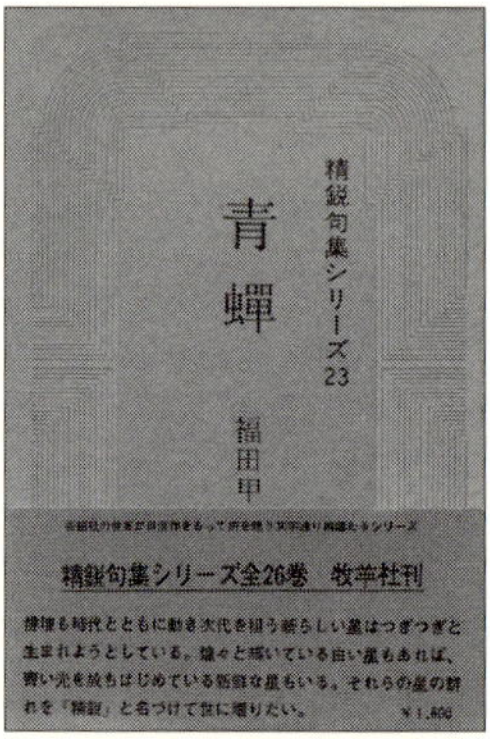

精鋭句集シリーズ23
1974（昭和49）年11月15日発行
発行人　川島壽美子
印　刷　三和印刷
製　本　松栄堂
発行所　牧羊社
定　価　1600円

昭和四十六年

拭く鍬のぬくもりのこる枯穂草
眠る田に三日つづきの嶽颪
鱈さげて夜間工事のなか通る
臼売が木の香はらひてゐる寒さ
空井戸へ十一月の夜の霙
子の背広買ふ歳晩のまばゆき中
病者から見送られゐる冬日向
米にぎり善男善女雪の森へ
藁灰の底のぞきみる雪催ひ
むつびあふ刻の谷間の草凍る

ふるさとの土に溶けゆく花曇
八方に陽をひろげゐる苗木売
鳴く雛に畦焼く炎見えはじむ
酢の香たて谿の戸毎の春まつり
あかつきの山燦々とよもぎの香
春昼の樹を挽く親子光りをり
北嶽のかすみのなかへ落行く日
燃ゆる火へ世阿弥来さうな花ざかり
おぼろなる一夜を契る滝こだま
針仕舞ふ女のうしろあやめ咲く
百合ひらき甲斐駒ヶ嶽日をさます

坂のぼる田植女鮎のごとくなり
花萱草青野の青をさそひだす
梅雨の崖修羅のごとくに木の根垂れ
木を眠らせて七夕の空晴るる
緑蔭の風朝刊に蟻おとす
盆燈籠風立てば人うつろへり
桃ひからせて遠ざかる盆の雨
青嶺こす鉄塔墓の上に光り
西日さす谿枯竹の槍襖
雛つれて孔雀のあゆむ木下闇
絆とは入日にしぼむ棉の花

植田よりこぼるる水の嗚咽かな
蚕捨つ雨の河原に咎はなし
虻はらふ眼前の嶺土用明け
青蟬がきて山百合の盛り過ぐ
木屑山より青天へかぶと虫
鳴きながら月の青田をこえる蟬
あふれ出る田の水吸ひて花南瓜
拝みたくなる晩涼の嶽ばかり
炎天の葉蘭は葉先より枯るる
墓にゆく切子の房が草に濡れ
乳せめる子と青蟬の鳴く声と

新涼や闇夜にひかる濤しぶき

夜鷹きて男ばかりの家灯る

盆の灯にうかぶ山脈母の香も

新涼の月わたりくる浄土の舟

竹山を越えて踊の唄きこゆ

鈴蟲を飼ふ老人に月夜の山

果樹園に九月近づく鍬の音

火祭の火の崩れゆく青田原

火祭の火粉露よび母を呼び

火祭の焔にうかぶ杉木立

青空をほしがる岸の花すすき

警報がひびく夜明けの葛の谷

桃の葉も蟬もおとろへ鯉そだつ

佐渡ヶ島　十句

人形が衒へて落す花すすき

鐔を打つ野鍛冶が冬へ耳澄ます

露散るや日を見ぬ谷の流人墓地

藁にさす人形の首秋ふかし

宿の傘たたむ月夜となる踊

稲架を組む男のおけさ夕日を呼び

いつの世も流離は暗し温め酒

石を売る娘と雲仰ぐ秋の凪

秋霖や笠きせて発つ島の馬

何も見えざる海原へ秋の風
竹を伐る音真青に雨のなか
月明の露に下向くものばかり
秋晴の嶺が彼方の嶽を呼ぶ
芒白みて川魚に脂のる
秋雪の日あたる卵暈らるる
枯野行く釦の多き少女の服
夕爾の詩つぶやく藁の玉あられ
稲刈られにはかに土の色親し
山国のわづかにひらく霜の薔薇
山茶花は日影ばかりに花散らす

店ごとに時計がちがふ雪の夜
耐へ忍ぶことのなかりし蜜柑山
冬の陽は海より畑ひからせて
風荒ぶ青松毬を枯らさんと
初冬の浄土びかりす熊野灘
波の碧さに育ちゐる冬野菜
冬うらら師の言葉また聞きもらす
斧のこだまも落石も極寒裡
髪かたち変へて落葉を明るくす
馬を拭きはづむ少女の息白し
嶽暮るる人に逢はねば寒さ増す

真二つに白菜を割る夕日の中
冬うらら雀がたてる土埃
葛枯れていよいよ光る山の空
田を越えて本を送りに行く霜夜
子に学資わたす雪嶺の見える駅
松の種買ふ安達太郎の雪の中
歳晩の空温室に藁積まれ

昭和四十七年

元日が河原すすきの中に消ゆ
助産婦とあふ元日の霧の中
帰りゆく吹雪の信夫山めざし
粉雪舞ふ成人の日の記念樹へ
雪もやのなかの電線四方に消え
洋蘭のひかり真冬の楽器店
風に消えゆく雪原の鎖あと
織りあがる甲斐絹のひかり冬川原
夜通しの雨が雪消す西行忌
鬢止の玉虫いろにぼたん雪
きさらぎの三たび雪積む寺の屋根
榾山の焚火を覗く尾長鳥
花吹雪兄に見習ふ髪かたち
ひこばえや何処からとなく小蟲群れ

梅壺に塩のふきだす暮春かな
墓山へ萌えて近づく雑木山
春の雨ときに激しく農婦うつ
雪の降る山を見てゐる桃の花
どの道を行きても墓へ芝桜
春さむし米こぼれゐる菩薩の前
鳥巣立つ葡萄酒の透く日の中へ
また一人子が家を出る春の冷え
早乙女と別れて急ぐ杉の坂
夕陽すりよる谷底の今年竹
酸き花の香の漂へる草刈女

早苗たばねる一本の藁つよし
植ゑ残る田に落日の嶽うつる
田中鬼骨氏庭園
みどりがくれに桔梗の花そよぐ
水番に鮠ひるがへりては光る
晴天の樹の雫おつ青蜥蜴
固まりて人まつ雨の早苗束
杉叢を鐘つきぬける原爆忌
青蟬の鳴きて急かるることばかり
驟雨来て土の匂ひを起しゆく
声あげて己はげます晩夏の川
曇天の激しき蟬に喪の予感

岩蔭に瘦せてまたたく彼岸花

秋ふかむ墓地の隅々まで見えて

稲刈りの日取がきまる峡の村

藪焼きて墓をひろげる秋の暮

石川青幽氏の急逝を悼む

虫ひとつ先だつ闇をふかめけり

穂芒の中にたちまち遺族消ゆ

嶽おろし森の正体見えはじむ

谷寒し動かぬ牛の眼にも

大工左官に竹屋くる秋の暮

熊除の鈴のかがやく通草山

枯れはてて力出しあふ葡萄杭

呼ぶ声も呼ばるるこゑも落葉の中

冬の濤目つむり耐へる家ばかり

足の裏手のひら荒れて師走空

殉死戦死情死それぞれ霜白し

夜となりて雪となりたる八ッ手の葉

極月の米こぼす音かぶりをり

川底を陽の照らしゐる虎落笛

霜枯の罠に吊られし鶏の首

年暮るる振り向きざまに駒ヶ嶽

冬あかね杣の家族が汽車を待つ

冬晴の襤褸がくれに野の社

凧もつて凧くる空に瞳を澄ます
紐引いて亀まぎれなき年の暮
どの大学にも真暗な除夜が来る
羽つつきあふ錦鶏や年暮るる
山道や不義理つづきの十二月

昭和四十八年

絮とばし終へし芒に火を放つ
子の帰り待ちわぶ谿の藪柑子
殉死のごと霜の曠野の牛の目は
霜ふかし鳥が目つぶり脚かくす

広島平和公園

原爆の子の像と見る冬の虹

寒明ける播州平野の根なし虹

松山　二句

二月まだ夜明けの遅き伊予蜜柑
砥部焼の面のひかりも春のいろ
注連縄のたるむ二月の道祖神
道普請春の粉雪は谷越えず
舌かみ切らんばかり余寒の山桜
夕陽さす岬の斑雪嶺濤にうき
雉子羽搏けば満天星の花揺るる
苗床の大き足跡あかねさす
濡紙に真鯉つつみて青野ゆく
神は高きにありて仏もまた涼し

梅雨の夜の雛のいのちが匂ひたつ
田を植ゑて浄土夢みる風吹けり
土用明けたる母の村妻の町
炎天や校歌の調べみな同じ
雲の峰大志は山に閉さるる
夏の雲汗に男女の区別なし
田を植ゑて眠り田植に覚めてゆく
束となり早苗の力みなぎりぬ
左右たしかむ山蟻も孤独なり
駿河口より諏訪口の雲灼ける
蚕籠から子が顔をだす木下闇

炎昼やわれのみ生きてゐるごとし
植田守る男ときをり街を眺め
坂越ゆるたびに海風涼しさ増し
炎天の田の母を呼ぶ嬰児の目
老鶯や青きは耕地白きは街
水番の莚の上の晴夜かな
青田早苗田対岸の青蘆も
事切れしごと夕焼の山河かな
生誕の山羊のひと声夜明けの峰
雲の峰田に飼ふ真鯉緋鯉よび
乾繭の声のはるかに明易し

蜥蜴みて乳房ふくます草刈女
いんいんと青葉地獄の中に臥す
野茨の実を透く風の過ぎにけり
誰が呼んでも雁はふり向かず
水澄みて山を離るる牛の群
ひと杓の水大切に法師蟬
山の風水になごみて葛の花
雨乞の竹の葉が鳴る岩の上
秋の川もつれし糸の解けたるごと
潮ひくごとく雲晴るる紅葉山
青蜜柑荒れくる海の富士を愛す

飴屋一軒酒屋二軒の冬に入る
飯櫃の湯気たちのぼる月夜かな
夕焼の一途にたかむ男富士
鳥の背を吹き過ぎてゆく確かな冬
音の絶間に冬せまる石切場
霧を来て蕎麦刈り霧を帰りけり
野猿とぶ月夜の谿の神楽笛

昭和四十九年

三条・長岡　八句

三日居て三日雪舞ふ刃物の町
火事の夢さめて越後の雪の中
滔々と雪の意地みゆ信濃川

ひたすらに河へ雪曳く母子かな
ふと雪のやめば田母木の家族めく
雪折の松の折れ口匂ひたつ
地吹雪に消え現れて先ゆく蓑
しんしんと白く厚きは越後の餅
酷寒の死は老人に限るべし
男は耐へ女は忍ぶ北おろし
屋根の雪落ちてはひびく星ひとつ
靴の紐むすぶ雪崩の音ききて
大仏の胸のうしろに湧く寒暮
藁灰の底の火の色雪嶺星

甲斐犬の耳向きをかふ雪嶺空
枯野の犬川こえてより随いて来ず
水甕に浮ぶ白梅通夜の燭
妻の父弔ひ帰る春の闇
われ死なば土葬となせや土筆野へ
土筆野に月招かれて山を越ゆ
木の香まじりに梅匂ふ梯子市
きさらぎの麓よく見え梯子市
斧一丁寒暮のひかりあてて買ふ
あぢさゐの冬芽三節を残し剪る
旧誌より故人顔だす冬の雨

寒明けの手花火に似し雨の音
冬を越す洋蘭の葉の二枚折れ
春寒しためらひ鎖す蔵とびら
冬草のみどりと遊ぶ病後の父
梅の香や服薬刻の父を呼ぶ
日日に記憶空へかへして杉菜長け
啼く季を限られし雉子力をつくし
蛇笏の山めざし花菜のなか急ぐ
花の香のときめき流る山の空
長男就職
任地めざして新緑の甲斐を去る
鳥巣立つ山の彼方の濤をめざし

鹿児島
噴煙の湧けば燃えたつ海紅豆
柘榴咲き雉子は寡黙にもどりけり
梅雨の青葉陽ざせば嘆きすぐに見せ
蔦のびる後にはひけぬ青さかな
考へること何かあり炎暑の鶏
壮年の死にざまに似て兜虫
境川村小黒坂
緑濃き谿の百戸が六戸ふゆ
忘れゐし仏かがやく枇杷の種
善意より悪意ただよふ雲の峰
昼寝さめ農婦にもどる髪たばぬ
離れんとして蟇の声地を離れず

青田波うち博多人形忘らるる
青栗やゆく手ゆく手の屋根ひかる
明易し隣の畑草みえて
桃箱にうつ釘の音白みけり
夜鷹鳴く農衣まとひて眠る納屋
上簇す夜に入る雨の激しさ増し
梅雨はげし谿の早鐘いつまでも
髭たくはへて沖を見て帰省の日
竹出揃へばあちこちに祭来る
鶏小屋の網目ひそかに田植人
過熟の桃を捨てにゆく月夜かな

六月二十五日山廬隣家全焼す　二句
夏の火事樫の大樹が燃えてをり
焼跡の朱ぬりの膳の大暑かな
馬みたび汗を休めて山越ゆる
ふたかかへほどの夏樹に乳房ふれ
山中の十戸涼しき蔵の窓
牧草のみどりの中の岩ひとつ
父病臥
ただ眠ることのみに生き夏木立
黴じめりして蚕室の藁草履
山中のことに淋しき桜の実
峠二つ越えて日暮るる蟬の声
馬車馬の白き鼻筋青野の虹

止り木をさがす萱野のはぐれ鶏
山百合の花粉まみれに飯場の子
鐘の音の割り込む隙のなき大暑
盂蘭盆のことなる谿の西東
夕焼の地図の山河を子と歩む
灼熱の鷗みたくて船に乗る
晩涼の紬ぎ出される紺の衣
白粥の湯気すぐに消ゆ夜の秋
両掌合せて昼の蚊をはたと打つ
蜩の濃淡は木の茂りにも
夕焼の奥に鐘なる五重塔

燦々と生きてさらばふ青田の中

あとがき

昭和四十六年から昭和四十九年晩夏までの作品二百九十四句を収録した。『藁火』につぐ私の第二句集である。

この作品のほとんどは、飯田龍太先生の選を経たものである。振り返って眺めると『藁火』後半の作風とほぼ同じ傾向の作品が多いようであり、かつまた短期間であるが、すすめにしたがって、牧羊社のシリーズの一篇として参加することにした。

福田甲子雄

第三句集

白根山麓

1982（昭和57）年8月15日発行
発行者　角川春樹
印刷所　株式会社熊谷印刷
製本所　株式会社宮田製本所
発行所　角川書店
定　価　2400円

昭和四十九年

天辺に蔦行きつけず紅葉せり
新涼の伐るべき竹に印つけ
稲刈つて鳥入れかはる甲斐の空
露ひかる筑波の花卉が耀られをり
浅間燃ゆたびに色づく唐辛子
終バスの灯を見てひかる谷の露
田を責める二百十日の雨の束
秋の蝶花を選ばずすぐ止る
胡麻を炒る音のかそけき十三夜
病む父に落葉しつくす大銀杏
朝寒や雀一羽になりきれず
つぎつぎに扉をおろす寒の街
ゆく年の火の粉を浴びて船を待つ
雪となる大樹の下の飾売り
正月の松伐りにゆく親子かな
ゆく年の闇に餡むく紙の音
子につきて除夜の銀河を見つづける
極月や最もふかき田の眠り
雨の野を越えて雪降る谷に入る

昭和五十年

樹に岩に礼して行くよ春着の子

牡丹雪遷都は湖の見える地へ
帰寮の子吹雪の海峡越えたるや
春立つや折れて艶めく鼈甲櫛
天の鳶地の墓ひかる雪解かな
学僧に降つて解けざる樅の雪
山羊つなぐ木の株えらぶ雪解中
風ひからせて斧を振る男かな
畦焼く火夜に入る嶽のちらちらと
雉子啼くや三寸けむる雨後の土
桃すもも散り重なりて許しあふ
ふるさとの青葉がくれに神楽笛

巣籠の鳥の目とあふ古墳かな
茄子植ゑて夕風のたつ保育園
土蔵ひらけば晴天のほととぎす
喪の家の梢に黄ばむ豊後梅
蒔き終へし畑に鴉の羽を吊る
祭場に水打つて待つ山の風
子の声の井戸にひびける晩夏かな
山仕舞ひたる白萩に月夜かな
順番をわきまへて鳴く山の蟬
水桶をさげて緑の奥に入る
雷鳴に育つ畑の杉の苗

夏落葉寺に見馴れぬ女靴
麺箱の動かぬ池の大暑かな
松よりも檜涼しき貯木場
船齢のありありと見ゆ晩夏かな
新涼やもつれほぐるる真田紐
秋の夜のかすかに傾ぐ皿秤

宮崎　三句

灯を消して韓国《からくに》岳の鹿を寄す
いたるところに古墳前後なく暑し
秋は豊かに山富む国の晴れわたり
眠る子のにぎる竹笛しぐれけり
塔を掃く男地上の鹿呼べり

奈良　塔の茶屋

糸尻の温みいとほし大和粥
日当りて珊瑚色なす飛鳥の冬
檜の葉に音をのこして時雨去る
夕日背に墓のコスモス刈りにけり
つぎつぎに子が着き除夜の家となる

昭和五十一年

残る歳過ぎたる歳も霜のなか
身を捨てて立つ極寒の駒ヶ岳
小春日の漂ひてゐる蜘蛛の糸
畝立ててほのと湯気わく寒の土
極寒の大樹倒して酒そそぐ

何もかも折れ易き谷寒に入る
桑山の吹雪は祖《おや》の貌をもつ
蓮掘りの攻めあぐみたる息づかひ
雪折の木霊さすらふ谷の空
鶏おどす猫が土かく冬ひでり
倒したる樹の裂け目より春の声
寒明ける甲斐の疾風のなかに佇つ
鞭となる枝を確かむ雪解空
斧浸す目高あふるる川の淵
猫の子と通夜の僧侶を迎へに行く
待つことに馴れて沖暮る桜まじ

祖父祖母に彼岸の塔婆ふやしけり
闇にひよろひよろ剪定の枝焼く火
春寒し眉なき素顔見てしまふ
寒明けの風向きすこし藪をそれ
汽車通るたびに手を振り溝さらひ
経典に読めぬ字多し燕来る
若葉の夜隣のつかふ桶ひびく
小康の父卯月野に涙して
樹の洞に蛇の入りゆく夏祓
蕗の葉に山女三匹空青し
甲斐の地に十勝鈴蘭殖えつづく

梅雨を病み母の死齢にたどりつく
杉落葉子育て夢のやうに過ぎ
がうがうと雪解虹たつ駒ヶ岳
恋のこと報せくる子や麦穂立つ
退院の膳の箸割る青葉月
幾夜明けても眼前に梅雨の山
友讃へあふ新緑の若者ら
鮎帰る山河みどりを尽しけり
遥かなる国より帰る晩夏の船
子の恋の成就を願ふ螢の夜
南天の貧しき杖も三度の夏

晴天の丘の道ゆく葭簀売り
鐘ついて男立ちさる雲の峰
果樹園の葭切雨に声澄ませ
代参の護符をうけとる夏の峰
乳房まで濡れて樹に入る草刈女
出棺を待つ片かげの樹齢かな
盂蘭盆の家族そろひし朝はじまる
盆太鼓しづまる草のきらきらと
送火に寄せあふ膝の照らさるる
盆過ぎてたちまち溢るダムの水
擬宝珠咲きのぼる晴夜の山上湖

竹伐つて川のひかりが仏間に入る
海青し自殺防止の網暑し
木の香のせ山風の吹く仕舞盆
鯛をつぎつぎに消し杣下る
薬草の湯に子を浸す炎暑かな
窓ごしに赤子うけとる十三夜
沼わたりきりし満月萱の上
月光は葡萄に甘味そそぎをり
黄落の村減りもせず弥撒の鐘
豊年の田に透きやすき水の音
赤飯を下げ露の村二つ越ゆ

蛇笏忌の田に出て月のしづくあび
満月の葦に寄せくる湖の波
山国の秋迷ひなく木に空に
割箸でつまむ菜の虫山暮るる
影ふかむ落葉する木もせざる木も
秋霖や皮むかれたる杉丸太
鉄繋ぐ火花野にとぶ冬はじめ
鵯鳴いて葉叢の奥の柚子ひかる
奥白根晴れてとどろく夷講
花卉を積み湖わたる舟しぐれけり
葱ぬいて時雨のせくる運河べり

山査子の実のてらてらと山の雨
鴨の胸年つまる陽に吹かれをり
父の髭切りて小春の地に落す
茜さす川に並びて菜を洗ふ
天草　四句
顔凍るまで天草の海のぞく
ナホトカに帰る霜夜の船の銅鑼
石蕗の黄の濃き殉教の島に着く
黒胡麻のごと鴉群る冬ひでり
昭和五十二年
白洲場のごとし寒夜の藁仕事
闇ふかし生きゐる証の父の咳

山中の吹雪抜けきし小鳥の目
寒明けの花活けてゐる老婆かな
しののめの凍てにあからむ桃の枝
篩しめる音冬川を明るくす
筬音の切羽つまりし二月かな
夢の母いつも吹雪の中にをり
事務の娘と納め不動に詣でけり
かげろふや命名前の赤子抱く
桑解きて農夫に匂ひもどりけり
しばらくは雪煙りあげ夜の富士
肥後の娘と渉る夕焼け結氷湖

山芋をすりて寒星もえはじむ
授乳の目とぢて日向の沈丁花
春めきし山の高さを教へゐる
火事多しことに夜空の青き日は
小走りに梅の香をひきホテルの子
春疾風職得て次男西国へ
雛の日の雨いつしんに滲みゆけり
行く春や海に来て鳴く山の鳥
鉄道員雨の杉菜を照らしゆく
畑より鶏つれ帰る春の暮
看護婦と八十八夜の橋渡る

結納の式の終りの春の雪
誘ひあひ春光とどぶ登校児
林檎咲く農具小屋より女ごゑ

鳳林堂

春煌と心斎橋の書店の灯
味噌釜のなかの暗闇竹の花

北海道　二句

蟬はげし斧を入れざる森匂ふ
谷のぼる葛に怠惰は許されず

加納染人氏一周忌　二句

伊吹嶺を望む大暑の草木かな
坂多き鳴海の町の大西日
虫の音を殖やし山風草に消ゆ
子規忌より山の露けき蛇笏の忌

夕焼けて神輿を飾る男たち
日焼して眼のきらきらと夜汽車の娘
研ぎをへし斧に錆の香山しぐれ
藁にまだ青さの残る冬至空
鳶の眼とあふ晩秋の旱山
風呂吹の煮立ち谷川どつと暮る
ふろふきの火の弱まりて深山星
みくじ結ふ幼桜の狂ひ咲く

奈良へ　四句

石棺の暗き歳月かづらの実
燈明の火をなびかせて時雨くる
灯をこばみ唐招提寺しぐれけり
鑑真の眼か堂守の埋火か

昭和五十三年

日が沈み寒気小松菜めがけけり
年の夜の銀杏を割る音澄めり
負ひし子に木の名教へる寒日和
開かんと室芥子殻を落しけり
果樹園に椋鳥殖えて寒明ける
餌を撒きてより夕凍みのはじまれり
春寒し鳥の鳴き声ききちがふ
井の底に人声のする暮春かな
つちふるや隣人の縊死検案書

人焼きて落花のうける浄め酒

岸秋溪子氏長逝

花散るにはやき筑紫の山河かな

夕映えの中に早乙女棒立ちぬ

水甕に一位の落葉きりもなし

稚魚放つみどり湧きたつ谷の中

暗殺のつづく卯浪の果の国

早乙女の目覚めの水に駒ヶ岳

大樽を男がみがく五月晴

夜鷹啼く榧の梢に月かかり

水舐めて蜂の飛びさる雲の峰

夏雲や人目恐れぬ草の丈

石狩川河口　三句

廃船のたまり場に鳴く夏鴉

船名をとどむ廃船夕焼ける

友の髭北の秋風ただよはせ

甲斐駒に初雪の来し女郎蜘蛛

秋暑し港のクレーン肢肉吊り

山に雪葱に白身のふえにけり

河豚の旬近し海よりしぐれ来る

昭和五十四年

頬白のこゑの眩しき寒日和

いろいろの死に方思ふ冬木中

剪定の樹液をとばす風寒し

墨縄のつんとはじくや雪の峰
寒水に鯉の血沈みつつ咲けり
冬銀河おびえ羽搏く檻の雉子
洋蘭の咲く室を出る晴夜かな
冬名残蔵は仕置の闇を秘め
井戸水に杉の香まじる春隣
四十雀鳴きて日脚を伸ばしをり
春暁の奥へ鶫の消えゆけり
滝音のやや力得し追儺の灯
葡萄酒の滓引にほふ寒夜かな
満開の梅のなか吹く嶽おろし

春一番砂ざらざらと家を責め
研ぎ終る斧に降りくる春の雪
雁帰る満月はいま海の上
春暁の樹の洞を出る蟾蜍
山毛欅の葉の落ちはじめたる深山空
草餅や風の狂気の底知れず
霾天や喪の列長き安部医院
種芋の俵をあける風の中
同齢の急死のつづく目借時
柳鮠群なさずには生きられず
縊死多し榊の花のひらくころ

草いきれつづく子殺し親殺し
蚕終へ書店をわたり歩きけり
葉を閉ぢし合歓の花香に惑ひけり
しんしんと青野のつづく虚空かな
田植後の人なき水に白根嶽
夕焼の沼は動かぬ蛇の衣
早乙女の耳の産毛の金色に
雨乞に登る老若男女かな
闇に馴れまづ卯の花の見えてきし
田を植ゑる一人が赤し甲斐の空
井戸掘の仰ぐ小さな真夏空

上簇の夜更けて声の濡れやすし
鉄線の花のひとひら水の上
月赤し青水無月の山幾重
涼風にそよげど知らぬ花ばかり
じりじりと山の寄せくる油照り
うたた寝の父の上吹く盆の風
竹の皮落ちて緑光たちのぼる

相馬　三句

水落す相馬の夜空晴れわたり
稲刈りて三里向ふの潮の香す
夕焼けて昂ぶる濤の鎮まらず
船を待つ女の吊す青瓢

泊夫藍の花芯摘み干す日和かな
死に隣る父のすり足冬隣
霧をぬけ千の水滴髪にとめ
碧空に触れて散りくる大欅
涸谷へただならぬ火の進みをり

昭和五十五年

くさむらに闇たまりゐる斧始
極寒の峠越えきし馬の汗
献血す腕の真横に白根嶽
霜月の祭の人出すぐに絶ゆ
塩つよき蕨を浸す寒の水
冬の鳥群れて夕闇さそひだす
霜焼の子によくひびく寺の鐘
春さむし三人の子の専門書
知りつくす道に迷ひし朧月
身籠もりし報せの来たる芽立時
風光る白一丈の岩田帯
老木をためらはず吹く彼岸西風
黄砂降る経文の声ともなひて
宰相のごとき声だす恋の猫
胎の子の名前あれこれ虻の昼
暗闇に立夏の峰の泛かびけり

政変の夜のひえびえと若葉揺れ
雨つばめ黐の巨木を讃へあふ
根づきたる稲田の風も信濃かな
真贋を見透かされゐる青田の中
空青し桑を切る音水ふくみ
夏服を肩に百戸の谿の坂
青歯朶や大樹ばかりの暗さ憂し
距離を置くことのすがしき閑古鳥
歓談の果てし真夜のほととぎす
そよりともせずに雨待つ花菖蒲
抱卵の矮鶏の見てゐる梅雨の花

江別にて　三句
穂草うねりて黒光る親仔馬
北辺の夏草の名を教へらる
二三滴雨のこりゐる夏椿
茄子馬の捨てられてゐる谷の岩
浮かびゐる竈馬《いとど》を掬ふ盆の風呂
夏終る子を呼ぶ母の声荒らし
秋口の川はひたすら飛沫あげ
玫瑰の実よりも赤き旱星
秋うらら水底にある鼠取
畷より畑仕舞ひの風吹けり
初霜を待つ鈴なりの富有柿

長崎　三句

しぐれ来る天草石の鑿のあと

風さむしユッカの花が石に落つ

教会の十字架恐る冬鷗

わが子に子生る冬草あをあをと

相馬の血甲斐の血享けし霜夜の子

霜枯の岩にふかぶか火薬の穴

大年の白紙舞ひて水に落つ

刻々と歳晩の山雲をため

大年の青菜を洗ふ滝ほとり

どの峰も己を護り年暮るる

昭和五十六年

元日の水のぞきゐる尉鶲

雪煙りあがる裏富士月夜かな

空青し一個の榠樝《くわりん》まだ落ちず

知りつくす隣家の物音雪催ひ

寒夜抱く赤子の重みやすらかに

成人す姪の寒さの哀れかな

伸びあがる赤子の力寒の木瓜

海老色の夕空となる追儺の日

ためされてゐるごとわたる冬の川

すももは智桃は怨もつ花ならむ

散る前の紅のはげしき桃の花
桃の花滝なすなかを走者の汗
ほつほつと桃は夕日にひらく花
風は牙かくし薺の花吹けり
花時の疾風にうるむ深山星
葉牡丹の茎立つ上の雪の峰
黄沙降る若き日の罪数々と
鯉痩せてしづかに浮ぶ菜種梅雨
おぼろ夜の谷行く白き女人講
明日は霜降るらしき夜の木の芽和
安来にて　三句
大山の野を萌えたたす怒濤かな

出雲より伯耆のみどり豊満に
山鋸の刃に錆うける青嵐
二の腕の葉切り傷見え夏深む
雷鳴のたちまち過ぎし甲斐の空
雨にひび割れ南限のさくらんぼ
北海道様似　三句
漁期来る海に昆布のうねり見ゆ
昆布漁近づく海の生くさし
青草の匂ひを払ふ悍馬の尾
葦を吹く風のはるけさ夜の秋
すぐり熟る水禍の日高思ふとき
十六夜の野を駆けてゆく危篤報

死のこゑを払ふ生者の声暑し

歯をはづし月の迎へを待ちてをり

思はざる山より出でし後の月

萩に来て夕日をたたむ蝶の翅

山風に生き恥さらし穴まどひ

甕に落つ蛾の銀粉のひろがれり

秋繭の乾きし音を確かむる

炉をひらき滝音暗くなりにけり

北嶽のかがやき増せば一挙に冬

夕茜さして冬至のうかびけり

埋火や名残りの家の闇ふかし

あとがき

『藁火』『青蟬』につづく第三句集『白根山麓』は、昭和四十九年秋から昭和五十六年師走までの句を収録した。

五十五年間住み親しんだ茅屋が、道路整備事業のために取り壊されることになり、昭和五十六年十二月二十一日からわずか三日間で跡形もなく家は消え去ってしまった。しかし、この町、この集落から逃げ出して行くこともできず、桃、李の畑を周囲にめぐらせた中に、ぽつんと家を建てて住むことにした。

この句集の題名も、そうした思いの中であれこれ迷わず決めることができた。本書の出版にあたっては、飯田龍太先生、角川書店の鈴木豊一氏にお世話をいただいたことを記し、こころより御礼申しあげる。

昭和五十七年六月二十日

福田甲子雄

第四句集

山の風

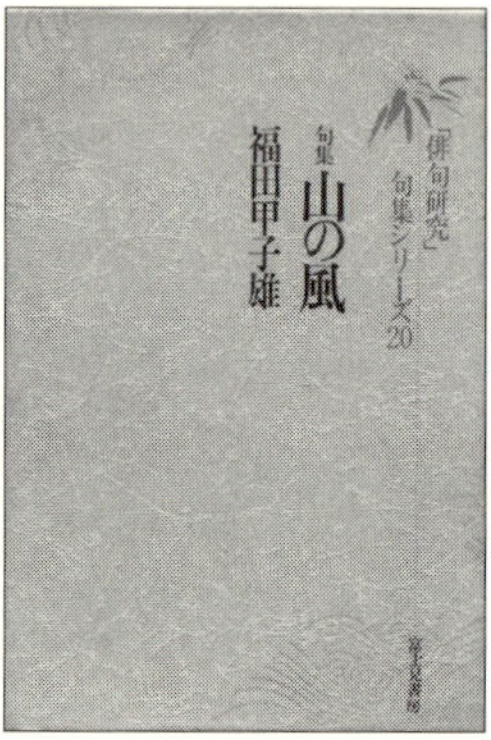

「俳句研究」句集シリーズ20
1987（昭和62）年7月30日　発行
発行者　牧野　一
印刷者　菅生定祥
製本者　宮田四郎
発行所　株式会社富士見書房
定　価　2500円

昭和五十七年

転居の家

闇ふかし木の香藺の香もこごえをり

寒中の樹を移植する男たち

樹を植ゑて落着きもどる寒の家

濤音のごとき深夜の嶽颪

寒の水飲めばうるめる夜明け星

隣人と離ればなれになる霜夜

橙やなじめぬ家のひかりあび

家囲む沙羅の冬木のぼうぼうと

牛蒡煮る祝事前夜の山の風

新しき家頼りなく北おろし

冴返る甲斐犬の眼に奥嶺の色

恋猫に西風の吹きはじめけり

枯色の馬刺とろりと寒明ける

松村蒼石翁の葬儀に参列し

念珠手に冬夕焼のなか帰る

地より湧く暮色まとひて木の実蒔く

戒名をほめあひてゐる彼岸寺

甲斐犬の仔のころころと雪嶺光

蓬野の雨に小走る虎鶫

山の風雀隠れの草吹けり

篠の子の出てくる墓地に人を待つ

真昼間の蟇のだみごゑ樹々に沁み

葉ざくらとなる子遍路に風はげし
仏壇の花より落ちし蝸牛
葬送の列順を読む西日中
月光に翅ひろげたる兜虫
まづ風は河原野菊の中を過ぐ
蛇《じや》の髯《ひげ》の花の香日影より出でず
葛の葉の下の割れ甕うつうつと
切り傷の血を舐《な》めてゐる夏の雲
山風に実の鳴りはじむ竹煮草
盆前の田水あふるる峠口
馬小屋の洋燈《ランプ》のゆるる真葛原

椿の実はぜて深山の風さそふ
雁鳴くや富士五合目の灯がともる
寒蘭の鋭くのびし月の冷え
炉を開きはづむ幼児の数へ唄
唐辛子吊りてからから空乾く
やはらかき首筋にふる紅葉山
山廬忌を中川宋淵老師と過す
さとされし老師見送る十七夜
霧ふかき橋二つ越え転勤す
転勤のよりどころなき初氷
水辺より湧く風白し紅葉山
白菜の固さたしかむ茜空

昭和五十八年

北風の吹けば吹くほど富士聳ゆ

霜やけの手のてらてらと夜の富士

注連《しめ》飾りをへて満月山を出づ

米櫃《こめびつ》の柿をほりだす女正月

雪山にむかひて据ゑる飾臼

飲むだけの水汲みおきぬ冬銀河

冬ふかむ樹を翔つ鳶の羽荒らび

田遊の紅つけて酔ふ男衆

責めし木の皮はじけとぶ雪の上

家乾く音はればれと寒椿

抱きあまる巨き野梅の花ひらく

枯草を踏めば音たつ帰心かな

諏訪口は青空みせて春時雨

春の鵙こゑかれはてて帰りけり

桃の咲く日数をかぞへ雪の峰

芽起しの風は山の香ともなひて

杉山の花粉の帯が谷越ゆる

風吹いて大地の乾く伊勢参り

青嵐子が職替へる報せあり

原七郷篠つく雨も喜雨のうち

炎天や取れどつきざる滑莧《すべりひゆ》

滝涼し見せ場つくりて岩つばめ
母の墓杉菜根ぶかくはえてをり
袋はづせば白桃のはにかむや
滝音の一枚となる杉の谷
はちきれんばかり天端《てんぱ》の桃のいろ
夏椿ひらく月夜の女客
たかだかと原爆の日の紅蜀葵
台風の近づきてくる目白籠
爽やかに大き古代の耳飾り
満月の障子をのぼる大百足虫
水落す音にかがやく峰の月

子育ての乳房のはづむ青田中
合歓のぼる蟻の隊列泣きもせず
寝落ちたる子の歯のひかる夜涼かな
縁遠き他郷の次男秋立てり
洪水の引きたる後の母のこゑ
満月にいざなはれ行く墓の前
桃の葉の厚み増したる晩夏かな
墓山の草波だてる盆の風
貝割菜妻に夕べの仕事ふゆ
山仕舞ふ火祭の火をうちかぶり
新涼の木を伐るこだま岩にはね

葛の葉の一夜に枯るる風吹けり
望の夜の水子供養の女たち
身じろがず落暉をまとふ木守柿
味噌蔵に塩の香つよき冬至かな
冬きたる鳥の羽音の乾きにも

松山　三句

何処に佇ちても城の眼と秋の風
廓ぬければ一遍の寺の秋
鐘楼のなかの地獄絵うそ寒し
榠樝《くわりん》の実黄ばむに幾夜霜へしや
風強し桃の冬芽の意志かたし

八木義徳著『遠い地平』へ

黍枯れし野の落日を身ほとりに
蜘蛛の糸舞ひくる山の眠りかな
灯ともりて茜まだある冬の峰
刻たがはずに鶲くる梅の枝
罠かけて雪嶺の茜みて帰る
納豆の糸のかがやく霜日和
力つくして紅ひらく霜の薔薇
夕陽にも葡萄紅葉の乾く音
雪のなき山めぐらせて年暮るる
雪を染め冬の花火の香が流る

昭和五十九年

風呂落す音のきらめく初昔

橋越ゆるたびに明けきし初詣
ちりぢりに子が去り雪となる三日
風はたと絶えし月夜の鳥総松《とぶさまつ》
春の雪をのこ生まるる報せあり
歯朶刈の籠にあふるる夕陽かな
棺に座すごとく柚子湯につかりけり
中川宋淵老師遷化す
大菩薩峠をつつむ春しぐれ
樹も家も星出る寒さまとひをり
凍みとほり葡萄の幹の裂けにけり
さなぶりの明るき夜空胸の上
校訓は忍耐夏の富士聳ゆ

草を攻め草に攻められ夏の空
花の咲くごとく田植の人つどふ
短夜の灯を消せば山うかびけり
山明ける涼しさ曳きて鷺の白
逆風にきらめく谷の若楓
あかあかと田植仕舞の風呂火もゆ
分蘖《ぶんけつ》のはじまる稲の匂ひかな
堰堤の滝さかのぼる背鰭《せびれ》見ゆ
人去りて森の滴りあをみけり
田植待つ水のたかぶる日の出前
雲の峰校歌紺碧こそ似合ふ

滝ひびく青水無月の星の数

親指をなめて眠る子螢とぶ

だまさるるふりして蟻の列曲る

札幌　四句

人ひとり足りぬ炎暑の花さびた

白樺も暑《しよ》光《くわう》の鞭《むち》にうたれをり

錆はげし灼くる開拓記念塔

白樺の木蔭の風を讃《たた》へあふ

踏みなれし暑き線路の石の錆

一斉に蟬の鳴き出す風吹けり

秋に入る濤のとどろく鮨屋の灯

秋澄める海に向く墓背向ける墓

つぎつぎに船の出てゆく秋の虹

川音を得て穂芒のなびきをり

遺りたるひとりが仰ぐ狂ひ花

秋風を全身できく雄鹿の目

黐《もち》の実の彼方雪くる白根岳

竹の根を掘りおこしゐる初時雨

小春日や若き尼僧の白鼻緒

蒼石が舟月を呼ぶ冬日向

検診を終へて師走の人となる

山風や火山灰《よな》舞ひあがるセロリ畑

山風に棘の出はじむ信濃柿

肩の雪はらひて札を納めけり
母郷とは枯野にうるむ星のいろ

昭和六十年

冬雲を吹き払ひたる茜富士
寒の月ひかりはじめて茜消ゆ
山の風意怙地になりて冬菜畑
啓蟄のどの木も風にさからはず
春北風二日二夜を吹きすさぶ
種浸す風のをさまる空の色
出雲女に芽吹く牡丹の苗木買ふ
知らぬ間にビル壊さるる弥生尽
貝寄風や直人雅人の子も余所へ
月おぼろ地の冷えいまだ抜けきらず
春の鹿片眼つむりて風に向く
また越ゆる川に春立つ光の粒
花万朶《ばんだ》記念写真の目がそろふ
春一番少女両手に水提げて
荒東風やころがる酒の樽二つ
風つよき夜は皹《あかぎれ》の口ひらく
節分の風にあをめる峰の星
山風に飛ばされてゐる春田水
目貼剝ぐ強風注意報の中

木流しの水満々とはづみをり
名を告げぬバレンタインの花届く
生臭き鱒を並べる草の上
桃蕾用心ぶかき小鳥の目
八《や》ヶ岳《つ》の雪見あげて開く座禅草
海苔あぶる香のこもりゐる崖の家
墓十基杉の花粉が谷越ゆる
雪解風どどと崩るる杉丸太
寒明けるつひに開かぬ薔薇一枝
滝音のなかの鳥ごゑ夏に入る
融雪をうながして鳴く虎つぐみ

押し寄せる緑のなかの生家かな
父は子の名前忘るる花の闇
風わたり青実の桃の毛がひかる
隣より蕗煮る匂ひせし日暮
山風に向ひてひかる春の鳶
行四人越後の梅雨の中に佇つ
雲白し青田のつづく旅路かな
田を植ゑて水すふ綿のごと眠る
柩材反りし真夏の駒ヶ岳
いのち張り深山春蟬夜明け呼ぶ
伸びきりし草のうなだる雲の峰

桃すもも捥ぐに夜明けの待ち切れず
秋の山花から花へ蜂移る
月明の富士にまばたく登山の灯
灯ともれば蟬ごゑ水をふくみけり
富士川を遡《さかのぼ》りくる雹の風
葬儀果て片蔭に花並べらる
父抱いて雪来る山を拝みけり
茎漬の酸き香ただよふ夏の寺
掌中の秋蟬鳴かせ寺に入る
秋ふかむ本に紐跡くつきりと
木枯はいよいよ葱の香を覚ます

たつぷりと柿にいろのる夜明け富士
秋の波鳶の激しさときに見ゆ
江の島
戒名をあれこれ思ふ露の中
天辺に個をつらぬきて冬の鵙
罠かけてつんと落葉の匂ひけり
谷川の碧させつなき初氷
追へば逃げ追はねば寄り来冬の栗鼠《りす》
小春日や兎とあそぶ巫女の膝
鳶四五羽明日は北風つよからむ
ふるさとの青首大根丈そろふ
五合目に雪来て緋蕪洗ひをり

除夜団欒ガラスの湯気の珠なせり
死は近き者にもおよび榠樝《くわりん》の黄
鳶うかぶ冬至明けたる空のいろ
年の夜の湯気たちのぼる子の婚期
枯草に染まりてかへる木霊かな
夜神楽や杉の梢《うれ》より寒気くる
茸干す不老長寿の日和かな
時間欲し日の入る山の冬木立
年つれてやまびこかへる深山空

昭和六十一年

葦を焼くなかにひとすぢ蓬の香
声あげて泣く夢に覚む寒夜かな
柚子一個風のをさまる日にまぶし
遠野火のときにいろ濃くあがりけり
節分の灯のつく前の夕景色
猫やなぎ急ぎて通る僧二人
伝言の妻の書置き読む寒夜
雪はげし仕事始めの印を捺す
酔ひて眠り覚めて寒夜の星仰ぐ
火は人を眠りにさそふ雪の果
北おろし一夜吹きても吹きたらず
寒蘭の香に病み細る家の闇

餅三切れ父がぺろりと朝日さす
飲めば生き飲まねば死すと寒見舞

父八十四年の生涯を閉ぢる

金襴の下は冷たき未知の国
来し道は通らず帰る極寒裡
人絶えて通夜の家族も花も凍み
花の香の迷ひただよふ寒の家
親送り終へて寒暮の茜富士
芽を八方に大寒の桃の枝
何もかも見抜かれてゐる狐罠
火の気なき寒夜の家のきしむ音
どこからも見られ枯野の人となる

ひつそりと甲斐国分寺霜の中
忘れたるひとのうかびし干菜汁
凪ぎわたる枯菖蒲田に火を放つ
明けしらむ雪中の川湯気をあげ
きさらぎや朝ごとにあふ霊柩車
花冷えの酢の香まとひて友倒る
黒紙へすももの花粉あつめをり
雪折のまざとはげしき芽吹山
明け早き花の中なる一軒家
富士見えぬ日は風強し武者幟
春の雛灯にかたまりて鳴きあへる

筍のあく抜きあがる谿の空
さまざまの人ごゑに散る山ざくら
毒薬のごと飲みくだす蓬の汁
ときに砂吐きてきらめく山泉
峰へ峰へと新緑の行者径
どの山の雪もはなやぐ桜餅
木曾谷の蟇鳴くこゑに目覚めけり
三人の田植終りし茜空
鳴き声を変へるすべなき閑古鳥
山中に空家の並ぶ竹の花
月さして定《てい》家《か》葛《かづら》の花匂ふ

山中の泪をためて鳴子百合
指切りの指に蕗の香しみてをり
頭の赤き杭の打たるる夏野かな

中国行　十句

麦秋の煉瓦は耐へる色ならむ
ひとり子の泣きごゑ暑き秘仏の前
誰も疲れて長城の夏の空
時忘る地下宮殿の涼しさよ
氷菓手に万里の長城のぼりけり
纏《てん》足《そく》の老婆掃きゐる夏落葉
夏の空鍵数鳴らす若者等
風薫る船に鳥笛売る男

麦秋のすれあふ汽車は青島へ
人群れて塔の涼風あびてをり
はじめての青空恐る川蜻蛉
白御影黒御影石梅雨明ける
葛の花巻きのぼりたる観世音
郭公や霧消す風が吹きはじむ
田水沸く匂ひただよふ月夜かな
身のほどを知らず咲きたる洋芙蓉
焦れ死ぬ向日葵の黄のみじろがず
会ふごとに残暑いひあひ鉄路越ゆ
定宿《ぢやうやど》梅が枝打水の玉ころぶ

個をあきらかに月明の青榠櫨《くわりん》
なまなまと父が繭掻く夢をみし
遥かなる野の夕立の風とどく
垣越えて気になる桃の三個熟る
虫の音は荒れゆく山の怨みごゑ
鼻つまらせてみんみんの鳴き仕舞ひ
母に恋してゐるならむ穴まどひ
雪の来し山を見をさむ蝶の翅
紫蘇の実の鉾立つ日和つづきけり
日かげればたちまち冬の山となる
独活《うど》の花ひらきて霜にあひにけり

落葉してどの木の枝も天めざす
月の出ぬ夜の風荒ぶ注連作り
木屑より出て伊勢海老の髭うごく
消炭の壺まだぬくく闇に入る
水撒きて北吹く大地宥めをり
枯山の一灯を恋ひころがるかな
山蛭《ひる》の落ちし音する恩賜林
こがらしや千かぞへねば眠られず
鳥かぶと背筋のばして咲きにけり
初霜や夢ことごとく覚えゐし
ずぶ濡れの空栴《せん》檀《だん》の実の奥に

秋天やころと仰向くもぐらもち
流血のいろしてイラン柘榴着く
なつかしきイラン柘榴の酸味かな
雁すぎし墓石の上に眼鏡おく
薔薇の実はがんじがらめの棘の上
漆喰の壁ぴかぴかと冬に入る
餅切るや刃を大根にしめらせて
柚子風呂にしみゆく手足のばしけり
けんめいにひらきし冬の仏桑花
夕陽より山の風待つ百目柿
霜ふかし湘子狩行の顔そろふ

まだ青き桃の落葉が地を埋む
深海のいろして相馬石蓴《あをさ》着く
学生の服焦げくさき冬日向
空青し沙羅の冬芽の泣かむばかり
極月の闇を吐きゆく寺の鐘
酒中花の苗の届きし師走空
山親し二人暮らしの小六月
かりがねや濡れあとのこる夜の机
霜焼の手に栴檀《せんだん》の実をこする
敷きつめし藁に小春の日がたまる
吹き溜る落葉は乾くほかはなし

枯山にけむりあがるは友の村
家乾く音のしばしば小春かな
口にせしことを大事に切山椒
年つまる繰上げて忌を修しけり
鳥ごゑを消して山風雪はこぶ
一夜明けあとかたもなき柿紅葉
冬うらら果樹園をとぶ蜘蛛の糸
柚子三個ぷかと浮きたる風呂熱し
死の用意ととのへてゐる霜夜かな
芹沢統一郎氏急逝　二句
こうこうと笹子颪の吹く夜かな
四姉妹並ぶ月夜の凍の中

菊焚きてたまる疲れをほぐしけり

昭和六十二年

初湯出て山の茜と向きあひぬ
人待ちてゐる元日の夜空かな
残る灯のまだきらめきて初御空
可も不可もなく生きて割る鏡餅
栴檀《せんだん》の実の房なして落ちにけり
初白根風ごうごうと星を吹く
風呂を出て五体柚《ゆ》の香を放ちけり
寒明ける唐三彩の馬の耳
鳥帰るときの近づく空のいろ
山山は紺に日暮れて雛まつり
西の峰吹雪けば東山晴るる
雪解けのはじまる馬頭観世音
踏ん張りて甲斐駒ヶ岳雪解けす
西方は山に閉ざされ春火鉢
石仏に享保の文字雪崩見ゆ
雀には霜焼はなし空晴るる
花あびて日蓮宗徒谷に入る
夜ざくらの奥にただよふ苑子の句
酢の香たてはやばや目貼剝ぎにけり
佐保姫の産衣を浸す谷の水

鳥雲に山廬への橋二つ越ゆ
たれかれの齢のみえし花筵
落花舞ふ経文谷を越えゆけり
母を呼ぶ声にも杉の花粉湧き
伊予柑の匂ひかがやく山の家
久女読む夜明けの冷えを肩におき
斧こだま余寒の峰は雲おかず
満月の墓にあかるき山ざくら
花冷えやときに子のこと父のこと
陣痛のごとく夜に入る涅槃西風
真夜中を過ぎて狂へる涅槃西風

あとがき

昭和五十七年十二月二十一日、生まれ育った生家を後にして、五百メートルほど西山よりの果樹園のただなかに家を移転した。旧来の家が国道と町道の交叉点のなかに入ってしまうので仕方がなく引越すことを決心した。生まれたときからお世話になっていた両隣の家も移転することになりちりぢりになってしまった。

『藁火』『青蟬』『白根山麓』につづく第四句集であるが、これまでの句集の風景は、旧来の家の周辺から素材を得たものが多かった。今度の『山の風』は、新しく移転してきて五年三か月たった家の周辺が描かれている。風の強い場所で、八ヶ岳おろしの風道になっているのではあるまいか、とさえ思える。外に出ると、真北に八ヶ岳、南に富士山、西には南アルプスの峰が前山の上にぴょこんと顔を出している。春さきに吹く西風もまた八ヶ岳おろしに負けない威力を持って吹き荒れる。どちらの風が吹いても屋根の瓦が歯ぎしりしたように鳴り、柱がきしむ。

題名は、そんなことからごく自然に付けたものである。今回の出版は、急にあれよあれよという間に本になってしまった感じがする。富士見書房の鈴木豊一氏に一任して大変お世話をかけた。ただ、飯田龍太門の俳句に瑕瑾を残さなければよいが、と思うことしきりである。

昭和六十二年六月

福田甲子雄

第五句集

盆地の灯

定型の力を
風土のなかに屹立させた
最新句集

現代俳句叢書Ⅲ21
1992（平成4）年12月2日発行
発行者　角川春樹
発行所　株式会社角川書店
装丁者　伊藤鑛治
印刷所　株式会社熊谷印刷
製本所　株式会社鈴木製本所
定　価　2600円（本体2524円＋税）

昭和六十二年（夏より）

花過ぎのしくしく乾く飯野村

引鴨の羽音ののこる日暮空

新緑に染まり谷越す鳥のこゑ

清水港にて日本丸を観る

入港の帆綱千本風かをる

鰹来る大土佐晴れの濤高し

寒蘭の新芽かぞへる土佐の市

乙女らの顔みな同じ夏化粧

水張りて田植の順を待ちてをり

思ひ切り悪き子もゐる夏の川

秋の空少女並びて逆立ちす

完熟の白桃につく指の跡

ままかりの酢の香炎暑を払ひけり

屋根葺のまだ半ばなる盆の東風

祖母に似し叔母を迎へる露の夜

月の出を待ちて露けき甲武信岳

稲架解きて光も風も束をなし

秋ふかむ博多中洲の屋台の灯

霜をゆく少女は鈴に守られて

長谷川双魚氏臨終

冬夕焼濃き道三の国に入る

暮早しふたたび訪ひし初音町

山柿のとがり少女の乳首ほど

信玄の棒道つづく鵙日和
吹き晴れし陽をたつぷりと柚子の山
終りかと思へばあがる冬花火

昭和六十三年

初白根百歩すすめば隠れけり
暁闇の杉に新年満ちてをり
死してなほ冬の茜をかへりみる
死者にまだ人あつまらぬ寒夜かな
山中の焚火の跡に魚の骨
茫然と山を見てゐる冬椿
冬耕の音のくまなき母郷かな

鹿の目に晴夜の寒気空より来
春雷は空にあそびて地に降りず

境川村にて句会開かる

千人の眼にみつめらる桃の花
湖ことに暮るるをこばみ五月富士
一日の雨に筍のびすぎし
追伸の一行を恋ひ聖五月
植ゑのこる苗に月光そよぎけり
代掻のどの田も形たがへをり
雁帰るにはかに遠き北の空
植ゑをへしどの田にも星沈みをり
植ゑかけの田の水に甲斐駒ヶ岳

直会《なほらひ》の唄に傾く夏の月
畦草と早苗と丈を競《きそ》ひけり
鞆の浦にて　二句
潮待ちの港の風は百合の香す
涼しきは対潮楼の僧のこゑ
鳩百羽飛ばず歩まず原爆忌
広島平和記念資料館
夏空や遺品の眼鏡真ん丸し
北海道日高海岸　九句
夏の雲白馬の異端かがやけり
はまなすの花風を嗅ぐ三歳馬
親馬は海霧《じり》のしづくの音にも覚め
虎杖《いたどり》のなだるる崖に嘶けり
雲の峰海よりも澄む仔馬の目

黙々と海霧はらひゐる駿馬の尾
濤あげて緑したたる馬の国
目つむりて首すりあはす海霧《じり》の馬
海霧ふかし昆布番屋は入居前
白桃の人見知りする色ならむ
盂蘭盆の果てたる空のはるけさよ
湯の中の身の上ばなし夜鷹啼く
黍畑に月の輪熊の遊びをり
木から樹へ縄の張らるる秋祭
草の穂に夕陽しめりの風吹けり
栗の毬《いが》割れて青空定まれり

月渡る鳥ごゑ籠を締むるごと
十六夜の韓国へ飛ぶ頭上の灯

伊賀上野にて

ふりかへる伊賀はたちまち時雨けり

伊勢禊の瀧

瀧行の榾火あかあか人を待つ

平成元年

日の暮のとろりと伸びし松納め
昭和逝くしまきも凍てもなき日かな
粉雪舞ふ鯉の小骨の尖《さき》わかれ
寒垢離の白衣すつくと立ちあがる
目を入れし達磨の顔に粥の湯気
寒灯を消す紐たるる枕上

辞表書く寒夜の雨に雷ひとつ
定年を待ちうけてゐる芽吹き空
職を辞す日の定まりし春しぐれ

韓国　十三句

凍てはげし緯度もて国をわかちあひ
諺《おん》文《もん》の冷たく人をこばみけり
しがみつくアカシアの実を誰も見ず
冬ひでりソウル裏街怒声とぶ
大寒のまた辿りつく南大門
丘陵の十字架《クルス》をめざす冬帽子
枯れはげし丘のぼり行く主従かな
寒暁のどの屋上も蒸気噴く

凍《し》みとほる韓の葬儀の笛太鼓

三十八度線零下の田に老婆

凍《こほ》る田をめぐる老婆より殺気

国境の凍てをうるほす缶牛乳

どの家の前も甕あり寒明ける

呉龍忌や在所の雪嶺見晴かす

呉龍忌の枯葦背丈こえてをり

眠ければ眠りて花のときすごす

大分県津久見にて

花吹雪月夜の谷を舞ひのぼる

一山の新樹のうねる目覚めかな

石仏の首がころがる山ざくら

岡山にて　二句

備中は田植仕度の水あふる

藺田麦田隣りあはせに夏若し

雨乞の樟の大樹に文字彫られ

老人と呼ぶをためらふ夏野かな

靄流る夜明けの浜の花火殻

満ちるより引潮はやき半夏生

死は瞼とぢられぬこと梅雨半ば

数本の残る歯見えて梅雨に死す

みちのくに芭蕉の足跡を追ふ　十句

白河にかかりて梅雨の晴間見ゆ

うとうとと曾良をおもへば梅雨ふかし

串刺の鮎の尾のそる火の周り

みちのくの青田はすでに黒み帯び
高館は無言をしひる梅雨の間《あひ》
首桶の漆びかりす梅雨の冷え
金堂のひかりは歯朶の若葉にも
山刃伐《なたぎり》峠を越えて陽のさす山法師
梅雨はげし鳴子木地師の鑿の数
いさぎよく一夜で饐《す》えしずんだ餅

出雲の国　三句

夕焼の瑪瑙色なす神楽笛
灯台の真下海桐の青実照り
西日さす大注連縄に銭ささる
年輪をかさねて一位は涼しき木

我鬼の忌の木洩れ日にある蛇笏の眼
友の墓さがしあぐねし花野かな
裏山に茸の匂ひしてきたり
町長が捨犬を飼ふ小春かな
地に伏して咲きふえてゆく時鳥草《ほととぎす》
刈草の嵩半減す山の風
大根引く山から湖へ雲移る
楝《あふち》の実目だちてきたる茜空
小春日の山廬後山に鋸の音
校塔の大きな徽章鳥渡る
富士うかぶ霜月浄土のあまねく日

水うちしごと小春日の身延空

米浸す水に紅とく十日夜

信徒一団雪の来し峰めざす

柿《かき》膾《なます》とろとろ山の暮れゆけり

浅漬の野沢菜の茎しやりしやりと

菊なます酢のつよすぎし月夜かな

まだ箸の通らぬ湯気の蕪《かぶら》蒸《むし》

印伝の財布のなじむ小六月

木蓮の冬芽はぐくむ谷こだま

抽斗の鉛筆にほふ年の暮

数へ日の日暮ことさら瀧白し

平成二年

父と子のあはひに雪の降り積る

甲府武蔵屋本店にて

さかづきを珠なしあふる雪見酒

俎板の柾目をえらぶ雪の中

臼売りのうしろに梅の花匂ふ

寒蘭の香と日溜りに遊びをり

谷川の音のつまづく余寒かな

花月夜死後もあひたきひとひとり

白杖の倒れしひびき冴え返る

火の始末してゐる春の雑木山

たちまちに落花のたまる水の上

山梨県立文学館　書簡の文学展

竹落葉太宰の葉書隙間なし

花はみな地を向き甲州野梅咲く

飾ることなき母の雛祖母の雛

骨壺の重さ伊予柑三個ほど

大阪花博覧会　二句

屋久杉の株に炎暑の片手触る

ヒマラヤの青芥子ひらく難波の地

北海道江別　三句

青鷺を仰ぐうしろの草いきれ

大でまり咲くや戸毎の家の距離

町村牧場

針《はり》槐《ゑんじゆ》うつうつと花落しをり

岩藤の花咲きのぼる飛沫かな

山みえてゐて菖蒲田の雨はげし

鏃《やじり》のごとき山百合の青蕾

無患子《むくろじ》の大樹をのぼる山の蟻

桜桃の実を割る雨の降りはじむ

空梅雨のことにかがやく椿の葉

涼しさに妙見菩薩の扉開く

紅蜀葵茎まで染めてひらきけり

秋の蟬はげしく鳴きて地に近む

穂孕みの稲の真上に糸を張る

秋つばめ夕陽に白き腹みせて

声あげて八朔の夜の火が走る

白桃の紅ほど稚児の目尻染め

瀧壺を出る水もまた激りをり
一団に少女もまじる瀧行者
秋の夜書きし己が名他人めく
俳諧の狂気にふるる雲の峰
どこも戦跡沖縄に落葉なし

ひめゆりの塔　二句

仏桑華遺影三つ編みばかりなり
洞窟をおほひし合歓の青実かな
秋ふかむ折れたる竹をそのままに
秋の谷空にみなぎる音放ち

安曇野にのむら清六画伯を訪ふ　三句

酔ふほどに唄にじみ出る炉火明り
霜晴や木喰不動の真赤な絵
雪の来る安曇野の鳶大きかり

平成三年

紅梅の雪は一夜の戯れか
臘梅の香をふりかへる尼僧かな
春暖炉消えて乳の香残りけり
春の闇五行不動の眼《まなこ》より
鍵さがしあぐねてゐたり朧月
灯を消してかぼそき音す種浸し
隼は頸つき出して谷越ゆる
草萌ゆる村碑に戦士百余名
剪定の木に吊るラジオ戦火告ぐ

ひらかずに凍みる椿の花あまた
燻《いぶ》くさき風の吹きくる春の山
春しぐれ山を越す道また造る
骨壺に火だすきのある春の雪
春さむし灯油の匂ひ指にしむ
末黒野の果の雪嶺に真赤な日
霜焼の指をはにかむ役場の娘
橇しまふ熱き牛乳吹きくぼめ
おぼろ夜の厄除け詩集また開く
螺《ら》鈿《でん》めく余寒の月のひかりかな
初午の陽のある雨戸閉ざしけり

葬り終へ寒暮の道を幾曲り
畑道は知人ばかりぞ剪定す
白毫か黒豹の眼か春の闇
逃水を追ひて岬の端《はな》に佇つ
山越えし藁まだ青き新目刺
すもも咲く香は蜂蜜の匂ひして

伊豆堂ヶ島　三句

磯海女のひとりがピアスしてゐたり
にぎやかに磯海女礁《いくり》わたり来る
ところてん海の夕陽をしたたらす
席題の苺白磁の皿こぼる
地下深き駅構内の氷旗

東北雲母の会相馬に開かる　三句

浦風になびく荒草夏穂たつ

相馬はや青田の果に家沈む

夕凪の琵琶の語りは死へ急ぐ

上簇す鳳凰三山照るなかに

眠りても覚めてもふたり夏半ば

山頂に若葉いぢめの風吹けり

大声で話す車中の繭相場

植田水はや杉の香のおりて来し

夏落葉樹の根に傾ぐ修那羅仏

木天蓼《またたび》の花咲く谷に温泉《ゆ》の湧けり

拒みつづけし雛罌粟のひらきけり

植田ごと緑のちがふ風吹けり

一山の松みな枯れし極暑かな

気息とととのへ万緑の山に入る

織りかけの機に涼しき紺の糸

加賀を去る氷室節句の日なりけり

紅茸の蹴りしひとつが仰向けり

十月の賽銭箱を蝮出づ

秋の風守袋の口ひらく

蛇笏忌や裏富士もまた内股ぞ

鳥渡る甲斐駒ヶ岳赤みおび

芒野の月光を吸ふ厩口

果樹園の境界に灼け小石塚
避暑期了ふ谷に木霊のかへりきし
麦とろや門弟ひとり無言にて
富士川をなだめて揺るる花芒
豊年を呼び交しゐる山河かな
荏《え》胡《ご》麻《ま》叩けば碧空の匂ひたつ
犬蓼の実も葉も紅をつくしけり
草枯るる境界の石さがし出す
椋《む》鳥《く》千羽とまる欅の闇ふかし
降りつづく藁塚の穂に芽のにじむ
霧ふかき橋半ばにて尼と会ふ

榠樝熟るどの家も人気なかりけり
間引菜の小笊にあふる櫓音かな
花嫁の家族あつまる紅葉山
三椏の蕾にはやき山の雪
爪につく土おとしをり秋の暮
土佐みづき豆粒ほどの花芽つけ

京都洛西を歩く　三句

しぐれ呼ぶ嵯峨狂言の鉦の音
あだし野の石仏どれも目鼻なし
小春日のみたらし団子並び食ふ
樽柿の渋まだのこるふるさとよ
熟れ葡萄種見ゆるまで陽に透きし

葡萄剪る音棚を抜け茜富士
おさきにと月夜の風呂を出てゆけり
石蕗ひらき簞笥の衣服入れ替ふる

宮崎大淀川

秋夕焼帰るカヌーはオール立て
濤しぶきくぐりて行くは鰡釣か
冬刻々とはこびくる濤白し
山はるかなり冬日また遥かかな

伊賀上野　二句

田楽の柚の香の中の師弟かな
師と歩む伊賀玄蕃町初しぐれ

平成四年（夏まで）

枯葉舞ふ音のたかきは桑の葉か
実棟の空をしばしば鶍仰ぐ
断崖の歯朶にも枯れのおよびけり
ひとすぢに瀧落ち凍てを忘れをり
あかつきの軒よりおろす蜆舟
甲《か》斐《ひ》駒《こ》岳《ま》の吹雪を前に酒《さか》林《ばやし》
盆地は灯の海山脈は寒茜
雪原をさすらふ雉子の眼とあへり
船帰る港に揚がる大絵凧
誰も富士詠まむと黙す初句会
三日はや子の忘れゆく腕時計
春一番殯《もがり》の丘に日の沈む

馬入れの径《こみち》のなづな花盛り
籾殻を抜けて独活の芽ひらきけり
随身の腕折れてをり花吹雪
野遊びのをんなに墓地の道をきく
墓の真横に緑濃きゴルフ場
墓草の肥えてなびける雪解山

ウトナイ湖　十四句

引鴨のふたてにわかる暮天かな
春の鴨波の流れに逆らはず
沼太郎帰る露西亜の空いかに
水中の葦の角よりのびはじむ
谷地榛の枝折れてやむ涅槃西風

白鳥の隙間をすべる春の鴨
帰る日の白鳥頸をふり啼けり
湖しらむはや白鳥の横すべり
白鳥の帰心のこゑに月の暈《かさ》
引鴨を見入る展望湯の裸身
雪原の木の根ぽつかり空く日かな
白鳥の翔つはボンゴのひびきもち
白鳥の艶めき増すは引くならむ
鴨引きてさざ波のこる夜明けかな
鮠の香の満月のぼる瀧の上
蜂の尻縞くつきりと芯に入る

結納の品の揃ひし養花天
百千鳥ワインの栓を抜く音す
柳絮とぶヨガ教室の昼下がり
鳥くはへ来し射干《ひあふぎ》の花咲けり
富士講の信者のひとり赤子負ひ
隧道のなかも百合の香ただよへり
消えし名と曝書の中で逢ひにけり
日傘さし他人のごとくよそよそし
夏雲やぴんと乾きし熊の皮
大粒の梅干ひとつ暑気払ひ
しつこりと固き童女よ万緑よ

瀧しぶきあびて令《りやう》法《ぶ》の若葉摘む
志節とは悲しきものよ牡丹散る
啐《そつ》啄《たく》を秘めて春月のぼりけり
閑古鳥細身しぼりて啼きつづく
行き場なき青葉の杜のももんがよ
梅雨寒し暗澹と淵渦巻けり

三島　龍澤寺

えご散るや大悲にすがるほかはなし
身じろぎも許さぬ月の真葛原
大夏野越える男の挽歌かな

あとがき

『盆地の灯』は『山の風』につづく第五句集。昭和が平成の年号に改まり、職場を定年退職し、「雲母」終刊を迎え、これまで経験したことのない大きなうねりの時期の三三二句を収録した。意外に旅吟が多かったことに驚いているが、旅といった思いが希薄であるために旅吟と思わなかった結果であろう。

「雲母」終刊の大きな節目に、これまでの俳句を振り返って眺める機会を与えて下さった出版元に感謝する。

平成四年十月

福田甲子雄

第六句集　草虱

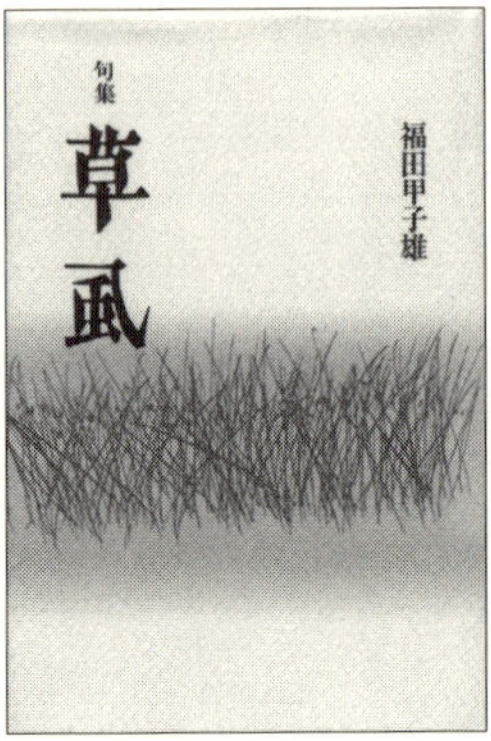

2003（平成15）年5月15日発行
発行者　大久保憲一
発行所　株式会社花神社
装　丁　熊谷博人
印刷所　信毎書籍印刷株式会社
製本所　松栄堂
用　紙　三菱製紙販売
定　価　2940円（本体2800円＋税）

半纏　平成四年～六年

終刊の号にも誤植そぞろ寒
地獄絵の炎にとまる白蛾かな
秋嶺や行く方しれぬ鈴の音
純白のネクタイが行く枯野かな
胡桃割る夜はふたりに広すぎぬ
裏山の雪は駿馬の鼻梁ほど
乾ききつたる楢山に咳ひとつ
栴檀の枯実にいまだ鵯の来ず
初御空師の下駄音につきゆけり
うたた寝の覚めて四日の鵯のこゑ

しぐれ来るまづは椿の葉を濡らし
雪晴や隣家への路踏み固む
雪の鵯群れて楝の実を落す
山の火かはた明星か臘八会
鳥交る恋といふには淡すぎし
数知れぬ灯が橋わたる春の雪
田の畔《くろ》の水を欲しがる花薺《なづな》
凍返る谷は奥歯をかみしめて
靄あげて種蒔くを待つ大地かな
春《しゅん》筍《じゅん》は犀の角ほど曲りをり
巽《たつみ》風吹きて野焼の火を起す

峡中にとどろく晩霜注意報
梅の香の地にしづみゆく夜の雨
独活の芽の黒きは祖母の乳首ほど
崖に張り出す栂《つが》の根に青大将
登山口錆し賽銭散らばれり
郷離《さとばな》れすすむ空梅雨月夜かな
植ゑてすぐ馴染む擬宝珠の深みどり
御山洗《おやまあらひ》御師の家より降りはじむ
梵鐘を花野におろす男たち
草の実の人の気配にはじけたる
駒繋ぎくまなく干さる香具師の庭

磨かれて藜《あかざ》の杖のうそ寒き
真竹割り眠る山より水引けり
部屋中に川音を入れ衣被《きぬかつぎ》
山姥の口は真赤ぞ鎌鼬《かまいたち》
銃声や桂の落葉ひとしきり
味噌つくり始むる前の薪の山
剪りのこす葡萄畑に月遊ぶ
植ゑしはずなき曼珠沙華咲きてをり
岩叢《むら》は冬来る濤を打返す
枯茅を刈つてなだめて束ねけり
梅檀の木膚ひびわれ冬に入る

小春日の教室をとぶ雀蜂
ひえびえと作務衣につきし歯磨粉
師の村の真上にたちし冬の虹
大豆打つこだま谷底までとどく
南無妙の幟のきしむ寒さかな
柿のしぶ抜けたるやうな日和かな
正確に錠剤をのみ年暮るる
飲食《おんじき》の火のとぼとぼと三日暮るる
春の雪掻きて葬りの道あくる
神殿の奥にて鳴ける初蛙

藤枝市瀬戸川堤　二句

一行にはぐれ落花をあびてをり
千本の桜を抜けて墓地に入る
千草の芽はぐくむ雨の地靄かな
牛蒡削ぎ婚家はなやぐ春の雪
春寒しことに水辺の馬刀葉《まてば》椎

萩原英雄画伯を訪ふ　二句

春しんと工房隅の漆桶
龍天に登る古墨に重さなし

松山

ふんだんに落花のたまる遍路墓
椿落ちしづくとびちる一草庵

松山の草田男翁墓前　二句

万緑や墓石にふかく洗礼名
山の蟻出てくる墓の名刺受

八戸　六句

水貝のこりと歯ごたへ濤しぶき

一枚の代田といふも果て見えず

鮫といふ岬《さき》の虎杖《いたどり》芽が真赤

手彫り駒刻む青野の一軒家

蕪島　二句

真ん丸き目のふち紅く海猫《ごめ》の恋

嘴に菜の花くはへ恋の海猫

水撒いて撒いて菖蒲の丈伸ばす

まだ澄まぬ田水をすべる夕燕

淡竹の子むけばまことのいのちの香

鮎釣の反り身にたぎる川瀬かな

小倉覚禅和尚の寺　二句

ぢりぢりと観音像を蟻のぼる

無縁墓碑山と積まるる溽暑かな

信州太平山中　二句

夏炉消えすり寄る闇のひえびえと

露涼し臥所まで燈に送らるる

蘡薁《えびづる》の実のくろぐろと野猿群る

風呂底に沈みてゐたる竈馬《いとど》かな

岩手山麓　二句

岩を打ち打つて湯気あぐ冬の瀧

猪鍋の肉をあまして押し黙る

梅もどきはや鵯に覚えらる

瘦身の少女鼓のやうに咳く

己が木の下に捨てらる榠樝《くわりん》の実

半纏《はんてん》の身になじみくる日暮かな

曲らざる道枯山につきあたる

枯れ果てて棚をとびだす葡萄蔓

山女どき　平成七年〜九年

対岸と火の丈競ふどんどかな
大寒や燈のまだつかぬ小黒坂
富士川の日暮れて野火の立ちあがる
藁灰の底にあかあか世継榾

阪神淡路大地震　四句

北風《きた》強し神戸の火の手案ずるに
こごえ書く見舞の文も届かざる
風呂吹の湯気にも後ろめたさかな

宝塚丸山哲郎氏より消息あり

焦土より明るき声す寒土用
湖を吹く比良八荒の飛沫あび
春の虹堅田に着きて消えにけり
曲るたび急峻となる若葉山
鱒二忌は師の誕生日山女どき
筵の目脛に跡つく今朝の秋
芭蕉布といへば宋淵老師かな
白南風《はえ》やひかり放たぬ山はなし
桃実る下枝が土に触るるほど
飴いろの簾の奥に師の住まふ

師誕生日

赤飯の大粒の豆夏旺ん
白南風に乗りて宇治から手紙来る
炎天や鶏一羽枠の外

北海道岩見沢郊外　二句

秋の空馬匂ふまで近づけり

鯖雲の果ての落暉へ馬帰る

御朱印のはじめ室生寺水澄めり

秋燕の最後の一羽かも知れず

のむら清六画伯葬儀　二句

もみぢ濃き黒梅擬棺にそへ

だしぬけに凩の吹く出棺時

富士胸を張つて茜す根深汁

錦木の実の舌を出す御師の家

屋久島　二句

屋久杉につく寄生木の木の実かな

楪《ゆづりは》の群生の島今日も雨

二筋の枯野の流れ交はらず

雪の八《や》ヶ《つ》岳吹き出し雲をのせて暮る

瀧の音かたまりのぼる年の暮

皺よせて郁《む》子《べ》の実三個年を越す

天狼の位置をたしかむ波濤かな

岐阜　鵜匠の家　二句

鵜は蔵に雪に埋もるる懐古譚

寒の鵜の匂ひを洗ふ飛沫かな

悼　山口壊邇氏

ももとせの世を見尽して名草枯る

一山の一郭染まる竹の秋

鐘かすみては遠ざかる母郷かな

雪解の土くろぐろと帰郷の子

泥鰌買ふ寒の戻りの風を背に

遺跡掘る土の山から春のこゑ

冬の草抜きてつきくる土の嵩

黒鯛の鰭で指切る暮春かな

悼　稲田秋央氏

旅立ちをつつむ若葉の十神山

夏雲や畑は山へ山へ伸び

薄闇を二人でてくる茅の輪かな

飛び過ぎていのち落すな燕の子

雲を踏むごと刈草の上あるく

比叡山根本中堂

奈落より湧く経文の声涼し

落日に翅なす僧の夏羽織

星からのこゑとも閻魔蟋蟀は

秋風の句座ありひとり僧のをり

畝ひとつ立てて日暮るる師走かな

濤音にのりて満ちくる師走かな

山風のはこぶ杉の香初昔

冬銀河橋半ばより他村領

いつよりぞ忘れられたる寒施行

雪重き梁より垂るる真田紐

枯葎底にみどりのにじみをり

枯ふかむ高嶺ばかりが日を浴ぶる

下萌ゆる死は公平に一度きり

遠野火や死は同齢にまでおよぶ

枯穂草馬刺は舌に溶けやすし
集落をつなぐ畷の別れ霜
男気のさらりと落ちし雪解富士
蔓桔梗先々摘まれ咲き出せり
六月の山は朽木の臭ひ溜め
墓巡りいつか蟬殻裾につけ

北海道　八句

水槽の夏さめざめと伊富《いとう》魚の目
盛り木と死木とむつむ海霧の森

網走

獄塀の際に沿ふ草実を弾き
濤あがる果てまで刈草ロールかな
仔鹿食ふ羆《ひぐま》の話明易き

雪渓にわきたる雲は国後島《くなしり》へ
熱き茶に舌やく夕焼け露西亜領
歯舞《はぼまひ》島の家浮きて見ゆ大西日
雷雲の頭上に迫る刃物市
蔵壁に大蛾ぺたりと厄日かな

龍安寺

石庭や翅打ち合はす黒揚羽
針槐川風に実の鳴りはじむ
雲白し南瓜嫌ひの子がひとり
十八本蓮の花挿し句と遊ぶ

上田五千石氏急逝を悼む

菊白し棺の遺体の眼鏡まで
草々に露をうながし月のぼる

揺椅子の揺れのとどまる十三夜
潮風を浴び砲身の枯蟷螂
土埃あげて畝たつ冬ひでり
菜洗ひの川に靄たつ八ヶ岳
色変へぬ山廬の松の月日かな
ゆく年の夫婦の小豆枕かな

猿の毛　平成十年～十一年

どんどの火跳ねてふるさと逃げもせず
川越えることなく消えて野焼の火
春の月障子の家は影多し
富嶽射るごと八ヶ岳颪かな
立春の田の湿り吸ふ藁の束
十四人家族のそろふ除夜の家
榾燃して刻待つ新年互礼会
波をなし雪原凍りゆく月夜
駒ヶ岳目ざす夕日の飛花落花
野の荒るる一夜土筆の袴とり
能登よりの涅槃団子に紅一寸
曲るたび猿の数ふゆ木の芽山
蟇《ひき》交む川に片肢遊ばせて
雄を負ひ谷川わたる蟾蜍《ひきがへる》
山寺の落花一片舌にのり

悼　田中鬼骨氏
梅雨滂沱楷書で記す鬼籍帳
金漆樹《こしあぶら》若芽ひらけばつまれけり
＊金漆樹は山菜として近年好評天麩羅に最適なり
雪渓を仰ぐがれ場の金漆樹
雨の谿こごみの若芽たちあがる
山菜採り日暮忘れてゐたるかな
韮崎市大公寺盆供養
笛の音に鼓に酔ひて火蛾狂ふ
悼　浅原たかし氏
処暑の日や迦陵頻伽《かりようびんが》を見むと発つ
蔓あぢさゐ桂黄葉を締めのぼる
銀漢の近き乾鮭鉈で切る
下草にばかり風吹く秋の山
澄む水に杉の香まじる身延谷

まだ死ぬな死ぬなよ夜露かがやくに
悼　深沢公子氏
少し背をかがめて来たる秋の風
満月の湧く山鳴りの息みかな
交みたるままに湖越ゆ銀蜻蛉《やんま》
福島県松川浦にて蛇笏忌を修す
蛇笏忌や月にたかぶる薩摩琵琶
蛇笏忌の海月ひかりの矢をあぶる
桜落葉踏みて鏡の割るる音
畑売ると媼の言へり赤のまま
はぐれ来て茸の城にあたりたる
曲がることなき道さみし草紅葉
築山　白秋窯
糸で切る陶土の照りや秋惜しむ

稲架竹を仕舞ふ音より暮れゆけり

草虱袖にまでつけ巫女二人

八ヶ岳吹き出し雲のある寒暮

谷底の橡の実拾ふ嫗たち

強霜や日光下駄の音締る

内股の下駄の片減る年の暮

いくたりに弔句捧げて年を越す

嫁が君天守閣より下り来しか

冬落暉最後は富士に煌めけり

芽たたきの飛雪の杜の火焔土器

残雪の点々とある猿《ましら》の毛

ひらく日を決めかねてゐる桃の花

玄関に雪掻きのある彼岸かな

龍太先生肺炎にて入院

草団子九死に一生得し笑ひ

師の句帖ちらとまぶしく春の風

足跡は狐《きつ》か鼬《いたち》か深雪晴

満願の水垢離に濡る梅の花

笹鳴の小枝も揺れず移りけり

南無妙の声が尻うつ厩出し

悪態をつくかに鴉鳴く暮春

滴りのたまる岩場の紙コップ

葉桜のあまたの瘤に楉《すはえ》伸び

天目山

ハンカチの忘れてありぬ自害石

萬緑同人会にて成田千空代表甲斐に入り唄ふ

惜春の津軽山唄雨を呼ぶ

栃の葉の茂りに土鳩孵りをり

夏山の木霊予期せぬ谷に湧く

一枚の葉も狂ひなく蔦茂る

梅雨の燈を煌と最後の製糸場

日比谷公園

公園の芝生にぽこと梅雨茸

涼風や金峰《きんぷ》山塊倒れさう

断崖に刑場の址草いきれ

林間学校冴も嗄るる応援歌

曼陀羅の破れを張りて盆迎ふ

弘前城

霧吹いて菊人形の肩あぐる

斜陽館

芥川賞懇願の文冷ゆる

竜飛崎　二句

燈台の灯のめぐり出す露けさよ

秋空の風をうかがふ凧師たち

恐山　二句

御詠歌の声にぬれゆく紅葉山

火の恋し地蔵菩薩の国に着く

下北半島仏ヶ浦

石に穴あくる濤あり鶴渡る

濤の音立待月をはこびくる

水音の人寄せつけぬ冬構

薬掘る漆かぶれの大き耳

悼　八木義徳先生

冬の星瞬く北の国に発つ

菰樽の縄の匂へる雪の中
雪となる越後の雲が甲斐覆ふ
陽の溜る盆地の底の里神楽
山の灯の盆地になだる晦日蕎麦
教会の燈をめざし行く枯野人

破れ傘　平成十二年～十四年

一睡のあと暁闇の若井汲む
正面になだらかな山屠蘇を酌む
納戸あけ潜みし凍てに突き当る
切株に寒気ふきだす櫟山
遺跡掘る北吹く底に馬の骨

凪やみて椿の花の流れくる

妙善寺

花祭張り子の象の据ゑらるる
山際にたまる端午の紺の闇
揚雲雀とどまる高さ定めをり
筍の姫皮稚児の香を放つ
蕗の皮するするむけて水はじく
撒く塩の草に音する山開

北海道　様似　五句

春蟬や昆布干場の砂利締る
髪むすび拾ひ昆布の濤かぶる
一膳の飯の間に立つ海霧《じり》襖《ふすま》
蝦夷黄萱牧は墓石を境とす

牧場の果てに卯波の白さたつ

機中にて飯島晴子氏の訃報を知る

荒梅雨の上も陽のなき晴子の死

白南風や袴びらきに八ヶ岳

寺裏の魯《ろ》桑《さう》の毛虫動き出す

酒断ちの師のはつらつと涼新た

南部火祭り

百八燈塔婆の山に知人の名

雑草にみな名のありし花野かな

悼　六角文夫氏

献体にひぐらしのこゑしみとほる

信州開田村　四句

家あらば墓あり一位実をつけぬ

御嶽の空にあつまる帰燕かな

燃え残る木曾の門火の割木束

さらば御嶽銀漢に見送らる

宇津ノ谷旧道

十《と》団《だん》子《ご》の輪のひえびえと御羽織屋

朋友名取晃氏を悼む

骨壺に五体収まる枯野かな

掛稲の盗まるる世となりしかな

果樹園の鉄扉閉ざされ冬深む

白樺の柵のうちなる狐罠

捨て梢にまだ茸《たけ》の出る小六月

雪なくば眠りにつけぬ八ヶ岳

つぎつぎに星座のそろふ湯ざめかな

霜柱踏み締む音ぞ甲斐の国

眼がなれて闇の白樺寒気吐く

空鍋を犬のころがす雪催

団欒の林檎に蜜の濃き霜夜

名前なき賀状三通届きけり

亀甲の形にひび入る冬菇《どんこ》かな

＊冬菇は晩冬に採る肉厚のかさの開かぬ高級椎茸、歳時記にはなし

近道やまだ雪ふかき花山茱萸

田螺汁棚田の匂ひのこりをり

石遊ぶ音して煮立つ蜆汁

萌え出づる山を両手に身延路

葛切の身震ひしたる峰の月

富士の灯が見えて飛び交ふ蚊喰鳥

伊良湖岬　二句

夕凪や流木杖に突堤へ

黒南風や杜国流寓の海荒るる

子規没後百年の世や破れ傘

川せみの嘴《はし》にあまりし鯎《うぐひ》の尾

高西風のわたる在所の祝餅

富士薊まんじともゑに絮の舞ふ

甲斐が嶺や月呼ぶ鹿の息継げり

行く先の見えて日の落つ紅葉山

戸隠神社

参道の半里涼しき樹の根かな

奥信濃二十三夜の月まつる

豨薟《めなもみ》をさけて通れぬ枯野径

葈耳《をなもみ》を勲章として死ぬるかな

それぞれの場を得て座る蛇笏の忌

指折りて定型となす花野かな

一筋の蔓のふれたる紅葉川

子供らの名を呼びたがふ七五三《しめ》祝《いはひ》

迎への日待つ死のありぬ冬至粥

柘榴の実三方に裂けまた戦

四斗樽の天水あふる小六月

小黒坂くぬぎの落葉片溜る

昇仙峡　二句

どの岩もあらはに紅葉仕舞かな

渓流の冬とて飛沫失なはず

山際の茜消えゆく凝《こごり》鮒《ぶな》

煮凝の底の目玉の動きけり

冬一歩浄衣の朱印ひとつ増ゆ

凩を踏みて菩提寺までの道

福沸真白き泡をはねあぐる

ひとつづつ山消し移る時雨かな

鴨居より寒気おりくる仏間かな

佐藤鬼房氏を悼む

塩の竈割れしとおもふ寒の雷

悼　石井健作氏

三条の雪ふみし音しかとあり

野兎の肢ぴんと張るむくろかな

剪定を促すひかり野にあふる

稜線の際立ちてくる寒暮かな

雨気こめて緑のりだす春日山
諸々の花は立夏へ山廬かな
新緑の師にまみえむと雲を踏む
若竹の奥を見つむる龍太の眼
一本の抜きん出てゐる若緑
梢まで花うつうつと針槐
かはほりの群れて月夜の熱き風呂
糠床の甕の口切る立夏かな
固くつく白山吹の四粒の実
田の隅に出を待ちてゐる余り苗

白骨温泉行　四句

雪渓のまだ汚れざる深さかな
尼と稚児みどりの奥へ消えゆけり
腹裂きて味噌ぬり焼きぬ尺山女
指笛に驚きこたふ夏うぐひす
荷ひ桶橋越えて来る炎暑かな

信玄の隠し湯　下部温泉

松葉杖供養の火の粉梅雨に入る
夕凪や船名同じ船並ぶ
登呂遺跡水かげろふに迎へらる
鰐口の紅白の綱黴てをり
夏山へ谺つぎつぎ猿威し

富士吉田市浅間神社

月光に夜蟬鳴き出す薪能
薪能背伸びの涼し火入れ稚児

犬鷲の黒眼の動く秋の風
蔦枯て際立ちてくる黒実かな
悼　倉橋弘躬氏
大き灯の消えし西国冬に入る
柿の皮干す麺箱の並びをり
吹き出しの雲乗りだせり枯盆地
支柱まで葡萄紅葉の巻きのぼる
綿虫の空より湧きて燈をふやす
身知らずの信濃の柿の小粒かな
とめどなき落葉や死には予告なし
山査子の実のまだ残り年を越す

あとがき

平成四年八月号をもって「雲母」が終刊となり、いつしか十年を越える歳月が過ぎてしまった。これまでの俳句は師飯田龍太の選を経たものが大部分であったから安心して五冊の句集を出版することができた。

今年は「白露」も三月号で創刊十周年となる。それに、町村合併によりわが故郷白根町名も四月一日から消えてしまうので、この機会に自選による第六句集『草虱』の出版をすることにした。十一年間の俳句作品を眺めると、何か頼りなさを感じるがそれは自分自身の中味だから仕方がないと思っている。

ただ、最近は季語から季感が消えていくものが目につくので、身辺のものをじっくり見つめやがては文明の進歩のもとに消えていく季語を大事に愛をこめて俳句を作っていきたい。

句集出版に際しては花神社社主大久保憲一氏に大変お世話になったことを厚く御礼申し上げる。

平成十五年四月

福田甲子雄

第七句集

師の掌

2005（平成17）年8月31日発行
発行者　田口惠司
発行所　株式会社角川書店
装　丁　伊藤鑛治
編集製作　株式会社角川学芸出版
印刷所　株式会社三協美術印刷
製本所　株式会社鈴木製本所
定　価　2800円（本体2667円＋税）

蒼鷹　平成五年～八年

根付鈴音たててをり初詣
菜の花を帯にさしをり祭の子
施設の灯ともれど暗き建国日
嬌声のときに谷こえ芽吹山
春一番藁まみれなる濡れ仔牛
爪痕は冬眠さめし熊のもの
捨てられし家を巻きたる葛若葉
五合目の燈の消え御山洗ひかな
かりがねの行方さだまる盆地空
擂粉木の瘤のにほへるとろろ汁

はんざきの二三歩動く初氷
小春日の風さがしゐる鳶一羽
村護る樹々の落葉にうもれをり
必死なることは雑木の芽吹きにも
薫風を胸に飛びたつ蒼鷹《もろがへり》
抹茶席通草花咲く棚の下
乾燕子氏と
内子座の枡席に立つ余寒かな
藷苗の根付きて伸びる扇状地
水落したちまち乾く棚田かな
隙間なく桶にはりつく冬田螺
山越しの雪の横降りはじまれり

富士へ向け暮に来る子の蒲団干す
集まりて一筋となる富士の野火
遅るる子待ちては走る枯野道
芦を焼く火が火を追ひてつらなれる
山吹の谷になだるる甲斐大和
分蘖を終り稲の葉露むすぶ
またたびの青実をのぞく修行僧
木の幹に匂ひをつけて親仔鹿
梅を干す大き平笊屋根の上
瀧の音近づいてくる晩稲刈
富士に眼を休めては縫ふ晴着かな

山姥の曳き摺りてゆく通草蔓
葬り終へ枯草の実をつけ帰る
なつかしき大樹の芽吹く小学校
丁字の香闇濃き方へ漂へり
夜桜のどよめきこもる谷の底
五月来る野猿のわたる声を連れ
夏めくや一筆箋に河童の図
常磐木の落葉に雨の音たかむ
甲《か》斐《ひ》駒《こま》ヶ岳の北壁へ落つ芒種の日
龍之介全集揃ふ山廬の忌
湯殿開けどつと入りくる谿紅葉

まだ刈らぬ蕎麦の実夕陽にもこぼれ
神農に詣でて登る茸山

邂逅　平成九年〜十一年

橋二つ越えて日のさす恵方道
読初の辞典の裏に子の名前
淑気満つ笛方の膝揃ひをり
四顧の山あかねに染まり冴えかへる
畦焼きて土動きだす巨摩《こま》郡《ごほり》
梅雨激し不断念仏続く闇
皆帰りバケツにあふる花火殻
蘭かをる金色の釘棺に打つ

仏壇の裏に虫籠動きをり
溶岩《らば》山の赤子を泣かす秋の風
いたづらに撞く鐘の音や秋暑し
藁束を焚きて門火となす掟
しこしこと月下美人の花食べる
花オクラ月夜の風をうけ刻む
新涼や道路の端に朱の数字
北ニケンクワ南に稲の実りかな
花の名に師の太き文字涼新た
草の実の頰に撥ねくる甲斐の空
邂逅や十月三日の句碑の前

暮れてより川ひかりだす十夜粥
落葉降る片眼をかつと不動像
狂ひ咲く木瓜の花のみ揺れてをり
返り花紅つくさむと陽に縋る
豆柿の落ちて山風力増す
山の創かくしきれざる冬霞
部屋ごとに色かへて挿す冬の薔薇
覡《かんなぎ》の落葉にすべる石畳
銀杏の雌木ならばこそ匂ひたつ
冬の柿落ちず捥がれず朱を尽す
目残りの柚子に金色みなぎりぬ

根深汁夫婦二人の夜にもどる
石積まる畑境の虎落笛
白菜の生首めきし寒暮かな
吹き溜る葡萄の枯葉乾く音
銀色に桃の冬芽のふくらみぬ
膝つたふ寒気をこらへ歎異抄
谷川の飛沫に太る氷柱かな
山独活のをさなき紅の匂ひかな
楤の芽のあふるるほどに腰の魚籠
雪解の泡立つ水を田に落す
若緑子をなして髭つくりをり

千年の桜を支ふ墓百基
草蘇鉄みどりの渦をほどかむと
きつちりと向きを同じく蔦若葉
白雲木蜜蜂をよぶ香を放ち
ハンカチを忘れて登る小黒坂
万緑や首なし地蔵多き谷
閑古鳥啼くとき尾羽ぴんと張る
草矢飛べ信濃の川を越ゆるほど
茸飯とつぷり暮れて匂ひ出す
甲高くわが名呼ばるる流れ星
音たてて葡萄紅葉を日のわたる

山祇は冷たき風の湧くところ
穭田のあまりに伸びて他郷めく
菜耳《をなもみ》の実は巫《かんなぎ》の袂まで
夜神楽の幔幕に泛く武田菱
山に日の沈みし盆地寒気たつ
喧嘩して泣いて元日暮れゆけり
引き潮のごとく子等去る三日かな
階段の一箇所きしむ寒旱
注連飾留守居の鸚哥《いんこ》よくこたへ
日の入りてがつくり寒き鉋屑
ひた走る川音に揺れどんどの火

そつ気なく尾を覗かせて嫁が君
山襞の雪引き締る寒の入
岳おろし首捥ぎとらる六地蔵
一軒屋目がけ野の枯れ押し寄せる
囀の森くぐり来る笊売女
雛罌粟のもみ紙めきて揺れてをり
爪ほどに伸びて柿の芽とがりけり
足袋二足履き尽したる立夏かな
墓碑の笠半分に欠け五月闇
瀧壺を出る水勢の青さかな
風蘭の根のとびだして香りけり

三和土まで殖えて鈴蘭咲きにけり
岩を打ち大樹をたたきはたた神
渓流の石ころぶ音梅雨に入る
七月や枝打ち済まぬ森暗き
翡翠の体当りせる夜の玻璃戸
九輪草群落をなす泉あと
人骨を吸ひて桜の青葉濃き
蔵壁に張りついてゐる青蜥蜴
滴りのきらめきが掌に溜りけり
まん丸の啄木鳥《けら》穴多き登山宿
武田勝頼終焉の夏落葉

半夏生撞木は棕梠の丸太かな
山門のけら穴に蛇入りゆけり
百たびの吐息や富士の雪消ゆる
山羊乳に青草の香のしみてをり
留守の家桑の大木実をこぼす
道路にて行き倒れたる大蚯蚓
若竹の一本折れて道ふさぐ
山の蟻三百余段のぼりきる
落ちつづく瀧の白さの動かざる
植ゑ終る田の落着きて駒ヶ岳
明日植ゑる田の波立ちてこぼれをり

夏の川街抜けてより急ぎけり
雨呼びて狐の提灯揺れはじむ
油桃てかてかとがり色づける
谷音に育ちて苔の花咲けり
刈草の乾く匂ひに血の気引く
雲の峰鉄棒わたる子供たち
啄木鳥《けら》穴の巨木に古ぶ青葉闇
結界の青葉の闇へ迷ひ入る
黒雲の切れ目の奥の空澄めり
瑞牆の荒峰なだむ夏の雲
青野へと一目散に峡の川

緑濃く高原レタス球となる

人に会ふことのまれなる青田原

合歓咲くや盆地に影のなくなりぬ

草原の日陰をさがす親仔馬

位置いつかしつかと占めて竹煮草

逃場なき青野のなかの停留所

青胡桃握り拳のほどにかな

袋より紅はみだして桃熟るる

ほの暗く白桃熟るる地のしめり

道の端の垂るるを知らぬ夏穂草

山廬への道

ひさびさの板《はん》額《がく》坂《ざか》に汗流す

日比谷公園　三句

風向きの変る噴水飛沫かな

表情の固さをほぐす夏の雲

プラタナス青実の棘のうひうひし

幾青嶺こえ越後へと道造る

海暗く少し過ぎたる蛸の旬

秋の風広葉樹林抜け来たる

棚田はや金糸銀糸の鳥威し

すさまじや地蔵菩薩の頭に鴉

身に入むや口寄せ小屋の車椅子

冬近む北限猿の毛の伸びも

太宰治生誕の間に冷えたる炉

年を越す山々満身創痍かな
竹炭を割る音きんと小六月
抜かれたる根のながながと冬の草
子星つれ冬三日月の沈む山

月の海　平成十二年～十四年

初旅や鰡待櫓まづ見あげ
笛《ふえ》籐《どう》のよく撓ひたる弓始
嘶くは霾天を恋ふ木霊かな
隠沼《こもりぬ》の底を見たしと残り鴨
子雀のふんばつてゐる青嵐
春月に覚めてぎよろりと白鼻心《はくびしん》

源流のきらめきを抱く座禅草
針槐うつうつと雲山に垂れ
子供の日薄紅色に遠嶺暮る
残雪を踏み固めては斧を打つ
墓所の目地はがれて杉菜伸びしかな
黄のいろの少し多目の花御堂
白南風にまづ応へたる棟かな
小楢の実青きに落つるものもあり

木曾開田高原　旅館「嶽見」に色紙あり

山ぐにの月に抜け出る七菜子の句
里芋のぬめりに暮るる八ヶ岳
枯露柿に粉《こ》のふきだせり山の風

落石の金網はらむ蔦紅葉
籾殻を撒いて雪来る桃畑
絮飛ばし終へし枯芦どよめきぬ
吹きはじむ茅花流しの畷道
刈田跡亀を埋むる子供たち
冷え込みて山の色めく盆地晴
空おほふ巨岩危ふき冬紅葉
陽に裏返る石卓の木の葉かな
霜に立つ駄馬三頭の大蹄
挿木終へ疲れ眼いやす駒ヶ岳
月夜とて灼けるふるさと夏に入る

花つけて狐の提灯叢なせり
冷麦の捏鉢に罅入りをり
竹皮を脱ぎたる奥に屋敷墓
桜の実多きは寿命つきたる樹
卯月野の果を見据ゑる嫗かな
蛙鳴き桃の摘果をしまひけり
桜桃の接木を終へし眼を富士へ
献燈の倒れしままや泉汲む

白骨温泉　五句

湯上がりの山の濃くなる薄暑かな
谷若葉曲り曲りて滾ちけり
出湯の鍵腕に巻きつけ涼気浴ぶ

湯疲れを癒すは渓の若葉かな
露天湯の目かくし葭簀風青し
紅さうび蕊まで見せることはなし
蔓薔薇の伸びたる先に駒ヶ岳
星沈むまでを踊りて嫗たち
ひびきくる照葉樹林の四十雀
海夕焼旅心一気にたかむかな
猪起こす氏神裏の木下闇
狂ひ舞ふ涼気の底の修羅場かな
闘病の土耳古桔梗にはげまされ
月の夜や夢に宋淵老師たつ

病床に葉月去りゆくあせりかな
錆鮎の死に場所さがし流れをり
闇いつか背後にせまり新豆腐
満月の中へ白馬をひきゆけり
蛇笏忌や砂に穴あく雨の粒
蛇笏忌の信玄堤しぶきあげ
水落し実りのいろのあふれけり
建蘭の香りをひきて後の月
溝蓋を外し落葉の閊《つか》へとる
菊膾撥《ばち》でつくりし象牙箸
落鮎のたどり着きたる月の海

猪鍋の煮つまりてくる日暮かな

曼珠沙華　平成十五年

元日の山脈越ゆる凧の張り
歳旦の明星にまづ額づけり
氏神にわが名を記す初詣
投薬の袋提げ行く枯野かな
寒茜刻々たまる駿河口
厄地蔵寒の戻りの風吹けり
半鐘に人走り出す寒夜かな
電柱の張り紙ふゆる春休
立春を過ぎて荒ぶる山の風

富士川の荒岸を打つ雪解水
種まくや一粒万倍日を信じ
てのひらに踊る牛蒡の種を蒔く
渓流の音せる袋種まけり
種おろし南アルプスきりりとす
胡瓜蒔き月に濡れゆく畝の土
八日目に土あぐ南瓜子葉かな
もろこしを蒔くや鳥の目を気にし
糸瓜蒔く端山の雪の消えたる日
玉葱の追肥を撒く春の虹
げんげ田や沢庵《たくあん》をかむ晴れ晴れと

果樹園の二月の風に草起きる
聞き覚えある声のする花の闇
土の香の甦《よみがへ》る雨茎《くく》立てり
剪定の枝焼く婆の髪いぶる
町名の消ゆる故郷万愚節
薹立ちの菜を刈り伏せる暮春かな
燃えのこる桑の根株に春の雪
放流す若鮎は群れなさざりき
植ゑ忘る球根の芽の伸びてをり
古菜漬炒る匂ひせし日永かな
日の落ちてぴたとやみたる涅槃西風

人の死をはかる朧の月の暈
葬儀場の仏花を捨つる春の峡
春光や外国銀貨水の底
通院の道かへてみる葱坊主
春耕の畝間をあさる椋鳥《むく》の群れ
帯をなし谷越えてくる杉花粉
畑の石拾ひ拾ひて薯を植う
雉子の鳴く山また山の奥に墓
橋ひとつ越えて闇夜の梅匂ふ
寒もどる醤油の焦げる香りして
鳥鳴き高きを忌むや花の冷

墓地際の彼岸桜の折れて咲く
春の潮岩つぎつぎに越え迫る
花衣畳紙をほどく目は空へ
山もみぢ梢の芽吹き紅きはむ

河野友人氏の急逝を悼む　三句

逝く春の黄泉への道を一歩先
師の生花一対並ぶ暮春かな
斎場に句集四冊春惜しむ
師の帽子鴨居に並ぶ立夏かな
走り梅雨いきなり匂ふ木曾漆器
人こばむ学校林の茂りかな
双幹の黐の巨木の青葉照る

一山の緑に動く女郎蜘蛛
万緑のかむさつてくる喪中かな
秋の草濡れて月光待ちてをり
盆過ぎの花を手に手に菩提寺へ
曼珠沙華死は来るものを待つのみか
秋ともし賢治の書より私信落つ
水澄める賢治産湯の井戸の底

藤原雅子郎氏を偲ぶ

花巻に近づく空の身にしむる
秋の風子規終焉の間を過ぎる
子規庵の秋蚊一匹まとひつく
鶏頭の中を半身に抜けにけり

岳おろし四段五段と波状なす
霜枯の陽に下草の声あげる
蕎麦掻を練る箸折れし山は雪
前を行く人に追ひつく雪野原
雪催ひ背負子の縄を確かむる
敷松葉日あたれば尖空に向け
鞦の口あく茜濃き盆地
冬草の積みたる山のよみがへる

人恩師恩　平成十六年

勝独楽のまだ余力あるひかりかな
空青し雪は葉蘭の裏にまで
雪晴や展示農具に田下駄あり
果樹園の雪間の二つ繋がりぬ
山越えて来る列車待つ春の雪
薄氷の束子をのせて岸離る

悼　植村通草様

紅梅やあまたの蕾つけて散る
春耕のいつしか楔抜けてをり
楤の芽に残る猪の毛猿《ましら》の毛
青饅や谷川の音あふれをり
春光にみちびかれゆく閻魔堂
雉の子の育ちて空をうかがへり
まんさくの花つけぬ枝なかりけり

どの山も雲なく晴れし大試験
椎の実の踏めば弾けて冴え返る
春の雨野に生きものの臭ひたつ
焙じ茶の匂ふ茅花の一軒家
菜の花のあふるる川間畑かな
菜の花の咲き盛りたる捨て畑
間伐の終る杉山花粉の帯
三月の寒波山々むらさきに
三月の雪は椿の葉をすべる
春光のまづきらめくは葡萄棚
剪定の束ねし枝の芽吹きをり

駅名の変はりし春の葡萄山
山家また一戸減りたる春休
立会へぬ死の儀式あり春北風
彼岸西風先祖返りの富士額《びたひ》

悼　飯野燦雨氏　三句

骨となるひとときを待つ花の冷
一団の喪服落花を浴びてをり
永き日の山のかがやく通夜の経
卯月野や匂ふばかりの青頭
明星の映るまで畦塗り叩く
踏青の盆地見下ろす結び二個
畑隅に五基の墓ある小夕焼

筍の指天の気負ひにほひけり
蛞蝓の月夜をのぼる朱の柱
筍飯青臭き香を噴きはじむ
味噌の香の家にしみつく暮春かな
山犬を祀る青葉の濃く暗し
ゆきずりの人に声かく日永かな
氏神の格子戸に結ふ余り苗
蕗の葉の十日旱にみな萎れ
草団子彼岸の湯気をあげてをり
早苗月身をかくさねば安らげず
桜桃の花純白を通しけり

ひと渦をともして寝入る蚊遣香
開拓の緑にむせて夕陽落つ
花束の薔薇の挿木の芽を吹けり
恩寵は柿の若葉のもゆるいろ
新緑や恩愛のいろ深くせり
卯月野や人恩師恩幾重にも
うづくまるところを得たる梅雨の杜
人ふたり立つ二の丸の夏の月
緑さすプールに残る鴨一羽
幾重にも青葉若葉に抱かれぬ
新緑にむせて言葉を失へり

雨の日の狐の提燈みどりなす
山墓へ宝《ほう》鐸《ちやく》草《さう》にそひゆけり
石臼の浮葉押し合ひ圧《へ》しあひて
忍冬の香は月光をのぼりゆく
陶枕の風に翁は目を細む
穀象のみな北さしてゆくは何故
牧の娘の馬をなだめつ青野跳ぶ
嫗きて若葉の谷に手を合はす
討ち果たすごと芍薬の倒れをり
六月の花々白き巨摩野かな
植ゑ終へし田を見て回る杖の人

挿木せしさびたの花の咲きにけり
伸びることのみに徹する夏の草
なめくぢの眼をさがしゐる少女かな
石神になる旱魃の続くとき
短夜の作句は細くなるばかり
韓の甕ゆがみ涼しく並びをり
大甕の蓋に檜の実が三個
どの甕に五体沈めむ竹落葉
音たてず蟻の門《と》渡り山へのび
一枚の白紙舞ひゆく極暑かな
新涼や続《ぞく》飯《ひ》でつなぐ木曽の椀

魂迎へ外科病棟に入院す
武士《もののふ》の切腹思ふ露の月
切除する一キロの胃や秋夜更く
なつかしき竜胆のなか深ねむり
真つ向の連峰にはや秋の雪
ちらつく死さへぎる秋の山河かな
薬臭の日に日に滲みる秋の風
看護師の輝く肌に秋匂ふ
襤褸して台風の来る風の音
幾本の管《くだ》身にからむ夜長かな
生まれたるままの身がよし吾亦紅

連峰の秋気を浴びて癒えゆけり
胃を取る秋鼻の傷には唾つけて
月が身をいやして日柄過ぎゆけり
誕生の薔薇に勇気をうながされ
大百足腹に張りつく手術痕
病院の秋夜の奥のからす啼き
病窓の半里向ふに在所の柿
難しき篆刻文字聞く夜長
外泊す炭火の秋刀魚まづ箸を
神仏の加護あり秋日身をつつむ
日の入りの早き五体の四肢伸ばす

作ること書くこと必死冬迫る
小康の身をひきずりて岡見かな
食いまだ喉を通らず月の夜
隣家からつぼの差入れ冬ふかむ
*つぼは田螺のこと
人肌にふるるいのちのあたたかし
象膚となりたる四肢や年の暮
あけぼのの湯タンポにおくいのちかな
わが額に師の掌おかるる小春かな

妻の声　平成十七年

ふとうかぶ一句を玉と年新た
扉にあたる風音もまた年新た
正確な感覚を呼ぶ冬景色
小春日の和紙の袋に吉野葛
春の空わからなくなる妻の声
雪の八《や》ヶ岳《つ》近々とありゑくぼみえ
春うらら蝶の濃き影ぬれてをり
立春の雲の濃淡艶めきし
山吹や敬友は師の心地して
春一番水勢は胸つらぬきぬ
草餅や主宰にかすか師のにほひ
暁暗の月見団子に星の渦
散る花の石に巌に行く雲に

初燕新橋梁をめぐりをり

あとがき

　本年四月二十五日未明、夫甲子雄は八か月にわたる闘病の苦しみから解き放たれて旅立ちました。結婚いたしましたときには、すでに俳句を学びはじめておりましたので、まさに俳句と共に歩み続けた五十有余年の結婚生活でした。その間、苦しいにつけ楽しいにつけ、どれほど多くの方の恩寵に預かりましたことか。ただ家庭だけを守ってまいりました私には、夫が亡くなってみて初めて知り得たことも数々あり、改めて計り知れない足跡の重さを感じております。

　このたびの句集出版は、私と三人の息子たちにとりまして、福田甲子雄の人生にかかわりを持って頂きました多くの方々への感謝の気持を籠めたものでございます。

　句集名『師の掌』は最晩年の句、

わが額に師の掌おかるる小春かな

からつけさせていただきました。この句は、手術後小康を得て退院し、自宅で療養に専念しておりました折に、飯田龍太先生ご夫妻が、わざわざお尋ね下さいました時のものでございます。ベッドの脇の椅子に掛けられた先生は、主人の額にしずかにそっと掌をおかれ、顔を近々と寄せられて、心底快癒を願って下さいました。まるで時間がとまっているかのような、主人にとりましても、私にとりましても、それは何ものにも代えがたい至福のときでございました。主人は悦びと畏れのなかで、どんなことをしても元気になって、先生のお気持にお応えしたいと強く思ったに相違ありません。そのことに思いを致すとき、今でも胸が潰れる想いでございます。

　句集『師の掌』出版がこのように早く実現するにあたりまして、「白露」廣瀬直人主宰には温かいご助言と励ましを頂きました。また、角川学芸出版の方々のご配慮に心より御礼申し上げます。

平成十七年六月

福田亮子

自句自解100句

『自解１００句選―１　福田甲子雄集』（S62牧羊社刊）より転載

出典句集　『藁火』・『青蟬』・『白根山麓』・『山の風』

【凡例】

●掲出句は原則として新字旧仮名を用いた。
●掲出句のルビはすべて新仮名遣いとした。
●原句にあるルビも新仮名遣いに改めた。
●出典句集

『藁火』（昭和46・雲母社）
『青蟬』（昭和49・牧羊社）
『白根山麓』（昭和57・角川書店）
『山の風』（昭和62・富士見書房）

牛《うし》の眼《め》が人《ひと》を疑《うたが》ふ露《つゆ》の中《なか》

家から二キロメートルほど西に入ると白根三山の前山となる。この中腹に築山という集落がある。かつては、築山村として一村を構えていたが、現在は二軒の家に人が住んでいるだけ。白根町の中心地からでは、標高が一〇〇メートルも高い。かなりの急坂を登らなければ築山に入ることはできない。この不便さが人々を山腹の村落から麓に移動させることになった。

仲秋のある日、この築山に足をのばした。あたりの秋草は露の重さで垂れさがって、朝日にきらめいていた。まったく無人となってしまったような静かさが身をつつんだ。三十戸あまりの家が、今では一戸の寺と一戸の農家が住んでいるだけで廃墟を思わせる。その一戸の農家が牛を飼っていた。近づくと牛が不審そうに白眼で私をみつめた。疑いをもった眼であった。かつて見た、露のきらめく澄んだ日の牛の白眼と同じであった。

（昭34『藁火』）

春《しゅん》昼《ちゅう》や子《こ》が笛《ふえ》鳴《な》らす遺《い》族《ぞく》席《せき》

この年の「雲母」四月号から飯田龍太選による作品欄が創設された。私の俳句は、昭和二十二年ごろ右も左もわからない、見様見真似ではじめ飯野燦雨さんのすすめで「雲母」に出句するようになった。投句して半年くらいは誌上に掲載されなかった。やっと一句欄に名前が見えるようになり、それから十年あまりであろうか、一句ばかりであった。

前掲の句は、龍太作品欄創設の翌月、巻頭の次に席を得た記念すべき作。しかも、先生の作品鑑賞が書かれていたのには仰天してしまった。以来、俳句を真剣にやろうと思うようになった。

私の妻は、三人姉妹の下の妹で、姉二人は二十代で夫に戦死され、共に男の子を二人残していた。戦後、姉たちは、子供を育てることに懸命に生きた。家付きの姉は両親と一町歩あまりの田畑があり、嫁いだ姉も大きな商家であったので戦争のような忙しい毎日を送って子供を育てた。この遺族は、その姉たちである。（昭35『藁火』）

あるだけの明《あか》るさを負《お》ひ麦《むぎ》運《はこ》び

麦秋、この明るさが大好きである。季節も一番快適。梅雨に入る前のすがすがしい空の色も印象的。野も山も緑につつまれ、暑さもそれほどでなし、寒さは勿論ない。何もかも生命感があふれて、生きていることの喜びが一番身近にある季節。

いよいよ田植えも近づいてきて麦刈りが忙しくはじまる。刈った麦は農家の庭先に運ばれて積まれる。早い家では刈り終わった田で麦の処理を済ませてしまうのだが、今年は水の関係で田植えが早いそうだ。刈り取った麦は一旦運び出さねばならない。日が永くなり午後七時になってもあたりはまだ明るい。それでも小川には螢がまたたきはじめる。目の先が暗くなるまで麦を刈り運んでいた時代が懐かしい。

この頃では、麦を作る農家がほとんどなく麦秋の上をわたる風音もきくことはできないし、川辺には螢が見られなくなってしまった。

（昭36『藁火』）

褐《かっ》色《しょく》の麦《むぎ》褐《かっ》色《しょく》の赤《あか》子《ご》の声《こえ》

一面の熟麦が刈られる日を待ちわびているように、太陽の下でわずかな黄色をとどめている。麦秋という季語は、黄色を思わせるのだが、すでに麦秋も終わりにせまった季節になると褐色という感じになる。稲刈りの音は、サクサクと刃物の切れ味をひびかせるが、麦刈りは、ガリガリといかにも乾き切った音をたてるものだ。

近くの畑の木陰に眠らせていた赤子が眼をさまし、火のついたように泣き出した。この赤子の泣き声も麦秋末期の褐色のなかで、その色に染まって褐色にきこえてくる。

赤子の泣き声から麦秋終わりごろの乾いた暑さが伝わってきたらよいのだが。十七音という短い詩型の中で、その時感じた思いが、かっちり表現されれば問題はないが、この句は破調で七・五・六という字余りになってしまった。熟れた麦の褐色と赤子の泣き声の褐色とを表現したかったので破調を承知で、その時の自分の思いを正直に述べることにした。

（昭37『藁火』）

行《ゆ》く年《とし》の追《お》へばひろがる家郷《かきよう》の灯《ひ》

境川村小黒坂にある雲母社からの帰り甲府盆地の夜景を見ての作。もう二十数年前になるが、この時のことをよく覚えている。

廣瀬直人さんと二人であますところ数日となった年の暮れ、「雲母」発送の準備を終えて、小黒坂から下の県道のバス停まで歩いて帰った。雲母社を出た時は、樹や丘陵にさえぎられていた盆地の灯がぽつんぽつんとしか見えなかった。それが前間田という村落にかかるころから甲府の灯が眼下に見えはじめ、少し歩くと白根山麓に点在する集落の灯が鮮明に歳晩の空へ光芒を放っていた。海に広がる漁火のような灯が、坂を下るごとにネオンの色彩を交えて見事な夜景を展開してくる。六甲山で見た神戸の夜景や函館山で見た夜景の美しさを彷彿させる。

今年も終わる、といった感慨が山坂を降りながら次第に胸中にふくらんでくる。二人とも無言で歩いた。その後、小黒坂からの帰りには、この句を口ずさむようになった。

（昭38『藁火』）

暑《あつ》きベンチ船《ふね》の彼方《かなた》は死後《しご》の色《いろ》

七月の暑い日であったことを覚えている。横浜港に近い会場の警親会館には海からの風が吹いていた。

田中鬼骨さんの第一句集『望郷』の出版記念俳句大会が龍太先生を迎えて、この会場で開かれ直人さんと出席した。山下公園は、この時がはじめて。会場近くの海の見えるベンチでしばらく港の風景を眺めていた。嘱目で一句作ろうという思いもあって句帳を手にした。二十年以上を経た記憶をたどっていくと、港には巨大な船が停泊しており、その大きさに驚いたことが思い出される。山国育ちの者にとって横浜港のようなエキゾチックな風景は魅力がある。

この日の俳句会には、百人ほどの人が集まった。掲出の句は、そのおり、飯田龍太選の特選に入った。推敲に推敲を重ねた句が入選しなくて、その時ふっと浮かんだ句が入選する。俳句とは皮肉なものである。

（昭39『藁火』）

手《て》さぐりに水甕《みずがめ》さがす霜夜《しもよ》かな

仕事の関係で、東京へ三ヵ月間の研修に行った。甥が青山学院に学んでおり、荻窪に下宿していた。その四畳半の部屋に三ヵ月ころがり込んで、中小企業近代化対策を中心とする講習を受けるため、四ッ谷まで地下鉄で通った。

棗熟る少女に道をきく日暮

深秋の月を知らざる高層街

こんな句しか東京三ヵ月ぐらしでは作れなかった。

前掲句は、研修が終わって帰郷した時の作である。家を長くあけていたので、水を飲みに真夜起きたがとまどってしまった。水がめのある場所まで壁や障子を手さぐりで触れながら歩いた。窓からも一寸の光も入ってこない。本当に真の闇。その中で水がめのある場所へ手さぐりにしても着くことができたのは、生を享けて何十年も住んでいたからである、としみじみと思った。窓を開けて外を見ても闇夜であったが、畑の方向にキラキラ輝くものを感じた。霜が降っているのだ。もう夜明けが近い。

（昭39『藁火』）

蜂《はち》飼《かい》の家《か》族《ぞく》をいだく花《か》粉《ふん》の陽《ひ》

桜の花が終わると李《すもも》の真白な花が始まり、桃の花へと引きつがれて、桜桃（サクランボ）の花になると四月も中旬を過ぎる。甲府盆地が花に埋まる季節である。花々の花粉が風に舞い、蜜蜂の羽音がここちよくひびいてくる。

近くに二軒の養蜂家が住んでいた。この季節になると果樹園に蜜蜂の箱が何十個も並ぶ。巣箱から蜜の着いた網板をとっては、遠心分離機にかけて蜂蜜をしぼる作業が始まる。自然の営みと、人間の営みがまったく一致して溶けあっている光景だ。

俳句もこの養蜂家族のように、自然と一体の営みを表現する文学だと思っている。自然を表現する奥に、人間の思いが感じられなければ、種のない果実のように、どこか頼りなくひ弱な印象をうける。この季節になると、花粉のなかで働いていた養蜂一家のことを思いうかべる。「雲母」作品欄の初巻頭を得た句であり忘れがたい作。

（昭40『藁火』）

盆《ぼん》ちかき妻《つま》の裁《た》ち屑《くず》火《ひ》のやうに

妻の得意とすることは洋裁。三人の男の子が小学校に行くようになったころ、近所の人のものまであれこれと仕立てた時期があった。

南側の日当たりの一番よい部屋を洋裁のために占領されてしまい、朝から夜までカチャカチャとミシンの音がつつぬけにひびいていた。足の踏み所もないように裁ちくずが散らばっている。色とりどりの柄が盆の近くになると火のように燃えて見える。ミシンの音もことさら高く気合がはいっている。

こんな家の中の光景を俳句にしたものであるが、当時、女性からこの句への賛意が寄せられて気をよくしたことが思い出された。

さくら咲く妻子連れても行処なし

昭和三十八年の作であるから今にして思えば、子育てと生活で大変な時期であったことが、懐かしくしんみりと脳裏をかすめる。

（昭40『藁火』）

いくたびか馬《うま》の目覚《めざ》むる夏野《なつの》かな

「ひと冬厩《うまや》ですごした馬も、春の訪れとともにひろびろした牧場に放たれる。馳駆《ちく》し疾走するまさに自由の大地。その春も過ぎ、いつか満目したたるばかりの緑につつまれるころになると、馬は野性に目覚め、大自然をおのれの住家とおもう。いくたびかそこに眠り、いくたびかそこに目覚めて暦日なきがごとしと。おおらかで、どこかロマンの香気を宿す自然詠の佳品」

この文は、飯田龍太先生がＮＨＫの俳句入門の中で鑑賞したものである。

これ以上、何を書いても、この句が傷ついてしまうような思いがしてならない。いわば作者の作った句が、この鑑賞により作者から離れて独立して歩き見事な色彩をおびて、想像もしなかった香気を宿す。

作った私自身がうっとりとして鑑賞を読むとき、作品が作者を離れて胸を張り作者を見おろしているような印象をもつ。

（昭40『藁火』）

満月《まんげつ》の屋根《やね》に子《こ》の歯《は》を祀《まつ》りけり

長男に修二と命名した関係で、三男にも眞二と命名してしまった。次男は孝二で、いかにもそれらしい感じをうける。別に世をすねて子供の名前にまでおよんでいるわけではないが、何となく決まってしまった。

今宵は仲秋の名月。夕食を早く済ませて、満月を眺めようとしていたら八歳になる三男の眞二が、小さな白い歯を手にして、

「抜けた、下の方だよ」と言う。

下の歯が抜けた時は屋根の上になげ、上の歯が抜けたら床下になげ入れると、次に生えてくる歯が丈夫に育つ。そんな風習が私の地方にはあるので、抜けた小さな歯をつまんで外に出た。

丁度、十五夜の月が山の頂から出るところであった。屋根瓦は月光に濡れて輝いていた。思いきり屋根の棟を目がけて手にした歯をなげると、瓦をころげ落ちるかすかな音が満月光のなかにきこえてきた。

（昭40『藁火』）

起《お》き臥《ふ》して離《はな》れぬ青田《あおた》ばかりなり

この年七月、一週間ばかり北陸三県に旅したときに作った句である。

真夏のひかりのなかで、真っ青に成長した稲田に強烈な印象をうけた。富山、石川、福井のどこを廻っても、緑があふれたくましい輝きのなかで、充実した稲の分蘖《ぶんけつ》力をどの田も見せていた。私の住む地方の稲田の青さとは比べようもない豊穣さが、行く先々の田に感じられ、広々とした青さのなかに人間も溶けてしまうような感じをうけた。

宿の床についてからも、その青さは体から離れずにいる。そして、眠りのなかまで青田があふれていた。この青田の輝きに旅の疲れは消えていく。故郷では見られない波うつ青田のたくましいひかりは、ことに夕日をうけると見事な生命感をたたえていた。

この句、旅で得たのだがそのことにあまりこだわらずに、真夏の青田のたくましさが感じられればそれで充分である。

（昭42『藁火』）

霧《きり》の夜《よ》の荒濤《あらなみ》こふる蘇鉄《そてつ》の実《み》

十一月十二日、雲母九州、山口俳句大会が門司の出光会館で開催された。この帰路、米山源雄、雨宮更聞、深澤公子の諸氏と共に、九州を廻っていこうということになった。

門司を後にして長崎に泊まり、長崎から別府まで横断バスに乗って、阿蘇を経て大分に入った。ところが、別府に着いたのは午後八時を少々廻っていた。予約した旅館では、もう来ないと思って他の客を入れてしまった。四人が泊まったのは五十畳もある大きな部屋。翌日は別府から宮崎に向かった。青島、こどものくに、堀切峠からサボテン公園とおきまりの観光コースめぐりをして、夕暮れの汽車で帰路についた。強行軍であったが、楽しかった。

宮崎で買った蘇鉄の実を汽車の中でじっと眺める。停車した駅のホームにたつと夜の海に霧がかかっていた。大きな波が岩を打っている。その波音がこころの奥までひびいてきた。掌に握っている暗い朱赤色の蘇鉄の実が淋しい音をたてて鳴った。

（昭42『藁火』）

鉄橋《てっきょう》をかへる早乙女星《さおとめほし》をふやし

この頃は、まだ田植えも人力によって行われていた。農業のなかに人の温もりがあった時代。

昭和三年、静岡県富士市と山梨県甲府市を結ぶ鉄道が全線開通になった。富士身延線である。それ以前、静岡と山梨を結ぶ交通は、主に水運に頼っていた。この句の鉄橋は、身延線甲斐住吉駅を少し西にいった荒川にかかる橋。

昔は、鉄橋というと、汽車や電車のみが渡る橋という印象が強かった。しかし、現在では、文字通り鉄で造った橋というだけの意味しかない。四、五人の早乙女が絣の上下を身にまとい、消えかかっている夕焼けを背に鉄橋を一列になって渡っていく。夕焼けは次第に薄れていき、いつしか西空に星がひとつひとつ生まれてまたたく。電車の通る時間をよく知っている地元の人たちだ。

荒川の土堤から眺めた光景であったが、今は、こんな風景は見ることができなくなってしまった。

（昭43『藁火』）

夕映《ゆうば》えのオホーツクを背《せ》に魚箱《ぎょばこ》うつ

六月三十日、雲母北海道大会が旭川で開かれた。伊藤雪女さんの句集の出版記念会を兼ねた俳句大会であった。龍太先生のお供をして方々の会に出席したが北海道は初めてである。この日、午前中は雨であったが、会が開かれる前になると燦々の夏の陽が会場の窓いっぱいにあふれていた。

翌日、龍太先生と別れ、網走から能取原生花園に行った。一人旅の気安さもあって、オホーツクの海を眼前にしたこころのたかぶりを抑えることはできなかった。海を背景にした小さな知らない駅に降りた。夕映えがオホーツクの海を染めており、その色彩にさそわれての途中下車。十二、三戸の漁村であったが、老人が一人、出荷用の魚の箱に釘を打っていた。海に背を向けるようにして黙々と魚箱を作っていく赤銅色に日焼けした老人から故郷の田を思ったとき、この句が生まれた。

その日は網走に泊まり、翌日は阿寒湖畔に宿をとり釧路に出た。

（昭43『藁火』）

雲《くも》ひくく越後《えちご》につづく霜《しも》の道《みち》

過去のあれこれの俳句大会を振り返ってみるとき、思い出が強く残っているのは、自作が龍太選の特選に入った時のような気がする。この大会にも常連の米山源雄、雨宮更聞の両氏が一緒であった。

十一月十九日から二十日、一茶の生まれ在所に近い野尻湖畔で、新潟県三条雲母会と長野県飯田雲母支社の共催によりこの大会が催された。新潟県に近い奥信濃は、もう冬の気配が色濃くただよっていた。気象条件もここまでくると日本海の影響をかなりにうける。晴れていた空が夕暮れにはたちまち曇り暗く重い雲が垂れさがって妙高、黒姫の山々がかくれてしまうが、夜になるとかがやくばかりに晴れわたる。

翌朝、宿の前の北国街道は白々と霧が降りていた。道の両端の枯草に霜がしがみつくように光っていた。この道は日本海直江津まで一筋につづいていく。

（昭43『藁火』）

生誕《せいたん》も死《し》も花冷《はなび》えの寝間《ねま》ひとつ

四月、同職の友人が四十二歳で突然亡くなった。起床して大きな欠伸をひとつ布団のうえでしたところ、心臓麻痺におそわれて、医者の来る前にあっけなく死んでしまった。死というものが、身近に感じられるようになったのは、この時からである。

葬式に参列して、家に帰ってから何ともいえない淋しさがのこった。二日前に笑顔で話していた友が、今日は石ころばかりの穴に埋められ、やがて消えていくことを思ったときさびしさだけでなく、やりきれない果敢《はか》なさにおそわれた。その夜は満月に近かった。山のうえに昇ってきた春月の大きさを、今でもはっきりおぼえている。「花冷え」という季語の使い方に甘さがあるという人もいたが、この句の場合、どうすることもできないその時の思いであり季節感の把握であると思っている。

（昭44『藁火』）

桃《もも》は釈迦《しゃか》李《すもも》はイエス花盛《はなざか》り

月夜でも焼けるといわれる御勅使川《みだい》の扇状地原七郷《はらしちごう》が、私が生まれやがて骨を埋めるふるさと。この砂礫土に果樹園が広がったのは戦後のことである。戦前から保坂敏子さんの住む西野地域では桜桃や桃が研究栽培されていたので、その技術が戦後またたく間に養蚕から果樹栽培への転換をなさしめたようである。

四月中旬になるとまずスモモの純白の花が枝にかたまるようにして咲き出す、と同時に、桃の花がちらほらとほころびはじめる。スモモの純白で清楚な感じは、どこかにイエスの面影がただよう。桃のふくよかなピンクの花は、微笑をうかべた釈迦が連想される。

扇状地一面に花が咲き乱れるさまは、極楽浄土とはこんな所ではあるまいか、と勝手な想像さえ持つ。十年前から四月のこの時期に白根町桃源郷マラソンが開かれるようになり、全国から八千人を超える人々が花の下を走る。さて季語は桃の花盛りか、李の花盛りか。

（昭44『藁火』）

寒《かん》風《ぷう》の土《つち》へ掘《ほ》り出《だ》す紅《べに》かぶら

友人の名取晃造園師に、八ヶ岳山麓の石を積み出すので同行しないか、という誘いをうけたので便乗していった。広い開拓地のところどころに大きな石が顔を出している。耕作者にとって邪魔な岩が、友人の庭師にとっては大切な作庭の素材。朝早く出かけて一個の石を積み終わると夕暮れになる。畑に作物がない時でなければ車を入れることができない。この日は、八ヶ岳颪《おろし》の吹きすさぶ寒い日であった。

開拓村の人が、地中から蕪を掘り出していた。越冬用に深く貯蔵していたものである。赤蕪の大きさも色も異なっていたので、村の人に蕪の名前をきくと、「べにかぶ」とこたえた。その紅蕪の色が、鮮やかに火山灰地の黒々とした土の上に積まれてあり印象的であった。

夕暮れに、三人で手を廻しても囲みきれないような大きな石が、自動車に積まれた。石を除いた跡には大きな穴があき、北風が土を穴に吹き落としていた。

（昭44『藁火』）

雪嶺《ゆきね》より来《く》る風《かぜ》に耐《た》へ枇《び》杷《わ》の花《はな》

特別、作った時の思いがあるわけではないが、何か忘れ去ることができない作になってしまった。職場の女性が結婚で退職するときこの句を書かされたことがある。それ以来、そんなイメージもあるのかと思うようになりいっそう愛着をもつようになった。

小学校の時の同級生の家に、大きな枇杷の木が庭の中央に植えられていた。実の熟すころになると、葉むらからのぞく黄色の実が道路からでも見え、めずらしい果実なのでよく話題にしながら登校したものだ。

白根町の冬の風は八ヶ岳から吹いてくる。柿の木の枝が、この風のために同一方向になびいて成長しているほどの強烈な岳颪である。枇杷の花は、この風の吹く冬期に咲く。いかにも耐えしのんでいるような印象を受ける花であるが、八ヶ岳颪の北風は容赦なく吹きつけてくる。それに耐えて咲いている枇杷の花に詩情をみつけた。

（昭44『藁火』）

枯野《かれの》ゆく葬《はふ》りの使者《ししや》は二人連《ふたりづ》れ

　私の住んでいた白根町十一区三組は、十四戸の家が表通りと裏通りにあった。組内の葬式の準備は、この十四戸の人たちで行われた。土葬の場合は、墓場に行き棺を埋める穴を掘らなければならない。穴掘りは、葬式のたび順番でする。葬式の終わった酒席では穴掘り四人が正座に位置することになっている。葬式明かしから葬具の買入れ、葬式の当日と前後二日の食事の仕度、香料の受付、野辺送りの棺の運搬など、一切を十四戸の家の人たちによって仕切る。
　現在では、葬式明かしは電話でするようになったが、当時は隣村隣町の縁者には二人連れで行ったものだ。この知らせ役は、どんな場合であっても二人連れという定めになっている。この日も、隣町の妹さんの所に知らせに行くことになった。夜明けが近い枯野をとぼとぼと隣家のおじさんと歩いていった。息の白さと、頬が打たれたように冷たかったのを覚えている。

（昭44『藁火』）

亡《な》きひとの名《な》を呼《よ》び捨《す》てに冬河原《ふゆかわら》

　釜無《かまなし》川は富士川の上流の呼び名で、源流は甲斐駒ヶ岳から始まる。この川がいったん怒りを発すると手がつけられない氾濫となる。これまでにも明治時代に三つの大水害が人家、田畑を流している。戦後になって、昭和三十四年の伊勢湾台風による被害で家が流れ、家畜が流れていくのをこの眼でしかと見た。普段は、開国橋四九七メートルの下には水がほとんど流れておらず、せいぜい二十メートルくらいの川幅。二月の渇水期には流れが止まることさえある。水の少ない河原の石でも駒ヶ岳から白根町まで流れてくる間に丸みをおびて、どの石も道祖神の石を思わせる。賽の河原とはこんな所ではないかとも思う。冬になると、真正面の八ヶ岳からすさまじい山颪が吹いて、砂塵をあげて小石が飛ぶ。寒中の釜無川原ほど、きびしさを身に感じさせるものはない。ここに来ては句想を練ることがある。ことに、行き詰まった時など、ここが一番と思っている。この句も、そんな時に生まれた。

（昭44『藁火』）

冬《ふゆ》の夜《よ》の子《こ》にきかるるは文字《もんじ》のみ

長男十八歳、次男十六歳ともに高校生。三男は十三歳の中学生。ブラスバンド部に籍をおく次男は、長男を見習って入部したという。よく遊び、よく学ぶことが出来なかった父に比べると、はるかに学んでいるようだ。三人の子供が卒業するまで一度も中学校にも高校にも足を入れたことはなかった。ＰＴＡや高校、大学の進路相談など、すべて妻に一任してあった。学校ときくと、何か気が重くなる。自分の学校時代のあれこれが浮かんでくるからであろう。

子供からときに学習のことで聞かれるのは、漢字のことや小説のことぐらいではあるまいか。数学、英語などまったく駄目。子供の方でもその点はよく承知しており親に恥をかかせるようなことはしなかった。

外は北風が吹きすさび、家の中では火鉢にしんしんと鉄瓶の湯が沸く音がこもる。寒夜では、言葉が強すぎて内容にそぐわない。冬の夜という言葉には、どこかにうるおいが感じられふくよかだ。

（昭44『藁火』）

八方《はっぽう》の峰《みね》吹《ふ》雪《ぶ》きをり成人《せいじん》祭《さい》

戦後第一回の成人式に参列したのは、私と同年齢の人たち。友人の何人かが志願兵として十八歳で出陣して戦死しており、出席も少なく式も貧しかった。

あれから二十三年の歳月が流れ、いま豊かな頬をかがやかせ、豪華な晴着をつけた若者たちが中学校の庭に集まっている。甲斐の山々は、どっちを向いても嶮しい。雪が降って真っ白になると、その山々の高さは二倍にもそびえて身を反らして見える。この日、空は晴れわたり海のような碧さをたたえていた。成人式の若者たちの歓声がひびき、校庭に風花が舞ってくる。この絢爛たる成人の祭りをとり巻いている峰々は、銀ねずみ色をして吹雪いていた。その吹雪は、怒りに燃えた狼のように思えた。次第に碧空を銀ねずみ色の雲がおおってくる。町長の祝辞の声が一段と高くなってきている。

午後から盆地にも雪が降ってきた。

（昭45『藁火』）

長《ちよう》男《なん》を次《じ》男《なん》が送《おく》る花《はな》吹《ふ》雪《ぶき》

いよいよ大学に長男が出発する日になった。それも福島県であるから毎日顔を合わせるわけにはいかない。やれやれという思いと、しみじみといった思いが入り混じった複雑な気持であった。

出発の時は、バス停まで高校生の次男が送っていった。バスに乗って別れる時がいやだからといって妻は行かなかった。次男の方が長男より身長、体重ともに上回っていたので、ボストンバッグを下げていく次男の方が家を出ていくようであった。しかし、長男の言うことは、次男、三男ともに親の言うことよりよくきいていた。それでいいのだ。

家族の一人が欠けたことは、夕食の時が一番こたえる。何か歯が一本ないような感じが一ヵ月くらい続いたが、やがてそれなりに慣れて、その家族構成でバランスがとれていくようになった。

その日は、朝から風が吹き桜の花が道路一面に舞い散っていた。

（昭45『藁火』）

沼《ぬま》わたる蛇《へび》夕《ゆう》焼《や》けを消《け》しながら

隣村の釜無川と御勅使《みだい》川の落ち合う近くに、十六石といっていた沼があった。沼というより川の溜り水であったのかも知れない。水は透明でところどころに葦が茂っていた。

隣りのおじさんが釣りの名手。小学生のころ同級生がいたので、この沼によく釣りに連れていってもらった。自転車で遅れまいと汗まみれになってペダルを踏んだ。

夕焼けが沼を染める時間になるとよく釣れた。風もぴったりとなくなり南アルプスの北岳、間ノ岳、農鳥岳の三千メートルの三山に日が沈む光景は、夏であっても感動をおぼえる。太陽が山に入ってからいつまでも空を染め盆地の何もかも燃えつくすような色になる一瞬がある。

おりしも、一匹の蛇が沼をわたっていく。首だけを上げて体を曲げながらさざ波をたて進んでいく様子は美しかった。沼を染めていた夕焼けがさざ波で消えていった。

（昭45『藁火』）

暗《くら》き家《いえ》に暗《くら》く人《ひと》ゐる旱《ひでり》かな

信州馬籠の四方木屋に着いたのは、竹藪に螢の光が見えはじめる頃であった。玄関を入ると一人の老人がしきりに何か書いていた。私たち一行は、昭吾、源雄、敏子、健児など八名位であったろうか。すでに、伊那谷から山越えで飯田の七種、雷三、仙之助といった諸氏が着いていた。案内された部屋には、会田綱雄自筆による「伝説」の詩の全文が額に掲げられていた。この詩を読みながら帳場にいた老人の眼が何か気になった。淋しそうな眼でもあり、遠い彼方を見つめている眼のようでもあった。

その夜、六畳の部屋で汗を拭きながら夜中の十二時過ぎまで、三度の句会が開かれ倦むことを知らなかった。

翌朝、帳場の老人が島崎藤村の長男であることを知らされた。朝からカンカン照りの暑さで、もう何日も雨が降らない旱の夏であった。浅利昭吾さんが〈藤村の長男といふ暑さかな〉という句を作ったのを覚えている。

（昭45『藁火』）

夏《なつ》雲《ぐも》やビル壊《こわ》しゐる鉄《てつ》の玉《たま》

たまたま甲府の街で見た光景。クレーンに大きな鉄の玉を吊って五階建てのビルを崩している作業に出会った。鉄の玉を振ってはビルの壁に当てる。当たるたびに大きな音をたてながらコンクリートが壊れていく。崩したコンクリートをショベルカーがダンプに積んで運んでいく。このビルを造るのには、一年位の月日が費やされたのであろうが、壊すのは何と簡単なことであろう。

クレーンが真夏の空に高くのび、一個の鉄の玉が何回も何回も振られてはビルに当たる。原始的と思える作業であるが着実にビルは破壊されていく。一個の鉄玉が、この巨大なビルを崩していくさまを、正面で入道雲がむくむくと湧きあがりながら見ていた。

甲府の夏の暑さは大変なもの。テレビや新聞の各地の温度を見ると、いつも土用中は甲府がトップになる。梅雨が終わって立秋までの間はまさに甲府は男の季節だ。

（昭45『藁火』）

藁《わら》灰《ばい》の底《そこ》のぞきみる雪《ゆき》催《もよ》ひ

盆地の冬は、しんしんと膝から凍るような寒さではじまる。白根山麓に広がる私の町は、背後に白根三山を負って、北には寒風の袋をもつ八ヶ岳の峰が坐り、南には富士山が五合目から真白な顔をのぞかせる。

今でこそ電気コタツになってしまったが、この句の当時まで深い掘りゴタツ。炭火で布団が焦げるような匂いを出したものだ。この匂いが何ともいえないここちよさをもたらした。炭火を長く使うために、藁灰を炉の底から縁まであふれるように入れる。少しの炭火でも藁灰に火が廻り倍の熱さを出すからだ。

正月前になると、どこの家でも藁灰を作る煙があがり匂いがただよう。藁灰作りのコツは、静かにして藁の原形を崩さないように焼くこと。昼過ぎて燃した藁が夕暮れどきには、真黒くこんもりと焼きあがる。棒でそっと中をのぞくと、てかてかと真っ赤な火の色が生きている。懐かしい冬の風物詩の一つであった。

（昭46『青蟬』）

眠《ねむ》る田《た》に三日《みつか》つづきの嶽《たけ》颪《おろし》

山梨県には、大きな山麓リゾート地帯が二つある。一つは、富士山麓地方で河口湖、山中湖をはじめとする観光地。もう一つは、近年脚光を浴びるようになってきた八ヶ岳山麓。清里を中心とする高原リゾート。

一月に入ると、この八ヶ岳から吹く風がまともに白根町を通過する。十二月下旬から三月上旬まで特にすごい力で吹き荒れる。甲州の空っ風として昔から名高いのもこの風。朝、ちぎれ雲が八ヶ岳にかかると、午後はきっと強い北風が吹きはじめるのもこの季節。八ヶ岳の吹き出し雲として、農民の気象観測の中に入っている。朝の十時ごろから吹き出す風は、昼すぎから最も強くなり夜になると弱まるのが通例。

冬野から田を越えて吹きすさぶ風は、ごうごうとうなりをたてて家の瓦を鳴らす。こんな風が三日も続いて吹くことがある。この地方に住む者にとって、風と水は忘れることのできない季節感をもつ。

（昭46『青蟬』）

臼《うす》売《うり》が木《き》の香《か》はらひてゐる寒《さむ》さ

山梨県若草町十日市場で現在も二月十日から二日間開かれている市がある。『甲斐国志』のなかにも出てくる市であるから、かなり古くから始まっているようだ。

この十日市場には、句会を同じくしている河西柳耳、矢崎幸枝の二人の雲母俳人が市のたつ通りに居住している。親類、縁者が十日市には寄り集まり多忙ときいているので立ち寄ることは遠慮しているが、この市が好きで毎年顔を出しては小物を買う。

八ヶ岳颪の北風が吹きまくるのもこのころからである。富士川の上流釜無川に水が少なくなる季節。八ヶ岳颪が釜無川の銀砂を吹きあげて霞がたったように見えると、もう十日市が来るぞ、と思う。

市の中心になるのは、臼、杵、梯子、農具の柄、木づち、といった木製品。うす売りの夫婦が夕昏れになり衣服から木屑を払っているのが、この句の原景である。

（昭46『青蟬』）

ふるさとの土《つち》に溶《と》けゆく花《はな》曇《ぐもり》

きび畑の真っ青な畝が、道の両側にどこまでも続いている。昭和二十年八月十六日の炎天下を奉天に向かって歩いていた。敗戦の日である。その日から十日ほど前に、奉天の勤務先である満洲棉花株式会社の同輩たちと、石炭の露天掘りで有名な撫順にある関東軍に入隊した。十八歳をあと二十日ほどで迎えようとする盛夏であった。毎日、短い柄のスコップを銃の代わりに大事に抱いては対戦車用のタコ穴（塹壕）を掘り、掘った穴に身をかくして、手りゅう弾の投擲訓練を汗がつきるまでうけていた。

命からがら故郷に帰ってきたのは、昭和二十一年の七月であった。あれから二十五年、故郷の土の匂いが体のなかに溶けこんでいった。花曇りの季節になると大陸の黄塵期を思いうかべ、終戦前後のあの数年のことをあれこれと思い出す。この句は、そうした自分の肉体が故郷の土に同化していく様を表現したかっただけである。

（昭46『青蟬』）

百合《ゆり》ひらき甲斐駒《かいこま》ヶ嶽《がたけ》目《め》をさます

山本健吉先生が連載している「週刊新潮」の「句歌歳時記」に取り上げられ次のような評がなされた。

「駒ヶ岳の名は諸国にあり、甲斐駒、木曾駒などと区別して言う。朝明の大景を捉え、近景に大輪の白百合(多分)を咲かせた」

以前、甲斐駒として別の句を作ったとき、馬と間違えられて中日新聞のコラム欄に掲載されたことがあり、それからは駒ヶ岳と書かなければ、何か不安のような思いがしてならない。

今度、日本の道百選として、甲州街道の宿場で栄えた白州町台ヶ原が選ばれた。ここから眺める甲斐駒ヶ岳は、前山がなくそそり立ち岩膚が荒々しくドンと坐してピラミッドのようにそびえてみえる。この甲斐駒ヶ岳は、標高が二九六六メートルあり、駒ヶ岳の中で一番の高さを誇る信仰の山。この山を背景にして百合の花が咲き、山も目をさまして朝日を全貌にうけてかがやいていた。

(昭46『青蟬』)

竹《たけ》を伐《き》る音《おと》真青《まつさお》に雨《あめ》のなか

竹を伐るのは十月が適期とされている。竹の春という季語もある通り、この季節は竹の生長期で最も質的な充実をみるので伐りごろとされているようだ。普通の樹木は、春になると生長し、秋になると衰えていくのが一般的。しかし、竹に限っては、秋に生長し春に衰えるのでまったく反対になる。それ故に、竹の秋は春の季語として、竹の春は秋の季語として歳時記に収録されている。夏炉冬扇的な匂いがあり俳句の季題としての位置づけを得たのかも知れない。春には筍《たけのこ》が出てきて親竹の養分を吸収するので衰えるという考え方もある。私の地方では、竹は十月から十一月にかけて伐る。この時期に伐った竹には虫が入っていないといわれている。

実は前掲の句、佐渡ヶ島の旅をしたとき作ったものであるが、改めてどこで見た光景だとことわる必要もあるまい。真っ青にかがやく竹を伐る音が、雨を緑青色に染めていくようであった。

(昭46『青蟬』)

冬《ふゆ》うらら雀《すずめ》がたてる土《つち》埃《ぼこり》

私の俳句は、どうも大景を詠ったとき成功しているようである。性格が大雑把であるから細かいことに注意力をそそぐことが不足しているためのものであろうか。しかし、俳句を作っていくうえで、大雑把に物を見ていたのではよい句が生まれるわけがない、と思うようになった。どんな小さな風景でも、そこからきらめくような光景を展開させることが、俳句におけるいのちの把握であろうと思った。

家の東の障子戸を開けると果樹園が展ける。宅地と果樹園の間には、昔からの馬入れ道がある。幅わずか一メートルにも満たない農耕用の道。昔は畑に入るために馬が通れるだけの道がつけられていた。十一月の静かな日であった。この季節には雨が少なく、畑の土もからからに乾いてしまう。五、六羽の雀が馬入れ道の土を、細い脚で掻いている。掻くたびに土ぼこりが真っ青に澄んだ空にあがる。日常見なれている風景であるが、この時は何か大変な発見をしたように思えた。（昭46『青蟬』）

松《まつ》の種《たね》買《か》ふ安《あ》達《だ》太《た》郎《ら》の雪《ゆき》の中《なか》

今日は長男に逢えるという喜びもあり、福島から何か記念になるものを買って帰ろうという思いがして、安達太郎山麓で五葉松の種を買った。

新雪が山を真っ白に彩っていた。山麓の村にも雪が薄く積もって、昼の日射しにも解ける様子もない寒い日であった。松の種は十粒ほど紙の袋に入って二百円。この種が山梨の地で生えて来るだろうか、という思いもあったが松の種のみやげは面白いと自分で満足していた。何十年か後に、これは福島で長男と逢った時買ったものだと仰ぐことができるだろうと夢みた。

この五葉松の種を家に持ち帰って早速に蒔いた。芽が何時出てくるだろうと翌春には箱の中を透かして見るようになった。その初夏のころ芽を出した。十粒のうち半分ばかりであったが緑の葉をひらいた。秋になり鉢に植えかえて失敗し、全部が枯れてしまった。（昭46『青蟬』）

子《こ》に学資《がくし》わたす雪嶺《ゆきね》の見《み》える駅《えき》

福島県下の商工会へ視察研修に行ったおり飯坂温泉に宿をとった。福島交通の電車で市内から二、三十分の距離にある温泉地。

家を発ったとき妻から長男へ渡すよう学資を預けられた。学資といっても寮に入っていたので、年末までの一ヵ月の生活費。たしか一万円であったと思う。宿泊したホテルから徒歩で五分位のところに飯坂温泉駅があった。その日、長男の方に抜けられない集会があって、来た電車で帰らなければならないと言う。飯坂駅は福島交通電車の終着駅。そこで会うことにした。

久しぶりに長男と、二言三言「元気か」とか「もう一年だから頑張れ」と言って預かってきた一万円を渡した。暮れかかってきた安達太郎山や吾妻小富士の嶺々は新雪でおおわれていた。ひんやりとした風が二人の短い会話のなかを吹き過ぎていった。嶺の上には本当の青空がまだあった。あの時、たとえ二千円でも学資の外に小遣いを渡してやればよかった、といまでも悔やまれてならない。

（昭46『青蟬』）

早苗《さなえ》たばねる一本《いっぽん》の藁《わら》つよし

今でこそ、農村の田植えも稲刈りも機械化されているが、果樹地帯で水田の少ない私の町では、この時代にはまだ田植機は入っていなかった。

田植えの日には、朝早くから苗取りを始める。苗を抜いては小束にし藁でしばる。藁で束ねるのは、解く作業がやり易いためである。水に濡れると一本の藁でも、ときには麻紐のような力さえ出る。苗取り作業を見ていて、この藁の強さに驚いた。日常この季節になると見る光景であるが、この時は、一本の藁の強さが心をつよく打った。

俳句の写生とは、ありのままのことを写すだけのことではなく、その対象のいのちをも表現することであると思っている。そのためには、見た対象から驚き、発見を得ることだと考える。驚きや、発見を得るには、普段からよく物を見ておくことである。昨日の自然と今日の自然の姿のちがいを発見し、そのいのちを写すことが写生の本義ではなかろうか。

（昭47『青蟬』）

藪《やぶ》焼《や》きて墓《はか》をひろげる秋《あき》の暮《くれ》

菩提寺の光明山妙善寺は日蓮宗。昔の家からは徒歩で十五分。道路拡幅によって移転した現在の家からでは七分位の距離の所にある寺。創立されたのは天文年間とく。昭和四十四年の調べでは、檀信徒数は二二〇戸。境内には目通り二メートル、枝が南面に十メートルも伸びている見事な松がある。

住職若林義衛氏は白根町教育長として現在活躍。また文化協会俳句部に所属し月一回の例会にも欠かさず出席している。この寺の本堂の裏が真竹の藪になっていた。どの寺にも竹藪のあるのは、葬儀のおり使用するための青竹が必要だからであろうか。

勤め先からの帰路、寺の竹藪が切り払われて藪が焼かれていた。煙が空高くあがり、冷え冷えとした晩秋の山の上にまで伸びていた。世帯数の増加に伴って檀家も増えているのであろう。墓地を拡張するための藪焼きだと思うと、何か身にしみる煙であった。

（昭47『青蟬』）

冬《ふゆ》の濤《なみ》目《め》つむり耐《た》へる家《いえ》ばかり

毎日新聞が十二月になると、毎年「私の選んだ今年の秀句」を俳壇の大家によって発表している。その中で、金子兜太氏が推せんした句。あまり意識のなかになかった句であったので新聞を見て驚いた。そんな光栄を受けたことはなかったので感激も大きかったのを覚えている。その時の選者は、山口誓子、秋元不死男、大野林火、飯田龍太、森澄雄、金子兜太の六氏、それぞれの人が八句を選んでいる。同時に兜太氏が次のような寸言を書いていた。

「俳句の名に甘えて過去をなぞるだけのものが増えている。俳句といわず『句』といいかえたら、少しは現在にきびしくなるものか」

この作、初冬の日本海を見た時作ったもので、海の色、空の色、風の色がさみしかったことがよみがえってくる。

（昭47『青蟬』）

年暮《とし》《く》るる振《ふ》り向《む》きざまに駒《こま》ヶ《が》嶽《たけ》

山本健吉先生監修の『地名俳句歳時記』甲信篇をみると甲斐駒ヶ岳について次のように書いてある。

「北巨摩郡白州町と長野県長谷村の境にある峻険な山。標高二九六六メートル。正式名称は駒ヶ岳。全国十数山もある駒ヶ岳中の最高峰で、中央アルプスの駒ヶ岳と区別するため甲斐駒ヶ岳あるいは東駒ヶ岳と呼ぶ。花崗岩からなる三角錐の山容をなし、古来信仰の対象とされた。（後略）」

中央高速道の小淵沢インターと長坂インターの間に見える甲斐駒ヶ岳の雄姿は、どこの山を眺めるより迫力がある。特に冬の場合は、古人が信仰の対象とした理由を理解することができる。富士山や八ヶ岳のように裾は長くないので、より迫力があるのかも知れない。

この年も暮れようとしている昏色の中で、何かに呼ばれているような気がして振り返って見ると、そこに仁王立ちの駒ヶ岳が背後いっぱいに坐っていた。（昭47『青蟬』）

舌《した》かみ切《き》らんばかり余寒《よかん》の山桜《やまざくら》

白根山の前山に二千メートルの櫛形山が二つの郡にまたがってたつ。その中腹に高尾山穂見神社があり生産の神様として信仰を集めている。柚子とカヤ飴が名物として売り出され冬の風物詩となって近県にまで高尾講の拡がりを見せる。江戸時代には、市川代官所から出張して取り締まりに当たったというほどのにぎわいがあった。現在は、高尾の村落は十戸に満たない家しか残っていないときく。それでも、毎年十一月三十日の夜の祭典には、夜を徹して神楽の奉納がなされ多くの信者が山腹に登っていく。

この句の対象となっている山桜は、高尾山穂見神社のもの。五月一日の祭礼に登ったおりの作。「余寒」と「山桜」の二つの季語が一句の中で使用されている。山腹の山桜にとって、あの日の寒さは格別のものであったろう。五月に入って、やっと開いた山桜はいきなり頰を打たれたような寒さに驚いたのではなかろうか。（昭48『青蟬』）

濡紙《ぬれがみ》に真鯉《まごい》つつみて青野《あおの》ゆく

勤め先の知人が水のない白根町で、鯉の養殖と釣堀を始めた。大きなコンクリートの水槽が六つも並び、水槽ごとに鯉の大きさがちがって入っている。その南側には屋内プールを思わせるような釣堀場が客の来るのを待っていた。周囲は果樹園で、点々と人家がある百々という地内。百々と書いてドウドウと読む。白根町の字《あざ》のひとつ。井戸を掘って水を得るわけだが、月の光でも畑が焼けるとまでいわれている常習旱魃地であるので、井戸の深さはかなり掘らないと使用するだけの水を得ることはできないのではなかろうか。深く掘られているので水は冷たく、身が締って食用鯉として味は絶品ときく。錦鯉も色彩が他の地方のものとは比較にならないほど鮮明だともいう。

そこの鯉を、水で濡らした新聞紙に包んで持って来た。長さが五十センチ位の鯉であった。しばらく横になったがすぐに元気になりさんさんと輝く夏の池を泳いでいた。

（昭48『青蟬』）

田《た》を植《う》ゑて眠《ねむ》り田植《たうえ》に覚《さ》めてゆく

この句、「二字の品位」という文を書いているので引用する。

「俳句のあるべき姿を朱筆により教えられた一句というならば、数多いなかから私はこの句を即座に選ぶ。飯田龍太先生の選を仰ぐようになって二十年の月日がたつが、ある時は句会において、また『雲母』誌上で朱筆をいただいた。一字の訂正により作品に生気があふれ、長い日照りでしおれていた野菜畑に雨が降ったような思いを、朱筆のたびに感じている。この句もその一つだ。原句は、『田を植ゑて眠り田植に起きてゆく』であった。下五の二字『覚め』の朱筆であるが、思わずアッと声を出してしまった。推敲を重ね仲間にも評判がよかったので、もう動く言葉はないという自信があったからだ。しかし、朱筆されて見ると作品のもつ品位といったものがまるで違ってきている。俳句の言葉における選択のきびしさを改めて思い、完璧の表現というものがいかに難しいかを、この朱筆によって知ることができた」

（昭48『青蟬』）

いんいんと青葉地獄《あおばじごく》の中《なか》に臥《ふ》す

若葉が輝く季節になると腹痛をおこすことが多い。いつも真夜中におきる。寝ていても起きていても耐えられない痛みである。腹のどの部分が痛いのか解らないほど全体に痛みがはしる。朝までこらえていると、嘘のように痛みが消えていく。前夜のことが、まるで狐につままれたように思われる。しかし、この時は、朝になっても痛みが引かない。しかたがなく病院に行くことになってしまった。病院に行けば診察検査で入院。入院すれば一ヵ月は休養ということになる。

若葉が青葉になるころやっと家に帰り療養することになった。東の障子を開けると果樹園、西の障子を開けると楓やつつじの青葉。この時ほど青葉を陰うつに感じたことはなかった。床に臥して青葉でさえぎられた暗い部屋の中で考えることはきまって死後の世界。

あれからもう十何年かたつが、以来痛みは再びやってこなくなった。

（昭48『青蟬』）

水番《みずばん》の莚《むしろ》の上《うえ》の晴夜《せいや》かな

白根町の西端の山際を流れる徳島堰《せぎ》は、寛文年間、江戸の商人徳島兵左衛門なる人が、釜無川から堰を引いて水に苦しむ地方の農民を私財を投じて救った川である。工事の中途で甲府藩が干渉してこれに代わり延長十七キロの堰の完成をなした。兵左衛門の投じた私財の一部として、四一六五両が甲府藩より支払われ、その功績を顕彰するため徳島堰と名づけた、という記録がある。

現在でも、この堰の恩恵をうけている市町村は多く、河川の氾濫する扇状地のうえに水田が開発され水稲の栽培ができるようになった。徳島堰には幾つかの水門があり、水門から取り入れた水をそれぞれの水路によって給水していく。その給水の役目を担当するのが水番である。掛番ともいっているが、堰の土手に小屋を掛け不寝番で水路を監視する。

土手のうえから甲府の灯がきらめき、晴れわたった夏の夜など莚の上で夜景を眺めている水番の姿から涼気がたっている。

（昭48『青蟬』）

三《みっ》日《か》居《い》て三《みっ》日《か》雪《ゆき》舞《ま》ふ刃《は》物《もの》の町《まち》

豪雪時の越後に一度行ってみたいと思っていたおり、三条の石井健作氏から今年は何十年ぶりかの深雪であるので来てみないかと、誘いをうけた。一月十四日に上野を発った。晴天で渋川まで雲一つなくよく澄んだ日であった。それが、渋川を越えるころから空が次第に鉛色にかわってきた。清水トンネルを出ると、まったく風景は一変して雪の底を上越線は走っていた。小千谷市、六日町、十日町市など電柱の三分の一ほどしか見えず、何か変てこな世界に入っていくような感じをうけた。

三条は思っていたより雪は浅かった。その夜、雪上で焚く左義長の火を見にいった。深夜の街には粉雪が舞っており、どんどの火にスルメをかざして焼いていた。私の地方のもち米の粉で作った繭玉を焼く風習とは違った光景であった。

翌日、長岡に行き降りしきる雪の中で、信濃川の流れをみた。

（昭49『青蟬』）

火《か》事《じ》の夢《ゆめ》さめて越《えち》後《ご》の雪《ゆき》の中《なか》

どんどの火を見たせいか、その夜火事の夢をみた。さんさんと降る雪の奥で燃えあがる紅蓮の炎は、何か寺院が焼けているようであった。さまざまの人の顔が炎に照らし出されて浮かんでは消えていった。それが、ときには服装が女性のもので、顔は男であったりした。どどどという地ひびきのような音がして燃え落ちていく伽藍。

その音で眼がさめた。すると再び夢の中できいた暗く重い、どどどと魂をゆするような音がした。しばらくして、寒雷だと気がついた。いや、新潟では雪起し、鰤起しというのかな。そんなことを思いながら窓から真夜の外景をのぞくと、ひらひら雪が降るのでもなく舞っていた。闇の中に白く舞っている雪が、外灯のひかりで無数の蝶が乱舞しているように見えた。

塚本邦雄著『けさひらく言葉』に収録された一句。

（昭49『青蟬』）

斧《おの》一丁《いっちょう》寒暮《かんぼ》のひかりあてて買《か》ふ

隣村に十日市という祭りがあって、二月十日に開かれる。もう何百年もつづいているそうだ。西の山に住む人たちが、冬仕事に木で作ったいろいろな生活用品をこの日に持って来て、盆地の農作物と交換したことに始まったという。

この日は、龍太先生を案内して行った。道の両側に露天商が百軒近く並び、空地では、臼、杵、のし板、梯子、麺箱などの木製品が売られている。この中に一軒、地方の鍛冶屋が手打ちで造った農具の刃物類を並べて売っていた。先生は、そのなかから竹を伐る鉈を一丁取り出して、西に傾いた日にかざし刃の切れ具合をたしかめていた。刃の先が曲がって石除けになるようにこしらえてあるのが気に入ったようだ。

作品の背後にある事実は、斧でなく鉈であったのだが、どうしても手にした重さを表現したかったので斧とした。それに、私にとって斧の方が身近に感じられたためでもある。先生は、この日二間梯子を三丁と鉈一丁を買って帰った。

（昭49『青蟬』）

焼《やけ》跡《あと》の朱《しゅ》ぬりの膳《ぜん》の大《たい》暑《しょ》かな

〈昭和四十九年六月二十五日山廬隣家全焼す〉という前書がつけてある。

小黒坂の龍太先生宅の隣家である飯田正盛さんの家から火が出た。正盛さんは、「雲母」の古い俳人である小茅さんを父にもつ人。

連絡を受けて白根町役場の伊藤尚武さんの車で、浅利昭吾さんと駆け付けた。すでに鎮火していたが、正盛さんの家の崩れ落ちた柱や梁がまだいぶっていた。その隅のところに忘れられたように朱ぬりの膳が置いてあった。龍太先生の家の東側の破風板や棟木の先が黒く焼けこげているのが見えた。境になっている樫の木から煙りがのぼっており火勢のすさまじさを物語っていた。

聞くところによると、雲母社の書類や蛇笏先生に関する重要なものなど前の家に預けたそうである。昼間の火事であったので水利の悪い坂の村落であったが類焼はまぬかれた。この火事が、もし夜であったらどうなっていただろうか。思っただけで鳥はだがはしる。

（昭49『青蟬』）

昼寝《ひるね》さめ農婦《のうふ》にもどる髪《かみ》たばね

妻の実家は、農地解放にあい、田や畑が接収されてしまったが、現在でも水田や畑が専業農家としてでも生計がたてられるくらい残っている。田植えの時期や養蚕の上簇のおりなど手伝いに帰る。

妻は三人姉妹の末っ子。長女の姉の養子は太平洋戦争で二人の男の子を残して戦死。次女の姉は、同じ郡下の老舗の金物屋に嫁いだが、やはり二人の男の子を残し夫が戦死している。二人の姉とも残された子供を育てるのに懸命に生きた。末っ子の三女が妻であるが、年齢が離れて生まれているので、親からも姉たちからも可愛がられた。

この句、そんな妻の実家の光景。田植えの手伝いでも蚕の上簇の手伝いでもないことは、上簇や田植えでは、昼寝などしている余裕がないことからも確かである。作業は何であったか納戸で昼寝を終えて、口にピンをくわえながら髪を束ねるようにして出てきた時のもの。

（昭49『青蟬』）

馬《うま》みたび汗《あせ》を休《やす》めて山越《やまこ》ゆる

櫛形山で出会った景。檜丸太を五本、馬が土曳きをしていた。坂道をのぼっていくのであるが、一度にはのぼり切れない。馬方も汗がしぼるように流れている。大声で、「そうれ、そうれ」と気合をかけている。十メートルくらい曳いて休み、汗を休めると再び大声で馬を励ます。見ている方も、「頑張れ、頑張れ」と声援をかける。馬の目が血ばしってきており、力の限界が感じられた。首からも胴からも汗がポタポタと山道に落ちる。夏の日は容赦なく馬にも人にも照りつけている。馬と人とが一体になって坂を越えていく姿に言い知れぬ感動をおぼえた。

この坂を越えると、もう下り坂ばかりで目的地の集材場に着く。最後の坂越えであったが、のぼり切った馬の目も人の目も忘れることができないすがしさがあった、というのがその時の実景。土曳きをしていることまで入れると、十七音では収まらないので省略することにした。

（昭49『青蟬』）

天辺《てっぺん》に蔦《つた》行《ゆ》きつけず紅葉《もみじ》せり

裏の崩れた塀の隅に一本の丸柱がたっている。丸柱といっても原木の皮をむいただけのもの。かなり地中深くまで埋めてあり倒すに倒せずそのままにしてある。この木を私の地方ではネズミサシと呼んでいる。腐ることを知らないので、土台や柱に古くは使用されていたようだが、近年では近くの山々になくなってしまったそうだ。

隅の丸柱の根元から植えた覚えのない蔦が生えてきているのに気がついた。小鳥が何処かで啄んできて、この柱の上から糞を落としたのであろう。そういえば、蒔いたことのない南天や一位の小さい木が丸柱の周囲から出ていた。蔦の蔓は丸柱にからみ始め、上へ上へと巻きのぼっていった。この分では、秋までに柱の天辺までいきつくであろう。しかし、晩秋になると蔦は真っ赤に紅葉して、柱の三分一を残した。何か意気地がないように思って眺めていたが、時間がたつにしたがってこれだけ頑張っても天辺に行けない蔦を憐れに思った。

（昭49『白根山麓』）

稲刈《いねか》つて鳥入《とりい》れかはる甲斐《かい》の空《そら》

こんな句は、山梨に住んでいる人でなければ理解されないであろう、と思っていたので高柳重信さんが、『現代俳句全集』（立風書房）のなかで認めてくれたのには驚いた。こうした失礼な考え方を瞬時でも持ったことに恥じ入った。

山梨は、小鳥にとって宝庫であるらしい。まだまだ乱開発が進んでおらず山々に木の実の類がいっぱいあるためだ。稲刈りが終わる十一月になると、いままで見ていた鳥の姿が消えてしまい、代わって冬鳥の姿を空や木の枝で見かけるようになる。冬を越すために外国から渡ってきたり、山からおりてきたりする冬鳥は色彩が鮮やかですぐに目につく。ホオジロ、マヒワ、シロハラ、キレンジャク、ジョウビタキなどがやってくる。それにかえて、ツバメ、カッコウ、ホトトギス、ヨシキリなどの姿が見えなくなってしまう。稲を刈り終わった盆地には、いち早く冬の気配がただよう。空は気が遠くなるまで高く、峰々の新雪が輝きを増す。

（昭49『白根山麓』）

雨《あめ》の野《の》を越《こ》えて雪《ゆき》降《ふ》る谷《たに》に入《い》る

私の住む白根町は、甲府盆地の西端の山麓地帯にあり、龍太先生の境川村は盆地の東南端の山腹にある。月に二、三回「雲母」の編集、発送のことで、境川村小黒坂の雲母社にお邪魔する。私のところから龍太先生の住む小黒坂に行くのには、バスで四十分ほど乗り甲府に出て、そこからまた四十分バスに乗りつぎ、境川村石橋という停留所で下車する。そして、谷ぞいに二十分ほど歩く。甲府盆地の西の端から東の端まで横断することになる。

この句は、一月のある編集日。家を出るときは雨であったが、境川に下車したときは、いつしか霙になっていた。そして、小黒坂の谿に入ったときは、一面真っ白な雪となってしまった。何時もそうであるが、この百戸の谿をのぼっていくときは、緊張感のためか足が速まる。そんな緊迫したこころの張りがただよっていたなら成功。毎日新聞の「私が選んだ今年の秀句」に金子兜太氏が推せんした作。

（昭49『白根山麓』）

樹《き》に岩《いわ》に礼《れい》して行《い》くよ春着《はるぎ》の子《こ》

日本人の信仰の対象は、自然の大樹であったり、海に坐っている岩であったり、太陽の昇る東の空であったり、山から落ちる滝の姿であったりする。親は子に、その子は親になり、また子へと、その信仰の姿勢は受けつがれていく。

頬も鼻の先も寒気で赤くして、正月の晴着をきた女の子が氏神様に初詣にいく。神木の大きな欅の前には馬頭観音が置かれている。ひょこっと頭をさげると前髪が顔をおおう。大岩の上には地蔵様が祀られている。そこでも立ち止まって頭をさげる。その可愛らしさが、身につけた正月の晴着とよく調和して、日本の祈願のこころの原初の姿をみたような気がした。

春着は新春に着る新しい晴着のこと。元朝の淑気があたり一面にただよう、いい正月だ。きっと今年は何かよいことがあるぞ。そんな思いが、この春着の子を眺めていて感じられた。

（昭50『白根山麓』）

帰《き》寮《りょう》の子《こ》吹雪《ふぶき》の海《かい》峡《きょう》越《こ》えたるや

正月休暇が終わり次男が北海道小樽に帰った。この日、東北地方から北海道にかけて猛吹雪となっていることがテレビで報道された。今ごろは、津軽海峡を連絡船で越えている時間だが。

三人の男の子の高校、大学とも入学式には参列したことがなかった。次男の場合、北海道小樽であったから、現地で布団や寮生活に必要なものを購入することもあって、入学式の一週間前に連れ立って出かけた。俳句の会で二度ばかり来たこともあり、もう一度小樽の坂街を見てもいいな、という思いがあった。小樽駅は、前に来た時と少しも変わっていなかった。木の長腰掛もその時のまま。二人で小樽の町に一泊して、駅で別れるとき「頑張って勉強しろ」という月並の言葉しか、かけてやれなかった。だが、次男の目頭がふるえていたのをおぼえている。

（昭50『白根山麓』）

灯《ひ》を消《け》して韓《から》国《くに》岳《だけ》の鹿《しか》を寄《よ》す

九州雲母の会が宮崎ではじめて開催されたのは、この年の九月十四日であった。

大会が終了した翌日、鬼塚梵丹さんをはじめとする七、八人の方たちとえびの高原に向かった。よく晴れた日であった。宮崎市から目的地に行く途中、萩の茶屋というドライブインで休憩。名前の通り萩の花が咲いていた。道路をへだてた向こう側に渡る陸橋をゆくと、そこには何十万本かわからない曼珠沙華の花が丘陵いっぱいに咲き盛っていた。陰気のかげが少しも感じられず、むしろ明るく陽気な南国の花となっていたことが不思議であった。

標高一二〇〇メートルのえびの高原に着くと韓国岳から噴煙があがっていた。夕食後の部屋に支配人がきて、部屋の灯を消すと鹿がよって来るという。灯を消して二十分ばかり経つと鹿がやってきた。月の光のなかにくっきりと見えた。野生の鹿を餌付けをしてならそうとしているそうだが、なかなかなれないものだといっていた。

（昭50『白根山麓』）

塔《とう》を掃《は》く男《おとこ》地《ち》上《じょう》の鹿《しか》呼《よ》べり

奈良興福寺の五重塔を見ての作であるが、そのおりのことを龍太先生が「雲母」巻末の「秀作について」に書かれている。加えることは何もない。「奈良所見――といえるのも、実はこの実景、先頃この地で催された俳句会に出席した折、私も作者と行を共にして見聞したところ。折からひとりの男が、五重塔の上から順次下段へ鳩の糞を掃除していた。あの時はたしか三重のあたりで、しかも下には無数の行楽客。実際にはそんなしぐさはなかったように思う。それがそのときの『事実』だがさて、改めてこの作に接してみると、作品から行楽客などすっかり消え去って、霊域はしんかんとした朝の静けさ。塔上にしばし小休止しながら鋭く口笛を吹く。それに応じて一斉に鹿が駆け寄ってくる。そこに塔上の男と地上の鹿との、声ない交歓のさまが生き生きと見えてくるではないか。見るものだけを見、感ずべきところを正確に感じとって、ひとつの世界を展開したこの技量は鮮かである」

（昭50『白根山麓』）

糸《いと》尻《じり》の温《ぬく》みいとほし大《や》和《まと》粥《がゆ》

前出の「塔を掃く」の句から数時間を経ての作。たしか、奈良公園のなかにある「塔の茶屋」という由緒ある老舗であった。いかにも奈良らしい時代の古さが感じられる部屋に案内された。壁下には、古い和紙が張られており、天井の煤竹の黒さが灯のひかりに照らされて幽玄の世界に入ったようであった。

食事前の抹茶の茶碗も七、八人がそれぞれ違った焼き物。その後、茶がゆ料理となったが、器が素晴らしい。どれも、これも手にとってゆったりと眺めながら味覚を楽しむことができた。最後に茶がゆとなり、器を手にしたとき糸尻の荒い手ざわりから何ともいえない心地よさが伝わってきた。かゆの温かさが器にしみて、それが糸尻までにおよんでいた。冷え冷えとした外景をたち切るような温みであると思った。

ある人に、「甲子雄さんも、こんな句が作れるのですね」といわれた。

（昭50『白根山麓』）

つぎつぎに子《こ》が着《つ》き除夜《じょや》の家《いえ》となる

長男は、職場の岩手県大船渡から、次男は北海道小樽から、三男は東京からそれぞれ大晦日の夜に帰ってくる。家族が揃うと除夜の食事となるのだが、一番近い場所にいる三男坊が何時も帰ってくるのが遅い。先に着いた子供たちの近況をあれこれ聞きながら帰りを待つ。金平ごぼうをいためる音と湯気があがり、鉄瓶の湯が沸いて硝子戸を曇らせてくる頃になると、玄関の戸を開ける音がして、「ただいま」という声がする。やっと三男が着く。電車が混んで遅れてしまった、という。

改めて、それぞれの顔が揃うと家族という言葉のやさしさがしみわたってくる。数年後には、皆が職をもち結婚して新しい家族を構成していくであろう。その家族がどんな除夜を迎えることか。

昭和六十一年の除夜には、父は亡くなり次男が大阪から帰ってきたのみ。長男は三人の子供と千葉で正月をおくるという。三男は東京から年が明けた元日の夜に帰ってきた。

（昭50『白根山麓』）

残《のこ》る歳《とし》過《す》ぎたる歳《とし》も霜《しも》のなか

いよいよ五十歳を迎えることになる元日の感慨である。勤め先も満洲から数えると四ヵ所目になる。あれこれ迷いながら生きてきた歳月のなかに死んでいった人、生まれてきた子供。その一つ一つに深い思い出がある。

三人の子供ともお産は自宅であった。長男が生まれる時など、陣痛がきてからなかなか生まれなくて、コタツで寝入ってしまった。起こされて目を覚ますと、元気な泣き声が部屋中にひびいていた。母の死のときは、幾日も危篤の状態がつづいて夜を過ごしてきていたので、つい眠ってしまった。母は、昭和二十六年九月に死亡、同じ年の十二月に長男が誕生した。

真っ白におりた霜の上で初日を拝み、そうした過ぎていくあれこれを思うとき、時の流れの速さをしみじみ思わずにはいられなかった。これからせいぜい二、三十年の残る人生を考えるとき、霜の白さが目にしみた。

（昭51『白根山麓』）

身《み》を捨《す》てて立《た》つ極《ごっ》寒《かん》の駒《こま》ヶ《が》岳《たけ》

駒ヶ岳は、赤石山脈の北端にある高峰で、標高は二九六六メートル。もう何回も書いたが、古くから信仰の対象になっていた山だけに、盆地を囲む嶺のなかでは最も荒々しい容姿をもつ。木曾山脈にも駒ヶ岳があり、その外全国各地に駒ヶ岳があるため、俗に甲斐駒ヶ岳とも呼んでいる。

私の町から長野県方面に車で三十分程行くと、白州町という所がある。ここから眺める駒ヶ岳の雄姿は、おそらく日本のどの山をもってしても、荒々しいなかでの荘厳さという点ではかなうまい。頂上は岩が風化して尖り、ここからは前山がないので、将棋の王将を立てたような印象をうける。

しかも、真冬であるならばその神々しさは、美の極限を示しているかに見える。まさに、すべてのものを捨て去って聳えているような孤独感があり、いっそうこの山の魅力を増している。「身を捨てて」という把握が神々しさを表現していたら、と思っているのだが。

（昭51『白根山麓』）

畝《うね》立《た》ててほのと湯《ゆ》気《げ》わく寒《かん》の土《つち》

久々の好天気であるので畑に出て、生ごみを捨てるための大きな畝を立てた。畝というより穴を長く掘った土の山である。表面は、まだ凍っていて鍬では歯が立たないので唐鍬にかえた。十メートルばかりの長さを三畝掘ると、寒中だというのに汗が背中を流れているのがわかった。額の汗を拭きながら振り返ると、掘った畝土から湯気がほのぼのと立ちのぼっていた。これには驚いた。まさか、寒中であるのでこんなにはっきりとした湯気が土から出ていようとは思ってもいなかった。それだけに、立ちのぼる湯気から強い、いのちの息吹きを感じとることができた。

周囲の果樹園から剪定の鋏の音が、鋭くさわやかに山にはねかえっていた。空には、この頃増えてきた鳶が三羽、大きな輪をめぐらせながら東の方に移動していった。

（昭51『白根山麓』）

何《なに》もかも折《お》れ易《やす》き谷《たに》寒《かん》に入《い》る

私の町から隣りの芦安村に行くまでの山峡は御勅使《みだい》川に沿って登る。白根三山の登山の入口で、この村から上には集落はない。御勅使川にそそぐ谷は幾つもある。どの谷間も急で大きな岩がごろごろしている。

白根町から芦安村までは、自動車では十五分ばかりの距離。その間に、山を崩して工事用の砂利作りをしている所が二ヵ所ある。いずれの工事場も見あげると恐ろしくなるような高さまで山を掘って岩を崩している。その下を通るときなど、山が崩れてはこないだろうか、という不安にかられる。

寒に入るころになると、どの谷に入っても踏む草々が折れ、手にする枯木はすぐに折れてしまう。それに、雪の力で白い膚を見せた太い枝がポッキリ折れている。寒さが木から粘りを取り除いてしまうのであろうか。寒中のこの谷に入ると何もかも、人間さえも折れてしまうのではないかと思えてくる。

（昭51『白根山麓』）

猫《ねこ》の子《こ》と通夜《つや》の僧侶《そうりょ》を迎《むか》へに行《ゆ》く

隣り組に葬式が出ると、私のところでは十四軒の組の家々が共同して行うことになっている。このことは前にも書いたが、墓地の穴掘り、祭壇の飾りつけ、香典の受付、葬式の三日間の飲食の仕度など、など。死者を葬るための一切を隣り組が責任をもって取り行うわけだ。葬式の順序など度々あることではないので、その度に組内の物知りの老人から聞くのだが、ときには、甲と乙の老人の言うことが違っていたりする。近ごろは、葬儀屋さんが出現して電話一本でとんできては組長を助ける。農協さんまで専属の葬儀社をかかえて競争になっているが、依然として細々したことから葬儀全般は隣り組で行わなければならない。

もう通夜の時間になったが、お寺からお上人さんが来ていない。迎えに行くのを忘れていたのだ。あわてて二人で車に乗って迎えに行こうとすると、子猫が後を追ってくる。仕方がなく車に入れて迎えに行った。たしか、前の家の葬儀のときであった。

（昭51『白根山麓』）

恋《こい》のこと報《しら》せくる子《こ》や麦《むぎ》穂《ほ》立《だ》つ

何もかも子供任せで育ててきた。受験のときもそうであったし、就職のときもそうだった。自分の意志の通りに生きていくことが、自立していくうえで一番近道であると思っていたからである。私自身が親の反対を押しきって十八歳で満洲に渡ったことを考えると、どんな苦労をしても自分の選んだ道であるならば乗り越えることができる、という自信のようなものがそうさせた。しかし、どうすべきか迷ったときは相談しろ、ともいっていた。

この時もそうであった。同じコーラス部にいて、ピアノの演奏をしていた娘さんが好きになったという。福島県相馬の人で結婚についても考えているがどうか、との相談であった。

あらためて自分の年齢を思った。子供がもう結婚適齢期に入っているのだ。空に向かって力いっぱい伸びていた麦の穂のなかに青春のかがやきを感じた。

（昭51『白根山麓』）

子《こ》の恋《こい》の成《じょう》就《じゅ》を願《ねが》ふ螢《ほたる》の夜《よ》

あれから何の連絡もしてこない。あの時の娘さんの話はどうなったのであろう。娘さんの親から反対されているのであろうか。うまく運ぶといいが。そんな思いがしていた。

白根町から螢がまったく見られなくなったのは、日本住血吸虫病という地方病がこの地方に多くみられ、宮入貝という巻き貝を中間の宿主として発育し人間の体内に入ることが発見されてからである。この駆除が戦後徹底的に行われ、小川は三方コンクリートにして流れを速くし、川の近くの草むらは火焔放射機で焼きはらわれた。そのため、螢の幼虫の育つ環境が失くなり、絶滅してしまった。他の地方でも稲の消毒や果樹の消毒のために餌となる巻き貝が見られなくなり螢も消えていった。

「雲母」の編集が終わり下の県道まで歩いた夜に境川の田に螢がいた。何十年ぶりかで見る螢の光の点滅は美しかった。直人さんとはよく、子供の話などしながらこの道を歩いた。

（昭51『白根山麓』）

乳房《ちぶさ》まで濡《ぬ》れて樹《き》に入《い》る草刈女《くさかりめ》

櫛形山の山麓に宮地という村落がある。ここの神社の社にはよく涼みに登った。昔、小学校があったが、いまは壊されて下の町に統合されて建てられた。その小学校から百メートルほど登った所に、二、三百年もたったと思われる杉や欅が神社をめぐって聳えている。あたりは、畑と田で人家はなく、すぐに山の暗みとなる。いや、神社が山に入っているのであろう。ここから眺める甲府盆地の風景が好きで、時間があると夏には単車でとんでいく。細かい石ころの山径で車は入らない。盆地を流れる釜無川も笛吹川も鮮やかな白さでかがやく。甲府の街が真夏の雲の下に廃墟のように青ざめて見える。北から雲が広がってくる。雨になるな、と思う間もなく大粒の雨がパラパラと落ちてきてすぐに大降りの夕立となる。神社の拝殿にあがって雨の通り過ぎるのを待っていると、全身をグッショリ濡らして欅の下に女が走ってきた。手に鎌をもって息をはずませながら会釈をした。

（昭51『白根山麓』）

蛇笏忌《だこつき》の田《た》に出《で》て月《つき》のしづくあび

十月三日は蛇笏先生の命日。この日は、満月に近い月の光が昼のように野を照らしていた。ことに、昼からの雨があがって大気が澄んでいる。家から西に少し行くと田に出る。この田に来て、稲のみのる匂いを体いっぱいに吸うと、何もかも忘れてしまい月の光の中へとけていくようだ。稲の葉にも、畦道の草にも露がぎっしり宿って、おりからの月光に虹色を放つ。あたかも月の雫のように感じられた。

話は変わるが、山梨県の銘菓に「月の雫」という菓子がある。葡萄の収穫期から翌年の三月ごろまで主に製造される。葡萄が新鮮でなければいけない。その一粒を熱でとかした白砂糖で包んだもの。二百五十年も前から生産され、しかも月の雫の名が付けられていた、というから驚きである。誰れが名付けたものであろう。一説には、甲府城主柳沢吉里と言ったり、七代目市川團十郎だ、とも言う。いずれにしても見事な名前ではないか。

（昭51『白根山麓』）

山国《やまぐに》の秋迷《あきまよ》ひなく木《き》に空《そら》に

山梨県の秋は、富士の初雪から始まるような気がする。もちろん暦の上では立秋からであろうが、八月の残暑もいよいよ力が弱まり、稲の花が匂い、芒に穂がみえてくる。そして、富士山の頂に、はにかむように雪がくる。そのころになると、木々の梢が生長を止めて、落葉樹の葉から青さがなくなっていく。空の雲は、うすく高くなって白さを増すといよいよ秋になった、という思いが強くなる。

それは、何十年、何百年、いや何千年もつづいてきた秋の訪れであり、迷うことのない正確さをもつ季節のひかりである。ことに山国の秋は、ひかりに敏感に反応する。風に吹かれる木々の葉のかがやきに、鳥渡る空のかがやきに、ある日突然に秋を知る。

この迷いない自然の力に昔から日本人は神を見てきた。したがって、自然の美しさは神の美しさでもあったろう。俳句のなかで自然を詠うことは神への参入のこころでもあると思った。

（昭51『白根山麓』）

父《ちち》の髭切《ひげき》りて小春《こはる》の地《ち》に落《おと》す

父が脳溢血で倒れたのは、昭和四十八年十二月であった。昼飯前のコタツに当たっていて崩れるように仰向けに倒れた。

三年を経過して床を離れ家の中を歩くまでに快復した。そんな初冬の暖かい日であった。髭が伸びすぎて、食事を摂るとき邪魔になるので切って欲しいと妻からたのまれた。縁側に出て鋏で伸びた髭を切っては、小春日和の地に敷いた新聞紙のうえにおとした。

父は、病気前からあまり口数が多い方ではなかったので、病後はほとんど口をきかなくなってしまった。欲しい物がある時は指で示したり、首を縦横に振っては意思表示を家族にした。首を振ることが家族との会話であるようになってしまった。

不思議に口髭やアゴ髭は、病気とはかかわりなく早く伸びるような気がした。十日位前に切ったばかりだが、もう五センチも伸びている。頭髪をバリカンで刈るのは妻が上手で任せきりであった。

（昭51『白根山麓』）

山《さん》中《ちゅう》の吹《ふ》雪《ぶき》抜《ぬ》けきし小《こ》鳥《とり》の目《め》

わが家は、国道五十二号線の鰍沢宿と韮崎宿のほぼ中間にある。明治時代に煙草の葉の集荷所が建設され、大きな倉庫が街道の西側三百メートル位に沿って建てられていたそうだ。

西の方に四キロも行くと、白根三山の麓の山々に突き当たる。したがって、山岳気象の影響をもろにうける地帯。しかも、御勅使《みだい》川の氾濫によって作られたような扇状地であるから旱魃の被害は県下で最も大きい地方。

しかし、山に近いためであろう、小鳥の種類は多くみられる。燕の帰った後に、鶫や鶫、鶸、鵙などが活発に飛びまわる。最近は、椋鳥が殖えて初冬の夕空を暗くするような数で群れて飛んでいる。家の庭さきの楓の大木に止まって、こちらをのぞくようにみているのは鵙だ。さき程まで見えていた北岳は、何時からか吹雪いて姿をかくしてしまった。薄紫をおびた雲が渦巻いて峰の上空を覆っている。きっと明日は寒くなるぞ。

（昭52『白根山麓』）

筬《おさ》音《おと》の切《せっ》羽《ぱ》つまりし二《に》月《がつ》かな

山梨県を大別すると、国中《くになか》、河内《かわうち》、郡内《ぐんない》の三地方に区分することができる。国中地方は甲府盆地を中心とした武田氏の本領、河内地方は富士川本流の身延周辺をさし穴山氏本領、郡内地方は、富士山麓の周辺から大月、上野原までにおよび小山田氏の領地であった。

その郡内地方は、千年前の昔から織物の産地で、夜具地、裏地、座布団地などの絹織物が中心。一名甲斐《かい》絹《き》として、その名をとどろかせていた。仕事の関係で、郡内機業の調査があり、都留市、西桂町の機織《はたおり》企業を廻って歩いたことがある。中国から絹糸が安価で輸入されたり、絹物需要が低下してどこの機屋さんも不況のただなかにあった。しかも家族労働だけで機織をしている小企業が多く、不況の波を一番はじめに受けていた。

富士山麓の冬の寒さは格別で、氷点下十度を越すことはままあり、その中を必死の音をたてて機織の音がきこえてくる。こころを射るようなきびしい音が絶え間なくきこえてきた。

（昭52『白根山麓』）

春《はる》疾風《はやて》職《しょく》得《え》て次男《じなん》西国《さいごく》へ

これで二人の子が仕上がった。次男が大阪の大和銀行に就職がきまり親の責任も薄らいだような安堵感があった。

長男は、小野田セメントに職を得たが、入社式に親が同伴するようなことはなかった。今度の次男の銀行就職に際しては、入行式に親が立ち合わなければいけないという。大阪までの間、どちらかというと無口の次男と膝を交えながら車窓の風景を眺めていた。二歳のころであったろう、飴玉を喉につまらせてしまい、逆さにして背をたたいて一命が助かったこと。三歳のころには、自転車の後ろの荷台にまたがっていて、車輪の中に足を入れ骨折したり、いろんなことが今日まであった。つくづく時の流れの速いことに感慨をふかくした新幹線の車中であった。

この朝の甲州は、朝から西風が強く吹きすさんでいた。水の流れが少ない釜無川の砂塵を空に吹きあげて春の疾風がごうごうと泣いていた。

（昭52『白根山麓』）

鉄道員雨《てつどういんあめ》の杉菜《すぎな》を照《て》らしゆく

たしか、次男を大阪の銀行に送りとどけた帰りの作だったと思う。静岡駅で新幹線を降りて東海道線で富士駅まで来て、身延線に乗り換えて甲府まで帰らなければならない。わが住処をつくづく田舎だ、と思うのは身延線でトコトコ三時間もかかって、富士川を眺め山また山を眺めて帰る時である。このときも、富士駅で身延線の電車が来るのを一時間ほど待っていたことをおぼえている。

いつからか小雨が降り出していた。駅のはずれのスイッチバック用の線路には、杉菜の緑が鉄道員のカンテラに照らされて目がさめるような鮮やかさを見せていた。傘もささずカンテラを下げて鉄路の中を歩いていく鉄道員の姿にさみしさを見た。終列車のためか、まだホームには人がまばらで、ガランとした構内から見た鉄道員の帽子の庇が雨に濡れて光っていた。もう十年も前のことであるが、あの日のカンテラに映し出された杉菜の緑のいろをときどき思い出している。

（昭52『白根山麓』）

鑑《がん》真《じん》の眼《め》か堂《どう》守《もり》の埋《うずみ》火《び》か

昭和五十二年十一月二十七日の関西雲母の会が兵庫県宝塚グランドホテルで開催され、その翌朝早く四、五人の友達と奈良に向かった。案内は廣瀬直人さん。高校の生徒を修学旅行で何回となく連れてきているのでくわしい。唐招提寺と薬師寺のある西の京をめぐろうということになった。

　薬師寺に着いて、塔を眺めているころから時雨が降りはじめ、俳句を作る条件は整いすぎるくらい整った、などと言いながら唐招提寺に向かった。薄暗い空の下で、まっすぐの道を歩いていくと土塀につき当たり、これが目的の唐招提寺だときく。事務所には、中年の僧が一人いただけで、シーズンはずれの静けさが寺の域内にただよっていた。「灯をこばみ唐招提寺しぐれけり」この句も、その折の作。

　拝観入口の事務所の火にうずくまっていた一人の僧侶が印象的であった。あの広い域内で、その僧侶以外には誰にも会うことがなかった。

（昭52『白根山麓』）

田《た》を植《う》ゑる一人《ひとり》が赤《あか》し甲《か》斐《い》の空《そら》

稲作転換の進むなかで、田圃の面積は年々減少し、田植えも機械化され早乙女の姿など過去の風景になってしまった。それでも、山峡の小さな田の幾つかは、人力による田植えが今日でも続いている。高冷地での田植えは平地より早く、しかも人力によることが多い。隣人同士が互いに助け合って田植え作業を共同で進めていくので、日曜など若い女性の田植え姿など見かけるが、早乙女といった印象はわいてこない。

　このころの甲斐の空は、雲が低く垂れこめるうっとうしい暗さが続くが、この句の時は、晴天の下で田植えが行われていた。四、五人ほどの女性が田の中で忙しく蟹のように動いていたが、その中の一人が若者であろう。真っ赤なシャツを着ていた。山々の緑と空の青さがひろがるなかで、この一人の赤さはじつに鮮やかであった。その翌年、飯田の句会へ向かう途中の電車のなかでこんな句を作った。「根づきたる稲田の風も信濃かな」

（昭54『白根山麓』）

二《に》三《さん》滴《てき》雨《あめ》のこりゐる夏《なつ》椿《つばき》

じつは、この夏椿、花瓶にさしてあった一枝。外の景色のような印象をもつが、舞台裏は北海道江別の料理屋での作。外は小雨が降っており、切って間もなかったであろう緑の葉には、二、三滴の雨の雫がきらきら光っていた。美しい花だと思った。この時、はじめて夏椿の花をしみじみ味わった。

活花の先生の阿部光子さんから、「この花知っていますか」と声をかけられたが、

「知らない、はじめて見ました」

「それではこの花は」

別の机にあった京鹿子の花が可憐に咲いている方を指して言ったが、やはり知らない、とこたえる始末であった。

一年あまりして、家を移転したおり、庭に夏椿を二十本ほど植え、その下草に京鹿子を鏤めて植えた。今年も花を見事に付けそうだ。

（昭55『白根山麓』）

思《おも》はざる山《やま》より出《い》でし後《のち》の月《つき》

十月の中旬となると露のかがやきに青さがさして冷たさを加えてくる。月の色も十五夜には黄赤色が強かったのに、十三夜では水色となって透明感を深くする。

十五夜は陰暦八月十五日の夜をさし、十三夜は九月十三日の夜を言う。その十三夜月を後の月と言っている。仲秋には満月の光のなかで宴を開き、晩秋には、満月より少し欠けている十三夜月を愛でる日本人の詩ごころに独特の美学があるのではなかろうか。俳句のこころ、といったものもその辺にあるように思った。

東の山頂から出てくる月は、この方角からであろうと思っていたところ、峰を三つも南に隔てた、富士山に近い山上から昇ってきたのには驚いた。それは、境川村小黒坂の方向である。

龍太先生も外に出て、この十三夜の冷え冷えとした月を眺めているのではないかと、そんな思いがした。

（昭56『白根山麓』）

埋火《うずみび》や名残《なご》りの家《いえ》の闇《やみ》ふかし

国道の拡幅により何度か家の庇が欠かれ、二階の手摺がちぢめられていったが、今度は家全体が国道と町道の交差点の中に入ってしまうので立ち退くことになってしまった。

国道から西方に二、三百メートル入った果樹園のなかに新しく家を建て移転の準備をすすめた。十二月も末の寒い日であった。新しい家に家具を移し、畳は従兄弟と前隣りの農家で桃畑の敷肥にするといって喜んで持っていった。戸障子も使用可能のものは近所で処分してくれた。欅の廊下板だけは何か役に立つこともあるだろうと思って一日がかりで取りはずした。

柱と床板だけになった最後の家で妻と二人だけの食事をとった。近所の人や親戚の人が帰った後だけに何かわびしさが残った。最後に火の始末をして、闇のふかくなった家を見廻した。明日から取り壊しに入る家の柱が、何か悲しそうなきしむ音をたてた。

（昭56『白根山麓』）

闇《やみ》ふかし木《き》の香《か》藺《い》の香《か》もこごえをり

昭和五十六年十二月二十一日、住みなれた生家を後にして、周囲が桃やすもも畑にかこまれたなかに一軒家を建築し転居した。これまでの家とは、三百メートルばかり離れた果樹園のなか。自動車が通るのにいっぱいの道路が新築した家の前まできている。

いったん転居と決定して、未練がましく生家に頑張っているのもいやなもので、師走も押しせまった多忙のなかをあえて引っ越してしまった。

妻と二人で広々とした部屋に床を敷くと、闇がふかぶかと寄せてくるなかで物音が何もきこえてこない、これが、かえって不安でもあった。今までの家は、国道に面していたので騒音があり、七トン貨物車が、信州から野菜を積んで駿河に通う。真夜中に通る定期便で家が揺れた。早くこの騒音から逃れようと思っていたのに、越してみるとその騒音を懐かしくさえ思えた。闇の中で檜の香と、畳の藺《い》の香が、さむざむと部屋にこもって寝つかれなかった。

（昭57『山の風』）

仏《ぶつ》壇《だん》の花《はな》より落《お》ちし蝸牛《かたつむり》

新しい家に、祖母の時代からの古い仏壇があり何かそこだけが目立つような気がする。新しいものに替えようと、何度か思うのだが、十一年越しに病床にある父がいるので、新調するわけにもいかない。それに、この仏壇にはさまざまな思い出がたまっている。

扉の桟が反ってしまい、閉めるときなどよほど注意していないと戸が倒れてくるありさま。仏壇の下に抽出しが三つ付いており、そこには、小学校からの通信表が入っている。小学校の頃は、甲乙丙の基準でしめされ、中学校になると優良可となっていた。なかには、不可といったものもあった。

子供三人の成績表も一所に入っているが、三人とも妻に似て成績は水準に達していた。三重丸のつけられた夏休みの日記が出てきてそれを読んでは、こんなこともあったかと思う。やはり居間には、この仏壇があると安心していられる。庭の山あじさいの花を切って、仏壇の花瓶にさすと、畳にぽとりとカタツムリが落ちてきた。

（昭57『山の風』）

まづ風《かぜ》は河《か》原《わら》野《の》菊《ぎく》の中《なか》を過《す》ぐ

家の南側に空地があり、そこには一面にカワラノギクが地をおおって咲き乱れる。九月の初めに可憐な花をつけ、かすかな風にもすぐに揺れうごく。

御《み》勅《だ》使《い》川の氾濫によって出来た扇状地であるので、砂礫土でありカワラノギクの生育に適しているのであろうか。隣家まで五十メートル以上も離れており空地の隣りは梅畑であるが、草一本生えていない整然としたたたずまい。家の東側も西側もすもも畑、北側は桃畑となっている。

南側だけが二百坪ほどの空地になっており、さまざまな草が伸びてくるが、その中で一番詩情をそそられるのがカワラノギクの花。高さも腰くらいまでしか伸びず、いつも水を欲しがっているように見える。弱々しく、いまにも枯れてしまいそうな感じでありながら長い旱魃が続いても生き残って花をつける。この雑草の強靱さが好きである。秋風が吹きおこるのは、この花のなかからではなかろうか、とも思えるほど風に敏感なところがまたいい。

（昭57『山の風』）

雁鳴《かりな》くや富士《ふじ》五合目《ごごうめ》の灯《ひ》がともる

雁の渡ってくるころの富士山は、澄んで一年中で一番美しい容姿を見せてくれる。頂上に少し雪がかかってい
る年もあるが、降っても白さが遠くからは見えぬ年もある。しかし、自然の移り行く姿にそんな大きな変化はない。

前に住んでいた家では、裏の畑に出ると富士山の五合目から上が山脈の上に威風堂々として坐っていた。今度の家からは、座敷にいても正面に富士山が見え、しかも五合目からやや低い位置まで見えるようになった。

鳥の鳴く声が静かな果樹園の上をすぎて行く。初秋になると、特に富士山五合目の灯がキラキラと輝いて近くなったように見える。あの灯は、五合目のみやげ店の灯である。家から富士山までの距離は、十里はある。自動車で走っても五合目までは高速道路を走って二時間近くかかるであろう。その山の中腹の灯がきらめいて見えたことに驚いた。秋の空は底知れず澄んでいく。

（昭57『山の風』）

北風《きたかぜ》の吹《ふ》けば吹《ふ》くほど富士《ふじ》聳《そび》ゆ

家の周囲は果樹園ばかりで風をさえぎるものが何もない。北風の吹く季節になって驚いた。風がこんなに強く吹くものとは予想だにしていなかった。毎日が台風なみの風力のようにさえ思える。

二階の書斎にいると風の日は、瓦がカタカタ鳴って家が飛ばされてしまうのではあるまいかと思ったりする。

特に八ヶ岳颪の吹く日は、家の柱がきしみ、瓦が割れてしまうのではあるまいか、と思える音をたてている。

昔から畑であり、この場所に家が建てられなかったのは、この風のためではなかろうか。八ヶ岳颪の風道となっているような気がしている。近くの家に風のことを聞いてみると、それほどでもないという。しかし、風が強く吹けば吹くほど、周囲の山々の雪がプラチナのような光を放ってくる。高い山ほど肩を張ってそびえている。美しい富士山でさえ雪煙をあげてそそりたつ。そんな日の作品である。

（昭58『山の風』）

たかだかと原《げん》爆《ばく》の日《ひ》の紅《こう》蜀《しよつ》葵《き》

紅蜀葵が梅雨の終わった真夏の空へぐんぐん伸びていく。一株から五、六本の茎を真っ直ぐに炎天をめがけて丈を伸ばしていくが、ある日突然、背丈が止まると、大きな赤い花をびっしりつけて、次から次へと咲いてはしぼんでいく。朝に咲いたかと思うと、夕べにはもう花を閉じている。私の家の場合は、立秋ごろが一番多く咲きそろう。

この紅蜀葵は、春の芽立ちのころ宝塚の丸山哲郎さんが送ってくれたものである。家を移転したばかりで、風情もない庭に紅蜀葵の花は、こころを奮い立たせてくれた。

一番花が咲いたのは七月下旬であったが、八月六日の広島原爆投下の日には、燃えんばかりに、紅蜀葵の花が咲いていた。数えきれないばかりに咲きあふれ、その鮮烈な紅の色が戦火の大陸を思いうかべさせた。十八歳の夏。奉天への道を足を引きずりながら歩いた記憶がよみがえってきた。

（昭58『山の風』）

はちきれんばかり天《てん》端《ぱ》の桃《もも》のいろ

七月の盆をすぎるころから桃の味も徐々においしさを増してくる。本格的な甘美となるのは、八月の盂蘭盆の前ごろではなかろうか。紙袋を取り除いて、桃の実が太陽に直接当たるとたちまち紅色をつけてくる。白桃であったらほんのりとした少女の頰の色となったときが収穫期である。

袋はづせば白桃のはにかむや　甲子雄

初秋のこの季節になると、白桃系のものが多く、皮を指先でむくことができるようになるのだが、私は、どうもナイフで皮をむく固さの桃の味が好きである。そんな桃からは、昔からある眼をつむりたくなるような香りがするからだ。

桃がうまいのは、何といっても木の梢に近い天端のものだ。裾になるものとは、大きさも色あいも違わないのだが、食べて見ると雲泥の差があり、天端のものにはとろけるような甘美な恍惚感がある。しかも、木で熟れたものがよい。

（昭58『山の風』）

何処《どこ》に佇《た》ちても城《しろ》の眼《め》と秋《あき》の風《かぜ》

第十八回子規顕彰全国俳句大会の記念講演を飯田龍太先生が、松山市道後公園の子規記念博物館四階の大ホールで行うのでお供をした。会場の四階講堂は定員が六百人くらいであったろうか、それに七百人をこえる人が集まって会場からあふれた。龍太先生の講演の時間中、当日出句された作品を下の階で十人ほどの人と選をした。そのおり、はじめて稲畑汀子氏に会うことができた。気品ある美人であった。

大会の前日、松山市教育委員会の藤原渉課長さんに、松山でもあまり観光コースに入っていないところを案内された。何処に立ったときでも必ず松山城は澄んで見えた。松山を離れる日に、石田波郷の生家だという町を過ぎた。市内から離れており静かな川が町の端を流れていた。秋晴れの空が美しく、田は稲の刈り入れをむかえていた。ここまで来ると、もう松山城は見えなかった。ほっとしたような気安さが体をほぐした。

（昭58『山の風』）

ちりぢりに子《こ》が去《さ》り雪《ゆき》となる三日《みっか》

長男は妻子を連れて年末には東京から帰ってくる。次男は勤務の関係で除夜の鐘が鳴るころ家に着く。大阪の銀行に学校を卒業してからいるので、言葉が時々関西なまりが入ってきたりする。三男は、元日の午後に眠そうな顔をして東京中野から着く。除夜の演奏会を毎年恒例できくので、今年もそうしたのだという。

何をすることもなく眠ったり雑談をして、たちまち正月三日は煙のように過ぎていく。子供たちは、あたふたと荷物をさげてそれぞれの住居に帰っていく。梅漬けを持っていく者、ボケ酒を瓶に詰めて持って帰る者。三男坊だけは、面倒くさがりやで何も持って帰ろうとはしない。せめて餅でもと、妻が一生懸命箱に並べて持たせようとするのだが、帰った後には、きっとその箱が忘れられてぽつんと置かれている。

子供たちが帰った部屋は広々として、外には雪が舞っていた。やがて、さんさんと止めどなく降りはじめた。

（昭59『山の風』）

親《おや》指《ゆび》をなめて眠《ねむ》る子《こ》螢《ほたる》とぶ

長男の長女を亜由子と命名した。昭和五十五年十一月十一日生まれであるから、もう四歳に近くなった。名前をつける時は、本を買ってきて妻がハッスルして調べたりした。どんな名前をつけても同じことだと思うのだが、やはり気になるらしい。

この亜由子、何故か眠るとき親指をなめる癖がある。指の皮がうっすらと赤くなっているのだが、眠るときは親指を口にくわえていないと寝つかれない。

弟が生まれて、母親の乳房を占領されてしまったので、そこからくるのではあるまいかという。かわいそうな気もするが、子供はそうして成長していくものであろう。

指をしゃぶる音がしなくなると眠りに入っていくが、時々思い出したように、ぺちょぺちょと眠りながら指をしゃぶっている。

（昭59『山の風』）

人《ひと》ひとり足《た》りぬ炎《えん》暑《しょ》の花《はな》さびた

北海道には、多くの知人がおり俳句の話をしあったり冗談をいって笑いあったりする。

この年は、札幌で何回目かの「雲母」の会が開かれ出席した。千歳空港から汽車が札幌に行っているので、まだ乗ったことがないので利用してみた。

車窓の風景の中にサビタの花の白さが、紺碧の空に咲き盛っていた。森を過ぎ、川を越えても線路の上には蕗の葉とサビタの花が何処までも続いていた。そんな車窓をみつめ北辺の友達から大自然のいろいろな話をきいていたが、いつもいるはずの勝俣トキ子さんの姿が見えないのが淋しかった。あの体の底からしぼり出すような声は、俳句は気力で作るものであることを教えてくれていたのに。サビタは北海道名で、和名では糊うつぎである、ということもトキ子さんから教えられた。不帰の客となってしまった彼女の声が、北海道に来るとサビタの花のなかからきこえてくる。

（昭59『山の風』）

母《ぼ》郷《きょう》とは枯《かれ》野《の》にうるむ星《ほし》のいろ

冬の星座のかがやきには、人を受けいれないようなきびしい一面と、願いをききいれてくれる母の温もりのような神秘的な光がある。

飯田龍太先生が、私の住む白根町に新設された山梨県立白根高等学校の校歌を作詞した。はじめてで最後だと言う。その三番の歌詞は次のよう。

たぐいなき母郷の山河
四望してことごとく胸裡に
おのがじし行方さだめん
こころざしいま鮮たなり
嗚呼われらが白根
われらが白根高等学校

この句の動機は、校歌のなかの母郷という言葉がいつもこころのなかをかけめぐって、俳句を作れと励まされていたからだ。寒夜にかがやく星のひかりを見ていたときこの母郷という言葉がわいてきた。（昭59『山の風』）

灯《ひ》ともれば蟬《せみ》ごゑ水《みず》をふくみけり

盂蘭盆を過ぎてからの蟬の声には必死のたかぶりがある。いのちの消える日を知ってか、いまを懸命に生きている証しのように鳴きつづける。残暑のころの蟬声の林立する激しさには、何か身につまされるような思いがしてならない。

日中は金属的に近い、乾燥しきった声で鳴いているが、家々に灯がともり、闇が次第に濃くなってくるころになると、水をふくんで鳴いているような気がしてくる。大気にも湿りが感じられるからであろうか。

この季節になると灯がともり、月が出てきても蟬は鳴きつづける。どちらかというと、夜のとばりが立ちこめるころの蟬の声には、秋が次第にふかまってくる哀愁感がただよっており、何時までもきいていたいような思いがして好きだ。この初秋の夜蟬の声には、忘れていたものを思い出させるような音色がある。（昭60『山の風』）

鳶《とび》四《し》五《ご》羽《わ》明《あ》日《す》は北《きた》風《かぜ》つよからむ

寒日和の真っ青な空に鳶が四、五羽、大きな輪をたがいに描きながら、東の空から徐々に近づいてくる。家の真上を旋回しているときは、羽の縞模様なものさえ鮮明に見える。一羽が低空でくると、三味線のバチのような尾羽が傷ついているのが見えた。

毎年庭の手入れに来てくれる河西柳耳さんは、農閑期になると植木職人となる。いつも決まっている家があり、それ以外にはなかなか行くことができないという。もう二十年以上も同じ家の庭を手入れしている真面目な人。雲母巨摩野支社の俳人で遠縁にもなるので庭木の手入れは柳耳さんに一任している。楓の樹の上から「あしたは北風が強いよ」と声をかけてきた。鳶が集まって輪をかきながら舞うと、その翌日は必ず強風注意報が発令されるような、北風が荒れ狂うそうだ。

四、五羽の鳶は、大きな輪を描きながら西山の上にいつしか去っていった。ほんのりとした寒夕映えが雪山を染めていた。

（昭60『山の風』）

天《てっ》辺《ぺん》に個《こ》をつらぬきて冬《ふゆ》の鵙《もず》

野鳥のなかでも秋の鵙には可愛さがない。頭でっかちでくちばしが鋭く体形もあまり美しさがない。朝早くからなわ張り争いをはじめて、鋭い鳴き声で自分の所在を固持する。

家を越してきてから一軒家のためか、移植に失敗して枯れてしまった一位の樹の上で鵙がよく鳴く。この一位の樹は、もう二百年以上もたったもので、残念でならないのだが、急の移転であり冬期であったのでこうする以外にはなかった、と思っている。

庭を秋に占領した鵙が冬になっても、この一位の樹に来ては鳴くことがある。群れることなく、たった一羽で行動する冬の鵙には精悍さがあり、秋の鵙とは違って好きだ。秋には、いやなやつだ、と思っていた鵙であったが、寒気を貫いていくような一声には、負けるな頑張れと励ましてやりたいような気持ちがわいてくる。

一位の樹に来る冬の鵙は好きだ。

（昭60『山の風』）

来《き》し道《みち》は通《とお》らず帰《かえ》る極《ごっ》寒《かん》裡《り》

十三年間病床にあった父が、この年の一月十一日に亡くなった。知らせを受けて、勤め先から走り帰ってきたが死に目には会えなかった。永い歳月看取ってくれた妻に手を握られ満足の往生であったときく。ろうそくの火が消えるようであったという。八十四歳であった。

死の二、三年前には、私の名前は忘れてしまったが、妻の名前はいつも呼んでいたので、しっかりと覚えていた。永い間、寝食一切を妻が面倒をみてきたので、葬式の日も涙を流していたのは妻だけであった。母は四十九歳で亡くなっている。私が満洲から帰って来た時は病床にあり、結婚して間のない妻にやはり手をとられて死んでいった。

韮崎市の丘の上にある火葬場で翌日、茶毗《だび》に付した。骨を拾って帰る時は、来た道は再び通らず裏道に出て、枯れ果てた山道を通って川沿いを帰ってきた。葬式の風習には地方によって異なることが多いが、この二度と通らない火葬の道には新たな悲しみがわいてくるように思った。

（昭61『山の風』）

四《よん》姉《し》妹《まい》並《なら》ぶ月《つき》夜《よ》の凍《いて》のなか

芹沢統一郎さんとは俳句のうえで知りあった。しかも、娘さんが山梨文化学園の俳句教室に入り、それが契機となって統一郎さんも俳句を作ることになったという。特に親しい交際をするようになったのは、「雲母」の俳句大会で、北海道、九州、大阪など、一緒に出席するようになり車中や機上で人生についての話をするようになってからである。腹のなかまで見せあった付き合いであった。突然、六十一年の師走に死の報を受けた。通夜の日は十二月にはめずらしいきびしい寒さの日で、手伝いの人々の焚火の炎が闇のなかにひときわ高く燃えあがっていた。近よって行きその仲間に加わって、座敷の廊下で挨拶を受けている四人の娘さんを見ていると悲しみがまたこみあげてきた。やがて一陣の風が後ろの山から吹きおろしてくる頃になると、焚火の榾もあかあかとした熾《おき》になっていた。

こうこうと笹子颪の吹く夜かな　　甲子雄

（昭61『山の風』）

麦秋《ばくしゅう》の煉瓦《れんが》は耐《た》へる色《いろ》ならむ

この年、六月八日から十六日まで、直人さんとNHK学園海外学習の旅の俳句講師として、上海、蘇州、北京と九日間の中国旅行をした。旅行といっても、学園の俳句生徒が七十人以上参加しており、夜、二回の俳句会を開くと、参加者が二回とも六十名をこえていた。蘇州から杭州までは五時間ほどの汽車の旅であったが、車中では添削指導、バスの中では俳句の作り方講習と学習がつづいた。

汽車の窓から見る農作物は、日本とまったく変わらないものが作られていた。トマト畑、茄子畑、モロコシ畑、豆畑が青々として広がっていた。村々を過ぎるたびに煉瓦の古びた色が目につき、家も塀も煉瓦で積まれていた。

かつて、私が二年住んだ旧満洲の奉天の街を思い出した。同じ色の煉瓦の朱色をじっとみつめていると、その底から永い歴史の中で耐えてきた人々の血のにじむ色が、この煉瓦のなかにはあるのだと思った。汽車は麦秋の野を杭州へとひた走った。

（昭61『山の風』）

真夜中《まよなか》を過《す》ぎて狂《くる》へる涅槃西風《ねはんにし》

三月の彼岸会前後のころになると、南アルプスの方角から強烈な西風が吹いてくる。家が吹き飛ばされてしまうのではないか、とさえ思われる。西隣のすもも畑も、まだ芽吹きが始まったばかりで、風を遮蔽してくれる力などない。一直線に家をめがけて吹きおろしてくる、この風を涅槃西風といっている。

涅槃会のころに吹くからこんな名がつけられたのであろう。春を呼ぶための難産のこえが、この西風のなかにはある。おさまったかと思うと、再び直撃をしてくる。真夜中に吹くと、きっと目が覚めてしまう。じっと涅槃西風の風ごえをきいていると、春になるための試練だ、とも思えてくる。自然の偉大な力の前では、人間の智能などいかほどのことがあろう。

荒れ狂う風の音には、北風とは違って屋根瓦の鳴る音にも、柱がきしむ音にもどこか音の底に温かなうるおいがある。

（昭62『山の風』）

評　論

遠方の花／俳句をささえるもの／飯田龍太十句撰

遠方の花
——蛇笏俳句の神韻を求めて

たしかに蛇笏は新雪にかがやく南アルプス連峰の声を聴いていた。そして、言葉では聞きとることは出来なかったが、何か呟くように口元を動かして応えていた。南アルプスの農鳥岳を眼前にして、一体何を山嶽と話していたのであろう。いまも、その時のことが鮮やかに思い出される。

昭和三十一年十月、夜叉神隧道が開通する直前の野呂川林道に飯野燦雨氏が、蛇笏、龍太と孫の秀實君の親子三代を案内したときのことである。この林道は、南アルプスの登山口である芦安村から幾つかの山を越えて、白根三山（農鳥岳・間ノ岳・北岳）真下の広河原まで数十キロにおよぶ山道である。林産物の搬出が主目的であるので、自動車が通行できる幅員で工事され、幾つかの隧道もある。この時は、最も難工事とされていた観音経トンネルの工事中で、多くの女工夫たちが秋日のなかで力強く働いていた。私たちは車を夜叉神トンネルの入口広場に置いて、徒歩で暗闇の隧道千幾百メートルをこえた。隧道をぬけると、秋雪を頂にのせてそそり立つ雄大な白根三山が、神々の座と呼ぶにふさわしく静寂な中に美しい輝きをはなっていた。眼下には野呂川が銀の糸のように見える林道広場で一行は休憩した。真向には、白根三嶽の容姿を眺望することができ、その急峻な峰々は三千メートルをこえるものばかりである。

蛇笏翁はラクダ色のオーバーを着て、たしか濃いチョコレート色の中折帽子をかぶっていたように思う。栂《つが》の大樹を背にして、じっと正面の山に鋭い眼をむけてみじろぎもせず眺めていた。私はすぐ横に近づいて声をかけようと思ったが、ただならない様子にハッとして口をつぐんでしまった。この時、蛇笏の全身から霊気のようなものが感じられ、蛇笏その人が、白根山の一部として、そこに存在しているように思えたのである。

芋 の 露 連 山 影 を 正 う す　　蛇笏

極寒の塵もとゞめず岩ふすま　　蛇笏
雪山を匐ひまはりゐる谺かな　　〃
冬滝のきけば相つぐこだまかな　　〃

こうした蛇笏代表作が思い出され、作品に秘められている霊気をかい間見たような気がした。そしてしばらく翁の横顔を見ていた。次第に全身から緊迫感が消えて、何やら秋雪の白根山と話をしているようであった。

山本健吉は『現代俳句』のなかで次のような評価をしている。

「（前略）蛇笏が企図するものは、そのやうな『猿蓑』調の当代における奪取である。簡勁蒼古重厚とも言ふべき句風が、かくして彼によつて打樹てられた。これは大正、昭和の俳諧史において、一つの偉業として顧みられるであらう。甲斐の山中にあつて孜々として磨かれた彼の句風は、現代では文字通り孤高である。」

こうした蛇笏俳句の世界は、神韻という翁が好んで用いた言葉に凝集されており、この山中でかい間見た霊気が、蛇笏俳句の秘密であるように思えてならない。

大正七年五月号「ホトトギス」に、「霊的に表現されんとする俳句」という論文を蛇笏が発表している。大正三、四年期の「ホトトギス」雑詠巻頭を村上鬼城と競っていた時代の俳句方向を理論づけた文章であるが、それは理論というより蛇笏が、この時代にいだいていた俳句に対する思いと言った方が適当であろう。

ここで、「霊的に表現されんとする俳句」が書かれた心境をつまびらかにするため、明治から大正にかけての俳壇の動向を眺めて行かなくてはなるまい。

明治二十五年、日本新聞に正岡子規が「獺祭《だっさい》書屋《しょおく》俳話」を連載し、俳句の意義を克明に示して、文芸詩としての俳句が確立されつつあった。一方、明治三十年子規をかこんで「ホトトギス」が松山から創刊されて、俳句運動実践の場となったが、経営困難となり創刊二年後に高浜虚子が東京で継承して発行するようになった。子規の俳句運動は、この日本新聞と「ホトトギス」が中心となって広がっていった。明治三十五年九月、子規が歿して、日本新聞の俳句欄は河東碧梧桐によって引き継がれ、明治三十九年まで碧梧桐俳句の発展の主要舞台となっていった。その後、雑誌「日本及日本人」に碧梧桐俳句の舞台が移行した。虚子は「ホトトギス」を活躍の拠点として、自然主義的小説の執筆に情熱をそそぎ、俳句の創作については一呼吸ついでおり、明治四十一年第二回「俳諧散心」の終了と同時に、俳壇を退く決意を声明している。碧梧桐、虚子は郷里が同じ松山であり、年齢も一つしか違わず、子規門であったのでライバル意識をつねにいだいていたようだ。この意識が両者になかったならば、現代俳句の発展はもう少し遅れてやって来たかも知れないと思う。子規は、この両者を次のように見ている。

「碧梧桐は冷かなること水の如く、虚子は熱きこと火の如し、碧梧桐の人間を見るは無心の草を見るがごとく、虚子の草木を見るは有情の人間を見るがごとし」（清崎敏郎著『高浜虚子』）。

この両者の宿命的対立は、こうした性格の相違からもきているのではなかろうか。近代文芸のあらゆる分野が、かつて一度は対決している自然主義を碧梧桐は俳句の上で試行し、虚子は小説の中で実践してみようとした。俳句の写生を自然主義に直接結びつけようとした碧梧桐は、十七音、季題という堅固の俳句城壁に体当りして散った。碧梧桐の掲げた新傾向俳句は、作者の主観を重要視し、実感印象にそくした表現をとり、従来の季題観念を排して、とにかく個性の発揮を進めていったが、俳句のもつ古典型式の破壊に対する説得力が薄く大衆から次第に離れていった。

一方虚子は、自然主義を小説で克服しようとしていたが、新傾向俳句が季題、十七音の否定に進んでいったので、明治四十五年七月号「ホトトギス」に雑詠選を復活し小説から俳句へと情熱を移し、古典文芸として俳句を発展させるために、十七音、季題の型式の再確認を提唱した。そして、主観写生を唱え、主観の涵養をなした。主観写生とは自然のものにふれて、じっとそのものに眺め入り、その時作者の心にうつったものを表現することである。作者の心が、とりも直さず主観を意味していることは言うまでもない。こうした中で新傾向俳句に対抗していく虚子の「進むべき俳句の道」がホトトギス誌上に発表され、渡辺水巴、飯田蛇笏、村上鬼城、前田普羅、原石鼎など血気の二十代青年群像が続々として「ホトトギス」に集まり新鮮な活力を発揮していった。これらの作家の多くは、主観写生の実践を個性的に開花させた人達であった。こうした青春作家の出現と相まって、新傾向俳句が理論の飛躍によって下火となった大正六年に虚子は、「進むべき俳句の道」最終項を「客観の写生」という文で結んでいる。この頃から「ホトトギス」は、次第に純客観句を鼓吹しはじめていくのである。

こうした時代背景のなかで蛇笏の「霊的に表現されんとする俳句」は執筆されたのである。この文中で蛇笏は、文芸の絶対的価値観をとき、その文芸に携わる人間の信念と努力が崇高のものでなければならないとして次のように書いている。「人間至上の芸術的能力の美を社会人生に体現しようとする溌剌たる勇気ある個々の信念と努力をひそめて、偉大にして輝きある背景を具備しつつあるのを明らかに認める。かかる信念と情熱と相まつて至上芸術としての詩を俳句として認めることが出来るのである」。このように、偉大にして輝きある背景を具備するのを認めた作品として、次の句を挙げている。

雪解川名山けづる響かな　普羅

海女の死や鉦ききに来る秋の浪　〃

曠野目を閉ぢて冬水湛へけり　〃

この句以外にも、虚子、水巴、雉子郎、寒々、零余子のものを例証として挙げているが、前掲普羅の作品が最も蛇笏のこの理論を理解する上に適当と思うので参照して行きたいと思う。蛇笏は「霊的俳句」のなかで、信仰という言葉を用いて、作者の信念を表現しようとしている。また情熱と信仰とが渾然一体となっているものが、新しい俳句の美を表出していることを説く。その論中に力説する箇所であるが、それは「客観写生」に対する危惧からきていることを次のように書いている。

「虚子氏が『進むべき俳句の道』の末尾に於いて『客観の写生』も亦忘れてはならぬ、といふ意味の事を書かれた、それが為に理解力の乏しい低級な思想を抱いた世上蒙昧な徒輩は直ちに之れを与し易しと做し単に客観を称呼し、徒らに軽浮なる客観描写をのみ之れ事とし、其結果倣すところは彼の新俳句当時の境に後戻りをして或は此れにも劣りていたづらに故人の糟糠を舐るに日も之れ足らない有様であるのを見る」。

虚子の提唱した「主観写生」説が完成しないままに、「ホトトギス」誌上は、客観写生へと移行しつつあった。そこに蛇笏の「霊的に表現されんとする俳句」の執筆意義があったのである。

前出の普羅の諸作にしても、一句に内包されている主観的象徴性を蛇笏は、霊的に表現した句として挙げているのだ。ことに「雪解川」における響の表出から、作者の信仰と情熱との一体化された世界に強く感動している。「名山けづる」の把握にしても、大正初期の作品として眺めるとき、この時代がかった言葉のなかに、二十代の青年俳人が作品に寄せる情熱の昂ぶりと気迫とを感じとることができる。同じように「海女の死」「曠野」の句もまた擬人的表現のなかに霊気の深まりを見る。秋の浪が鉦をきくことにより、曠野が目を閉じていることにより、作者の愛憐の情が、深い沈黙の表情が擬人化されて霊気が作品に流れている。

蛇笏は「ホトトギス」雑詠欄の再開から大正七年の「霊的に表現されんとする俳句」の主張まで、どんな傾向の作品を残しているのであろう。たしかに小説的構成を軸とした主観的作品が多く目につくが、志向したものは生命感の輝きをあるときに幻妖霊的に表現し、一方では人生の感慨を自然に托して表出した。

春隣る嵐ひそめり杣の爐火　蛇笏（大二）
幽冥へおつる音あり灯取虫　〃（大三）
たましひのしづかにうつる菊見かな　〃（大四）
火を埋めてふけゆく夜のつばさかな　〃（大四）
詩にすがるわが念力や月の秋　〃（大五）
蚊の声や夜深くのぞく掛け鏡　〃（大六）
うらうらと旭いづる霜の林かな　〃（大七）

こうした作品を眺めるとき、蛇笏は詩的空間のなかに己の文学思念を表現しようと試みたのではあるまいか。霊気を作品に宿していくことが、虚子の主観涵養への答として出たのであろう。こうした、俳句の中に自己の思念をそう入することは、自然主義思想の影響が色濃く出ている結果ではなかろうか。

早稲田大学に、この時期学んだ蛇笏にとって自然主義思潮は無縁であったはずがない。

明治三十八年に早稲田に入学し、明治四十二年、一切の学業を捨てて家郷に帰るまでの五年間、大学において蛇笏は自然主義の洗礼を正面から受けたわけである。自然主義文学思想が、集団運動化した一端に、明治三十九年に復刊を見た「早稲田文学」があることを忘れることはできない。自然主義は、日本の現実のさまざまの様相や、風土に密着して文学から遊びの姿勢を退け、真剣に自己および人生に向う態度を樹立していった。蛇笏の前出作品にしても、また「霊的に表現されんとする俳句」の主張にしても、作者の人間性を崇高ならしめることにより作品が崇高化される理論をとり、作者の精神と作品とが同体化したところに俳句の文芸的価値を見いだしている。しかし、碧梧桐の新傾向俳句とは一線を画し、もっぱら「ホトトギス」俳句の中で自然主義思潮の活用をはかっていった。新傾向俳句運動の個性尊重の前には古典型式を黙殺し、季題、十七音を無視していく方向に、強く反駁していたのである。自然主義化は、形式主義、伝統拘束に対する反抗となって俳句文芸の上にも、季題、十七音の型式解放という方向に進んでいった。そうした中で、古典型式を尊重しながら、新時代の俳句創造の試行を重ねていった蛇笏の俳句に寄せた文芸理念と情熱はなみなみのものではなかった。

そして一方には、国木田独歩の浪漫主義の影響も初期の作品にはかなり濃厚に感じられる。蛇笏は特に、明治三十四年に発表された独歩の「牛肉と馬鈴薯」、明治三十六年の「悪魔」「第三者」を高く評価している。いずれの作品も、独歩後半のもので、自我の探求のなかで人間の運命の不思議さと、神霊、宇宙といった神秘的な自然観にひかれて書いたものだ。

独歩の小説は、普通三期にわけて考えられているようだ。処女作「源叔父」から「帰去来」までの明治三十年から三十四年前半まで。自然のなかに人生を求めた浪漫主義の色濃く出た時期を第一期。「牛肉と馬鈴薯」から「夫婦」まで、明治三十四年後半から三十七年までを第二期とし、この期は人間の運命をみつめた現実的傾向の強い作品が多い。第三期は「帽子」から

「二老人」までの明治三十九年から四十一年。自然主義に接近した時期である。こうして見ると、蛇笏が独歩に魅かれたのは、第二期の宇宙と人生の現実のなかで見た、人間の運命の不思議さを追求した時期である。

このように蛇笏の文学精神形成のなかには、浪漫主義と自然主義とが渾然一体となって、天地風物に全身を溶けこませて表現してゆく世界を築いていったように思われる。そして、他の文芸とは違った季題、十七音の特殊性のなかで全身全霊をもって、最も崇高な最も厳粛な俳句精神の樹立の必要性を力説したのが「霊的に表現されんとする俳句」であった。この時、蛇笏の俳句精神とその文学的姿勢は決定していたのである。

それから三十余年を過ぎた昭和二十六年に、創元文庫から蛇笏の『現代俳句の批判と鑑賞』が出版され、二十八年に続篇が出た。その俳句鑑賞から幾つかのものを拾って眺めると、俳句に何を求めてその文学理念を樹立してきたかが鮮明に見えてくる。例えば次のような鑑賞がある。

「大寒のせせらぐところ定まりぬ　　高橋馬相

（前略）大寒といふ季節的現象の中にぞんぶん詩魂を溶かし込んで造化的心境に発想される点から言ふと、大寒にひそみ現存する水音も亦生命がある。その生命的なありやうは、とりもなほさず呼吸を聴き、脈搏を感ずるものとして、正しくうけ入れられるべきだと思ふのである。」

この鑑賞を見ても、蛇笏は作者の肉体が大寒のせせらぎに溶け入って表現されていることに霊気を感じている。同じことは、次の鑑賞の中にも見える。

「螢ゐていのちしづかに露を染む　　榎本虎山

これは極めて清楚なる淡彩的な、言はば主観写生である。（中略）作者の心に観る詩的燃焼は決して尋常普通なものではない。この際の螢の生命と、天地乾坤の永遠の生命と、作者そのものの生命とは、完全に一緒になつて息づいてゐるのである。すなはちその点が熾烈さを示し、充実さを感ぜしめ、強靱なる迫力を得た所以なのである。」

「霊的俳句」のなかで蛇笏の力説した「信仰」とは、生命のかがやきであったことが、この鑑賞を見ると判明してくる。螢の生命と作者の生命とが渾然一体になって織りなす美こそ、俳句十七音詩形のなかに流れる神韻であろう。

「冬帽を脱ぐや蒼茫たる夜空　加藤楸邨

作者にとりその形容たる蒼茫といふ漢字をどうすることも出来なかつた唯一無二のものだと考へられたであらう。まことに、斯うした自然と心とがぴつたり一枚になりきつた場合においては、用語をやはらかくとか或は硬くとか若くは仮名、漢字、外語、和語等々一切を慮外しての芸術心熾烈な燃焼でなければならない。要するに、自分自身全霊を傾けての刹那の詩的感激に寸毫の隙があるべき筈がないからである。凡そ技巧に重点をおく側にあつては、やゝもすれば作品の作為の顕著なるを発見せしめられるところであるが、それには多くの場合迫力が乏しい。」

この正続二冊の鑑賞のなかには、蛇笏の主張した天地風物に全身を溶けこませて神韻をつたえる作品が多く見うけられる。

ものの芽の雪降るときも旺んなり　伊藤凍魚
貨車寒し百千の墓うちふるひ　石田波郷
籠鳥はくろかみ咥へ土用東風　宮武寒々
冬の水一枝の影も欺かず　中村草田男
濡れ巖のしののめあかり蛇苺　松村蒼石
らんらんと霜の日たぎる深山川　栗林田華子
臘八の巨いなる雲動きをり　中川宋淵
陸奥の海くらく濤たち春祭　柴田白葉女
濡れ草に全身ひかる秋の蝶　目迫秩父
山風に落葉の遅速おのづから　窪田星詩

こうした蛇笏の選んだ作品を眺めると、現代俳句に失われつつある詩精神のすさまじいまでのかがやきを見ることができる。

昨秋、新宿代々木において蛇笏十三回忌俳句会が開かれたおり、角川源義氏が蛇笏文学の孤高さについて講話をしたが、四百名をこえる出席者が深い感銘の表情をあらわして聞いていた。その概要を次に記す。

「正岡子規が芭蕉を否定し、そして古今集、紀貫之を否定して近代俳句、近代短歌が出発した。日本という国は、民族がひとつであり、また宗教もひとつである。戦争があっても日本の文化というものは、決して否定されないで正しく伝承されてきたのが、日本のひとつの一番大きな特徴である。明治の時代に正岡子規が、芭蕉を否定したことは、その美学の伝承を断ち切ってしまったことになる。つまり、芭蕉の詩を伝えられるには体で感ずる流れというものがある。その流れが伝承されて、泉のように絶えず汲まれてこそ、その美学というものがわかるのだ。ところが、いっぺん断ち切られた芭蕉の日本の美意識というものは、体で感じあうという習わしが断ち切られてしまったので、なかなか復活が大変である。

今日、芭蕉の研究、伝記というものは、これ以上正確を期し得ないくらいに明らかになった。また芭蕉俳句の鑑賞にしても、至れり尽せりの鑑賞が世に出た。しかし、現在俳句のなかに芭蕉は生きているだろうか。もし生きているとすれば、それは飯田蛇笏を措いてなかった。つまり、近代俳句が出発したときに芭蕉を否定したという、取返しのつかない錯誤というものが、飯田蛇笏の登場によってようやく芭蕉俳諧というものの復活につながり生命を得た。しかし、これが俳壇のひとつの主流になり得なかったということが、なんとも残念である。」

芭蕉は元禄という時代に一詩人の人生を天地自然の中で精いっぱい表現して生きた。それは、人生の充実した内容を体全体で表記したと言えるだろう。源義氏の語るとおり、蛇笏は芭蕉の詩的世界を継承して、自己の肉体を天地風物にとけこませて、全身全霊をもって俳句文芸の完成に向かって人生を表記した俳人と言わねばならない。そして、芭蕉が漂泊のなかで求めた詩のきびしさを、蛇笏は土着の中で見出した詩人とも言えるのではなかろうか。

蛇笏最晩年の作品を収録した句集『椿花集』には、こうして築いてきた蛇笏俳句の行きついた神韻の世界が展開されている。

地に近く咲きて椿の花おちず　蛇笏
ゆく水に紅葉をいそぐ山祠　〃
秋たつときけばきかるる山の音　〃
寒流の奥嶽を去る水けむり　〃
いち早く日暮るる蟬の鳴きにけり　〃
竹落葉午後の日幽らみそめにけり　〃
こくげんをわきまふ寒の嶽颪　〃
寒雁のつぶらかな声地におちず　〃

神韻とは、なんと古風な言葉であろうか。有季、十七音という極端に短い文芸様式のなかにあって、人間の精神や生活感情のかがやきを表現して行くことに文学としての俳句の存在があるとしたならば、神韻とは、そのかがやきを表出する志ではなかろうか。してみれば、新古の別があろうはずはない。前掲『椿花集』の作品にしても平明な境地のなかで、天地自然に溶け入って生命のかがやきを神韻としてつたえる。

蛇笏はつねに遠方を見つめて詠いつづけた詩人のような気がしてならない。一本の椿の花に、紅葉の山祠に、蟬にまた寒雁の鳴く声のなかに、遠いはるかな年月を心にきざんで表現した俳人であったのではなかろうか。

（昭和五十年「俳句」三月号）

俳句をささえるもの

どうしたことか、差出人の名前がない年賀状が一通、三日の朝、配達された。十二月三十一日の京都の消印があるので、字体からほぼ誰のものかは見当がついた。しかし、ここでは名前は伏せることにしたい。

五糎角の賀正印が、葉書上段に鮮やかな朱肉で捺されてあり、その下に特徴のある文字で次のようなことが記されていた。

「或る者は作品の存続性を決定するのは、その作品の『人間性』にありと信じ、真実ならんと努力する。ところが実際を見るに、架空的な作品以上の存続性を持つものが、他にないのが事実だ。だから、つくりごとと不思議なことが本物の人間以上に人間ということになる。」

新年早々考えさせられる問題が提起されたわけだ。何故なら、俳句のような短詩型のもつ文学性は、作句する人の実人生のあり方が、かなりのウエートを占めていると思っているためだ。

例えば、山本健吉選著による『百人一句』が発売されたが、その古今名句選かるたの解説を読んでいくうちに、次のような項があった。

「花あれば西行の日と思ふべし　角川源義

どうしようもない体の違和を感じている、作者晩年の句。口に出して言わないながら、自分の死を意識することが多かったのだ。西行の『願はくは花の下にて春死なむその如月の望月のころ』の歌がしきりに思われた。二月十六日が西行忌だ。だが、そんな日付は超越して、桜の花が爛漫と咲きさかっているから、今日は西行の日なのだ。そう思った方がよい。そう思うと、今日は何という佳い日であろう。作者は死ということを、つとめて暗く考えまいとする。だが、この句の明るさの裏の、打消しがたい暗さに思い到らなかったら、作者の心を十分汲んだとは言えまい。」

この解説のなかで、特に思いを深くするのは、句の明かるさの裏にひそむ暗さということだ。逆に言うならば、暗い素材を明かるく表現するということにもなるだろう。俳句の秀作の一つの条件として、暗い素材を明かるく表現することもある。あるいは、明かるさの裏に打ち消しがたい暗さをもつものが、秀句の条件でもあると言うことになる。

このように、暗いものを明かるく表現するのには、作者の実社会における生き方、ひいては人間性が、作品の上に影響をみせることは必然である、十七音という短かい文芸様式のなかにあっては、作者の気息が作品に影響することは勿論であり、作者の気息を養うのは実人生におけるさまざまな体験により培われる人間性ではなかろうか。

したがって、俳句が最後のところで評価されるのは、その作品がもつ人間性ではあるまいか。一つの言葉を選択するにしても、そこには作者の実人生のあり方が厳然として存在している。

此秋は何で年よる雲に鳥　　松尾芭蕉

この句にしても、芭蕉生涯の五指に入る秀吟であろう。この秋は何で年よると、老いの到来に対し暗く嘆いているが、雲に鳥という下五に配した語句は、芭蕉五十年の生き方が見事に表出されている言葉である。そして、暗い素材のなかに一条の光明をひいて、読む者の心にしみとおってくる。

いくたびも雪の深さを尋ねけり　　正岡子規

しんしんと積もる雪の深さを、いく度となくきく子規のこころのありようが、いたいたしく感じられる作だ。明かるい、はずみのある句風ではあるが、病床の作者を考えあわすとき、明かるさの底に言い知れない淋しさがつきまとってくる。やはり明かるさの裏に、打ち消しがたい暗さを秘めている句ということができるだろう。

桐一葉日当りながら落ちにけり　　高浜虚子

澄みきった青空を背景に、落ちてゆく桐の一葉。その葉には、秋の日がさんさんと射している。明るい光が、まばゆいばかりにあふれている。しかし、この句にも、どこかに暗い翳りが感じられてならない。

くろがねの秋の風鈴鳴りにけり　　飯田蛇笏

時期をたがえて存在するもののすさまじさが、こもっている作だと鑑賞した人がいたが、その時期をたがえて存在するものに暗さがあるのだ。秋の深まっていく気配のなかには、爽やかな陽光も表現されているが、秋風に鳴る風鈴の音からは、沈んだものの暗さが感じられる。この句もまた、明暗が表裏一体となっている。

湯豆腐やいのちのはてのうすあかり　　久保田万太郎

湯豆腐からたちのぼる湯気のほのぼのとした幸福感。この湯気のなかに、いのちの果てを見つめる作者。明かるい雰囲気のなかに、はっとする暗さが、この句のなかにも感じられる。そして、明かるい素材を明かるいままに終らせていない手法に、作者の人間性が漂っているのだ。この人間性とは、とりもなおさず作者の実人生の体験を経て得た感受力であろう。

霜の墓抱き起されしとき見たり　　石田波郷

この句ほど、作者の意志が鋭いひびきをもってせまってくる作品は、他に多くはないと思っている。一瞬見た事実をありのままに表現し、技巧の匂いすら感じさせない透徹したリアリズムのなかに、作者の強靱な意志がこめられている。対象は暗く、寂寥そのものであるが、読後には、その暗さをはねのけるような作者の強い生への意志がのこる。

このように、古今の名作と言われる作品の一つ一つを見ても、そこには、作者の実人生のあり方が、俳句のなかで前掲のように暗い対象を明かるく表現し、ときに明かるさの底に魂の寂寥感を表現している。

こうした名作に触れると、俳句のうえで見るということは、一体、何であろうという思いを深くする。そして、俳句が、長い時をかけて見つめて得た表現のなかにしか秀作は生まれないと言う論法に、何かそらぞらしい思いがしてならない。

たまたま山口冬男が「雲母」（昭和五十一年七月号）

に次のような文を書いている。

「水原秋桜子の『高浜虚子』の中に、大正期のホトトギスの俳人、鈴木花蓑のことが出て来る。写生に大変熱心だった人で、ある正月に皆んなで金沢八景に吟行に出かけた。もう日暮れで、寒い風が吹き出したにも拘わらず、この人は『かういう夜の海も写生して置かねば……』と、一人でさっそうと浜辺へ出かけた。またある時、京都の嵯峨を吟行して、帰りは夜になった。野の宮の社で、花蓑があまり熱心に見つめているので、一同はいささか倦いて来た。宿に帰って彼が示した一句は『野の宮やさしわたりたる時雨月』。ところがその日は、時雨の名所の京でも、一滴も降らなかった日で、あとで皆んなが、『親仁の写生もあやしくなった』と笑ったという。

この話を私は、頭の片隅でいつまでも憶えていたのだが、どうしてひっかかって居たかが、今日このごろ判るような気がする。それは時雨月という言葉が、実際は花蓑が写生に出かけた折り、架空のものだったにしろ、多分に実感があるからだ。」

この実感というものは、長い時間をかけて対象を見つめることだけで得られるものではなく、一瞬見たものであっても、いつまでも心の奥底に埋火のように消えずに残るものであるならば、それが実感である。

したがって、実感を得るための写生は、長い時間かけて見つめたものを寸分違わずに表現するものではなく、一瞬見たものであっても、心の底に何か湧きたつものがあるならば、それを表現するものだと思っている。


子の皿に塩ふる音もみどりの夜　　飯田龍太

かつて、この句を批評した人が、子の皿にあるものが見えないので、写生に欠如があるといったようなことを書いていた。しかし、本当に子の皿にあるものが読者に見えないのであろうか。見たものを寸分違うことなく表出するのが、俳句の写生でないことを、この批評を読んでより強く確信したことがある。省略すべきものを思いきって省略することにより、文字になっていない部分がより鮮明に見えてくる、それが俳句の写生だ。

ある季物にむかって作句している場合、その対象となっている光景とは、まったく違った、まったく関係のない句が生まれることがある。俳句の実作者であるならば、きっと一度は経験しているであろう。そして、このように不意に生まれた句に珠玉が多いものである。かつて見たものが、心の底にきざまれており、それが、不意に言葉を得て湧きあがってきたのであるから、架空想像の作品であるとはいえないであろう。花蓑の時雨もそうであったに違いない。漢和辞典の文字を丹念に眺めていて、ある文字から言葉の広がりを得て俳句を作っている二十代の友人がいる。その場合も、かつて見たものが文字との触れあいにより言葉となり一句が成立するわけであるので、一概に邪道であるとは言いきれないのである。

長い時間眺めたものを寸分違わず表現しても、それは模写することであり、対象の真実を表現したことにはならないだろう。俳句が、ただ単に対象を写すことだけであったなら、それは現代のカラー写真に勝ることは決してできないのだ。少なくとも俳句が文芸といわれている以上、表現された作品のなかに作者の人間性がただよっていなければならない。

そんな思いを抱きながら、山本健吉の『子規と虚子』を読んでいたら、その中に次のような一文があり意を強くした。

「対象を見るということが、すでに感覚の単に受動的な作用でなく、対象を判断し、再発見しようとする意志的な作業なのだ。物に触れるのは感覚だが、印象に形を与えるものは感動だ。物を見るだけでは十分でない、物がなまの現実から掴み取られて、次元の違った世界へ転置されなければならない。否、転置することによって、物を見るということが十全の意味を付与されるのだ。だから私は、写生ということは、窮極に於て人間の意志の訓練を説いたものだと考えざるを得ないのである。」

「正岡子規——晩年の世界」の山本健吉の文であるが、初出不明である。しかし、文章ににじむ覇気から考えても、かなり以前に書いたものであることは判定できる。俳句における写生が完成されるのは、その作者の人間性ともいうべき意志からなることを説いている。

こうしたことを考えあわすと、俳句という短詩型を完成させるうえには、作者の実人生のあり方がいかに大切な事柄であるかが、いよいよ鮮明になってくる。むしろ、そうした考えは、俳句の反近代性のように思われがちであるが、私には動かすことのできない俳句の宿命であるように思われてならない。

したがって、実人生のあり方が俳句に影響をおよぼすことになると、そこには自ずからなる人生を経た年齢があるだろう。

「俳句」一月号に、飯田龍太・金子兜太・森澄雄による座談会〈俳句の古さ新しさ〉が発表されているが、近年これほど卒直な座談会はなかった。実作者に大いに参考となると同時に、俳句評価の点で理論ではなく作品を呈示したことにより、俳句をどう考えているかが鮮やかに見えた。その座談会のなかで次のような発言を飯田龍太がしている。

「いま君が青春性ということを言ったけれども、青春性もあるし、中年性もあるし、老年性もあるわけだ、虚子の場合。また元に戻って碧梧桐になると、あれはもう年齢にかかわりなく一種の詩人の青春性だね。そしてまた詩人の青春性に殉じたところに、ある意味のいさぎよさはある。だけど、青春から中年、そして老境というこの三つの橋を渡った人は、意外に少ないと思うんだよ。（略）

そういう青春性というもの……つまり、作品のつやだね。若いつや、中年の驕り、それから老艶という言葉もある。そういうものを支えるものは、やはり人間に対する関心だと思うね。そして関心だけでなくて、洞察がなければそれは冴えないわ。」

鋭い指摘である。青春期・壮年期・老年期と分けて、それぞれの時期に、その時期にしかない詩性が、俳句のなかにあってしかるべきであろう。その詩性を育むものが人間に対する関心だという点で、私は実人生のあり方が俳句と結びつくことに、いよいよ深い確信をもってきた。そして、実人生の年齢と俳句作品の年齢とを考えるのだ。

一月十九日の読売新聞に、井上靖が「作家七十歳」という文章を書いている。

「なべて作家というものには、実際の人生的年齢の他に作家的年齢というものがあって、作家としてもまた青春期、壮年期、老年期と順を踏んで歩いて行かねばならないのである。いっきに老成することもできないし、枯れることもできない。言うまでもないことだが、この二つの年齢が平行して行くことが望ましいし、いい仕事というものは、そういう状態のもとにおいてしか生まれない。」

このことは、また俳句文芸の場合も同じであろうと思う。先の座談会で、飯田龍太が発言している青春から中年、そして老境という、この三つの橋を渡った人は意外に少ないということに思いを合わせるならば、この実人生での年齢と作家的年齢の平行のうえで珠玉作品を残した人は、たしかに俳人の場合は少ないのではなかろうか。

そうしたことを考えながら、伝統派と呼ばれている青春期、あるいは壮年期にある人たちの作品を見ると、すでに老年期と思えるような句が多く見られ、前衛派と呼称される人の側からは、実人生において老年期・壮年期後半にありながら青春期を思わせる作品の多いことに気がつく。このように、二つの年齢が平行して作句されていないことが、現代俳句の一つの弱さであるようにも思えるのだ。


そして、二つの派の年齢不平行と同時に、作品の明暗についても、伝統派は明かるい素材を明かるいままに処理しており、前衛派は暗い素材を暗いままに表現し了えている作品が多くはないだろうか。勿論、私自身の作品を振りかえって見て、そう思うのだ。「俳句」「俳句研究」の年鑑号で、諸家自選句が収録されているが、その作者名の脇に生年を入れて発表したらどうであろう。作品を読むうえにも非常に参考になると同時に、二つの年齢平行へ努力していくうえにもありがたい。

そんなこともあり、昨年十二月号の「俳句」が特集した新鋭五十人集と、「俳句研究」十一月号の第四回五十句競作のなかには、生年が附されていたので参考になった。

狼の背に運ばれて冬の種子　　長岡裕一郎

この作は、第四回五十句競作のなかのもので、作者は昭和二十九年生まれ、二十代前半の青春期に属する人だけに、新鮮な内容を大胆に表現して成功している。山野の茫々とした枯褐色の中を、一匹の精悍な狼が眼をかがやかせて走り去っていく。そうした光景が、いや応なしに読者の心にくい入ってくる。そして、豊かな日本の風土を思わせる。作家的年齢と実年齢が合致した力が、そこに見られるのだ。青春期の場合は、比較的この両年齢が平行しているので、思い切った表現の作品にも嫌味が感じられない。例えば、次の句なども青春期でなければ作れない生々しさがある。

体温の違う膚抱くバラの中　上窪春樹

同じく五十句競作のもので、作者は昭和二十三年生まれ。一読して、青年の作品であることに、むしろこの句の生気が感じられ、バラの中という抒情味にも若さ故の美しさがある。そこには体温の違う膚を抱いた作者の驚きがあり、若さのときめきがみられる。

曲がるたび寒灯に会ふ漁師町　内藤克夫

昭和二十四年生まれ。五十句競作から。

前二者の作品より落ち着きが見られるのは、実人生のあり方に差があるのだろう。「冬涸れの中洲の道を疑へり」は同時発表作であるが、暗示的な表現のなかに、この作者の歩んできた人生の道程がある。

前掲作の「曲がるたび寒灯に会ふ」という把握には、単に青春期の感傷でない作者の実人生に対する考え方が、表現の背後に感じられる。

鳥籠の鯛へ海迫りけり　葛城綾呂
（昭和二十四年生まれ）

陽が射してゐる友の頸さくら鯛　林　桂
（昭和二十八年生まれ）

墓山の父と寝て見る春の雲　山下正雄
（昭和三十四年生まれ）

彦星よ此方は懺悔散華の庭　攝津幸彦
（昭和二十二年生まれ）

五十句競作の十代二十代の作品であるが、俳句という短詩型を開拓していこうとする青春の気迫に、生命の歓喜の声がきかれる。概して「俳句研究」五十句競作には、青春期の人の作品に珠玉が多かった。

一方、「俳句」新鋭五十人集には、三十代四十代の壮年期と見られる人の作品に充実した気息が感じられた。次に挙げる句は、その一部である。

一家して淡きみどりを田に植うる　本宮鼎三
（昭和三年生まれ）

この句も、その一例である。作者は「十七文字では、すべてを写生することはできない。願わくば、捨と拾の確かな眼が欲しいものである」と書いているが、前出の田植の作には、壮年期の確かな眼が感じられる。そして、この世代の人に抒情味が豊かな句が多いように思える。

作者の実年齢は四十代後半、作家的年齢も、また二十八年におよぶ壮年期であるので、両年齢の一致から見ても、充実した気息のありようは偶然のものではあるまい。そして、実人生から得た体験が人間的な厚さとなって、作品のうえに影をなげかけている。

春の牛目ざめたる眼をまた合はす　高橋悦男
（昭和九年生まれ）

一読すると、春のゆったりした様子がのびやかに表現され、明かるいおだやかな作であるような印象をうける。しかし、その明かるさの底に、前出句同様に一抹の暗さがあることを見逃がしてはなるまい。そして、作者は、俳句にはたしかに、どうしても自分から逃がれられない何かがあると言っているが、その何かとは、実人生のありようが、いや応なく作品に影響することを指しているのであろう。同じことは次の句からもうけとれる。

眼が見ゆる赤子にさくら吹雪かな　山本洋子
（昭和九年生まれ）

赤子が眼の見えるようになるのは、通常の場合、五十日ぐらいであろう。手足もしっかりしてくる。この句には、生命力の歓喜の把握が、中村草田男の名吟「万緑の中や吾子の歯生え初むる」の生命力の讃歌の声とは違った形でなされている。その違いは、生命力の讃歌の底で、作者が人間に寄せる悲しみを見つめている姿勢だ。言うならば、作者の人間に対する心の陰翳が、そこはかとなく作品にただよっていることであろう。そうでなければ、目のあいた赤子に降りそそぐものが、さくら吹雪であろうはずがない。

流れつきしごとく灯る草の市　　今瀬剛一
（昭和十一年生まれ）

嫋々とした涼しさが感じられる句だが、やはり涼しさの果てに一抹の影がある。明かるくみずみずしいが、そのあとにさみしさが郷愁のようにわいてくる。

このように青春期・壮年期の作品を二誌の特集から眺めてきたが、そこには自然を正確に写生し再現しただけにとどまる句はなかった。そして、青春期の人々が自然を大切に象徴的に表出していることに感銘をうけた。自然を対象にして、人間の心のありようを表現していることは、作者の姿が自然を仲立ちにして表現されていることになる。それ故に、作者の実人生のあり方が、作品に影響をもたらすことにもなる。

俳句が文学である以上、人間の精神や生命のかがやきを表現していかなければならないであろう。それが、十七音という限られた詩型のなかでは、特別な方法をとらざるを得なかったのだ。多くの先人の創意工夫は、自己の感情を表現する方法として、自然を仲介とする手段をとったのである。自然を仲介とした過程のなかで、花鳥諷詠がなされ写生がすすめられてきた。写生が進化するにしたがって、対象たる自然の描写がより正確を期すようになり、人間の精神のかがやきを表現することがおろそかになって行く傾向があらわれてきているのではなかろうか。

写生を完成する手段として、対象を客観視することがすすめられ、客観のみを描いていくことに専念し、写生が模写することになってしまったのだ。真の写生とは、さきに山本健吉が述べている通り、見るということは感覚だが、見た印象に形を与えるものが感動である以上、人間の姿が感覚を媒体として自然のなかに表現されていなければならない。俳句が象徴詩であると言われる一因もそこにあろう。

「俳句研究」年鑑の自選作品批判が、「俳句研究」二月号に掲載されているが、その批判の対象となった作品は、見たことの報告のみに終ってしまったものや、写生したものが模写だけにとどまってしまった句であった。執筆している人達の多くは青春期の年齢にあり、批判の対象となったのが壮年期にある現代俳句の明日を担っていく人達であったことに、明日の俳句のあり方を深く考えさせられた。また一方、批評する側においても、同一作品が筆者によってまったく反対の評価をされていることに大きな問題点があるだろう。例えば

むぎとろを食ふに眼鏡はいらざりき　　細川加賀

「水明」に所属する山本鬼之介は、俳句を初めて作った人の句のように純情可憐な作品ときめつけているのに対して、「海程」に所属している竹本健司は、日常にありながら日常を越えようとする表現の域へ数歩を踏み込んだ生まじめさが窺われると肯定している。

嵩なして男ざかりの年賀状　　大島民郎

「草炎・地表」の葛城綾呂は、いとも他愛ない近況報告や身の上相談ならまだしも、いい年したおじさんおじいさんの三面記事的お喋りには、「そんなことがありましたか、そりゃあそりゃあ」と合槌を打つのもせんなきこと。有名人のプライバシーならばこそ、悪名高き三文週刊誌も売れようというもの、一市井人のもらった年賀状が嵩を成そうが成すまいが、そこから何が生まれるというのか――と手厳しい批判をしている。しかし、一方では、「蘭」の高橋悦男が、嵩なして年賀状が来る、まさに男ざかりである。最近の俳句は、女流人口の増加もあってか女々しいものが多い。こういうおとこぶりの句が、もっとあっていいと思う。――という。

鮭五郎泳ぐ目玉は水の上　　青葉三角草

「天籟通信」の尾利出静一は、この句について次のように書く。一切が「目玉」に集中していて、読む側がどのような思いを注ぎこんだとしても、この「目玉」はきっとくるくると動いているのであろう。楽しい作品であった。――と。しかし、「水明」の山本鬼之介は、作者の心が反映せず、単なる報告に終ってしまったとしている。

このように作品評価に対する差違は、水と油のように反目しあってなじまないのである。その最も大きな溝は、作品の発想となる原因の描写を評価する側と、結果たる感情のあり様を評価する側の違いからきているようである。作品の評価にあたっても、その句がも

つ精神のあり様を見極めていかないと、俳句の技巧のみに重点がおかれ、ますます細くひよわな作品が氾濫することになる。

作品を見ることは、その作者の人間性を見ることにもなろう。だから、専門俳人から見ると、句を読むことによって、その作者の人生観ひいては人間性まで手にとるように知ることができると言うようなことを、しばしば耳にするのである。作品にこめられている思いは作者の精神であることに俳句のもつ文学性があるのだから、それを否定したのでは俳句の文芸的価値はまったくなくなってしまうであろう。

そうした人間性に対する幾つかの思いが、一通の年賀状からふかめられた。やはり俳句を存続させていくものは、その技巧でも知識でもなく、いかに生きていくかという作者の人間性ではあるまいか。それは、対象を模写したり報告することではなく、真実を見据える作者の意志の力である。故に実人生のあり方が俳句作品に大きな影響を与えるということになるのだ。

（昭和五十二年「俳句研究」四月号）

飯田龍太十句撰

春の鳶寄りわかれては高みつつ　　昭和二十三年

句集『百戸の谿』所収。

鳶が群れて舞っているのを早春の澄んだ日に見た。明日は風が強く吹くだろうと思った。鳶が群れをなして飛ぶのは、晩秋から早春にかけて多く見かける。その明日は、きっと甲州独特の嶽おろしが強く吹く。この日も、何十羽とも知れない鳶が、大きな輪をそれぞれに描きながら次第に西の空に渡っていった。見えなくなるまでじっと日暮れの爽気をあびて目を空に向けていると、屋根の上から大工が明日は風ですよ、と大声で言った。見事な編隊であった。ある鳶は高く、ある鳶は低く舞いながら。一羽で舞っている時など、鷹か鳶か高いので見分けにくいのだが、尾が三味線のバチの形をしているのが鳶であることを子供のころ教えられた。甲府盆地の東の端から西の端までは約三十粁であるので、鳶が輪を描きながら飛んでも十分ぐらいで渡りきってしまうのではなかろうか。

第一句集『百戸の谿』は、作者三十三歳の昭和二十八年までの作品が収録されている。前掲の「春の鳶」は、昭和二十三年二月号の「雲母」に発表されているので、作者二十八歳の作。『百戸の谿』には、多くの代表作と思われる句が収録されているが、その中でも何故か、この「春の鳶」がこころから離れない。

長兄の戦死、三兄の戦死が公報で確定された年でもあり、背後のさまざまの事情を思うとき、寄りわかれては、という表出に、作者のこころのあり方が示されているように思えてならない。そして、高みゆく鳶に兄たちの魂をみたのかも知れない。自然を表出していながら背後に人生を思わせるために、この句がこころから離れない。

大寒の一戸もかくれなき故郷　　昭和二十九年

句集『童眸』所収。

境川村小黒坂の雲母社は龍太宅の一室にある。その編集室の直下に狐川が流れており、橋を渡ると南面に向いた小高い傾斜地となる。斜面には、檜・楢・櫟が植えられており、その中腹に泉がある。縄文時代の矢ジリがこの周辺から出てくるのは、南面に向き日当りがよく泉があったので、古代人の集落となっていたのであろう。

急坂を登りつめると盆地が一望でき、向かい合わせに南アルプス連峰が目の高さに入ってくる。大寒の季節であるならば、やや水色を帯びた白さの白根三山が、真青な空にそそり立ってかがやく。思わず声をのむような美しさである。正面の右側に離れて聳えているのが甲斐駒ヶ岳。そして、北岳・間ノ岳・農鳥岳と白根三山が連らなって南にのびる。

ある冬の朝、白根山麓の病院の白い建物がくっきりと見え、その扇状地に建っている温室のガラスが朝日を照りかえしていた。三十粁ぐらい離れているのだが、手にとるように鮮明に見えた。

小黒坂は句集の題名になっている通り、約百戸の集落である。裏山の斜面を登りきると、百戸の家々がさえぎるものなく見える。白壁の蔵を背にして餅をついている情景まで、声と一緒になってせまってくる。大寒の晴天であってみれば、百戸の朝の様子が音をともなって隅々まで見える。生涯をおくらなければならない小黒坂に対する思いが、一戸もかくれなき、という表出のなかに淋しさをまじえながらせまってくる。

枯れ果てて誰か火を焚く子の墓域　昭和三十二年

句集『童眸』所収。

昭和三十一年九月に、六歳になった次女・純子を急性小児麻痺で、病に臥せってからたった一日で失ってしまう。その翌年の真冬の作であるから、純子の他界より半年を経過している。初出は、昭和三十二年の「俳句」に〈春日山山麓〉と題して三十句発表している中の一句。

亡くなった次女、純子の六歳という年齢を思うとき、いちばん可愛らしい盛りであり、作者にとってもあれこれこころに深く刻まれていることも多いことであったろう。

父母を呼ぶごとく夕鵙墓に揺れ　昭和三十一年

花かげに秋夜目覚める子の遺影　〃

死の折の作。

しかし、本当の悲しみというものは、月日を経て、忘れかけようとするとき不意にくるものである。

飯田家の墓は、南アルプス連峰がくっきりと眺められる百戸の集落の西端にある。周囲は桑畑と果樹園をめぐらせており、村道からは木々に葉のある間は見えない。しかし、枯れ果てた凩の季節になると、墓石の一つ一つがはっきり見えてくる。

いましも、子の墓のあたりからめらめらと火を焚いている焔が立つ。あたりは物音一つなく枯れ果てて蕭条たるさま。寒さのつのる中で燃える火色は、地下の子を温めているようにも見える。火を焚いているのはいったい誰であろう。

日向より園児消えれば寒き町　昭和四十年

句集『麓の人』所収。

「この町は、何市何町でなく、何郡何町の方がいい」と作者は自句自解に書いている。

そうだ。田舎の町でなければ、この一句が醸す冷え冷えとした雰囲気はでてこないであろう。しかも、盆地の中に点在している町の方がいい。周囲に高い山をめぐらせて、日暮れが早い町の保育園がうかんでくる。「古い家並みのちょっと奥まったところのささやかな保育園である。庭の隅に桜の古木がある。低い鉄棒と、スベリ台が置かれている。その向うに寺の屋根が見える。土曜日の午後」。やはり、自解の中にそう書いてあった。

最も寒さが強い寒中の作であろう。日が射していても、午後からは周囲の山の寒気がひしひしとせめてきて、人通りの絶えた町には山から北風が吹いてくる。保育園も、いままで子供たちの歓声が隅々からきこえて、寒さを吹きとばしていたが、たちまち子供たちは消えてあたりには寒さがつのる。保育園でなくても、町の空地であってもかまわない。ただ、子供たちが園服を着ていることだけは動かせまい。園児が消えていくと同時に、日もかげっていくような印象が残る。

何も難かしい言葉や、難かしい表現はしていないが、読後にさみしさがひろがってくる句だ。

ひえびえとなすこと溜る山の影　　昭和三十五年

雪山に何も求めず夕日消ゆ　　〃

紙ひとり燃ゆ忘年の山平ら　　昭和三十九年

句集『麓の人』のなかでも、こうした系列に入る作。そして、この句の寒き町からさまざまな思いがひろがる。

父母の亡き裏口開いて枯木山　　昭和四十一年

句集『忘音』所収。

昭和三十七年十月三日に父・蛇笏を、昭和四十年十月二十七日に母・菊乃を失った。

この作は、母の亡くなった年の十二月に作ったものであるが、発表されたのが昭和四十一年であるため、『忘音』のなかでは昭和四十一年のなかに収録されている。発表直後から多くの人に口ずさまれており、龍太代表作のアンケートをとってみると、きっと五指の中に入るだろうと思われる句である。

作品についての解釈をする必要のない句であるが、俳句のもつ本質的なあり方を初心者に理解してもらう上の例句としては好材料ではなかろうか。

俳句は、たった十七音のなかで自分の思いを表現していく文芸であるので、言葉に象徴の広がりを持たなければならない。この句の場合は、ぽっかり開いている木戸がもたらす空虚感。それに、枯木山がもつ象徴性が、十七音という短かい詩型のなかでひびき合って深遠な世界を形成している。

文字として表わされているものは、父母が亡くなった裏口から枯木山が見えた、ということだけである。しかし、作者のその時の気持、思いが、〈裏口開いて枯木山〉という言葉の背後に息づいている。俳句のもつ文学性というものを端的に説明するには、まことに好材料の作品である。


炎天のかすみをのぼる山の鳥　昭和四十五年

句集『春の道』所収。

龍太俳句のなかで多く使われている季語の一つとして、炎天を挙げることができるであろう。また、選句集を見ても、炎天の句を多く珠玉作品としている。

『カラー図説日本大歳時記』（講談社）の炎天の解説を見ると、次のように飯田龍太は書いている。

仰ぎ見ることもかなわぬような灼けついた真夏の空。太陽は白光を放ち、姿あるものは地上に克明な影を落す。中国古来の伝承による夏を司どる神の名、炎帝を思い浮べる。炎天も炎天下も、昨今とみに多用される季語のひとつ。有無をいわせぬ鮮烈な印象が、素早く作品を包みこむためか。また、エンテンという語感にも、万象を威圧するような強いひびきがある。

炎天は仏語としてあったもので、俳句の中で用いられるようになったのは、古い歳時記などを調べると、〈炎天にすむ三日月やあつさ弓〉信徳（口真似草）という例句があるので、俳諧初期からすでに使われていた季語である。芭蕉も『奥の細道』の出羽三山順礼の箇所で「炎天の梅花、爰にかをるがごとし。行尊僧正の歌の哀も爰に思ひ出て……」と書いており、故事としての炎天の梅花を用いている。

盆地の炎天は、まさに仰ぎ見ることもかなわぬ白光を空が放ち、家から一歩外に踏み出すと眩暈を感じるような照りつけがある。

周囲の山々はぼんやりと霞がかかったような状態となり、頭上だけに真青な空の太陽がぎらぎらと光を放つ。気温は三十五度を超えている。

いま、一羽の鳥が、かすみがかった山の空に向かって飛んでいる。しかも、鋭角に空の天辺をめがけてのぼっていく。そんな感じをうけるのも、炎天という言葉のもつひびきからであろうか。炎天、霞と、季節の違った季語を使いながら、一句が統一した力感を示して美の極限を見せている。

朧夜のむんずと高む翌檜　　昭和四十七年

句集『山の木』所収。

翌檜は、一般的に「明日ヒノキになろう」という意味から名付けられたと言われている。『枕草子』の中にも、そんな説明をしている箇所がある。しかし、平井信二著『木の事典』によると、牧野富太郎博士は、それは俗語で、もとの名のアスヒから変わったものではないか、と言っていることが書いてある。樹の高さは三十メートル、直径一メートルに達するヒノキ科の常緑喬木である。

学問上のことは別として、ふと山本周五郎の小説『あすなろう』を思いうかべて、もう一度、読みかえしてみた。

小せえときはひばっていうんだ。檜に似ているが檜じゃあねえ、大きくなるとあすなろうっていう、あしたは檜になろうっていうわけさ、ところがどんなに大きくなってもあすなろう、決して檜にゃあなれねえんだ。

また、井上靖の名作、『あすなろ物語』にもあるように、満たされない庶民の思いを代表している木として知られている。

檜は柱として建築用材の中心をなすが、翌檜は、柱や人目に触れるような場所には使用されない用材である。そんなことから、庶民のなかの底辺に生活する人の思いの象徴として用いられているのではあるまいか。

春たけなわの花見どきであろう。月の光もおぼろがかった中に、翌檜が力をこめてぐんと伸びているような印象をうけた、という句意である。この翌檜にこめる作者の思いのなかに、山本周五郎・井上靖が小説にこめた庶民への感情と同じものがあったのではなかろうか。そうでなければ、「むんずと高む」という翌檜の見方は生まれてはこない。この表現の裏にこめられている精神を見逃がしては、この句のもつ本当の解釈はできないのではあるまいか。

梅漬の種が真赤ぞ甲斐の冬　　昭和五十二年

句集『涼夜』所収。

この句についての面白い話がある。それは、廣瀬直人が、昭和五十七年三月の東京句会の講演の中で話したこと。

ある町の文化協会のようなところに所属して俳句を作っている月並の方だそうだが、「梅漬けの種が真っ赤というのは、ごく当たり前のことで、ことさら言わなくてもわかっていることではないか。どこが、この句の良さであろう」と、直人さんの義母に話したそうである。当然、話したことが、直人さんの耳に入るのを計算してのうえであろう。

「作者は、生まれてから六十年の歳月を経て、〝ああ、この梅漬の真っ赤な色は、冴えわたった甲斐の冬の風景にもっともふさわしいものだ〟と感じとったときに、この句が生まれたのではないでしょうか。俳人に限らず詩でも短歌でも作品というものは、ただ、作られたその時だけの感覚で思いついたものではなくて、飯田龍太でいえば、六十年なら六十年の歳月を経てはじめて、種まで真っ赤に染まった梅漬と甲斐の冬との出会いがあるのではないでしょうか。」

直人さんの明解な答である。その中のほんの一部を書き抜いただけだが、俳句の発想についての重要なことが述べられている。

きっと、ごく当たり前の句と感じとった人には、俺にも作れるなと思えたに違いない。

名句というものが持つ姿の中には、俺にも作れるという感じを一瞬もたせるような雰囲気があるのではなかろうか。そして、実際に作って見ると、その片鱗さえもとらえることができないものだ。

秋深き隣は何をする人ぞ　　松尾芭蕉
鶏頭の十四五本もありぬべし　　正岡子規
遠山に日の当りたる枯野かな　　高浜虚子

こうした名句にしても、きっと、その月並俳人は、俺にも作れそうだと思うに違いあるまいし、ごく当たり前のことだけだと感じているであろう。

梅漬は甲州小梅が最上品とされている。種が小さく果肉が厚い点を喜ばれているためだ。六月に漬けて夏を越し、冬には紫蘇で真赤に染まった梅は種まで赤くなる。着色した梅ではなく、紫蘇の赤さでないと、黒さをまじえた赤味はでてこない。

朝餉の前に茶をすする。今朝の寒さは、また格別である、と思いながら梅漬を一粒口にする。種を出すと、真赤に染まっており、周囲の寒気が一粒の梅の種をめがけてあつまってくる。これこそ甲斐の冬だ、と作者は、その瞬間に感じとったのだ。その感じとった気力が、真赤ぞという表現になっている。感じとったのは、一瞬であっても、そこには永い年月の甲斐の風土への思いがこめられている。


初夢のなかをわが身の遍路行　　昭和五十六年

句集『今昔』所収。

昭和五十二年の作に「初夢のなかの高嶺の雪煙り」という句がある。遍路行の原型となっているものだろう。昭和三十九年には「ふるさとの楢山夢の粉雪舞ひ」があるので、夢の世界を俳句の中に定着させようとした発想は、早くからいだいていたようだ。

ある時は、夢の中に季節を求めながら、俳句のもつ限界にいどんでいったのであろう。

新緑の風吹きかはる夢のなか　　昭和四十八年
野分吹く真珠いろなる夢の中　　昭和五十二年

しかし、初夢は、夢それ自体が季語となっている。昭和五十二年の「高嶺の雪煙り」の夢を見て、四年後の初夢のなかに「わが身の遍路行」の姿を見たのである。新緑の風から野分へと変化し、雪煙りから遍路行へと夢を通して思いが次第に透明度を増していく。

暗闇の中に真白くうかび出す遍路の後姿がひたすらに奥へ奥へと歩んでいく。いくら呼んでも、こちらを振り向こうともしないで、鈴を振りながら彼方の闇に消えていく師・龍太の姿を、この句から感じた。

幾たびか読みかえし、何か目頭が熱くなってきたのが、この句に最初に出合ったときの印象である。代表作「春の鳶」は二十代のおりのもの。いま六十代に入って「遍路行」の中に見せた作者の思いには、人生漂泊のこころが次第にたかまっているのではあるまいか。俳句に寄せた四十年の歳月は、次第に作品の色彩を消して透明度をふかめていく。

しぐる夜の寝息刻々死に迫り　昭和五十七年

句集『山の影』所収。

「八十余歳の老父母を遺し従弟急逝」という前書がある。いちばん働き盛りの五十代であり、実業界で着々と実績を挙げていた、飯田蛇笏の妹・キヨコの長男の死である。師・龍太とはこころの通い合っていた従弟であっただけに、その落胆は大きかった。

これまでの人生の中で、幾つかの肉親の死に出合ってきた。兄三人、父母、子供。そのたびに身を切るような思いで俳句をなしてきているが、この句のように真正面から死の間際を作品化したことはなかった。

吸う息が短かく、吐く息が長くなり、次第に死の世界に入っていく。しかも、外には夜のしぐれが降っている。

こうした龍太代表作十句を私なりに選んで見たが、やはり、あの句の方が良かったと思う気持の迷いがわいてくる。しかも、色紙には書かない世界の作品が多かったことに対する思いが、いつまでもこころに残った。

（昭和五十七年「俳句研究」九月号）

著書解題――瀧澤和治

〈句集〉

●『藁火』

第一句集。昭和四六（一九七一）年六月一五日、雲母社刊。四六判。七〇〇円。表紙にはのむら清六氏による柿の絵、序文には師飯田龍太の〈よもぎの香〉がある。昭和三五年以前と昭和三六年から昭和四五年までの四四二句を収録。氏の俳句への開眼に加え、甲斐の風土に根ざした瑞々しい詩心が漲った内容となっている。

蜂飼の家族をいだく花粉の陽　（昭和四〇年）
満月の屋根に子の歯を祀りけり　（同）
夕映えのオホーツクを背に魚箱うつ　（昭和四三年）
生誕も死も花冷えの寝間ひとつ　（昭和四四年）
桃は釈迦李はイエス花盛り　（同）

八方の嶺吹雪きをり成人祭　（昭和四五年）

●『青蟬』

第二句集。昭和四九（一九七四）年一一月一五日、牧羊社刊。四六判、函入。一六〇〇円。昭和四六年から昭和四九年までの二九四句を収録。前句集『篝火』から更に先へ進んだ余裕の感じられる境地を示す。

ふるさとの土に溶けゆく花曇　（昭和四六年）
百合ひらき甲斐駒ヶ嶽目をさます　（同）

●『白根山麓』

第三句集。昭和五七（一九八二）年八月一五日、角川書店刊。四六判、函入。二四〇〇円。昭和四九年から昭和五六年までの三五四句を収録。自然、人事に対する温かく且つするどい眼差の感じられる作品が多い。

稲刈つて鳥入れかはる甲斐の空　（昭和四九年）
天の鳶地の墓ひかる雪解かな　（昭和五〇年）

●『山の風』

第四句集。昭和六二（一九八七）年七月三〇日、富士見書房刊。四六判、函入。二五〇〇円。昭和五七年から昭和六二年までの三七九句を収録。新たな家へ転居した後の感慨を籠めた自然詠に安定感がある。

まづ風は河原野菊の中を過ぐ　（昭和五七年）
天辺に個をつらぬきて冬の鵙　（昭和六〇年）

●『盆地の灯』

第五句集。平成四（一九九二）年一二月二日、角川書店刊。四六判、函入。二六〇〇円。昭和六二年から平成四年までの三二二句を収録。旅吟が多く、各地で得た多彩な素材に持前の詩心を遊ばせた佳吟が目立つ。

春雷は空にあそびて地に降りず　（昭和六三年）
黍畑に月の輪熊の遊びをり　（同）
白毫か黒豹の眼か春の闇　（平成三年）

●『草虱』

第六句集。平成一五（二〇〇三）年五月一五日、花神社刊。四六判。二九四〇円。平成四年から平成一四年までの三八〇句を収録。住み慣れた風土への感慨を穏やかで深化した言葉で捉えたことにより作者の感性が季語を介して十全に伝わってくる。本書により二〇〇四年、第三八回蛇笏賞を受賞。

猪鍋の肉をあましして押し黙る　（平成四～六年）

悼　浅原たかし氏

処暑の日や迦陵頻伽を見むと発つ　（平成一〇～一一年）

一筋の蔓のふれたる紅葉川　（平成一二～一四年）

●『師の掌』

第七句集。平成一七（二〇〇五）年八月三一日、角川書店刊。四六判。二八〇〇円。平成五年から平成一七年までの四三五句を収録。著者が没した平成一七年、妻亮子により遺句集としてまとめられた。心を澄ませて写生に徹した一集として、対象に同化したような存在感のある表現を見せている。

落鮎のたどり着きたる月の海　（平成一四年）
忍冬の香は月光をのぼりゆく　（平成一六年）
わが額に師の掌おかるる小春かな　（同）

●『福田甲子雄句集』
平成六（一九九四）年二月二〇日、砂子屋書房刊。四六判。一五〇〇円。現代俳人文庫①。『白根山麓』全編と『藁火』『青蟬』『山の風』『盆地の灯』からの抄出作品および俳論を収めている。矢島渚男・廣瀬直人、酒井弘司、友岡子郷の四氏による解説を附す。

●『白根山麓』
平成一〇（一九九八）年七月一五日、邑書林刊。文庫判。九〇〇円。邑書林句集文庫の一冊。原書の普及版であり、小島健による解説〈自然・風土と人間性の一体〉を附す。

●『俳句集　南アルプスの四季』

平成一五（二〇〇三）年一一月一三日、山梨日日新聞社刊。新書判。一二〇〇円。南アルプス市在住の白露同人飯野燦雨、浅利昭吾、加藤勝、川手久男、齋藤史子、保坂敏子、米山源雄、矢崎幸枝と福田甲子雄の九氏による合同句集。一人百句ずつ四季別に編まれている。飯野燦雨、福田甲子雄監修。

〈作品鑑賞〉

●『飯田龍太』

昭和六〇（一九八五）年一二月二五日、立風書房刊。四六判。二〇〇〇円。序章の〈時雨のかかし〉から十三章の〈諸家のみた龍太俳句〉まで飯田龍太の人物像と作品論を「雲母」に連載したものをまとめた一集。「雲母」の編集で身近にいた作者ならではの深い洞察眼が感じられる。

●『自解100句選―1　福田甲子雄集』

昭和六二（一九八七）年九月一五日、牧羊社刊。A5変形判。一一〇〇円。句集『藁火』『青蟬』『白根山麓』『山の風』から計百句を自選し自解したもの。氏の作句信条・姿勢が真摯に述べられている。

●『秀句三五〇選13農』

平成元（一九八九）年一二月一日、蝸牛社刊。四六判。一三〇〇円。漢字一文字〈花〉〈鳥〉〈旅〉……などをテーマ別にしたアンソロジー・シリーズの中で〈農〉に関する作品を俳壇の諸家から一句ずつ計三五〇句集めた作品鑑賞。

●『龍太俳句365日』

平成三（一九九一）年五月三一日、梅里書房刊。A5判。二八〇〇円。飯田龍太の作品から三六五句を選び、元日から大晦日まで一日一句の鑑賞を附したもの。作品の周辺・背景が興味深く詳細に語られている愉しさがある。

●『飯田蛇笏』

平成八（一九九六）年一二月一〇日、蝸牛社刊。四六判。一四〇〇円。蝸牛俳句文庫21。飯田蛇笏の全作品から三〇〇句を選び、鑑賞を加えた一集。作品には総ルビが附され、理解を助けている。

●『飯田龍太の四季』

平成一三（二〇〇一）年三月一〇日、富士見書房刊。四六判。二五二〇円。飯田龍太の既刊十冊の句集の作品と、句集に未収録の作品からそれぞれ一月から十二月まで月毎にふさわしい句を抽出して解説したユニークな内容である。

●『蛇笏・龍太の山河』

平成一三（二〇〇一）年六月一一日、山梨日日新聞社刊。新書判。一二〇〇円。平成一一年一月から平成一二年一二月まで山梨日日新聞の文化欄に連載した飯田蛇笏・龍太作品の鑑賞を集めたもの。収録句数は計四八九句。各評は約百字ながらも的確な筆致で氏自身の人柄を滲ませている。

●『蛇笏・龍太の旅心』

平成一五（二〇〇三）年七月二三日、山梨日日新聞社刊。新書判。一二〇〇円。『蛇笏・龍太の山河』の続篇として、平成一三年五月から平成一五年四月までの蛇笏・龍太作品四九四句の鑑賞を収録。短文の評として益々磨きのかかってきたものといえよう。

●『蛇笏・龍太の希求』
平成一七（二〇〇五）年八月一日、山梨日日新聞社刊。一二〇〇円。平成一五年七月一日から絶筆となった一六年一一月三〇日まで山梨日日新聞文化欄に連載した「季節の一句」を『蛇笏・龍太の旅心』の続篇として、蛇笏・龍太作品三五三句の鑑賞を収録。「思い切った解説というより、あくまでも鑑賞の手引きとして、蛇笏・龍太作品の伝道師のような役割を果たし、『―山河』『―旅心』『―希求』の三部作は蛇笏龍太作品の研究者としての遺作でもある」と山梨日日新聞社の信田一信が「花曇」と題して「あとがき」に記している。

●『忘れられない名句』
平成一六（二〇〇四）年七月二五日、毎日新聞社刊。四六判。二〇〇〇円。同社の俳句総合誌「俳句αあるふぁ」に平成七年第一〇号から平成一五年第六六号まで連載した二三八句の鑑賞を収録。江戸期から現代俳人までを網羅している。

〈入門書〉
●『季題入門』
昭和五三（一九七八）年八月一〇日、有斐閣刊。新書判。五〇〇円。飴山實、清

崎敏郎、原裕、平井照敏、山下一海、鷲谷七菜子の六氏と共著の季題（季語）解説書であり、担当は〈第五章　秋の名句〉。計二〇の秋の季題（季語）が採り上げられている他、季題・季語についての氏の根本的な考え方を述べている。

●『肌を通して覚える俳句』

平成一一（一九九九）年一〇月一日、朝日新聞社刊。四六判。二五二〇円。同社の俳句総合誌「俳句朝日」に平成一〇年一月号から平成一一年六月号まで連載した氏の〈入門講座〉をまとめたもの。飯田龍太の語録を核として作句の要諦を著した本格的な入門書となっている。

〈評伝・作品評〉

●『飯田蛇笏』

昭和四八（一九七三）年五月二〇日、桜楓社刊。B6判上製函入。八〇〇円。俳句シリーズ・人と作品7。角川源義との共著であり、飯田蛇笏に関する評伝としては俳壇で定評のある代表的なものの一つといえよう。内容は作家研究篇、鑑賞篇、選句抄、著書解題などであり、以後の蛇笏に関する氏の著作の先駆けとなった。

●『飯田蛇笏』

昭和六三（一九八八）年九月一日、桜楓社刊。四六判。二四〇〇円。昭和四八（一九七三）年五月二〇日、同社から初版発行された『俳句シリーズ・人と作品7　飯田蛇笏』を『新訂俳句シリーズ人と作品10　飯田蛇笏』として発行。

●『わが愛する俳人』

昭和五三（一九七八）年一一月二五日、有斐閣刊。新書判。五三〇円。有斐閣新書第三集。坪内稔典、川崎展宏、村山古郷、原裕、松崎豊、大峯あきらの六氏と共著。氏の担当は第四章の飯田蛇笏であり〈霊的表現を求めて〉という副題が附されている。蛇笏の人物像や作品の特徴を探った文章とともに〈蛇笏をめぐる俳人たち〉として、西島麦南をはじめ八名を紹介している。

年譜

昭和二年（一九二七）　〇歳
8月25日、山梨県中巨摩郡飯野村（通称・倉庫町、現・南アルプス市飯野）に父福田清、母二三四の一男一女の長男として生まれる。

昭和九年（一九三四）　七歳
4月、飯野尋常高等小学校入学。家業が料亭だったので持参する弁当は豪華であった。

昭和一七年（一九四二）　一五歳
3月、飯野国民学校、高等科卒業。4月、山梨県立農林学校（甲府市伊勢町）へ入学。

昭和二〇年（一九四五）　一八歳
山梨県立農林学校を繰り上げ卒業（早期卒業の措置がとられる）。1月28日、甲府駅を出発、翌29日京都駅に集合、夜下関港から釜山港へ出航し、2月4日早朝釜山から汽車で奉天駅に着き、満州綿花株式会社に入社。本社農業部指導課配属の辞令により、奉天市鉄西区にある独身寮に入寮する。8月9日、突如召集令状がくる。現地召集、関東軍（撫順）に入隊。毎日、スコップを銃の代わりに抱き、対戦車用のタコ穴（塹壕）を掘る。手りゅう弾の投擲訓練を受けるもすぐに終戦。16日、炎天下を奉天に向って歩き続ける。

昭和二一年（一九四六）　一九歳
6月、日本への引揚船に乗り、遼東湾に面した葫蘆島からアメリカの輸送船で長崎に向うが船内にコレラが発生し沖での停泊が長引く。7月、博多港へ上陸。満員の汽車の窓から原爆投下による廃墟の広島を眺め、やはり戦災で焼失した甲府駅に降り立ち、命からがら故郷に帰る。10月、飯野村農業会に就職。

昭和二二年（一九四七）　二〇歳
職場の上司、飯野燦雨の勧めにより「雲母巨摩野支社」に入会。秋より「雲母」飯田蛇笏選「春夏秋冬」欄に投句。

昭和二三年（一九四八）　二一歳
巨摩野支社「寒夜句三昧」（昭和四年から始まり、途中三年間の休会を経て同四〇年に34回をもって終る）に初参加。「雲母」5月号に飯田蛇笏選「寒夜句三昧」

の入選句が掲載され、これが「雲母」初掲載となった。「月上げて夜ふかく冴ゆる繁華街」。その他「月の出に間ある闇空大花火」もこの年の1句欄掲載の作品。

昭和二四年（一九四九）　二二歳

巨摩野支社「寒夜句三昧」参加（第一夜7名で5句入選、第二夜8名で3句入選）。

昭和二五年（一九五〇）　二三歳

巨摩野支社「寒夜句三昧」に参加せず。

昭和二六年（一九五一）　二四歳

巨摩野支社「寒夜句三昧」に参加せず。2月、同僚米山亮子と結婚。9月26日、母二三四死去（四九歳）。12月20日、長男修二誕生。

昭和二七年（一九五二）　二五歳

隣郡の増穂町と合同し、青柳巨摩野支社として「寒夜句三昧」に参加（第一夜、二夜ともに16名）。

昭和二八年（一九五三）　二六歳

青柳巨摩野支社として「寒夜句三昧」に参加。6月15日、山梨日日新聞社から『山梨新十景句集』が発行され、「葡萄園女歓喜の袂振る」「川霧の流れしづかに夏日落つ」「夕昏の湖にはりつく落葉かな」の三句が秀作として掲載される。7月28日、次男孝二誕生。11月10日、祖母まつの死去（六九歳）。

昭和二九年（一九五四）　二七歳

巨摩野支社12名で「寒夜句三昧」参加。

昭和三〇年（一九五五）　二八歳

巨摩野支社15名で「寒夜句三昧」参加。

昭和三一年（一九五六）　二九歳

巨摩野支社「寒夜句三昧」参加（第一夜24名、第二夜25名）。10月、夜叉神隧道が開通する直前の野呂川林道に蛇笏、龍太、秀實の家族三世代を飯野燦雨とともに案内する。12月18日、三男眞二誕生。

昭和三二年（一九五七）　三〇歳

巨摩野支社「寒夜句三昧」参加（第一夜24名、第二夜25名）。10月6日、白根町役場議場で飯田蛇笏、飯田龍太、石原舟月、松村蒼石、林蓬生ら出席者約百名による「今村霞外先生古稀並びに巨摩野支社十周年記念俳句大会」が開催された。

昭和三三年（一九五八）　三一歳

「雲母」1月号に「巨摩野支社十周年記念俳句大会

記」を執筆。「雲母」からの初めての原稿依頼であった。巨摩野支社「寒夜句三昧」参加（第一夜、第二夜ともに35名）。この年、飯野燦雨が寒夜句三昧優秀十作家に選ばれる。7月10日、「雲母甲府支社」が中心となり、大菩薩山麓雲峰寺で吟行句会が開催され参加する。俳句に対する考え方に変化をおよぼした忘れがたい句会であった。10月号で飯田蛇笏選の4句欄に初めて載る「繭を煮る臭ひの中に芥子赤し」。飯田蛇笏選で第一句集『藁火』に入れたのはこの一句のみ。

昭和三四年（一九五九） 三二歳

巨摩野支社「寒夜句三昧」参加（第一夜29名、第二夜27名）。2月、甲府句会で「藁塚裏の陽中夢みる次男たち」が飯田龍太選入選となる。3月21日、「雲母五百号記念甲府全国大会」が甲府市・湯村温泉昇仙閣ホテルで開催され、「現在の俳句に対する感想」と題した飯田龍太の講演があった。5月23日〜24日、信州武智鉱泉（現たけち温泉）で若手俳人の会を結成。投票の結果「うつぎ会」と句会名が決定した。7月12日、白根三山を眼前に見る夜叉神峠の芦安村温泉（現・南アルプス市）で甲府句会、うつぎ会、巨摩野支社の三会主催で「雲母夏季吟行会」が開催される。「隧道を出て流人めく西日中」がこの日の入選作。「雲母」7月号に「うつぎ会武智温泉の記」執筆。「雲母」11月号に雲母五百号記念特別募集作品の発表があり、「樹齢の黙」（30句）が334篇の中から予選通過50篇に入る。そのとき受賞した3篇は高室呉龍の「炎暑礼讃」「緑蔭に馬を忘れてゆきにけり」、林利子（現・横山利子）の「月見草」「春寒の沖に小鈴を振るごとし」、平木梢花の「旅唱」「雪嶺のいのちもつとも高かりき」。中でも当時24歳の林利子の受賞が「雲母賞」をめざす大きな刺激となった。11月23日、「雲母創刊五百号記念大会」が東京の椿山荘で開催され、三好達治、亀井勝一郎の講演があった。12月の甲府句会で2句が飯田龍太選に入る。「人の死が重なる霜の釣瓶音」「東京の木枯しにイち方位なし」。

昭和三五年（一九六〇） 三三歳

巨摩野支社「寒夜句三昧」参加（第一夜、二夜の区分なく34名が10句投句）。「雲母」2月号に飯田龍太選「作品欄」創設の記事が掲載される。4月号より、「作品欄」に投句。翌5月号で「春昼や子が笛鳴らす遺族席」が次席となる。「雲母」9月号の競詠「新秋四人集」に作品20句「忘形」を発表。10月、白根町商工会に経営普及員として就職。

昭和三六年（一九六一）　**三四歳**

5月25日、小海線佐久海ノ口に於て「うつぎ会」の吟行句会が開催される。5月、念願であった「寒夜句三昧賞」を巨摩野支社が獲得する（参加者28名）。「雲母」7月号に「うつぎ会　八ヶ岳麓吟行の記」執筆。

昭和三七年（一九六二）　**三五歳**

巨摩野支社「寒夜句三昧」参加（26名）。3月1日、「寒夜句三昧参加作品集」が浅利昭吾によりガリ版印刷88ページの文庫版『巨摩野』として発行される。「第五回雲母賞」（昭和30年創設）に初めて応募、予選通過作品24篇の中に入る（選者は丸山哲郎、石原舟月、田中鬼骨、飯田龍太）。受賞作品は秋永放子の「随処の雲」。10月3日、飯田蛇笏没（七七歳）。

昭和三八年（一九六三）　**三六歳**

巨摩野支社「寒夜句三昧」参加（23名）。新たに「句三昧秀句」が創設され、飯田龍太選となった。「雲母」7月号の座談会「扇状地の作家達」で「俳句の風土」について語り合う（メンバーは飯野燦雨、石川青幽、志村庄司、山寺秋雨、川手亀毛、宮沢健児、福田甲子雄）。「第六回雲母賞」に応募、予選通過作品38篇の中に入る（選者は宮武寒々、塚原麦生、庄司圭吾、飯田龍太）。受賞作品は佐藤象外の「風葬址」。「雲母」9・10月合併号より編集同人となり、平成4年の終刊までつとめる。

昭和三九年（一九六四）　**三七歳**

「雲母」3月号に「冬の石柱」8句と「影との会話」執筆。巨摩野支社「寒夜句三昧」参加（24名）。「第七回雲母賞」に応募（選者は飯田龍太のみ）。龍太選秀句抄の中に「家占むる夏蚕の眠り夜の富士」他4句が入る。受賞作品は山中月鈴子の「枯山脈」。7月、田中鬼骨の第一句集『望郷』の出版記念俳句大会に出席。「暑きベンチ船の彼方は死後の色」が飯田龍太選の特選に入る。「雲母」7月号に「白地の諷詠」執筆。「雲母」8月号の座談会で「作家を拾う―俳壇の諸相」について語り合う（メンバーは飯田龍太、山口冬男、廣瀬直人、大井雅人、福田甲子雄）。「雲母」12月号で「東京句会記」執筆。

昭和四〇年（一九六五） 三八歳

巨摩野支社「寒夜句三昧」参加（22名）。「寒夜句三昧」はこの年で終る。「雲母」3月号より「山廬賞」が新設される。「雲母」4月号に「資質の表裏―句集『朱鱗』について」執筆。「雲母」5月号で作品欄初巻頭「蜂飼の家族をいだく花粉の陽」。飯田龍太選「作品欄」が開設されて五年、飯田蛇笏選投句から十八年の歳月が流れていた。5月30日、「雲母名古屋俳句大会」に出席。この大会を皮切りに、師龍太に随行し全国各地の俳句大会に出席するようになった（昭和63年までの二十三年間に38回同行する）。「雲母」9月号に「初冬秀句」執筆。10月16日～17日、「第一回雲母全国俳句大会」が明治神宮参集殿に於て開催され出席。記念講演は、井伏鱒二の「随想」、金子兜太の「蛇笏」、飯田龍太の「俳句の前後」であった。「雲母」11月号の「巻頭作家紹介」に「奔放珠のごとし―佐伴紀雄」執筆。

昭和四一年（一九六六） 三九歳

「俳句研究」3月号に「飯田龍太句集『麓の人』書評」執筆。総合誌からの最初の原稿依頼であった。「雲母」3月号から12月号に「俳壇時評」担当執筆。11月20日、京都支社句集『手燭』出版記念会を兼ねた「雲母関西合同句会」に米山源雄、雨宮更聞と出席（会場・京都国際会館、大原三千院近くの魚山園に宿泊）。

昭和四二年（一九六七） 四〇歳

「俳句研究」1月号から4月号まで「俳論月評」執筆。4月9日、「第二回雲母全国俳句大会」が境川小学校体育館に於て開催され運営にあたる。記念講演は永井龍男の「きのうのこと」、井伏鱒二の「あいさつ」、飯田龍太の「作品について」であった。「雲母」4月号に「古格と新風―句集『手燭』を見る」執筆。「雲母」9月号に「西日の加賀」30句発表。「第十一回雲母賞」の選者に加わり、その後、第十三回から第十六回まで選考をつとめる。11月12日、「雲母九州、山口俳句大会」が門司の出光会館で開催され、米山源雄、雨宮更聞、深澤公子と出席、「秋風や繭のごとくに山光る」が秀作となる。帰路4人で長崎、阿蘇、別府、宮崎、青島など九州を巡って16日に帰る。「霧の夜の荒濤こふる蘇鉄の実」は宮崎で成った句。「俳句」11月号に奥田壺秋句集『寒梅』書評執筆。「俳句」からの初めての原稿依頼であった。

昭和四三年（一九六八） **四一歳**

「俳句」1月号の「特集・現代の作家　飯田龍太集」に「飯田龍太略年譜」を執筆。「雲母」2月号の「巻頭作家紹介」に「野の北風―石川雷児」執筆。6月30日、伊藤雪女句集『夫の郷』の出版祝賀会を兼ねた「雲母北海道大会」が旭川農業会館で開催され出席。「田の涯が灯ともりて飛ぶ兜虫」「斧うつて聳ゆる緑澄みゆけり」が入選となる。「雲母」9月号で二回目の作品欄巻頭「夕映えのオホーツクを背に魚箱うつ」。9月28日～30日の3日間、山梨文化会館に於て、飯田蛇笏文学碑の募金の残額などで「飯田蛇笏展」が開催される。11月19日～20日、「三条雲母の会」と「飯田雲母支社」の合同主催による「野尻湖畔の秋を探る俳句会」（吟行会）が開催され、米山源雄、雨宮更聞と出席する。「雲ひくし越後へつづく霜の道」「夕暮は外ばかりみて花木槿」が特選となる。「雲母」11月号に「俳壇近作展望」執筆。

昭和四四年（一九六九） **四二歳**

「俳句研究」1月号に「真の闇」10句発表。総合誌からの俳句作品の依頼があったのはこのときが初めてであった。「雲母」1、2月号に「俳壇の近作」執筆。「雲母」3月号「寒暮」25句で「第五回山廬賞」受賞。「雲母」6月号で三回目の作品欄巻頭「生誕も死も花冷えの寝間ひとつ」。「俳句研究」8月号に「一句の背景」執筆。「雲母」9月号に「中丸義一―新風の意味するもの」執筆。

昭和四五年（一九七〇） **四三歳**

「俳句」1月号に「父なる山」15句発表。「俳句研究」1月号から4月号まで「俳誌月評」を担当執筆。「雲母」1月号の「巻頭作家紹介」に「雨宮更聞」執筆。「雲母」2月号の座談会「俳句・俳壇はこれでいいか」に出席（メンバーは石川雷児、乾燕子、大井雅人、友岡子郷、廣瀬直人、六角文夫、福田甲子雄）。「俳句研究」3、4月号の「伝統と前衛・交点を探る」をテーマにした座談会に出席（メンバーは石原透、川名大、田川飛旅子、福田甲子雄、宮津昭彦、進行は金子兜太）。4月、長男修二、福島の大学に入学。7月、信州馬籠四方木屋に於て飯田支社有泉七種らと巨摩野支社の合同句会に参加。「雲母」5月号に「八方の山」作品10句と短文「旅の眼」執筆。「雲母」7月号から「作品と随想十一人集」の連載がはじまり、作品10句と文章を6か月間執筆する（メンバーは石川雷児、友岡子郷、庄司圭吾、廣瀬直人、丸山哲郎、山口冬男、大井雅人、福田甲子雄、六角文夫、中丸義一、須並一衛）。俳句に対する考え方をより積極的な方向に導入していく節目となった。同7月号の「春宵俳談座談会—ふるくて新しい問題」に参加（メンバーは飯田龍太、大井雅人、廣瀬直人、丸山哲郎、山口冬男、福田甲子雄）。「俳句研究」7月号の座談会（メンバーは飯田龍太、金子兜太、田川飛旅子、藤田湘子、森澄雄、高柳重信）が石和温泉で行われ、翌日、そのメンバーが山廬を来訪、写真を撮り、裏山を案内する。「自然と生活」をテーマにした30ページにも及ぶ座談会の記事と出席した俳人たちと直接話す機会を得たことにより、これから進む方向が定まる。「俳句研究」10月号に「特集・現代俳句入門（上）俳句と風土性」執筆。「俳句」10月号から12月号まで「現代俳句月評」担当執筆。「俳句研究」11月号に「一羽の鷹」30句発表。「俳句年鑑」で「新人展望」を担当執筆。

昭和四六年（一九七一）　**四四歳**

「俳句研究」1月号に「『戦後俳句』批判〈雲母〉」執筆。「雲母」5月号で4回目の作品欄巻頭「ふるさとの土に溶けゆく花曇」。このときの「作品欄」に掲載の総人数は1748人であった。6月、第一句集『藁火』（雲母社）刊。「俳句」6月号の「特集・現代の風狂」に「暁の花のごとく」執筆。「俳句研究」6月号の「特集・山口誓子試論」に「山口誓子試論」執筆。8月13日付山梨日日新聞に随筆「盆の火」が掲載される。11月、商工会の視察研修で福島県飯坂温泉に宿泊。福島交通飯坂駅で長男修二と会う。「子に学資わたす雪嶺の見える駅」。「俳句」11月号に「佐渡島」15句発表。「俳句研究年鑑」に「俳誌展望」執筆。

昭和四七年（一九七二）　**四五歳**

「雲母」1月号に「渚」作品15句と短文「冬の秀句」

執筆。「俳句研究年鑑」に昭和59年までの13年間「俳誌展望」「句集展望」「作品展望」のうちの一つを毎年担当する。「俳句」1月号に「俳壇展望」の「新人展望」執筆。「雲母」5月号に「近詠欄」が新設され、「作品欄」への出句は4月号をもって終る。5月28日、「大阪例会」が大阪府中小企業文化会館で開催され、米山源雄と出席。「俳句研究」7月号の「特集・伝統俳句の系譜」に「緑の谷」15句発表。「俳句研究」8月号の「特集・俳句鑑賞読本（大正篇その三）」に「俳句鑑賞」執筆。「俳句」9月号の「対談・俳句の現代を探る」に鷹羽狩行と対談。「雲母」9月号の「巻頭作家紹介」に「瀧澤和治」執筆。「俳句研究」10月号に「飯田蛇笏と甲斐の自然」執筆。「俳句研究年鑑」に「俳誌展望」執筆。

昭和四八年（一九七三）　**四六歳**

「雲母」1月号に「二作家をはじめとして」執筆。2月、小学校の仲間と松山を旅行する。「俳句研究」3月号に「冬の風」20句発表。「雲母」5月号から12月号まで「俳壇近作展望」執筆。5月、角川源義との共著『人と作品・飯田蛇笏』（桜楓社）刊（原稿用紙300枚）。「俳句」8月号に「青葉地獄」30句発表。「俳句とエッセイ」（昭48・5月創刊）10月号に作品12句を発表。「俳句研究」11月号の「特集・現代俳句の診断」に「三つの印象」執筆。この年第九回をもって「山廬賞」は終了となる。12月、父清脳溢血で倒れる。「俳句研究年鑑」に「俳誌展望」執筆。

昭和四九年（一九七四）　**四七歳**

1月14日、新潟三条の石井健作の誘いを受け、豪雪の地を踏む。「火事の夢さめて越後の雪の中」が、のちに塚本邦雄著『けさひらく言葉』に収録される。「俳句」1月号の「現代俳句における切字の意識」に「切字雑感」執筆。2月10日、南アルプス市（旧若草町）の祭「十日市」に飯田龍太を案内する。2月、「馬酔木」600号記念特集号所収の編集者座談会「これからの俳句　これからの俳誌」に出席。（メンバーは岡田日郎、川崎展宏、成瀬桜桃子、林翔、森田峠、福永耕二、福田甲子雄）。4月、「雲母」同人となる。山梨文化学園開学、飯田龍太、廣瀬直人とともに俳句講師となる。「俳句研究」5月号から8月号まで「俳句月評」執筆。「俳句研究」5月号に「雪の底」

20句発表。6月25日、山廬の隣家の昼火事に浅利昭吾らと駆けつける。「俳句」8月号に「小黒坂」30句発表。「俳句研究」8月号に「俳句月評(1)」「俳句・俳句研究・俳句とエッセイ」執筆。「俳句とエッセイ」9月号に作品30句を発表。9月29日、新宿代々木・オリンピック記念青少年総合センターに於て「飯田蛇笏十三回忌大会」が開催され出席する。角川源義の「蛇笏文学の孤高」についての講話があった。11月、第二句集『青蟬』(牧羊社)刊。12月、毎日新聞「私が選んだ今年の秀句」に「雨の野を越えて雪降る谷に入る」が金子兜太の推薦を受ける。「俳句」12月号の「特集・現代俳句の百人」の一人に選ばれる。「俳句研究年鑑」に「作品展望」執筆。

昭和五〇年(一九七五) 四八歳

「俳句研究」1月号から4月号までの雑詠選を担当する。「雲母」2月号の座談会「編集のある日に―中堅、新鋭展望」に出席(メンバーは飯田龍太、大井雅人、河野友人、廣瀬直人、福田甲子雄)。「俳句」3月号に「遠方の花―蛇笏俳句の神韻を求めて」執筆。「俳句研究」3月号に「作品十五句」発表。「俳句研究」5月号に「兜太俳句のもつ山影の詩情」執筆。「俳句とエッセイ」9月号に作品12句発表。9月14日、宮崎で開催された「第二回九州雲母の会」に出席。250余名の出席者のうち、80名ほどが他結社の俳人であった。翌15日、えびの高原に遊ぶ。「俳句研究」10月号の「特集・能村登四郎」に「求道の詩人」執筆。「雲母」10月号に「作品の背景―②ある感慨」執筆。11月9日、関西雲母の会に出席。奈良興福寺五重の塔での句「塔を掃く男地上の鹿呼べり」が秀作となる。12月号で「雲母」700号となる。近詠、雲母集の両欄が雲母集ひとつに絞られる。この年第十八回をもって「雲母賞」は終了となる。「俳句年鑑」に「作品展望」執筆。「俳句研究年鑑」に「俳誌展望」執筆。

昭和五一年(一九七六) 四九歳

「雲母」2月号で「雲母集」作品巻頭「残る齢過ぎたる齢も霜のなか」。2月14日〜15日、「雲母全国俳句大会」が石和グランドホテルに於て開催され、その運営にあたる。「國文学」2月号の「現俳人の主題と方法」に「飯田蛇笏」執筆。「俳句とエッセイ」

3月号から翌52年2月号まで一年間作品15句の競詠連載に参加（メンバーは岡本眸、山上樹実雄、林田紀音夫、山田みづえ、齊藤美規、今瀬剛一、福田甲子雄）。「俳句研究」4月号に「褐色の谷」15句発表。「雲母」5月号から12月号まで「俳壇の近作」担当執筆。「俳句研究」6月号の「特集・桂信子」に「『新緑』の秀句」執筆。7月3日～4日、「北海道雲母の会」が旭川市・天人閣及び、ホテルニューキクヤで開催され出席する。「俳句研究」7月号に「昭和前期の飯田蛇笏」執筆。「俳句」10月号に星野麥丘人句集『弟子』書評「師弟の祝杯」執筆。「俳句研究」10月号の「特集・森澄雄」に「句集『花眼』の秀句」執筆。「新潮73」の11月号に作品「山峡暮秋」発表。11月21日、「第三回九州雲母の会」が熊本市・ニュースカイホテルに於て開催され出席する。「雲母」12月号に「作品展望」執筆。「俳句年鑑」に「作品展望」執筆。「俳句研究年鑑」に「句集展望」執筆。

昭和五二年（一九七七）　**五〇歳**

「あざみ」2月号に『あざみ同人俳句集　青蘆』書評「豊かなる群舞」執筆。4月、二男孝二大阪の銀行に就職。入行式に立ち会う。「俳句」4月号に「夜空の梅」30句発表。「俳句研究」4月号に「俳句をささえるもの」執筆。「鹿火屋」4月号に「石組の姿のように」執筆。「雲母」5月号に「たおやかなる詩精神」執筆。「俳句研究」6月号の「特集・新俳壇の展望」に「桃の咲くころ」15句発表。「俳句研究」9月号の「特集・藤田湘子」に「蛍火のように―湘子の俳句」執筆。「俳句研究」10月号に「飯田蛇笏」執筆。「雲母」11月号に「飯田龍太の世界（一）」執筆。11月27日、「関西雲母の会」が兵庫県宝塚グランドホテルで開催され出席する。翌28日、奈良の薬師寺、唐招提寺を見学（廣瀬直人、河野友人、米山源雄、芹沢統一郎、福田甲子雄）。「雲母選賞」が新設される。「俳句年鑑」に「作品展望」執筆。「俳句研究年鑑」に「俳誌展望」執筆。

昭和五三年（一九七八）　**五一歳**

「俳句研究」1月号の「特集・新俳壇の中堅　代表作自選15句」に参加。「俳句」3月号に「わが俳句鑑賞覚え書」執筆。「雲母」5月号に「飯田龍太の世界（二）」執筆。「俳句研究」7月号に「飯田蛇笏」

執筆。作品「山の空」発表。8月、『季題入門』（共著・有斐閣刊）に「第五章秋の名句」を執筆。「俳句」10月号臨時増刊「飯田龍太読本」の「飯田龍太年譜」執筆。「俳句研究」10月号に「飯田龍太」執筆。11月、『わが愛する俳人』第三集（共著・有斐閣刊）に第四章「飯田蛇笏―霊的表現を求めて」を執筆。「雲母」11月号に「飯田龍太の世界(三)」執筆。「俳句」12月号に「血潮の流れを求めて」執筆。「雲母」12月号で「雲母集」作品巻頭「甲斐駒岳に初雪の来し女郎蜘蛛」。「俳句年鑑」に「主要結社の動向」執筆。「俳句年鑑」に「俳論展望」を担当執筆。

昭和五四年（一九七九） 五二歳

「俳句」1月号に「東男のたおやかさ―原裕の人と作品」執筆。「馬酔木」2月号に望月たかし句集『壺中』書評「山岳礼讃の人」執筆。「雲母」2月号に「飯田龍太の世界(四)」執筆。3月25日、「雲母全国大会」が東京の「椿山荘」に於て開催され出席する。水上勉の講演は出席者五百名を魅了した。「俳句研究」4月号に「春となり」15句発表。「俳句」5月号に上田五千石句集『森林』書評執筆。「俳句研究」5月号に「季節の中に溶けて―中村苑子掌論」執筆。「俳句研究」6月号に「自然から人間へ―廣瀬直人論」執筆。「俳句」8月号に「青葉浄土」30句発表。「俳句研究」8月号に「飯田龍太」執筆。「雲母」9月号に「飯田龍太の世界(五)」執筆。「雲母」12月号で「雲母集」作品巻頭「死に隣る父のすり足冬隣」。「俳句年鑑」に「俳論展望」執筆。「俳句研究年鑑」に「俳誌展望」執筆。

昭和五五年（一九八〇） 五三歳

「俳句」1月号から12月号に「初心者のための秀句鑑賞」を連載。「鹿火屋」1月号の「原裕の世界」に「東男のたおやかさ」執筆。「俳句研究」4月号に「遊びを越えるもの―川崎展宏掌論」執筆。『俳句の本〈第二巻〉俳句の実践』（安東次男・飯田龍太・森澄雄編集、筑摩書房刊、全三巻）所収「Ⅲわたしの俳句作法」に「故郷のなかで」執筆。6月14日～15日、飯田支社十五周年記念句会に廣瀬直人とともに出席し、作品の選、講評を行う。「雲母」6月号に「飯田龍太の世界(六)」執筆。「雲母」7月号に「飯田龍太の世界(七)」執筆。「俳句研究」8月号に「飯田龍太」執筆。「夏逍遥」15句発表。10月25日～26日、長崎市ホテル秀明館に於て、「雲母全国大会」が開催され出席する。11月11日、長男夫婦に長女亜由子（初孫）が生まれる。11月28日、全国商工会連合会の記念式典で通産大臣表彰を受ける。「短歌」12月号の「俳壇展望」に「自然への回帰」執筆。「俳句年鑑」に「俳壇動向」執筆。「俳句研究年鑑」に「句集展望」執筆。

昭和五六年（一九八一） 五四歳

「暖流」2月号に「『亀田虎童子』に寄せて」執筆。「雲母」2月号に「飯田龍太の世界（八）」執筆。「俳句研究」3月号に「山村寒暮」15句発表。「俳句研究」5月号から8月号まで「雑詠」選担当。「俳句研究」6月号に「現代俳句の珠玉」執筆。6月28日、「北海道雲母の会」が様似町で開催され出席する。「鹿火屋」7月号に「飯田蛇笏のことば」執筆。「俳句研究」8月号に「飯田龍太」執筆。10月24日～25日、「関西雲母の会」が大阪府高石市・新東洋に於て開催され出席する。「雲母」10月号に「飯田龍太の世界（九）」執筆。12月21日、国道の拡幅に伴い300メートルほど離れた場所へ住居を新築し、移転する。「雲母」12月号に「今年印象に残った三句」執筆。「俳句研究年鑑」に「作品展望」執筆。

昭和五七年（一九八二） 五五歳

2月、「俳句とエッセイ」の特集「飯田龍太を読む」に「龍太散文の魅力」を執筆。「俳句研究」4月号に「寒の内」15句発表。「俳句研究」5月号の「特集・佐藤鬼房」に「『朝の日』の明暗」執筆。「雲母」7月号に「飯田龍太の世界（一〇）」執筆。8月、第三句集『白根山麓』（角川書店）刊。「俳句研究」9月号に「飯田龍太十句撰」を担当。「雲母」9月号で「雲母集」作品巻頭「まづ風は河原野菊の中を過ぐ」。9月26日、横浜市開港記念会館に於て「雲母横浜全国俳句大会」が開催され出席する。前夜の懇親会に蛇笏の高弟中川宋淵が出席、「これぞ人温曼荼羅図」と中七下五を示し、会場から上五を募った。「秋の夜の」の声があり、「秋の夜のこれぞ人温曼荼羅図」が成った印象深い句会であった。「俳句研究年鑑」に「句集展望」執筆。

昭和五八年（一九八三） 五六歳

「雲母」2月号に「飯田龍太の世界(十一)」執筆。「寒雷」4月号に石寒太句集『愛句遠景』書評「愛句のかがやき」執筆。「俳句研究」4月号に「成木責」15句発表。「雲母」7月号で「雲母集」作品巻頭「風吹いて大地の乾く伊勢参り」。「雲母」8月号に「飯田龍太の世界(十二)」執筆。「俳句研究」9月号の「特集・昭和女流俳句十句撰」に「戦前・戦中の女流俳句」執筆。9月、松山市道後公園の子規記念博物館で、「第十八回子規顕彰全国俳句大会」が開催され、記念講演のため出席した飯田龍太に随行し共に出席する。「雲母」11月号の「飯田龍太の世界(十三)」執筆。「俳句研究年鑑」に「句集展望」を執筆。

昭和五九年(一九八四)　**五七歳**

「俳句研究」1月号に「山々の冬」15句発表。「雲母」3月号から翌60年2月号に「俳壇の近作」連載。4月号から8月号まで「俳句研究」雑詠の選を担当。7月28日〜29日、「北海道雲母の会」が札幌電信電話会館に於て開催され出席する。この年「俳句四季」(1月)「俳壇」(6月)創刊。「俳壇」7月号に「延齢草」30句発表。「俳壇」10月号の「特集・加藤楸邨大研究(上)」に「楸邨の俳論」執筆。「俳句研究年鑑」に「句集展望」執筆。

昭和六〇年(一九八五)　**五八歳**

「雲母」2月号で「雲母集」作品巻頭「母郷とは枯野にうるむ星のいろ」。「俳句」3月号の「特集・加藤三七子句集『戀歌』」に「恋歌彷徨」執筆。「俳句研究」3月号の「特集・高浜虚子」に「選者高浜虚子」執筆。4月13日〜14日、「蛇笏生誕百年記念全国俳句大会」が熱海・ホテル大野屋に於て開催され出席する。大岡信の特別講演「飯田蛇笏の文業」があった。七百名の誌友が一堂に会した大会であった。「俳句」4月号の「特集・飯田蛇笏生誕百年」に「飯田蛇笏著書解題」を大井雅人と担当。「俳句研究」5月号に「風の甲斐」20句発表。「俳壇」6月号の「特集・桂信子研究」に「感性の写生—新緑」執筆。「俳句」7月号の「特集・佐藤鬼房句集『何処へ』」に「『何処へ』の一句—幽明の境」執筆。「俳壇」7月号に「山のこゑ」20句発表。「雲母」8月号に紀行「大陸は麦の秋」執筆。「俳句研究」9月号の「特集・昭和50年代の俳壇Ⅱ」に「飯田龍太」執筆。「曲水」

10月号の「現代の目でとらえた渡辺水巴の俳句」に「季語芳醇」執筆。「俳句」11月号の「特集・岡本眸句集『十指』」に「『十指』の一句―写生の奥なるもの」執筆。「雲母」12月号で「雲母集」作品巻頭「木枯はいよいよ葱の香を覚ます」。12月、評論集『飯田龍太』（立風書房）刊。

昭和六一年（一九八六） **五九歳**

1月11日、父清死去（八五歳）。「俳句」1月号の「特集・飯田龍太」に「飯田龍太略年譜」執筆。「俳句」3月号に「枯野星」20句発表。同号の「特集・原石鼎生誕100年」に「私の好きな一句」執筆。「俳句」4月号に金子兜太著『わが戦後史』の書評執筆。「俳句」5月号の「特集・山上樹実雄句集『山麓』」に「立ち止まる懐かしさ」執筆。6月8日〜16日、NHK学園海外学習の旅の俳句講師として廣瀬直人とともに上海、蘇州、北京の旅に参加。「俳句研究」8月号に「蛇笏晩年の憂愁」執筆。「曲水」10月号に「季語豊潤」執筆。「俳句」11月号の「特集・畠山譲二句集『海嶺』」に「愛しみの流れの中に」執筆。12月、「若菜会」（県内の女性俳句会・蛇笏が命名）合同句集『若菜』出版記念句会が甲府・ホテル談露館に於て開催され（龍太と「雲母」編集部）出席。「俳句」12月号の「特集・角川照子句集『花行脚』」に「悲しみの永遠性」執筆。「俳句研究」12月号に「イランの石榴」25句発表。「俳句研究年鑑」に「句集展望」執筆。

昭和六二年（一九八七） **六〇歳**

「俳句研究」2月号に今井杏太郎句集『麦藁帽子』書評「身近なものにこそ」執筆。「俳句」3月号に『季語別角川源義全句集』書評「孤独の微笑」執筆。同号の「特集・鍵和田秞子句集『飛鳥』」に「闇の中の光明」執筆。「雲母」3月号に「一人の俳人の死」執筆。5月23日〜24日、「四国雲母の会」が高知市で開催され、米山源雄、雨宮更聞、深澤公子、田中和子と出席。「俳句」5月号に「山廬への橋」21句発表。「俳句研究」5月号に「自然礼讃のこころ」執筆。6月、「雲母大阪支社第26巻3号」に「季語の秘密」執筆。7月、第四句集『山の風』（富士見書房）刊。「俳句」7月号の「大特集・花鳥諷詠の時代」に「飯田蛇笏の花鳥諷詠」執筆。「俳句四季」

7月号に「南アルプス邑を行く―自然と人のふれあい」執筆。「俳壇」8月号の「特集・注目の現代作家」に作品「夏の花」発表。9月、『自解100句選―1福田甲子雄集』(牧羊社)刊。「俳句」9月号の「特集・岡井省二句集『有時』」の「『有時』の一句」に「限られた時」執筆。「雲母」10月号に「飯田龍太の側面」執筆。11月7日～8日、岐阜長良川畔・ホテル十八楼及び岐阜市北部コミュニティセンターに於て「第二回東海雲母の会」が開催され出席。7日の懇親会には名古屋の宇佐美魚目、太田嗟(龍太の大学の同窓生)が出席、華やかな会となった。8日、席上、長谷川双魚急逝の報に接し、飯田龍太、廣瀬直人らとともに急遽弔問に駆けつける。「俳句」11月号の「特集・能村登四郎句集『寒九』」の「『寒九』の一句」に「永遠の光芒」執筆。「俳句年鑑」の「世代別俳人ベスト10　40代」に「不思議な魅力」執筆。「俳句研究年鑑」に「句集展望」執筆。

昭和六三年(一九八八)　**六一歳**

「俳句」1月号に「俳号の由来と思い出」執筆。「俳句研究」1月号に「山の風」36句発表。「雲母」1月号で「雲母集」作品巻頭「霜をゆく少女は鈴に守られて」。「俳句研究」2月号に「原七郷」40句発表。「俳句」3月号に「芭蕉」執筆。「雲母」4月号で「雲母集」作品巻頭「春雷は空にあそびて地に降りず」。4月17日、境川小学校体育館に於て「雲母」甲府句会・境川村主催の「春の境川村を訪ねる」俳句会が開催され、幹事南俊郎とともに千人を超える参加者の運営にあたる。飯田龍太の「本物の二流ということ」と題した講話があった。「俳句」4月号で「雑詠」選。5月21日～22日、「第二回東北雲母の会」が仙台市・仙台東急ホテルに於て開催され、米山源雄、雨宮更聞と出席。大会の前後、自由に遊覧する。「俳句」5月号に「飯田龍太」を執筆。「俳壇年鑑」の「物故俳人回顧」に「長谷川双魚」執筆。「俳句」6月号の「特集・藤田湘子句集『黑』」の「『黑』の一句」に「締め句に思う」を執筆。7月9日～10日、北海道様似町・日高グランドホテル(懇親会)及び様似町中央公民館に於て「北海道雲母の会」が開催され、講演を行う。「俳句」8月号に「再び夏」21句を発表。「俳句研究」8月号の「山本健吉追悼」の「400字エッセイ」を執筆。「俳壇」8月号の「巻頭エッセイ」に「十九歳の夏」執筆。9月、『飯田蛇笏』(桜楓社)刊。「俳句」9月号の「大特集・現代花の俳句歳時記」に「春」の「花」を執筆。「文藝春秋」9月号に「俳句作品」発表。「雲母」11月号で「雲母集」作品巻頭「黍畑に月の輪熊の遊びをり」。11月13日、「第三回東海雲母の会」が伊勢市神宮会館に於て開催され、講演を行う。「俳句」11月号の「大特集・写生と吟行の上達法」に「私が写生句を作る時の心得」を執筆。同号の「今月の一句」を執筆。「俳句年鑑」に「今年の秀句十句選」を担当。「俳句研究年鑑」に「作品展望」を執筆。

平成元(昭和六四)年(一九八九)　六二歳

「雲母」1月号に「めぐり会う感動」執筆。3月、山梨県商工会連合会を定年退職。「雲母」3月号に「五感をこえるもの—『飯田龍太集・昨日の径』」執筆。「俳句」3月号に「寒の道」21句発表。同号に「大特集・新時代の俳句上達法」の「吟行地での挨拶句の作り方」を執筆。「俳句とエッセイ」3月号に松本旭句集『卑弥呼』書評「離れての真価」を執筆。「俳句」4月号に菅原鬨也句集『遠泳』の一句鑑賞執筆。5月9日〜13日の5回にわたって山梨日日新聞文化面の連載エッセイ「東風西風」に「首夏深想」を執筆。5月13日〜14日、「関西雲母の会」が岡山市栢谷苫田温泉乃利武旅館に於て開催され、飯田龍太に随行し出席。「俳句」5月号の「特集・赤松恵子句集『月幽』」の「『月幽』の一句」を執筆。6月11日〜12日、「第四回東海雲母の会」が愛知県蒲郡・ホテル竹島に於て開催され出席する。その折、飯田龍太、雨宮更聞と雲母・キララ発祥の地(創刊同人宅や発行所になった寺など)を訪ねる。「俳句」7月号に右城暮石句集『一芸』の一句鑑賞執筆。同号に新田祐久句集『鰤起し』書評「俳句の真髄」を執筆。「俳句とエッセイ」7月号に林翔句集『春菩薩』書評「切れば血の出る」を執筆。「俳句」8月号に「思ひさまざま」15句発表。「雲母」9月号に「出羽の海越えんと」執筆。「俳句」10月号の「大特集・これからの俳句の作り方はこう変わる」に「冬の季語の置き方はこう変わる」を執筆。11月3日、山梨県立文学館のオープンに飯田龍太とともに「雲母」編集部出席。「雲母」11月号に「出雲の夕焼け」執筆。11月26日、山梨県立文学館開館記念「雲母全国俳句大会」が山梨県民文化ホールに於て開催され（参加者1500名）、山梨県知事望月幸明による「飯田蛇笏と山梨県立文学館」の講演があった。前日、岡島ローヤル会館で前夜祭が行われ、鯉沼廣行による横笛の演奏、おたのしみ抽選会などの催しを含む大会全般の運営にあたる。「俳句」11月号に林翔句集『春菩薩』の一句鑑賞執筆。「逓信協会雑誌」11月号に作品「秋ふかむ」を発表。「俳壇」11月号に「特集・古賀まりこの世界」の一句鑑賞執筆。「曲水」11月号に森田かずや句集『春岬』書評執筆。12月、『秀句350選13・農』（蝸牛社）刊。「俳句」12月号に「霜月浄土」12句を発表。同号の「大特集・現代俳句入門大全集」に「俳句入門書の秀句鑑賞」を執筆。同号に「岡井省二句集『夏炉』評を執筆。「俳句研究」12月号に「秋から冬へ」32句発表。「俳句年鑑」の「私の選んだ本年度BEST10」に「本格俳人を探る」を執筆。「俳句研究年鑑」に「作品展望」を執筆。

平成二年（一九九〇） 六三歳

「雲母」1月号から翌3年12月号まで24回にわたり「俳壇の近作」連載。「俳句」3月号に有働亨句集『七男』の一句鑑賞執筆。「俳句」5月号の「大特集・魅力的な実作者になるための条件と方法」に「形容詞の上手な使い方」を執筆。「俳壇」5月号に「龍太選の魅力　選者の姿勢」執筆。「俳句」6月号の「特集・殿村菟絲子句集『菟絲』」に「『菟絲』の一句」を執筆。「俳句」8月号に「夏の飛沫」21句発表。9月、『俳句の現在13　津田清子集　中村苑子集』栞に「ハナニアラシ」執筆。9月10日発行『新編飯田龍太読本』（富士見書房刊）の「飯田龍太年譜」執筆。「俳句」11月号の「俳句郵便局〔昭和〕(7)」に「花に乱舞の人」執筆。「俳句とエッセイ」11月号に平松良子句集『天恩』書評「白の思想」執筆。「みそさざい」12月号の上村占魚句集『飲食抄』書評「たまらない日本の味」執筆。「俳句研究」12月号の「特集・今年の秀句ベスト5」に「底流にある愛」を執筆。

平成三年（一九九一） 六四歳

「俳句」2月号の「大特集・学んで秀句　読んで名

句を作る俳句入門」の「学んで秀句の作り方」に「飯田蛇笏」執筆。「俳句」3月号に岡本眸句集『矢文』の一句鑑賞執筆。同号に俳書『現代俳句結社要覧』の書評「変革期の結社」執筆。「俳壇」3月号の「特別企画・句集のまとめ方」執筆。4月15日～16日、飯田龍太、雨宮更聞、「雲母」編集同人らと西伊豆に遊ぶ。船釣りの予定であったが、遊覧回遊と洋蘭園、鏝絵会館などの見学に終る。「磯海女のひとりがピアスしてゐたり」はその折の句。「俳句研究」4月号に「春の雪」32句発表。5月、『龍太俳句365日』（梅里書房）刊。「俳句」6月号の「大特集・思い切った季語の使い方と確実に写生の実力をつける方法」に「思い切った季語の使い方」執筆。同号に野見山朱鳥全集『俳句篇』書評「苦悩と悲哀の中で得た俳句」を執筆。「文藝家協会ニュース」6月号にエッセイ「白雲木」を執筆。7月1日付山梨日日新聞の「特集飯田龍太ふるさとに根づく」に「龍太俳句の優しさの源流」が掲載される。「俳句」7月号に「夏半ば」15句発表。同号に「飯田蛇笏名句入門」執筆。「俳句とエッセイ」8月号に永島靖子句集『紅塵抄』に書評「感性による抱擁力」を執筆。「俳句」10月号に岡井省二句集『前後』の一句鑑賞執筆。10月1日、「雲母」奈良俳句会発行の「塔影」2号に「季節感のない季語のこと」が掲載される。「河」10月号に角川源義作品鑑賞を執筆。「俳句とエッセイ」10月号に加藤三七子句集『水無月遍路』書評執筆。「俳句研究」10月号に「作品8句+作句ノート」を執筆。10月13日、「第十二回九州雲母の会」に出席。「俳句」11月号の「大特集・現代俳句の名吟のつかみ方と〈季語〉の秀品」に「現代俳句の〈もの〉『もの』のつかみ方」執筆、同号に加藤三七子句集『水無月遍路』の一句鑑賞執筆。「俳句研究」11月号の「特集・結社注目の新鋭俳人たち」に「〈雲母〉新鋭燦々」を執筆。「俳句」12月号に「椋鳥千羽」15句発表。「俳壇」12月号に「山の雪」12句発表。「俳句年鑑」の「私の選んだ本年度BEST10」に「久視清吟」を執筆。

平成四年（一九九二）　六五歳

「方円」1月号に佐野美智句集『加良能』作品鑑賞「底流に光る愛」を執筆。「俳句」2月号の「特集・

井沢正江句集『湖の伝説』」の書評「表裏一体の真髄」を執筆。「俳句とエッセイ」2月号に乾燕子句集『放浪闊歩』書評「混然一体の詩境」を執筆。「俳句とエッセイ」3月号に倉田紘文編『秀句350選・水』書評「水の哀歓」を執筆。「俳句」5月号に茨木和生『丹生』の一句鑑賞執筆。5月、三島龍澤寺に巨摩野支社吟行句会を行う。「俳句研究」6月号に「ウトナイ湖」32句発表。8月、「雲母」900号をもって終刊。終刊事務に当たる。「俳句」8月号に「一句のなかの数の使い方を徹底する」を執筆。8月「雲母」終刊後、『新編　雲母句集』の編集作業を雲母編集室に於て行う（メンバーは飯田龍太、廣瀬町子、河野友人、廣瀬直人、齋藤史子、福田甲子雄、井上康明、保坂敏子）。「俳句とエッセイ」9月号に中嶋秀子句集『アネモネ』の一句鑑賞執筆。「俳句」9月号に上野さち子句集『水の上』の一句鑑賞執筆。「俳句」10月号に伊藤敬子句集『日付変更線』の一句鑑賞執筆。「俳句研究」10月号の「特集『雲母』終刊―77年の軌跡」に「雲母巻頭句集を中心に―雲母小史」執筆。10月11日、最後の「雲母全国俳句大会」が甲府・常磐ホテルに於て開催され、運営にあたる。「俳句」11月号の「大特集・有名無名に関係なく心に残る本当の実力俳人になる法」に「心に残る数の使い方」を執筆。同号に特別寄稿として「『雲母』に代わる『白露（はくろ）』創刊について」執筆。11月、道後温泉・国際ホテル大和屋で開催された「中国四国雲母の会」に出席。「俳句」12月号に「夜の胡桃」15句発表。同号に橋閒石『微光』の一句鑑賞及び能村登四郎『長嘯』の一句鑑賞執筆。12月、第五句集『盆地の灯』（角川書店）刊。

平成五年（一九九三）　六六歳

1月1日付山梨日日新聞に「俳句と風土」が掲載される。2月9日～11日付山梨日日新聞に廣瀬直人との対談「『雲母』から『白露』へ」が掲載される。「俳句」2月号に角川春樹句集『月の船』の一句鑑賞執筆。3月、「白露」創刊同人。「俳句」3月号の「俳句開眼大特集・名句に写生法を学び秀句を得る」に「名句に学ぶ写生法」執筆。同号に「特集・阿波野青畝追悼」の一句鑑賞執筆。「俳壇」3月号の「日付のある俳句」に「'92年末～'93年始　季の流れ」執筆。「俳句研究」3月号の「特集・飯田龍太の世界―龍太五句」に「追悼句」執筆。「俳句とエッセイ」4月号の「小特集・福田甲子雄句集『盆地の灯』の世界」に「雲母」終刊後の事務のことについて「終刊の志節」と題した小文を執筆。「俳句」4月号の「俳句開眼大特集・実力俳人による俳句開眼実践講座」に「助詞『てにをは』の俳句開眼実践法」執筆。同号の「特集・現代俳句叢書　神尾季羊句集『同席』」に一句鑑賞執筆。「俳句」5月号の「俳句開眼大特集・まことの俳句作法は老いにあり　先達はどう俳句に老いを詠んだか」に「蛇笏」を執筆。同号の「特集・福田甲子雄句集『盆地の灯』」に「春筍」11句発表と「俳句の魔性を追って―私の俳歴一通」執筆。「俳壇」6月号の「好著・好句集を読む」の「『現代俳句との対話』を読む―流れに逆行する小舟」執筆。「俳句研究」7月号から12月号に「現代俳句展望㈠〜㈥」を執筆。9月5日付山梨日日新聞「季節のうた」に「御山洗五合目の灯の消えにけり」他4句と短文が掲載される。10月3日、境川村主催の村制九十周年記念「飯田蛇笏忌全国俳句大会」が境川小学校体育館に於て開催され出席する。安岡章太郎の講演があった（全国から1400名出席）。「俳句」10月号の「俳句開眼大特集・自分らしさを巧く出せる俳句実作上達法」に「野見山朱鳥の句の中の朱鳥らしさ」を執筆。「俳壇」11月号の「秋色作品特集」に作品「秋のいろ」発表。「俳句αあるふぁ」冬季号に「飯田龍太の近況」を執筆。同誌に新連載「珠をひろう①」を執筆。「俳句」12月号の「年末俳句開眼大特集・これ以上ない実作俳句開眼の特別決定版」に「写生俳句の決定的開眼の方法」執筆。同号に伊藤白潮『游』の一句鑑賞執筆。「俳句年鑑」の「私の選んだ本年度BEST10」に「変化の波」執筆。

平成六年（一九九四）　六七歳

「俳句」1月号に「山村暮色」12句発表。同号の「特集・今日の句集」に茨木和生『三輪崎』の一句鑑賞執筆。「俳句研究」1月号の「新春作品特集」に「小春日」12句発表。「俳句」2月号の「大特集・自分の俳句を見つけ早く俳句が上達する講座」に「自分らしい吟行写生句の作り方」執筆。2月、『福田甲子雄句集』（砂子屋書房）刊。3月13日、「第一回白露山梨句会」が山梨県立文学館に於て開催され、運営にあたる。「俳句」4月号の「大特集・今日の俳句実作に最も有効な季語の手引き」に「五七五に私は季語をこう置いている」を執筆。同号に「雑木山」15句発表。同号に山本洋子句集『渚にて』の一句鑑賞執筆。「糸瓜」4月号に「甲斐の春—季節の窓・4月」を執筆。「万蕾」4月号に「季語と季節感」を執筆。4月20日、篠崎圭介主宰「糸瓜のつどい」に招かれ、松山を訪問。「白露」同人乾燕子が四国四十三番霊場明石寺など愛媛県内を案内した。4月27日付山梨日日新聞文化面「ひと仕事」にインタビュー記事が掲載される。「俳句」5月号に「春先」15句発表。「俳句研究」5月号の「北の旅　南の旅」に「ウトナイ湖」執筆。「俳句」6月号の「特集・今日の句集」に藤崎久を『花の下』の一句鑑賞執筆。6月12日、「第二回白露山梨句会」が山梨県立文学館に於て開催され運営にあたる。「俳句」7月号の「大特集・初めて公開される面白く写生された吟行句の正しい作り方」に「結社吟行句の面白い写生に秀れた句に学ぶこと」を執筆。「糸瓜」7月号に「俳句に思うこと—糸瓜のつどい」の講演録掲載される。「青嶺」7月号に「青嶺創刊十周年記念俳句大会特別講演録—『風土と俳句』」が掲載される。「杉」8月号に増田曙氏による夏の一句「湖ことに暮るるをこばみ五月富士」が掲載される。「俳句」8月号の「大特集・今日の俳句の上達法の秘密」に「蛇笏・波郷・龍太・澄雄の添削の秘密」を執筆。同号の「特集・今日の句集」に村沢夏風『玉壺』の一句鑑賞と矢島渚男『船のやうに』の一句鑑賞執筆。「俳壇」8月号に特別作品・日付のある俳句31句「時得難し」（5月15日～6月14日）発表。「方舟」8月号に特別寄稿「松山の草田男墓碑」執筆。「糸瓜」9月号に「松山の草田男墓碑」（「方舟」8月号より転載）。「鷹」10月号、藤田湘子第八句集『黑』鑑賞執筆。「りんどう」10月号、のむら可祢句集『うづみ火』特集に「俳句の日常性」を執筆。「俳句」11月号の「大特集・俳句上達の三つの基礎知識」に「秀句を選ぶ条件」を執筆。同号に「丸山哲郎小論」執筆。「壺」12月号に近藤潤一追悼「純正俳句文学の使徒」を執筆。12月11日、「第三回白露山梨句会」が山梨県立文学館に於て開催される。

平成七年（一九九五）　**六八歳**

「俳句」1月号の新春特別鼎談「飯田蛇笏と俳句文学の世界」に参加（メンバーは福田甲子雄、平井照敏、上田五千石）。角川俳句賞選考委員となる（平成9年まで）。同号に「冬山」15句発表。「俳句研究」2月号の「特集・福田甲子雄の世界」に「新作25句」と「わが俳句観　季を思う」執筆。同時に「福田甲子雄自選100句＋自註」掲載。「俳句」2月号に「特集・土生重次句集『素足』」の一句鑑賞執筆。「俳句」3月号に瀧沢伊代次句集『鉄砲蟲』の一句鑑賞執筆。「俳句」4月号に木村敏男句集『眼中』書評「風土の狩人」執筆。同号に、高木良多句集『佐原』の一句鑑賞執筆。「俳句研究」4月号の「特集・現代季語の問題点」に「季節感のない季語」執筆。「寒雷」4月号に「暖響作家自選五句・評」執筆。「俳句」5月号に斎藤梅子句集『濤聲』書評「遥かなるものを」執筆。同号に皆川盤水句集『随處』の一句鑑賞執筆。「俳句」6月号の第四十一回角川俳句賞選考座談会「異色俳人への期待」に参加（メンバーは川崎展宏、福田甲子雄、稲畑汀子、三橋敏雄）。「俳句」7月号に廣瀬直人句集『遍照』書評「沈黙の俳意」執筆。「俳句」8月号に特集・宮岡計次句集『金魚玉』の一句鑑賞執筆。「俳壇」8月号の「この作家この句集」の「吉本伊知朗『壺折』省略の妙味を読む」執筆。「俳句αあるふぁ」8・9月号に「第3回やさしい名作鑑賞」執筆。「河」10月号に「角川源義の人と作品」執筆。「俳句」10月号に「白南風」15句発表。同号に榎本好宏句集『方寸』書評「日常の普遍」執筆。10月3日付山梨日日新聞に蛇笏三十三回忌に寄せて「不滅の蛇笏俳句」を執筆。「俳句」11月号に松崎鉄之介句集『巴山夜雨』の一句鑑賞執筆。「俳句」12月号に齊藤美規句集『白壽』の一句鑑賞執筆。10月刊行の『俳文学大辞典』（角川書店刊）の執筆陣の一人に。「俳句年鑑」のカラー口絵「'95秀句百句選」担当。「俳句研究年鑑」の「俳句総合誌の一年」の「『俳句研究』を観る」執筆。

平成八年（一九九六）　**六九歳**

「俳句」1月号に新春作品「雪の峰」8句発表。「俳句研究」1月号に新春作品「富士茜」11句発表。2月、飯田龍太監修『仏教歳時記』（佼成出版社刊）に執筆。「俳句」2月号の「大特集・実作のための基本表現とその技法」に「名句にみる固有名詞の効果的な使い方」執筆。同号に特集・黛執句集『朴ひらくころ』の一句鑑賞執筆。「俳句」3月号に本宮哲郎句集『信濃川』の一句鑑賞執筆。4月、『現代俳句集成』（全1巻・立風書房）に作品200句を収録。4月から平成9年12月までNHKテキスト「俳句」に「四季の季題とその作品鑑賞」執筆。「俳句」6月号の第四十二回角川俳句賞選考座談会「詩情あふれる有望新人の登場」に参加（メンバーは川崎展宏、福田甲子雄、稲畑汀子、三橋敏雄）。同号に伊藤敬子句集『存問』の一句鑑賞執筆。7月20日発行の山梨県立文学館企画展「龍之介・牧水・普羅と八ヶ岳」の図録に「蓮華とひらく八ヶ嶽」を執筆。「俳句」7月号に「藤浪の家」発表。同号の「大特集・昭和の古典　名句を訪ねて」に「昭和元年～5年」を担当執筆。「俳句」8月号に飯島晴子句集『儚々』の一句鑑賞執筆。9月7日～9日、創刊三周年「白露錬成俳句大会」が愛知県蒲郡三谷温泉ホテル松風園で開催され出席する。「俳句研究」9月号に「雪踏むごとく」20句発表。「俳句」10月号の特別座談会「秋の風物―季節を詠む」に参加（メンバーは福田甲子雄、鈴木太郎、片山由美子、小澤實）。「俳壇」10月号に「この作家この句集28松本旭『凱旋門』」の一句鑑賞執筆。「俳句」11月号の「大特集〈俳句上達のために〉実用的な季語の使い方」に「季重なりをどうするか」執筆。「俳句」12月号の「大特集・俳句入門講座名句に学んで秀句創作への近道」に「山岳俳句に学ぶ飯田蛇笏」執筆。「俳壇」11月号の「この作家この句集」に「坂巻純子句集『小鼓に酔う』」執筆。12月、『蝸牛・俳句文庫21飯田蛇笏』（蝸牛社刊）。「俳句年鑑」の「私の選んだ本年度BEST10」に「寡黙の魅力」執筆。

平成九年（一九九七）　七〇歳

「俳句朝日」1月号「新春を詠う」に「元日から七種粥まで」執筆。「俳句」1月号から12月号まで飯島晴子、鈴木鷹夫両氏と合評鼎談。同号に「橋半ば」8句発表。「俳句研究」1月号の「haiken中級講座

①新年を詠むポイント」に「苦手の新年俳句を克服する方法」執筆。「俳句」2月号の「大特集・辞世の句に学ぶ」に「飯田蛇笏」執筆。「俳句」3月号の「大特集・はじめての一句」に「俳句開眼」執筆。「俳壇」3月号に「私のなかの古典の一句」執筆。「俳句」4月号に「農具市」15句発表。「俳句世界」4月号の「歳時記と私」にミニエッセイ「土恋し」執筆。「俳句研究」4月号の「haiken中級講座④桜を詠むポイント」に「その妖しい魔性を探る」執筆。4月6日付山梨日日新聞読書面に尾形仂著『俳句の可能性』書評執筆。「北の雲」5月号に「勝又木風雨三句集に見る『絹の道』」執筆。「俳句朝日」5月号に有馬籌子『日日は旅』鑑賞執筆。5月14日〜16日、山梨日日新聞文化面連載「俳句と甲州」で鷹羽狩行、廣瀬直人とともに鼎談。「俳句」6月号に「特集・成田千空句集『白光』」の一句鑑賞執筆。「俳句朝日」6月号の「特集・俳句実作入門」に「リズムと調べ」執筆。6月29日から3泊4日でNHK学園の「夏のオホーツク海を詠む」吟行会に参加。「俳壇」7月号の「特集・夏の季語あつかい方入門」の「生活(5)」解説。「本の旅人」7月号に「歳時記は旬の味」を執筆。「俳句」8月号の「追悼・神尾季羊」に「闊達な人柄を偲ぶ」執筆。「俳句朝日」9月号に「月の光を追って」執筆。「椎の実」9月号に追悼・神尾季羊「闊達な人柄を偲ぶ」執筆（「俳句」8月号より転載）。9月、静岡新聞文芸欄俳句選者となる。「俳壇」10月号の「この作家この句集」に庄司圭吾句集『夏野』書評「いのちとこころ」執筆。「俳句界」10月号に「シリーズ・現代の俳人　鍵和田秞子の世界」執筆。「俳句」11月号の第四十三回角川俳句賞選考座談会「対照的な二人の新人」に参加（メンバーは川崎展宏、稲畑汀子、三橋敏雄、福田甲子雄）。「俳句研究」11月号に「南瓜嫌ひ」15句発表。「椰子」56号（11月号）に友岡子郷句集『翌』書評執筆。「俳句研究年鑑」の「俳句展望」の「70代」を担当執筆。

平成一〇年（一九九八）　七一歳

「俳句朝日新人賞」選考委員となる（平成13年まで）。「俳句研究」1月号の「haiken中級徹底講座①私はこう学んだ、こう教えられた」に「手ごわい相手」を執筆。「門」1月号の「特集風の祭」に「都あり」

を執筆。「俳句」2月号に山崎ひさを句集『続百人町』の一句鑑賞執筆。「俳句研究」2月号の鼎談「歳時記と季語の現在」に参加（メンバーは鍵和田秞子、筑紫磐井、福田甲子雄）。「俳句」3月号に「寒茜」24句発表。「俳句研究」3月号に「富嶽射る」15句発表。「沖」3月号の「句集特集・林翔『あるがまま』」に「その呟きを聴く」執筆。3月11日付山梨日日新聞文化面に「塚原麦生句集『遠音』をきく」を執筆。3月20日、「雲母」「白露」同人の庄司圭吾の逝去に際し、弔辞を捧げる。「俳句」4月号に藤田あけ烏句集『赤松』書評「沈黙する自然」執筆。「俳壇」4月号に渡辺恭子句集『涼しさだけを』の一句鑑賞執筆。「俳句」5月号に小島花枝句集『鳴動』の一句鑑賞執筆。5月10日、山梨県・身延町総合文化会館に於て、「第十一回白露山梨句会」が開催され出席する。「俳句」6月号の「特集・スランプを活用する」に「スランプには心を遊ばせて」執筆。6月8日〜9日、飯田秀實（龍太長男）の運転で飯田龍太、雨宮更聞、当地で合流した金子青銅、清水青風と飛騨高山、乗鞍に遊ぶ。「俳句研究」7月号の「haiken中級徹底講座⑦」に「二字の品位」執筆。7月1日発行のNHKテキスト「俳句」の「俳句春秋」に「特集風土を詠む」執筆。7月、『白根山麓』（昭和57年刊）が邑書林句集文庫の一冊として文庫化される。「俳壇」7月号に巻頭作品「花と蟇」10句発表。「俳句」8月号の「特集・これから見られる八月の祭」に「吉田の火祭」執筆。8月30日〜9月1日、「第二回北海道白露の会錬成句会」が札幌市ホテル神宮及び千歳市休暇村支笏湖畔温泉で開催され出席する。9月20日、「俳句別冊」の「現代秀句選集」に「秀句の変遷」執筆。9月26日〜28日、五周年記念「白露錬成俳句大会」が静岡県・熱海後楽園ホテルで開催され、保住敬子、金子青銅とともにフリートーキングの講師となる。「俳壇」10月号の「特集・秋の句　柿・栗・葡萄の詠み方・詠まれ方」に「句碑と葡萄」執筆。10月3日〜4日、「第六回東北白露の会」が相馬市松川浦で開催され出席する。4日には「俳句講話」の講師として講演を行う。「俳句」11月号に「先端に花」16句発表。同号の「特集・鷹羽狩行半世紀の俳歴」に「私が選んだ狩行秀句」

執筆。「俳句研究」12月号に「蛇笏忌」12句発表。「俳句研究年鑑」に「70代作品展望」執筆。

平成一一年（一九九九）　七二歳

1月5日付山梨日日新聞文化面で蛇笏・龍太俳句を鑑賞する連載「四季の一句」スタート（没年の平成17年まで続く）。1月10日発行の「俳句朝日」増刊号の「現代俳句の出発と展開」に「川端茅舎　松本たかし―水の温もりと清冽な水の流れ」執筆。「俳句研究」1月号の「haiken中級講座」に「座右の一書」執筆。「俳句研究」3月号に「六地蔵」12句発表。「俳句研究」4月号の鼎談「季語の起源」に参加（メンバーは三橋敏雄、深見けん二、福田甲子雄）。「俳句」5月号に「甲斐が根」16句発表。「俳句」7月号より9月号まで「3ヵ月連続競詠」に参加。「壺」7月号に「俳句望羊　一句の評価」執筆。「海鳥」7月号に作品評「飛魚北風の季節」執筆。「椎の実」9月号に「日向の世界」執筆。「俳句朝日」9月号に岡本眸句集『流速』鑑賞執筆。「俳句」10月号の「入門特集―秋の詠み方の徹底研究」に「微妙な季感の把握」執筆。10月、『入門講座　肌を通して覚える俳句』（朝日新聞社）刊。「俳壇」11月号の「秋の女性俳人大特集」に「女性による俳句革新」を執筆。「俳句朝日」12月号の「年賀状に書く句のつくりかた」に「ある年賀状」を執筆。「天為」12月号に大屋達治句集『寛海』書評執筆。「俳壇年鑑」の「一九九九年の句集から」に「60代作家の句集」執筆。

平成一二年（二〇〇〇）　七三歳

「俳句研究」1月号の「句集を読む」に石田勝彦『秋興』書評執筆。「俳句研究」2、3月号の特別鼎談「秀句を選ぶ」の「『年鑑』自選句を読む」に参加（メンバーは辻田克巳、鳴戸奈菜、福田甲子雄）。「俳句現代」4月号の「大特集・角川春樹最新句集」に『いのちの緒』一句鑑賞執筆。「俳壇」5月号の「特集・新世紀に残したい30の句集」に「風土に根ざしたこの3冊」執筆。「俳句」6月号に矢島渚男『翼の上に』一句鑑賞執筆。「俳句」7月号の「大特集・老い、そして人生を詠む」に「蛇笏俳句に見る老い」執筆。「俳句研究」7月号に「山路」7句発表。「俳句現代」8月号の「芭蕉・一句鑑賞」に「この一句」執筆。「俳句研究」9月号の特別鼎談「晴子の魅力」に参加（メンバーは永島靖子、平井照敏、福田甲子雄）。11月24日～26日、七周年記念「白露錬成俳句大会」を山梨県八ケ岳ロイヤルホテルに於て開催、運営にあたる。当日、「第七回白露賞」（金丸保）、「第三回白露評論賞」（三森鉄治）、「第二回白露エッセイ賞」（齋藤史子）の表彰式があった。12月3日、山梨県足和田村西湖畔の「くわるび」に於て、齋藤史子の「第二回白露エッセイ賞」受賞と第一句集『絵絣』出版の祝賀吟行句会が巨摩野支社により開催される。「俳壇」12月号の「巻頭作品10句」に「御嶽の秋」発表。「俳句年鑑」に「今年の感銘句」執筆。

平成一三年（二〇〇一）　七四歳

「俳句」2月号に「土作る」24句発表。3月、『飯田龍太の四季』（富士見書房）刊。「俳壇」3月号に作家論「野中亮介―乗り越えるもの」執筆。「室蘭文芸」34号（3月31日）発行の「特集八木義徳を語る」に「八ヶ岳恋情」を執筆。「俳句研究」4月号に茂惠一郎句集『六白金星』の書評「見事な気概」執筆。6月9日～11日「北海道白露の会」が様似町アポイ山荘に於て開催され出席する。6月、『蛇笏・龍太の山河　四季の一句』（山日ライブラリー・山梨日日新聞社）刊。「俳句」7月号の「こうして学んだ私の投句時代Ⅶ」に「器用より不器用で」を執筆。「俳壇」7月号の「競詠・わたしの表現上の立場　文語を使うということ」に「風薫る」5句と短文を執筆。「河」9月号に秋山巳之流句集『萬歳』書評「孤独な季節感」執筆。「俳句研究」10月号の「海をこえた俳句―わが海外詠」に「夏冬二国」16句発表。ウエップ「俳句通信」№7（12月1日発行）に「書評神蔵器句集『貴椿』を読む」執筆。「俳句年鑑」に「今年の感銘句」執筆。

平成一四年（二〇〇二）　七五歳

「俳句研究」1月号から6月号に「わたしの昭和俳句⑴～⑹」を執筆。1月から読売新聞俳壇選者となる。「俳壇」2月号に「天水」10句発表。「俳壇」4月号の「この作家この句集中戸川朝人『星辰』」に「青萩の余光」執筆。「俳句」4月号に森澄雄句集『天日』書評「壽の輝き」執筆。5月16日～17日、飯田龍太、廣瀬直人、河野友人、大井雅人、雨宮更聞と西山温泉に遊ぶ。「雲母」終刊から10年を経ていた。

6月25日〜27日付山梨日日新聞文化面で「俳句のくにで語る」と題して桂信子、廣瀬直人とともに鼎談。7月、第26回野口賞（芸術・文化部門）受賞。「俳句研究」7月号に「雲を踏む」20句発表。「俳句」8月号の「大特集・豊饒の70歳代」に「白骨温泉行」8句発表。10月5日付山梨日日新聞文化面に『金子兜太集』全4巻完結に際して寄稿。「俳句研究年鑑」に「今年の感銘句」執筆。

平成一五年（二〇〇三）　**七六歳**

2月9日白根桃源文化会館に於て俳句講座（白根桃源図書館主催）が開催され、「俳句の楽しさ」と題し講演する。「俳句」2月号の「大特集・写生の研究」に「意志をもって見る」執筆。「俳壇」2月号の「宮脇白夜著作集第一巻『草田男の森』」の書評「明治の気骨」執筆。3月22日〜23日「『白露』創刊十周年記念全国俳句大会」が甲府富士屋ホテルで開催され（600名を超える参加者）、運営にあたる。竹西寛子の「定型の器」と題した記念講演があった。「俳句研究」3月号に「鳥の目」8句発表。「俳句研究」4月号の鼎談「旅と俳句—旅吟を考える」に参加（メンバーは棚山波朗、浦川聡子、福田甲子雄）。「俳句界」4月号「特別企画・俳句にとって伝統とは何か？」に「蛇笏・龍太の伝統はどこへ行くのか」を執筆。5月、第六句集『草虱』（花神社）刊。「俳句」5月号に「春たけなは」16句発表。「俳壇」5月号に「この作家この句集黛執『野面積』」の一句鑑賞執筆。7月、『蛇笏・龍太の旅心　四季の一句』（山日ライブラリー・山梨日日新聞社）刊。ウエップ「俳句通信」№15（8月14日発行）に書評「森澄雄句集『遊心』を読む」を執筆。「俳句朝日」9月号に「自作はわが子」執筆。「俳句」10月号の「大特集・自解・第一線50人の『私の代表句』」に「大地とともに」執筆。「狩」25周年記念号（10月号）に「鷹羽狩行挨拶句集『啓上』の一句」執筆。11月、『俳句集　南アルプスの四季』（山日ライブラリー・山梨日日新聞社）監修。「俳句研究」12月号に「鮎の生涯」10句発表。「俳句朝日」12月号の「この一年心に残った句集」に「覚悟を持つ句集」執筆。3月16日、白根町特別功労者表彰（文化振興）。「俳句研究年鑑」に「今年の感銘句」執筆。

平成一六年（二〇〇四）　七七歳

「俳句界」1月号の「特集・時代の中の現代俳句、七つの問題」に「いい俳句とはどんな俳句をいうのか」を執筆。「麓」1月号に齊藤美規句集『春の舞』鑑賞執筆。「沖」1月号に「沖」四百号記念に寄せて「光年の沖」執筆。「俳壇」2月号に「霜の花」10句発表。ウエップ「俳句通信」No.18（2月14日発行）に「象徴力と季語」を執筆。3月20日付山梨日日新聞文化面に故飯野燦雨への追悼文を寄稿する。「俳句研究」3月号に「わたしと『俳句研究』」執筆。4月、「第三十八回蛇笏賞」受賞（平成15年刊、第六句集『草虱』により）。4月8日付山梨日日新聞、4月17日付静岡新聞に蛇笏賞受賞のインタビュー記事がそれぞれ掲載される。「俳句」5月号に特別作品21句「先祖返り」を発表。「俳壇」5月号の「特集・俳句の韻律を考える」に「字余りが生む調べ」を担当し「秀句10句選」と「字余りの秀句」執筆。「俳句」6月号に蛇笏賞発表の記事が掲載される。6月18日、東京・丸の内東京會舘に於て蛇笏賞と迢空賞の授賞式が開催され、迢空賞受賞の永田和宏とともに登壇する。7月、蛇笏賞選考委員を委嘱される。『忘れられない名句』（毎日新聞社）刊。7月14日蛇笏賞受賞を祝い赤石温泉に於て3句会（巨摩野支社、すばる俳句会、まなび句会）合同の吟行句会が行われ、会員手づくりの冊子『草虱の一句』の贈呈を受ける。7月18日、家族による蛇笏賞受賞を祝う会が新宿に於て開催され、家族十四人が一堂に会す。8月11日、巨摩野句会に出席。これが最後の句会となった。8月13日、白根徳洲会病院（南アルプス市西野）に入院。同17日、胃と胆嚢の全摘手術を受ける。10月12日退院。自宅療養中11月26日、飯田龍太夫妻の見舞いを受ける。その時の句「わが額に師の掌おかるる小春かな」が、その後刊行された遺句集『師の掌』に収録される。11月、山梨県文化賞特別賞受賞。「俳句研究」12月号に「露の月」20句発表。「俳句研究年鑑」に「俳句は庶民の詩」執筆。

平成一七年（二〇〇五）

1月4日、再入院。「俳句」3月号に林翔句集『光年』の書評「清新と自在」執筆。4月24日午前10時、師飯田龍太が長男秀實夫妻と見舞いに訪れる。これが龍太との最後の対面となる。翌4月25日午前2時50分永眠（七七歳）。4月26日付山梨日日新聞に廣瀬直人「福田甲子雄さんを悼む『巨摩野に根ざした風土詠』」掲載。4月27日〜28日通夜、告別式が「JAこま野すずらんホール」（南アルプス市桃園）に於て執り行われる。4月30日付山梨日日新聞に飯田龍太談「追悼・福田甲子雄さん『永遠の友』」掲載。5月2日付静岡新聞に宗田安正による追悼文「かけがえのない俳人」が掲載される。6月23日〜25日、山梨日日新聞紙上で「巨摩野の風土とともに　福田甲子雄が遺したもの」を連載。8月、『蛇笏・龍太の希求　四季の一句』（山日ライブラリー・山梨日日新聞社）刊。8月20日、福田甲子雄を偲ぶ追悼句会が白露社及び巨摩野支社共催により白根桃源文化会館（南アルプス市飯野）に於て開催され、全国から400名を超える会員が出席し、氏を偲んだ。合わせて、第七句集『師の掌』が角川書店から刊行される。「俳句」8月号に「追悼大特集・福田甲子雄の生涯と仕事」（廣瀬直人による「師弟一如の歩み」、鈴木鷹夫による「未生と死後」、伊藤敬子・友岡子郷・永井裕子・加古宗也による「福田甲子雄の句鑑賞」、齋藤史子編「福田甲子雄略年譜」、井上康明選「福田甲子雄の一〇〇句」）が掲載される。「俳句研究」9月号に「特集・追悼　福田甲子雄」（廣瀬直人による「風土豊穣」、成田千空他17名による「福田甲子雄の一句」、編集部編「福田甲子雄百句抄」）が掲載される。「俳壇」9月号に「追悼・福田甲子雄―わが額に師の手おかるる小春かな」（友岡子郷による「一歩ずつ天辺をめざした人」瀧澤宏司による「本気に生きかかわった俳句」、廣瀬直人による「福田甲子雄代表作品50句選」）が掲載される。

平成一八年（二〇〇六）

加藤勝が発案し、齋藤史子、保坂敏子が賛同して、4月6日、福田家の墓地に代表句「ふるさとの土に溶けゆく花曇」の句碑を巨摩野支社一同の名で建立する（南アルプス市小笠原高石材店）。

平成二一年（二〇〇九）

2月刊行の『龍太語る』（山梨日日新聞社刊）で、死去前年の平成一六年七月十日（龍太の誕生日を祝い訪問）に山廬で行った龍太との対談（「人恩師恩」）が甲子雄没後四年を経て初めて公表される。

平成二三年（二〇一一）
4月8日から6月30日まで「福田甲子雄展及びその関連事業」が南アルプス市立白根桃源美術館他に於て開催される（同実行委員会主催、山梨日日新聞社・山梨放送共催）。会期中に呈茶の席を2回開催、福田甲子雄の思い出を105人が寄せた『花曇』（同実行委員会編）が関連事業のひとつとして刊行される。4月15日から6月17日の間、毎週金曜日に山梨日日新聞で「福田甲子雄ふるさとの心　白根桃源美術館展覧会から」を9回連載（執筆担当は掲載順に加藤勝、乾燕子、保坂敏子、内藤久嗣、齋藤史子、飯田秀實、福田修二、保坂敏子、柴田三津雄）。5月29日、関連事業のひとつとして「第一回花曇ふるさと俳句大会」が廣瀬直人を迎え、白根桃源文化会館・桃源閣に於て開催される。白根CATVによりDVD「福田甲子雄の世界」が制作される（実行委員会監修、写真俳句・佐伯卓）。

平成二四年（二〇一二）
5月20日、「第二回花曇ふるさと俳句大会」開催（同実行委員会主催、山梨日日新聞社・山梨放送共催）。記念講演「福田さんと私」講師・入倉朱王、俳句文化講座「月の暦と月の文化―俳句の生まれる背景―」講師・志賀勝。

平成二五年（二〇一三）
4月1日、俳句同人誌「今」創刊、毎号「特集・福田甲子雄」を掲載。5月19日、「第三回花曇ふるさと俳句大会」開催（同実行委員会主催、山梨日日新聞社・山梨放送共催）。記念講演「福田甲子雄さんの記憶」講師・城松喜、高石直幸、俳句文化講座「俳句の生まれる風土―甲子雄の愛したふるさと」講師・田中大輔。

平成二六年（二〇一四）
5月18日、「第四回花曇ふるさと俳句大会」開催（同実行委員会主催、山梨日日新聞社・山梨放送共催）。記念講演「福田甲子雄さんと私」講師・三枝浩樹、俳句文化講座「俳句の生まれる風土―甲子雄の愛したふるさと㈡」講師・田中大輔。

平成二七年（二〇一五）
5月17日、「第五回花曇ふるさと俳句大会」開催（同実行委員会主催、山梨日日新聞社・山梨放送・「今」俳句会・山廬文化振興会共催）。座談会「俳句を語る甲子雄を語る―受け継ぐべきものは何か」（メンバーは飯田秀實、井上康明、三枝浩樹、櫻井京子、柴田三津雄、保坂敏子）

平成二八年（二〇一六）

5月22日、「第六回花曇ふるさと俳句大会」開催（同実行委員会主催、山梨日日新聞社・山梨放送・「今」俳句会・山廬文化振興会共催）。対談「甲子雄俳句を楽しむ」（メンバーは三枝昻之、今野寿美）

平成二九年（二〇一七）

5月21日、「第七回花曇ふるさと俳句大会」開催（同実行委員会主催、山梨日日新聞社・山梨放送・「今」俳句会・山廬文化振興会共催）。講演「龍太　甲子雄そして雲母」講師・清水青風。

平成三〇年（二〇一八）

5月20日、「第八回花曇ふるさと俳句大会」開催（同実行委員会主催、山梨日日新聞社・山梨放送・「今」俳句会・山廬文化振興会共催）講演「思い出あれこれ」講師・石寒太。

＝文中敬称略＝

（年譜作成：齋藤史子　中村誠　廣瀬博　保坂敏子）

あとがき

福田甲子雄は、生涯に遺句集を含め七冊の句集を世に問うて来ました。初句集から時を経て一堂に会した全ての句集に触れる機会が少なくなりつつある今、刊行当時の体裁を保ったまま一冊にまとめて供したいと思います。

参考として著書解題、年譜、自句自解百句、俳論、また便宜のために初句索引、季語句集を付してあります。

刊行に当たり、中村誠様、廣瀬博様、松之元陽子様には格別なるご協力をいただきました。厚く御礼申し上げます。

多くの方々からご要望のあった『福田甲子雄全句集』がここに成ったことを、ご遺族並びに刊行委員会、関係者全員の喜びとするものです。この一集により、福田甲子雄の作品の数々が更に広く、且つ末永く親しまれてゆくことを願って止みません。

平成三十年七月

刊行委員会　齋藤史子
瀧澤和治
保坂敏子

●初句索引

○配列は現代仮名遣いによる五十音順である。
○初句が同じ場合、第二句を付記し本書の出現順に並べた。

あ行

会ふごとに　九〇
青嵐　七九
青草が　二九
青草の　七二
青栗や　五一
青胡桃　一四六
青鷺を　一〇六
青歯朶や　七〇
青蟬が　四〇
青蟬の　四四
碧空に　六九
碧空へ　二五
青空を　四一
青田早苗田　四七
青田波うち　五一
青饅や　一五三
青嶺こす　四〇
青野へと　一四五
青葉の旭　一八
青蜜柑　四八
あかあかと　八二
鞦の　一五三
あかつきの
—山燦々と　三九
—軒よりおろす　一一一
茜さす　六三
秋暑し　六六
秋うらら　七〇
秋風が　二九
秋風の　一二三
秋風を　八三
秋口の　七〇
秋澄める　八三
秋空の　一二八
秋つばめ　一〇六
秋ともし　一五二
秋に入る　八三
秋の風
—藺のごとくに　二五
—守袋の　一〇九
—広葉樹林　一四六
—子規終焉の　一五二
秋の川　四八
秋の草　一五二
秋の蟬　一〇六
秋の空
—少女並びて　九九
—馬匂ふまで　一二二
秋の谷　一〇七
秋の蝶　五七
秋の曇天　二六
秋の波　八六
秋の日は　二七
秋の山　八六
秋の夜の　五九
秋の夜　一〇七
秋は豊かに　五九
秋晴の
—盆地のビルを　二三
—嶺が彼方の　四二
秋ふかむ
—墓地の隅々まで　四五
—本に紐跡　八六
—博多中洲の　九九
—折れたる竹を　一〇七
秋藺の　七三
秋夕焼　一一一
悪態を　一二七
芥川賞　一二八
明けしらむ　八八
揚羽流れて　三三
明け早き　八八
揚雲雀　一二九
あけぼのの　一五八
明易き　三二
明易し　五一
朝寒や　五七
浅漬の　一〇五

朝の霜　三一
浅間燃ゆ　五七
足跡は　一二七
あぢさゐの　四九
足の裏　四五
葦を吹く　七二
葦を焼く　八七
芦を焼く　一四〇
明日植ゑる　一四五
明日は霜　七二
畦草と　一〇一
畦焼きて　一四一
畦焼く火　五八
あだし野の　一一〇
安達太郎の　三二
新しき　七七
あちこちに　二二
熱き茶に　一二四
暑きベンチ　一九
暑き夜の　二五
集まりて　一四〇
虻はらふ　四〇
油桃　一四五
あふれ出る　四〇
雨乞に　六八
雨乞の
　—竹の葉が鳴る　四八
　—樟の大樹に　一〇三
雨つばめ　七〇
尼と稚児　一三三
雨冷えの　一六
飴いろの　一二一
雨にひび割れ　七二
雨の谿　一二六
雨の野を　五七
雨の日の　一五六
飴屋一軒　四八
雨呼びて　一四五
鮎帰る　六一
鮎釣の　一二〇
荒東風や　八四
荒梅雨の　一三〇
あるだけの　一一七
暗殺の　六六
家あらば　一三〇
家々に　一一七
家々の　一二二
家囲む　七七
家乾く
　—音はればばれと　七九
　—音のしばしば　九二
家占むる　一八
幾青嶺　一四六
幾重にも　一五五
いくたびか　二一
いくたりに　一二七
幾本の　一五七
幾夜明けても　六一
池替への　二九
いさぎよく　一〇四
十六夜の
　—野を駆けてゆく　七二
　—韓国へ飛ぶ　一〇二
石遊ぶ　一三一
石臼の
　—穴いぶかしむ　二一
　—浮葉押し合ひ　一五六
縊死多し　六七
石神に　一五六
石積まる　一四二
石に穴　一二八
石を売る　四一
石を積む　一五
出雲女に　八四
出雲より　七二
遺跡掘る
　—土の山から　一二三
　—北吹く底に　一二九
磯海女の　一〇八
いたづらに　一四一
虎杖の　一〇一
藺田麦田　一〇三
いたるところに　五九
位置いつか　一四六
一山の
　—新樹のうねる　一〇三
　—松みな枯れし　一〇九
　—一郭染まる　一二二
　—緑に動く　一五二
一膳の　一二九
一団に　一〇七
一団の　一五四
一日の　一〇〇
一枚の
　—代田といふも　一二〇
　—葉も狂ひなく　一二八
　—白紙舞ひゆく　一五六
一夜明け　九二
一軒屋　一四四
一行に　一一九

一睡の　一二九
一斉に　八三
いつの世も　四一
一本の　一三三
いつよりぞ　一二三
凍返る　一一七
凍てはげし　一〇二
糸尻の　五九
糸で切る　一二六
井戸掘の　六八
井戸水に　六七
断くは　一四七
犬蓼の　一一〇
犬鷲の　一三四
稲刈つて　五七
稲刈られ　四二
稲刈りて　六八
稲刈りの　四五
井の底に　六五
いのち張り　八五
禱るには　二五
伊吹嶺を　六四
燻くさき　一〇八
藷苗の　一三九
伊予柑の　九四
没日いま　一八
いろいろの　六六
色変へぬ　一二五
岩蔭に　四五
岩におく　二一
岩藤の　一〇六
岩叢は　一一八
岩を打ち
—打つて湯気あぐ　一二〇
—大樹をたたき　一四四
胃を取る秋　一五七
いんいんと　四八
印伝の　一〇五
植ゑをへし　一〇〇
植ゑ終へし　一五六
植ゑ終る　一四五
植ゑかけの　一〇〇
植ゑしはず　一一八
植田ごと　一〇九
植田水　一〇九
植田守る　四七
植田より　四〇
植ゑてすぐ　一一八
植ゑのこる　一〇〇
植ゑ残る　四四
植ゑ忘る　一五一
浮かびゐる　七〇
雨気こめて　一三三
氏神に　一五〇
氏神の　一五五
牛の眼が　一五
臼売が　三九
臼売りの　一〇五
うづくまる　一五五
埋火や　七三
薄闇を　一二三
薄氷の　一五三
うたた寝の
—父の上吹く　六八
—覚めて四日の　一一七
内子座の　一三九
討ち果たすごと　一五六
内股の　一二七
卯月野の　一四八
卯月野や
—匂ふばかりの　一五四
—人恩師恩　一五五
うつむくほか　二九
うとうとと　一〇三
独活の花　九〇
独活の芽の　一一八
畝立てて　五九
畝ひとつ　一二三
鵜は蔵に　一二〇
馬嘶いて　一二二
馬入れの　一一二
馬帰り　二四
馬小屋の　七八
馬冷す　二四
馬みたび　五一
生まれたる　一五七
馬を拭き　四二
海青し　六二
海暗く　一四六
湖ことに　一〇〇
湖しらむ　一一二
海に入らんと　三一
海の隅より　二四
海もまた　三四
海夕焼　一四九
湖を吹く　一二一
梅壺に　四四
梅の香の　一一八
梅の香や　五〇
梅もどき　一二〇

梅を干す　一四〇
浦風に　一〇九
盂蘭盆の
—ことなる谿の　五二
—家族そろひし　六一
—果てたる空の　一〇一
裏山に　一〇四
裏山の　一一七
熟れ葡萄　一一〇
駅名の　一五四
えご散るや　一一三
荏胡麻叩けば　一一〇
蝦夷黄菅　一二九
越前の　二四
海老色の　七一
蘡薁の　一二〇
襟首に　三一
餌を撒きてより　六五
炎昼の　二一
炎昼や　四七
堰堤の　八二
炎天に　三三
炎天の
—牛が店舗を　一七
—家と古びて　一八
—海をめざして　二一
—暗き谿間の　二一
—船ゐぬ港　二四
—葉蘭は葉先より　四〇
—田の母を呼ぶ　四七
炎天や
—校歌の調べ　四七
—取れどつきざる　七九
—鶏一羽　一二一
縁遠き　八〇
負ひし子に　六五
楝の実　一〇四
桜桃の
—実を割る雨の　一〇六
—接木を終へし　一四八
—花純白を　一五五
嘔きて　一五六
追へば逃げ　八六
大甕の　一五六
大き灯の　一三四
大声で　一〇九
大樽を　六六
大粒の　一一三
大でまり　一〇六
大年の
—白紙舞ひて　七一
—青菜を洗ふ　七一
大夏野　一一三
大百足　一五七
大山の　七二
拝みたくなる　四〇
起きてすぐ　一九
起き臥して　二四
奥信濃　一三一
奥白根　六二
送火に　六一
送火を　一八
遅るる子　一四〇
筬音の　六三
おさきにと　一一一
幼な子流れ　三三
押し寄せる　八五
雄を負ひ　一二五
落鮎の　一四九
落ちつづく　一四五
落葉して　九一
落葉降る　一四二
男気の　一二四
男は耐へ　四九
音たてず　一五六
音たてて　一四三
音の絶間に　四八
乙女らの　九九
蒼耳の　一四三
蒼耳を　一三一
斧一丁　四九
己が木の　一二〇
斧こだま　九四
おのづから　二六
斧のこだまも　四二
斧浸す　六〇
帯をなし　一五一
おぼろなる　三九
おぼろ夜の
—谷行く白き　七二
—厄除け詩集　一〇八
思ひ切り　九九
思ひ出せぬ　一八
思はざる　七三
親馬は　一〇一
親送り　八八
御山洗　一一八
親指を　八三
織りあがる　四三
織りかけの　一〇九

終りかと　一〇〇
飲食の　一一九
御嶽の　一三〇
恩寵は　一五五
隠亡の　一一七
諺文の　一〇二

か　行

甲斐が嶺や　一三一
海峡の　三〇
甲斐犬の
—耳向きをかふ　四九
—仔のころころと　七七
邂逅は　三四
邂逅や　一四一
蚕終へ　六八
蚕捨つ　四〇
甲斐駒に　六六
甲斐駒岳の　一一一
甲斐駒ヶ岳の　一四〇
開拓の　一五五
階段の　一四三
腕のべては　三〇
甲斐の地に　六〇
外泊す　一五七
戒名を
—ほめあひてゐる　七七
—あれこれ思ふ　八六
貝寄風や　八四
貝割菜　八〇
返り花　一四二
帰りゆく　四三
帰る日の　一一二
顔凍るまで　六三
加賀を去る　一〇九
柿うれて　二五
垣越えて　九〇
鍵さがし　一〇七
柿膾　一〇五
柿の皮　一三四
我鬼の忌の　一〇四
柿のしぶ　一一九
花卉を積み　六二
学生の　九二
学僧に　五八
掛稲の　一三〇
崖に稲荷　三四
崖に張り出す　一一八
影ふかむ
—北限の田の　二六
—落葉する木も　六二
影寄せあひ　一一七
かげろふや　六三
崖をおつ　一九
風向きの　一四六
飾ること　一〇六
火事多し　六四
樫の木の　二〇
火事の夢　四八
貨車の馬　一八
果樹園に
—九月近づく　四一
—椋鳥殖えて　六五
果樹園の
—葭切雨に　六一
—境界に灼け　一一〇
—鉄扉閉ざされ　一三〇
—二月の風に　一五一
—雪間の二つ　一五三
過熟の桃を　五一
数知れぬ　一一七
風薫る　八九
風さむし　七一
風荒ぶ
—彼岸太郎の　三二
—青松毬を　四二
風つのる　一六
風つよき　八四
風強し　八一
風に消えゆく　四三
風邪の子と　二三
風は牙　七二
風はたと　八二
風ひからせて　五八
風光る　六九
風吹いて　七九
風やみて　一二九
風わたり　八五
数へ日の　一〇五
固くつく　一三三
肩の雪　八四
固まりて　四四
勝独楽の　一五三
鰹来る　九九
郭公や　九〇
喝采は　一九
褐色の　一七
蟹ゆでる　二六
鐘かすみては　一二二
鐘が父母　一一七

鐘ついて　六一
鐘の音の　五二
樺の花　一五
黴じめり　五一
髪かたち　四二
神棚の　一七
髪のびるごと　二三
神は高きに　四六
髪むすび　一二九
甕に落つ　七三
鴨居より　一三二
鴨の胸　六三
鴨引きて　一一二
可も不可も　九三
空井戸へ　三九
硝子戸に　二三
烏鳴き　一五一
硝子磨く　三三
空梅雨の　一〇六
空鍋を　一三一
韓の甕　一五六
雁帰る
—満月はいま　六七
—にはかに遠き　一〇〇
かりがねの　一三九
かりがねや　九二
刈草の
—嵩半減す　一〇四
—乾く匂ひに　一四五
雁すぎし　九一
刈田跡　一四八
雁鳴くや　七八
刈りのこる　二一
榠樝熟る　一一〇
榠樝の実　八一
枯色の　七七
枯枝の　二三
枯茅を　一一八
涸れ川の　一六
枯草に　八七
枯草を　七九
枯桑に　二〇
枯桑の
—上の枯山　一八
—陽につながれて　二三
涸谷へ　六九
枯野の犬　四九
枯野ゆく　二七
枯野行く　四二
枯れはげし　一〇二
枯れはてて
—隣部落の　三一
—力出しあふ　四五
枯れ果てて　一二一
枯葉舞ふ　一一一
枯ふかむ　一三三
枯穂草　一二四
枯葎　一二三
枯山に　九二
枯山の　九一
川音を　八三
乾ききつたる　一一七
川越える　一二五
川しぶきつつ　三三
蛙鳴き　一四八
蛙鳴く　一七
川せみの　一三一
翡翠の　一四四
川底に　二五
川底を　四五
川ひとつ　二八
かはほりの　一三三
寒茜　一五〇
寒明けの
—空部屋の隅　一六
—手花火に似し　五〇
—風向きすこし　六〇
—花活けてゐる　六三
寒明ける
—播州平野の　四六
—甲斐の疾風の　六〇
—つひに開かぬ　八五
—唐三彩の　九三
考へる　五〇
寒暁の　一〇二
乾繭の　四七
看護師の　一五七
閑古鳥
—細身しぼりて　一一三
—啼くとき尾羽　一四三
看護婦と　六四
寒垢離の　一〇二
元日が　四三
元日の
—日向の手足　三〇
—水のぞきゐる　七一
—山脈越ゆる　一五〇
完熟の　九九
鑑真の　六五
寒水に　六七

甲高く　一四三
歓談の　七〇
元旦の　二二
寒中の　七七
寒灯を　一〇二
覡の　一四二
棺に座すごとく　八二
寒の鵜の　二二
寒の月　八四
寒の水　七七
間伐の　一五四
寒風の
—崖みづいろに　二〇
—土へ掘り出す　二七
寒もどる　一五一
寒夜抱く　七一
寒蘭の
—鋭くのびし　七八
—香に病み細る　八七
—新芽かぞへる　九九
—香と日溜りに　一〇五
消えし名と　一一三
木から樹へ　一〇一
聞き覚え　一五一
菊白し　一二四
木屑山より　四〇
木屑より　九一
菊焚きて　九三
菊なます　一〇五
菊膾　一四九
きさらぎの
—糸吐くごとく　二〇
—三たび雪積む　四三
—麓よく見え　四九
きさらぎや　八八
雉子啼くや　五八
雉の子の　一五三
雉子の鳴く　一五一
雉子羽搏けば　四六
来し道は　八八
汽車通る　六〇
絆とは　四〇
気息ととのへ　一〇九
木曾谷の　八九
木曾晩夏　三三
北おろし　八七
北風の
—まだ力ある　二九
—吹けば吹くほど　七九
北嶽に　二七
北嶽の
—青葉にしめり　二一
—かすみのなかへ　三九
—かがやき増せば　七三
北風強し　二一
北ニケンクワ　一四一
亀甲の　一三一
きつちりと　一四三
木流しの　八五
樹に岩に　五七
黄のいろの　一四七
樹の洞に　六〇
木の香のせ　六二
木の香まじりに　四九
茸干す　八七
茸飯　一四三
木の幹に　一四〇
黍枯れし　八一
黍畑に　一〇一
擬宝珠咲き　六一
気短かき　三三
樹も家も　八二
逆風に　八二
旧誌より　四九
胡瓜蒔き　一五〇
丘陵の　一〇二
暁闇の　一〇〇
暁暗の　一五八
教会が　二二
教会の
—十字架恐る　七一
—燈をめざし行く　一二九
嬌声の　一三九
峡中に　一一八
経典に　六〇
巨船きて　一一九
距離を置く　七〇
切株に　一二九
切り傷の　七八
伐りごろの　二九
キリストの　二四
剪りのこす　一一八
霧の夜の　二五
霧吹いて　一二八
霧ふかき
—橋二つ越え　七八
—橋半ばにて　一一〇
帰寮の子　五八
霧を来て　四八
霧をぬけ　六九

樹を植ゑて　七七
木を眠らせて　四〇
銀色に　一四二
銀漢の　一二六
銀杏の　一四二
金襴の　八八
九月来る　三三
茎漬の　八六
釘をうつ　一九
草いきれ　六八
草枯るる　一一〇
草木より　二九
草々に
—声かけて過ぐ　二九
—露をうながし　一二四
草虱　一二七
草蘇鉄　一四三
草団子
—九死に一生　一二七
—彼岸の湯気を　一五五
草の穂に　一〇一
草の実の
—人の気配に　一一八
—頬に撥ねくる　一四一
くさむらに　六九
草餅や
—風の狂気の　六七
—主宰にかすか　一五八
草萌ゆる　一〇七
草矢飛べ　一四三
草を攻め　八二
串刺の　一〇三
葛枯れて　四三
葛切の　一三一
葛の花　九〇
葛の葉の
—下の割れ甕　七八
—一夜に枯るる　八一
薬掘る　一二八
口にせし　九二
嘴に　一二〇
靴音が　一七
靴の紐　四九
首桶の　一〇四
熊除の　四五
雲白し
—青田のつづく　八五
—南瓜嫌ひの　一二四
雲たかし　二一
蜘蛛の糸　八一
雲の峰
—大志は山に　四七
—田に飼ふ真鯉　四七
—校歌紺碧こそ　八二
—海よりも澄む　一〇一
—鉄棒わたる　一四五
雲ひくく　二七
雲を踏むごと　一二三
蔵壁に
—大蛾ぺたりと　一二四
—張りついてゐる　一四四
暗がりを　二六
暗き家に　三二
暗闇に　六九
栗の毬　一〇一
九輪草　一四四
狂ひ咲く　一四二
狂ひ舞ふ　一四九
胡桃割る　一一七
暮るる地に　二〇
廓ぬければ　八一
暮れてより　一四二
暮早し　九九
黒紙へ　八八
黒雲の　一四五
黒胡麻の　六三
黒鯛の　一二三
黒南風や　一三一
桑解きて　六三
桑山の　六〇
薫風を　一三九
啓蟄の　八四
鶏頭の
—暮色をはなす　一五
—中を半身に　一五二
警報が　四一
渓流の
—冬とて飛沫　一三二
—石ころぶ音　一四四
—音せる袋　一五〇
消炭の　九一
結界の　一四五
月光に
—翅ひろげたる　七八
—夜蟬鳴き出す　一三三
月光は　六二
月明の
—嬰児とびこす　二九
—露に下向く　四二
—富士にまばたく　八六

獣らを　三四
啄木鳥穴の　一四五
喧嘩して　一四三
玄関に　一二七
げんげ田や　一五〇
献血す　六九
検診を　八三
献体に　一三〇
献燈の　一四八
原爆の　四六
けんめいに　九一
建蘭の　一四九
源流の　一四七
恋猫に　七七
恋のこと　六一
鯉痩せて　七二
公園の　一二八
校訓は　八二
こうこうと　九二
がうがうと　六一
黄砂降る　六九
黄沙降る　七二
向秋の　一八
紅蜀葵　一〇六
洪水の　八〇
校塔の　一〇四
紅梅の　一〇七
紅梅や　一五三
行四人　八五
黄落の
―公園に　三四
―村減りもせず　六二
声あげて
―嶽離れゆく　二六
―己はげます　四四
―泣く夢に覚む　八七
―八朔の夜の　一〇六
御詠歌の　一二八
声たまる　一七
凍る田を　一〇三
蚕籠から　四七
五月来る　一四〇
木枯の
―川におよべる　一八
―青年高き　二三
凩の　二七
木枯は
―受験地獄の　三〇
―死の順番を　三〇
―いよいよ葱の　八六
こがらしや
―川砂をつむ　二二
―千かぞへねば　九一
凩を　一三二
焦れ死ぬ　九〇
極月の
―米こぼす音　四五
―闇を吐きゆく　九二
極月や　五七
刻々と　七一
穀象の　一五六
獄塀の　一二四
小黒坂　一三二
五合目に　八六
五合目の　一三九
こごえ書く　一二一
個々に岩　一八
金漆樹　一二六
仔鹿食ふ　一二四
孤児のごと　二六
御朱印の　一二二
梢まで　一三三
梢夜明けて　三二
子雀の　一四七
子育ての　八〇
酷寒の　四九
極寒の
―出口をさがす　二三
―いづこの山も　二八
―大樹倒して　五九
―峠越えきし　六九
国境の　一〇三
骨壺に
―火だすきのある　一〇八
―五体収まる　一三〇
骨壺の　一〇六
事切れしごと　四七
ことごとく　二三
ことに花かげは　二八
子供の日　一四七
子供らの　一三二
小楢の実　一四七
子に学資　四三
子につきて　五七
子の帰り　四六
子の恋の　六一
子の声の　五八
子の背広　三九
小走りに　六四
拒みつづけし　一〇九

小春日の
—鳥に慕はれ 二三
—痩せしとおもふ 三〇
—漂ひてゐる 五九
—山廬後山に 一〇四
—みたらし団子 一一〇
—教室をとぶ 一一九
—風さがしゐる 一三九
—和紙の袋に 一五八
小春日や
—若き尼僧の 八三
—兎とあそぶ 八六
古墳観る 一五
牛蒡削ぎ 一一九
牛蒡煮る 七七
子星つれ 一四七
駒ヶ岳 一二五
駒繋ぎ 一一八
胡麻を炒る 五七
米にぎり 三九
米はかる 二二
米浸す 一〇五
米櫃の 七九
菰樽の 一二九
隠沼の 一四七
粉雪舞ふ
—成人の日の 四三
—鯉の小骨の 一〇二
呉龍忌の 一〇三
呉龍忌や 一〇三
枯露柿に 一四七
強霜や 一二七
個をあきらかに 九〇
金堂の 一〇四
昆布漁 七二

さ　行

祭場に 五八
斎場に 一五二
宰相の 六九
歳旦の 一五〇
歳晩の
—靴音星に 一六
—いつまでも立つ 二三
—水を欲しがる 三〇
—空温室に 四三
西方は 九三
冴返る 七七
囀の 一四四
囀りの 二九
早乙女が 三二
早乙女と 四四
早乙女の
—目覚めの水に 六六
—耳の産毛の 六八
佐保姫の 九三
坂多き 六四
坂越ゆる 四七
さかづきを 一〇五
酒断ちの 一三〇
魚煮て 三二
坂のぼる 四〇
盛り木と 一二四
岬の雨 二八
桜落葉 一二六
さくら咲く
—闇檻となり 一八
—妻子連れても 一八
桜の実 一四八
柘榴咲き 五〇
柘榴の実 一三二
鮭つられ 二五
笹鳴の 一二七
山茶花は 四二
挿木終へ 一四八
挿木せし 一五六
誘ひあひ 六四
雑草に 一三〇
里芋の 一四七
さとされし 七八
郷離れ 一一八
早苗たばねる 四四
早苗月 一五五
さなぶりの 八二
鯖雲の 一二二
錆鮎の 一四九
錆はげし 八三
泪夫藍の 六九
さまざまの 八九
寒き山から 二八
さむざむと 二八
鮫といふ 一二〇
左右たしかむ 四七
皿洗ふ 二九
さらば御嶽 一三〇
去る人の 二二
去る人も 二九
爽やかに 八〇
三月の
—寒波山々 一五四

—雪は椿の　一五四
山菜採り　一二六
山査子の
—実のてらてらと　六三
—実のまだ残り　一三四
燦々と　五二
三十八度線　一〇三
残暑いよいよ　三四
山上の　三〇
三条の　一三二
残雪の
—樹海女の　一九
—山揺り籠と　二〇
—点々とある　一二七
残雪を　一四七
山中に　八九
山中の
—十戸涼しき　五一
—ことに淋しき　五一
—吹雪抜けきし　六三
—泪をためて　八九
—焚火の跡に　一〇〇
山中を　二六
山頂に　一〇九
参道の　一三一
三人の　八九
山腹に　一一八
山門の　一四五
椎の実の　一五四
潮風を　一二五
潮騒や　一一五
潮じめり　一二七
塩つよき　六九
潮鳴りや　三一
塩の竈　一三二
潮ひくごとく　四八
潮待ちの　一〇一
鹿の目に　一〇〇
しがみつく　一〇二
時間欲し　八七
子規庵の　一五二
子規忌より　六四
敷きつめし　九二
子規没後　一三一
敷松葉　一五三
しぐれ来る
—天草石の　七一
—まづは椿の　一一七
しぐれ呼ぶ　一一〇
地獄絵の　一一七
しこしこと　一四一
仕事する　一一六
四顧の山　一四一
猪起こす　一四九
死してなほ　一〇〇
猪鍋の
—肉をあまして　一二〇
—煮つまりてくる　一五〇
死者にまだ　一〇〇
四十雀　六七
志節とは　一一三
施設の灯　一三九
紫蘇の実の　九〇
舌かみ切らんばかり　四六
歯朶刈の　八二
下草に　一二六
滴りの
—たまる岩場の　一二七
—きらめきが掌に　一四四
下萌ゆる　一二三
七月の　二四
七月や　一四四
支柱まで　一三四
漆喰の　九一
しつこりと　一一三
師と歩む　一一一
四斗樽の　一三二
肢肉つり　一一八
死に隣る　六九
師の句帖　一二七
死のこゑを　七三
師の生花　一五二
しののめの　六三
師の部落　二三
師の帽子　一五二
師の村の　一一九
死の用意　九二
地蜂炒る　三三
死は近き　八七
死は瞼　一〇三
しばらくは　六三
辞表書く　一〇二
地吹雪に　四九
凍みとほり　八二
凍みとほる　一〇三
事務の娘と　六三
注連飾　一四三
注連飾り　七九
注連縄の　四六
霜枯の

—罠に吊られし　四五
—岩にふかぶか　七一
—陽に下草の　一五三
霜月の　六九
霜に立つ　一四八
霜の窓　二二
霜の夜　二七
霜柱　一三〇
霜晴や　一〇七
霜ふかし
—鳥が目つぶり　四六
—湘子狩行の　九一
霜防ぐ　三一
霜やけの　七九
霜焼の
—子によくひびく　六九
—手に栴檀の　九二
—指をはにかむ　一〇八
霜をゆく　九九
灼熱の　五二
遮断機の　一五
蛇の髯の　七八
驟雨来て　四四
秋燕の　一二二
十月の　一〇九
終刊の　一一七
終校の　三三
銃声の　一九
銃声や　一一八
秋雪の　四二
秋天や　九一
終バスの　五七
十八本　一二四
十四人　一二五
集落を　一二四
秋霖や
—笠きせて発つ　四一
—皮むかれたる　六二
秋嶺や　一一七
淑気満つ　一四一
受験日の　三一
酒中花の　九二
出棺を　六一
授乳の目　六四
春暁の
—家に残る子　三二
—奥へ鵯の　六七
—樹の洞を出る　六七
春月に　一四七
春光に　一五三
春耕の
—畝間をあさる　一五一
—いつしか楔　一五三
春光の　一五四
春光や　一五一
殉死戦死　四五
殉死のごと　四六
春筍は　一一七
春雪の　二〇
春昼の　三九
春昼や　一五
純白の　一一七
順番を　五八
春雷は　一〇〇
正月の　五七
小康の
—父卯月野に　六〇
上簇す
—身をひきずりて　一五八
—夜に入る雨の　五一
—鳳凰三山　一〇九
上簇の　六八
掌中の
—砂の涼しさ　一九
—秋蟬鳴かせ　八六
焦土より　一二一
少年に　二二
少年の　一六
正面に　一二九
縄文の　二七
定宿梅が枝　九〇
鐘楼の　八一
昭和逝く　一五八
食いまだ　一〇二
職を辞す　一〇二
助産婦と　四三
処暑の日や　一二六
書道塾　一六
除夜団欒　八七
除夜の鐘　一五
白樺の
—木蔭の風を　八三
—柵のうちなる　一三〇
白樺も　八三
白壁は　二二
白粥の　五二
白河に　一〇三
白洲場の　六三
知らぬ間に　八四
じりじりと　六八

ぢりぢりと 一二〇
知りつくす
—道に迷ひし 六九
—隣家の物音 七一
海霧ふかし 一〇一
代掻の 一〇〇
白芥子の 三三
白南風に
—乗りて宇治から 一二一
—まづ応へたる 一四七
白南風や
—ひかり放たぬ 一二一
—袴びらきに 一三〇
白御影 九〇
皺よせて 一二二
深海の 九二
進学の 一九
真贋を 七〇
信玄の 一〇〇
人骨を 一四四
深秋の 二〇
しんしんと
—白く厚きは 四九
—青野のつづく 六八
陣痛の 九四
神殿の 一一九
信徒一団 一〇五
神農に 一四一
神仏の 一五七
新涼の
—月わたりくる 四一
—伐るべき竹に 五七
—木を伐るこだま 八〇
新涼や
—闇夜にひかる 四一
—もつれほぐるる 五九
—道路の端に 一四一
—続飯でつなぐ 一五六
新緑に
—眼をやすめゆく 一五
—染まり谷越す 九九
—むせて言葉を 一五五
新緑の
—激流に立ち 一五
—師にまみえむと 一三三
新緑や 一五五
芋茎干す 三四
随身の 一一二
水仙の 三一
水槽の 一二四
水中の 一一二
隧道の 一一三
水面に 二一
数本の 一〇三
末の子と 一二七
杉青く 三〇
杉落葉 六一
酸き花の 四四
隙間なく 一三九
杉叢を 四四
杉山の 七九
救ひなき 二四
すぐり熟る 七二
末黒野の 一〇八
少し背を 一二六
巣籠の 五八
すさまじや 一四六
芒白みて 四二
芒野の 一〇九
涼しきは 一〇一
涼しさに 一〇六
篠の子の 七七
鈴蟲を 四一
雀には 九三
雀より 二二
捨て椙に 一三〇
捨てられし 一三九
砂山を 二八
頭の赤き 八九
頭の上に 二七
酢の香たて
—鋸の戸毎の 三九
—はやばや目貼 九三
ずぶ濡れの 九一
墨縄の 六七
炭火吹く 一七
澄む水に 一二六
すもも咲く 一〇八
すももは智 七一
擂粉木の 一三九
駿河口より 四七
諏訪口は 七九
正確な 一五八
正確に 一一九
成人す 七一
生誕の 四七
生誕も 一二八
晴天の
—樹の雫おつ 四四
—丘の道ゆく 六一

政変の　七〇
惜春の　一二八
席題の　一〇八
石庭や　一二四
赤飯の　一二一
赤飯を　六二
石仏に　九三
石仏の　一〇三
石門を　二三
石棺の
―暗さをこめて　二四
―暗き歳月　六五
設計図　一九
雪渓に　一二四
雪渓の　一三三
雪渓を　一二六
雪原の　一一二
雪原は　二八
雪原を　一一一
切除する　一五七
節分の
―風にあをめる　八四
―灯のつく前の　八七
蟬逃げる　二二
蟬の死に　一六
蟬はげし
―夕餉仕度の　三三
―斧を入れざる　六四
責めし木の　七九
善意より　五〇
洗濯の　二四
栴檀の
―実の房なして　九三
―枯実にいまだ　一一七
―木膚ひびわれ　一一八
剪定の
―樹液をとばす　六六
―木に吊るラジオ　一〇七
―枝焼く婆の　一五一
―束ねし枝の　一五四
剪定を　一三二
千人の　一〇〇
千年の　一四三
千本の　一一九
船名を　六六
船齢の　五九
双幹の　一五二
葬儀果て　八六
葬儀場の　一五一
葬具はこぶ　一九
草原の　一四六
痩身の　一二〇
蒼石が　八三
葬送の　七八
壮年の　五〇
象の骸を　三一
象膚と　一五八
相馬の血　七一
相馬はや　一〇九
そつ気なく　一四四
啐啄を　一一三
蕎麦掻を　一五三
祖父祖母に　六〇
祖母に似し　九九
そよりとも　七〇
空碧し　二八
空青し
―桑を切る音　七〇
―一個の榠樝　七一
―沙羅の冬芽の　九二
―雪は葉蘭の　一五三
空おほふ　一四八
橇しまふ　一〇八
それぞれの　一三二

た　行

田遊の　七九
退院の　六一
対岸と　一二一
大旱の　一五
対岸の　二四
大寒の
―牛に物音　二八
―また辿りつく　一〇二
大寒や　一二一
大工左官に　四五
大根引く　一〇四
大根の　一九
代参の　六一
大豆打つ　一一九
大豆煮る　三四
橙や　七七
颱風の　一五
台風の　八〇
大仏の　四九
大菩薩峠を　八二
太陽は　三四
田植後の　六八
田植すむ　一九

田植待つ　八二
田植女の　一九
耐へ忍ぶ　四二
倒したる　六〇
箍しめる　六三
たかだかと　八〇
高館は　一〇四
高西風の　一三一
たかぶりが　一三二
田からあがりて　一三三
抱きあまる　七九
滝音の
—やや力得し　六七
—一枚となる　八〇
—なかの鳥ごゑ　八五
薪能　一三三
瀧行の　一〇二
瀧しぶき　一一三
滝涼し　八〇
瀧壺を
—出る水もまた　一〇七
—出る水勢の　一四四
瀧の音
—かたまりのぼる　一二二
—近づいてくる　一四〇
滝ひびく　八三
礫像は　二〇
竹落葉　一〇六
嶽おろし　四五
岳おろし
—首捥ぎとらる　一四四
—四段五段と　一五三
竹皮を　一四八
竹伐つて
—墓山に月　一二三
—川のひかりが　六二
嶽暮るる　四二
竹炭を　一四七
武田勝頼　一四四
竹出揃へば　五一
嶽ねむらんと　三〇
竹の皮　六八
筍の
—あく抜きあがる　八九
—姫皮稚児の　一二九
—指天の気負ひ　一五五
筍飯　一五五
竹の根を　八三
竹山の　二一
竹山を　四一
竹を伐る　四二
蛇笏忌の
—田に出て月の　六二
—海月ひかりの　一二六
—信玄堤　一四九
蛇笏忌や
—裏富士もまた　一〇九
—月にたかぶる　一二六
—砂に穴あく　一四九
蛇笏くる　二五
蛇笏の山　五〇
凧もつて　四六
太宰治　一四六
だしぬけに　一二二
三和土まで　一四四
ただ眠る　五一
畳屋の　二二
立会へぬ　一五四
たちまちに　一〇五
たつぷりと　八六
巽風　一一七
棚田はや　一四六
谷音に　一四五
谷川の
—碧させつなき　八六
—音のつまづく　一〇五
—飛沫に太る　一四二
谷寒し　四五
田螺汁　一三一
田螺とる　三四
谷底の　一二七
谷のぼる　六四
谷若葉　一四八
種芋の　六七
種おろし
—遠嶺しぐれの　二〇
—南アルプス　一五〇
種浸す　八四
種まくや　一五〇
種籾を　二九
田の畔の　一一七
田の隅に　一三三
田の涯が　二六
束となり　四七
旅立ちを　一二三
旅つづく　一二四
足袋二足　一四四
旅の塵　一二五
旅人に　二九
だまさるる　八三

玉葱の　一五〇
魂迎へ　一五七
田水沸く　九〇
ためされて　七一
鱈さげて　三九
楤の芽に　一五三
楤の芽の　一四二
樽柿の　一一〇
誰が呼んでも　四八
たれかれの　九四
誰も疲れて　八九
誰も富士　一一一
田を植ゑて
—浄土夢みる　四七
—眠り田植に　四七
—水すふ綿の　八五
田を植ゑる　六八
田を越えて　四三
田を責める　五七
断崖に　一二八
断崖の
—いたどりぬらす　二九
—歯朶にも枯れの　一一一
短日の　二〇
誕生の　一五七
ダンプ枯野に　三〇
団欒の　一三一
地下深き　一〇八
近道や　一三一
力つくして　八一
稚魚放つ　六六
千草の芽　一一九
竹林を　一一八
遅刻児に　一一六
乳牛に　一一七
乳せめる　四〇
父抱いて　八六
父と子の　一〇五
父の髭　六三
父は子の　八五
地に草に　二九
地に伏して　一〇四
乳房まで　六一
茶をはこぶ　一三三
弔旗いま　一二一
丁字の香　一四〇
町長が　一〇四
長男を　一三一
町名の　一五一
地より湧く　七七
ちらつく死　一五七
ちりぢりに　八二
散る花の　一五八
散る前の　七二
鎮魂の　二九
追伸の　一〇〇
通院の　一五一
月赤し　六八
月おぼろ　八四
月が身を　一五七
月さして　八九
つぎつぎに
—扉をおろす　五七
—子が着き除夜の　五九
—船の出てゆく　八三
—星座のそろふ　一三〇
月の出ぬ　九一
月の出を　九九
月の夜や　一四九
つきまとふ　一七
月夜とて　一四八
月渡る　一〇二
土筆野に　四九
作ること　一五八
蔦枯て　一三四
蔦のびる　五〇
土くさき　一五
土の香の　一五一
つちふるや　六五
土埃　一二五
椿落ち　一一九
椿の実　七八
燕帰る　三四
鐔を打つ　四一
妻が病む　二八
妻の父　四九
爪痕は　一三九
爪につく　一一〇
爪ほどに　一四四
梅雨寒し　一一三
露涼し　一二〇
露散るや　四一
梅雨に入る　二二
梅雨の青葉　五〇
梅雨の崖　四〇
梅雨の蚕臭を　二一
梅雨の燈を　一二八
梅雨の夜の　四七
梅雨はげし
—谿の早鐘　五一

—鳴子木地師の 一〇四
梅雨激し 一四一
露ひかる 五七
梅雨滂沱 一二六
梅雨を病み 六一
強きものに 一三一
氷柱より 一二三
蔓あぢさゐ 一二六
蔓桔梗 一二四
蔓薔薇の 一四九
交みたる 一二六
石蕗の黄の 六三
石蕗ひらき 一一一
定年を 一〇二
手さぐりに 二〇
鉄橋を 二六
鉄線の 六八
鉄繋ぐ 六二
鉄道員 六四
天辺に
—蔦行きつけず 五七
—個をつらぬきて 八六
てのひらに 一五〇
てのひらの 一三二
出穂ひかる 二四
手彫り駒 一二〇
出湯の鍵 一四八
寺裏の 一三〇
田楽の 一一一
転勤の 七八
伝言の 八七
纏足の 八九
電柱の 一五〇
天の鳶 五八
天狼の 一二二
唐辛子 七八
唐黍に 二一
東京の 一五
洞窟を 一〇七
峠二つ 五一
冬耕の
—をんな男の 二八
—音のくまなき 一〇〇
踏青の 一五四
藤村の 一三三
灯台の 一〇四
燈台の 一二八
薹立ちの 一五一
陶枕の 一五六
滔々と 四八
闘病の 一四九
燈明の 六五
投薬の 一五〇
同齢の 六七
道路にて 一四五
塔を掃く 五九
十団子の 一三〇
遠野火の 八七
遠野火や 一二三
戸が開いて 二三
蜥蜴みて 四八
研ぎをへし 六五
研ぎ終る 六七
刻たがはずに 八一
ときに砂 八九
常磐木の 一四〇
時忘る 八九
毒薬の 八九
どこからも 八八
何処に佇ちても 八一
どこも戦跡 一〇七
ところてん 一〇八
土佐みづき 一一〇
登山口 一一八
年明くる 二五
杜氏帰る 二五
年暮るる 四五
年つまる
—刺繡の糸に 二五
—繰上げて忌を 九二
年つれて 八七
年の瀬の 三〇
年の夜の
—銀杏を割る 六五
—湯気たちのぼる 八七
泥鰌買ふ 一二二
年を越す 一四七
土蔵ひらけば 五八
栃の葉の 一二八
隣より 八五
扉にあたる 一五八
どの家の 一〇三
どの家も 三〇
どの岩も 一三二
どの甕に 一五六
どの大学にも 四六
どの道を 四四
どの峰も 七一
どの山の 八九
どの山も 一五四

鳶うかぶ　八七
鳶四五羽　八六
飛び過ぎて　一二三
鳶の眼と　六五
砥部焼の　四六
止り木を　五二
とめどなき　一三四
友讃へ　六一
友の墓　一〇四
友の髭　六六
土用明けたる　四七
鶏おどす　六〇
鶏買が　一七
鳥帰る　九三
鳥が去り　二三
鳥かぶと　九一
鳥雲に　九四
鳥くはへ　一一三
鳥ごゑを　九二
鶏小屋の　五一
鳥交る　一一七
鳥巣立つ
—葡萄酒の透く　四四
—山の彼方の　五〇
鳥の背を　四八
鳥よりも　一九
鳥渡る　一〇九
登呂遺跡　一三三
曇天の　四四
どんどの火　一二五

な行

菜洗ひの　一二五
苗床の　四六
直会の　一〇一
永き日の　一五四
泣き声の　一二
鳴き声を　八九
鳴きながら　四〇
亡きひとの　二八
凪ぎわたる　八八
啼く季を　五〇
鳴く雛に　三九
茄子植ゑて　五八
茄子馬が　二六
茄子馬の　七〇
山刀伐峠を　一〇四
なだらかな　二三
夏落葉
—寺に見馴れぬ　五九
—樹の根に傾ぐ　一〇九
夏終る　七〇
なつかしき
—イラン柘榴の　九一
—大樹の芽吹く　一四〇
—竜胆のなか　一五七
夏雲の　一六
夏雲や
—電線多く　一六
—ビル壊しゐる　三二
—人目恐れぬ　六六
—ぴんと乾きし　一一三
—畑は山へ　一二三
夏空や　一〇一
夏椿　八〇
納豆の　八一
夏の火事　五一
夏の川　一四五
夏野きて　一七
夏の雲
—汗に男女の　四七
—白馬の異端　一〇一
夏の空　八九
夏の露　二三
夏服を　七〇
夏蜜柑　二一
棗熟る　一九
夏めくや　一四〇
夏山の　一二八
夏山へ　一三三
夏炉消え　一二〇
なにに触れても　三一
何もかも
—折れ易き谷　六〇
—見抜かれてゐる　八八
何も見えざる　四二
菜の花の
—あふるる　一五四
—咲き盛りたる　一五四
菜の花を　一三九
ナホトカに　六三
名前なき　一三一
生臭き　八五
なまなまと　九〇
濤あがる　一二四
濤あげて　一〇一
濤音に　一二三
濤音の　七七
濤しぶき　一一一
濤たかし　一二五

波の碧さに 四二
濤の音 一二八
波をなし 一二五
南無妙の
—幟のきしむ 一一九
—声が尻うつ 一二七
なめくぢの 一五六
蛞蝓の 一五五
奈落より 一二三
楢の葉に 五九
楢山の 四三
苗代に 二六
畷より 七〇
名を告げぬ 八五
南天の 六一
納戸あけ 一二九
藁塚裏の 一五
藁塚凍る 一六
二階の子 二九
二月まだ 四六
にぎやかに 一〇八
逃場なき 一四六
逃水を 一〇八
煮凝の 一三二
二三滴 七〇
錦木の 一二二
西の峰 九三
西日さす
—谿枯竹の 四〇
—大注連縄に 一〇四
荷ひ桶 一三三
二の腕の 七二
入港の 九九
人形が 四一
任地めざして 五〇
忍冬の 一五六
糠床の 一三三
抜かれたる 一四七
沼太郎 一一二
沼わたり 六二
沼わたる 三三
濡紙に 四六
寝落ちたる 八〇
葱ぬいて 六二
猫黒く 一九
猫の子と 六〇
猫やなぎ 八七
根づきたる 七〇
根付鈴 一三九
熱のわが子に 二四
根深汁 一四二
眠ければ 一〇三
合歓咲くや 一四六
合歓のぼる 八〇
眠りても 一〇九
眠る子の 五九
眠る田に 三九
念珠手に 七七
年輪を 一〇四
野遊びの 一一二
野茨の 四八
野兎の 一三二
遺りたる 八三
残る歳 五九
残る灯の 九三
野ざらしに 二四
能登よりの 一二五
野の荒るる 一二五
伸びあがる 七一
伸びきりし 八五
伸びることのみに 一五六
飲むだけの 七九
飲めば生き 八八
海苔あぶる 八五

は　行

俳諧の 一〇七
廃軌道 三四
廃船の 六六
霾天や 六七
鮠の香の 一一二
南風わたる 三一
墓草の 一一二
墓十基 八五
墓にゆく 四〇
墓の真横に 一一二
墓の文字 三一
墓掘の 一八
墓巡り 一二四
墓山の 八〇
墓山へ 四四
萩に来て 七三
白雲木 一四三
白菜の
—固さたしかむ 七八
—生首めきし 一四二
麦秋の
—動かぬ塔を 三二
—煉瓦は耐へる 八九

—すれあふ汽車は 九〇
白杖の 一〇五
白鳥の
—隙間をすべる 一一二
—帰心のこゑに 一一二
—翔つはボンゴの 一一二
—艶めき増すは 一一二
白桃の
—人見知りする 一〇一
—紅ほど稚児の 一〇六
はぐれ来て 一二六
葉ざくらと 七八
葉桜の 一二七
稲架竹を 一二七
稲架解きて 九九
稲架を組む 四一
橋越ゆる 八二
橋ひとつ 一五一
橋二つ 一四一
はじめての 九〇
馬車馬の 五一
芭蕉布と 一二一
走り梅雨 一五二
蓮掘りの 六〇
畑売ると 一二六
畑より 六四
畑隅に 一五四
畑の石 一五一
畑道は 一〇八
蜂飼の 二〇
はちきれんばかり 八〇
淡竹の子 一二〇
蜂のごと 二〇
蜂の尻 一一二
初秋の 三三
初午の 一〇八
初霜や 九一
初霜を 七〇
初白根
—風ごうごうと 九三
—百歩すすめば 一〇〇
初旅や 一四七
初燕 一五九
初冬の 四二
八方に 三九
八方の 三一
初御空 一一七
初湯出て 九三
鳩百羽 一〇一
花あびて 九三
花終へし 三二
花オクラ 一四一
花萱草 四〇
花衣 一五二
花過ぎの 九九
花束の 一五五
花散るに 六六
花月夜 一〇五
花つけて 一四八
鼻つまらせて 九〇
花時の 七二
花の香の
—ときめき流る 五〇
—迷ひただよふ 八八
花の咲くごとく 八二
花の名に 一四一
花はみな 一〇六
花万朶 八四
花冷えの 八八
花冷えや 九四
花枇杷は 二七
花吹雪
—兄に見習ふ 四三
—月夜の谷を 一〇三
花巻に 一五二
花祭 一二九
花嫁の 一一〇
離れんと 五〇
羽つつきあふ 四六
母に恋 九〇
母の忌の 一五
母の墓 八〇
母を呼ぶ 九四
葬り終へ
—寒暮の道を 一〇八
—枯草の実を 一四〇
葉牡丹の 七二
歯舞島の 一二四
はまなすの 一〇一
玫瑰の 七〇
刃物ならべて 二二
隼は 一〇七
腹裂きて 一三三
原七郷 七九
胎の子の 六九
薔薇の実は 九一
針槐
—うつうつと花 一〇六
—川風に実の 一二四
—うつうつと雲 一四七

針仕舞ふ　三九
春一番
—砂ざらざらと　六七
—少女両手に　八四
—殯の丘に　一一一
—藁まみれなる　一三九
—水勢は胸　一五八
春うらら　一五八
遥かなる
—国より帰る　六一
—野の夕立の　九〇
春煌と　六四
春さむき　二三
春さむし
—赤土ためて　三一
—米こぼれゐる　四四
—三人の子の　六九
—灯油の匂ひ　一〇八
春寒し
—ためらひ鎖す　五〇
—眉なき素顔　六〇
—鳥の鳴き声　六五
—ことに水辺の　一一九
春しぐれ　一〇八
春しんと　一一九
春蟬や　一二九
春立つや　五八
春暖炉　一〇七
春ちかき　二〇
春北風　八四
春の雨
—ときに激しく　四四
—野に生きものの　一五四
春の風　三一
春の鴨　一一二
春の潮　一五二
春の鹿　八四
春の空　一五八
春の月　一二五
春の虹　一二一
春の雛　八八
春の鵙　七九
春の闇　一〇七
春の雪
—をのこ生まるる　八二
—搔きて葬りの　一一九
春疾風　六四
春めきし　六四
葉を閉ぢし　六八
歯をはづし　七三
ハンカチの　一二八
ハンカチを　一四三
半夏生　一四五
はんざきの　一三九
半鐘に　一五〇
半纏の　一二〇
晩涼の　五二
万緑の　一五二
万緑や
—墓石にふかく　一一九
—首なし地蔵　一四三
日当りて　五九
冷え込みて　一四八
ひえびえと　一一九
日かげれば　九〇
日傘さし　一一三
日が沈み　六五
陽が強き　二一
彼岸西風　一五四
引鴨の
—羽音ののこる　九九
—ふたてにわかる　一一二
引鴨を　一一二
引き潮の　一四三
引潮の　二六
抽斗の　一〇五
蟇交む　一二五
鯛の　五二
鯛を　六二
髭たくはへて　五一
肥後の娘と　六三
ひこばえや　四三
日盛りや
—首から下が　一七
—流木いろの　二四
久女読む　九四
膝つたふ　一四二
ひさびさの　一四六
避暑期了ふ　一一〇
ひたすらに　四九
ひた走る　一四三
柩材　八五
穭田の　一四三
必死なる　一三九
ひつそりと　八八
備中は　一〇三
ひと渦を　一五五
人ごゑの　二五
人こばむ　一五二
人去りて　一八二

ひと杓の　四八
ひとすぢに　一一一
一筋の　一三三
人それぞれに　三一
人絶えて　八八
ひとつづつ　一三二
人に会ふ　一四六
人の死が　一五
人の死を　一五一
人肌に　一五八
人ひとり　八三
人ふたり　一五五
人待ちて　九三
人群れて　九〇
灯もして　二〇
灯ともりて　八一
灯ともれば　八六
人焼きて　六六
ひとり消え　三一
ひとり子の　八九
雛罌粟の　一四四
雛つれて　四〇
雛の日の　六四
雛をのせ　二六
陽に裏返る　一四八
陽に呼ばれ　三二
日の入りて　一四三
日の入りの　一五七
日の落ちて　一五一
日の暮の　一〇二
火の気なき　八八
火の恋し　一二八
火の始末　一〇五
陽の溜る　一二九
火の中の　一二九
火の見櫓　一六
灯は個々の　二一
火は人を　八七
ひびきくる　一四九
日日に記憶　五〇
火祭の
—火の崩れゆく　四一
—火粉露よび　四一
—焔にうかぶ　四一
ヒマラヤの　一〇六
紐引いて　四六
白毫か　一〇八
百たびの　一四五
百八燈　一三〇
日焼して　六五
檜山杉山　三三
冷麦の　一四八
ひややかに　一六
病院の　一五七
氷菓手に　八九
病者から　三九
病床に　一四九
表情の　一四六
病窓の　一五七
ひよどりの　二九
鵯鳴いて　六二
ひらかずに　一〇八
開かんと　六五
拓きたる　三四
ひらく日を　一二七
昼寝さめ　五〇
陽をあびて　三〇
灯を消して
—韓国岳の　五九
—かぼそき音す　一〇七
灯をこばみ　六五
火を育てんと　三一
火をつける　一七
火をのこす　二五
鬢止の　四三
壜ひびかせ　二〇
風蘭の　一四四
笛合はす　三二
笛籐の　一四七
笛の音に　一二六
富嶽射るごと　一二五
吹き出しの　一三四
吹き溜る
—落葉は乾く　九二
—葡萄の枯葉　一四二
蕗の皮　一二九
蕗の葉に　六〇
蕗の葉の　一五五
吹きはじむ　一四八
吹き晴れし　一〇〇
拭く鍬の　三九
河豚の旬　六六
袋はづせば　八〇
袋より　一四六
福沸　一三二
富士薊　一三一
富士うかぶ　一〇四
富士川の
—日暮れて野火の　一二一
—荒岸を打つ　一五〇

富士川を
—遡りくる　八六
—なだめて揺るる　一一〇
富士講の　一一三
富士に眼を　一四〇
富士の灯が　一三一
富士へ向け　一四〇
富士見えぬ　八八
富士胸を　一二二
ふたかかへ　五一
二筋の　一二二
仏桑華　一〇七
仏壇の
—花より落ちし　七八
—裏に虫籠　一四一
ふとうかぶ　一五八
葡萄剪る　一一一
葡萄酒の　六七
葡萄の彩を　三三
ふところの　二五
ふと雪の　四九
山毛欅の葉の　六七
船帰る　一一一
船去りて　二五
船を待つ　六八
吹雪く嶺　三〇
吹雪く夜の　二八
踏みなれし　八三
冬あかね　四五
冬茜　二七
冬一歩　一三二
冬うらら
—師の言葉また　四二
—雀がたてる　四三
—果樹園をとぶ　九二
冬きたる　八一
冬銀河
—おびえ羽搏く　六七
—橋半ばより　一二三
冬草の
—みどりと遊ぶ　五〇
—積みたる山の　一五三
冬雲を　八四
冬刻々と　一一一
冬ざるる　三一
冬せまる　一二二
冬近む　一四六
冬ながき　二八
冬名残　六七
冬の柿　一四二
冬の草　一二三
冬の鳥　六九
冬の濤　四五
冬の日の　二七
冬の陽は　四二
冬の星　一二八
冬の夜の　二八
冬晴の
—呟きをきく　一五
—地底に知らぬ　三〇
—襁褓がくれに　四五
冬日いま　一九
冬ひでり　一〇二
冬日向　一六
冬ふかむ　七九
冬夕焼　九九
冬落暉　一二七
冬を越す　五〇
プラタナス　一四六
ふりかへる　一〇二
降りつづく　一一〇
ふるさとの
—土に溶けゆく　三九
—青葉がくれに　五八
—青首大根　八六
ふるさとは　二一
故郷は　一九
古菜漬　一五一
古ぶ忌は　三〇
風呂落す　八一
風呂底に　一二〇
ふろふきの　六五
風呂吹の
—煮立ち谷川　六五
—湯気にも　一二一
風呂を出て　九三
噴煙の　五〇
分蘖の　八二
分蘖を　一四〇
ふんだんに　一一九
踏ん張りて　九三
糸瓜蒔く　一五〇
別々に　二八
紅さうび　一四九
紅茸の　一〇九
部屋ごとに　一四二
部屋中に　一一八
放課後の　一一六
焙じ茶の　一五四
茫然と　一〇〇

豊年の　六二
豊年を　一一〇
抱卵の　七〇
放流す　一五一
頬白の　六六
母郷とは　八四
穂草うねりて　七〇
牧場の　一三〇
牧草の
―かがやく中の　三三
―みどりの中の　五一
北辺の　七〇
木瓜の花　二六
星からの　一二三
星沈むまでを　一四九
墓所の目地　一四七
穂芒の　四五
穂芒や　三四
舗装路に　一三三
榾燃して　一二五
螢火の　二六
牡丹雪　五八
墓地際の　一五二
ほつほつと　七二
骨となる　一五四
ほのぐらき　二三
ほの暗く　一四六
穂孕みの　一〇六
墓碑の笠　一四四
盆が去る　二七
梵鐘を　一一八
盆すぎて　二五
盆過ぎて　六一
盆過ぎの　一五二
盆太鼓　六一
盆ちかき　二一
盆地は灯の海　一一一
盆燈籠　四〇
盆の灯に　四一
盆の灯を　二六
盆前の　七八

ま行

前を行く　一五三
曲らざる　一二〇
曲がること　一二六
曲るたび
―急峻となる　一二一
―猿の数ふゆ　一二五
蒔き終へし　五八
蒔き終る　二〇
牧の娘の　一五六
撒く塩の　一二九
まづ凪は　七八
鱒二忌は　一二一
まだ青き　九二
まだ刈らぬ　一四一
真竹割り　一一八
また越ゆる　八四
まだ死ぬな　一二六
まだ澄まぬ　一二〇
またたびの　一四〇
木天蓼の　一〇九
まだ箸の　一〇五
また一人　四四
真つ向の　一五七
待つことに　六〇
抹茶席　一三九
松の種　四三
松葉杖　一三三
松まだ寒く　三一
松山の　三二
松よりも　五九
祭くる　二六
窓ごしに　六二
俎板の　一〇五
間引菜の　一一〇
真昼間の　七七
真二つに　四三
まかりの　九九
豆柿の　一四二
檀の実　三四
繭を煮る
―臭ひの中に　一五
―老婆に　一七
真夜中を　九四
満開の
―蔓バラくぐり　二四
―梅のなか吹く　六七
満願の　一二七
満月に　八〇
満月の
―屋根に子の歯を　二一
―葦に寄せくる　六二
―障子をのぼる　八〇
―墓にあかるき　九四
―湧く山鳴りの　一二六
―中へ白馬を　一四九
まんさくの　一五三
曼珠沙華　一五二

曼陀羅の　一二八
真ん丸き　一二〇
まん丸の　一四四
実棟の　一一一
磨かれし　一一八
磨かれて　一一八
みくじ結ふ　六五
身籠もりし　六九
短夜の
—鱒はこぶ馬車　二六
—灯を消せば山　八二
—作句は細く　一五六
身知らずの　一三四
身じろがず　八一
身じろぎも　一一三
水うちしごと　一〇五
水桶を　五八
水落し
—たちまち乾く　一三九
—実りのいろの　一四九
水落す
—相馬の夜空　六八
—音にかがやく　八〇
水音の　一二八
水貝の　一一九
瑞牆の　一四五
水甕に
—浮ぶ白梅　四九
—一位の落葉　六六
水際の　二七
水澄みて　四八
水澄める　一五二
水絶えし　一八
水舐めて　六六
水張りて　九九
水番に　四四
水番の　四七
水辺より　七八
水撒いて　一二〇
水撒きて　九一
水枕　一六
店ごとに　四二
味噌釜の　六四
味噌蔵に　八一
味噌つくり　一一八
味噌の香の　一五五
溝蓋を　一四九
未知の顔　三〇
みちのくの　一〇四
道の端の　一四六
道普請　四六
満ちるより　一〇三
三日居て　四八
三日はや　一一一
三椏の　一一〇
みどりがくれに　四四
みどり濃き　二九
緑濃き　五〇
緑濃く　一四六
緑さす　一五五
緑のなか　一七
皆帰り　一四一
身に入むや　一四六
実にならぬ　二六
峰へ峰へと　八九
身のうちに　二八
身のほどを　九〇
明星の　一五四
身を捨てて　五九
無縁墓碑　一二〇
迎への日　一三二
麦とろや　一一〇
椋鳥千羽　一一〇
無患子の　一〇六
虫の音は　九〇
虫の音を　六四
虫ひとつ　四五
筵の目　一二一
難しき　一五七
鞭となる　六〇
睦月去る　三一
襁褓して　一五七
むつびあふ　三九
村護る　一三九
むんむんと　二九
芽起しの　七九
眼がなれて　一三〇
飯櫃の　四八
芽たたきの　一二七
目つむりて　一〇一
豨薟を　一三一
目残りの　一四二
目貼剝ぐ　八四
目を入れし　一〇二
芽を八方に　八八
麺箱の　五九
萌え出づる　一三一
燃えのこる　一五一
燃え残る　一三〇
木犀の　二六

黙禱の　二五
黙々と　一〇一
木蓮の　一〇五
黐の実の　九一
餅切るや　八三
望の夜の　八一
餅三切れ　八八
喪の家の　五八
武士の　一五七
藻の花の　一六
籾殻を
—抜けて独活の芽　一一二
—撒いて雪来る　一四八
もみぢ濃き　一二二
桃すもも
—散り重なりて　五八
—捥ぐに夜明けの　八六
百千鳥　一一三
桃蕾　八五
ももとせの　一二二
桃の咲く　七九
桃の花　七二
桃の葉の　八〇
桃の葉も　四一
桃箱に　五一
桃は釈迦　二八
桃ひからせて　四〇
桃ひらく　二〇
桃実る　一二一
靄あげて　一一七
靄流る　一〇三
燃ゆる火へ　三九
森あれば　二四
もろこしを　一五〇
諸々の　一三三

や　行

野猿とぶ　四八
山羊がすり寄る　一三三
山羊つなぐ　五八
山羊乳に　一四五
厄地蔵　一五〇
薬臭の　一五七
屋久杉に　一二三
屋久杉の　一〇六
薬草の　六二
焼跡の　五一
灼ける町より　一七
鏃のごとき　一〇六
谷地榛の　一一二
八ヶ岳　一二七
八ヶ岳の雪　八五
宿の傘　四一
柳鮠　六七
屋根の雪　四九
屋根葺の　九九
藪焼きて　四五
藪をゆく　二〇
山明ける　八二
山犬を　一五五
山芋を　六四
山独活の　一四二
山柿の　九九
山風に
—生き恥さらし　七三
—実の鳴りはじむ　七八
—棘の出はじむ　八三
—飛ばされてゐる　八四
—向ひてひかる　八五
山風の
—しなやかに吹く　三三
—はこぶ杉の香　一二三
山風や　八三
山家また　一五四
山際に　一二九
山際の　一三二
山ぐにの　一四七
山国の
—わづかにひらく　四二
—秋迷ひなく　六二
山越えし　一〇八
山越えて　一五三
山越しの　一三九
山親し　九二
山仕舞ひたる　五八
山仕舞ふ　八〇
山祇は　一四三
山寺の　一二五
山に日の　一四三
山に雪　六六
山の蟻
—出てくる墓の　一一九
—三百余段　一四五
山の風
—水になごみて　四八
—雀隠れの　七七
—意怙地になりて　八四
山の創　一四二
山鋸の　七二
山の火か　一一七

山の灯の　一二九
山の墓地　三三
山墓へ　一五六
山はるかなり　一一一
山髮の　一四四
山蛭の　九一
山吹の　一四〇
山吹や　一五八
山みえて　一〇六
山道や　四六
山もみぢ　一五二
山山は　九三
山々を　三〇
山百合の　五二
山よりも　二八
山姥の
—口は真赤ぞ　一一八
—曳き摺りてゆく　一四〇
闇いつか　一四九
闇に馴れ　六八
闇にひよろひよろ　六〇
闇ふかし
—生きゐる証の　六三
—木の香蘭の香も　七七
病む父に　五七
やはらかき　七八
湯上がりの　一四八
結納の
—式の終りの　六四
—品の揃ひし　一一三
夕茜　七三
夕ぐれの　三〇
夕暮の　二七
夕爾の詩　四二
融雪を　八五
夕凪ぎて
—子の熱たかみ　二四
—荒布いろなる　二四
夕凪の　一〇九
夕凪や
—流木杖に　一三一
—船名同じ　一三三
夕映えの
—オホーツクを背に　二六
—中に早乙女　六六
夕陽さす　四六
夕陽すりよる　四四
夕日背に　五九
夕陽にも　八一
夕陽より　九一
夕焼けて
—神輿を飾る　六五
—昂ぶる濤の　六八
夕焼の
—橋女きて　一五
—桐の根におく　一八
—どこに立ちても　二七
—砂になまめく　三四
—暮れて出を待つ　三四
—一途にたかむ　四八
—地図の山河を　五二
—奥に鐘なる　五二
—沼は動かぬ　六八
—瑪瑙色なす　一〇四
浴衣着て　三二
雪重き　一二三
雪折の
—松の折れ口　四九
—木霊さすらふ　六〇
—まざとはげしき　八八
雪解風　八五
雪煙り　七一
ゆきずりの　一五五
雪ちかづく　二一
雪解けの
—山の悦ぶ　二三
—はじまる　九三
雪解の
—土くろぐろと　一二三
—泡立つ水を　一四二
雪となる
—大樹の下の　五七
—越後の雲が　一二九
雪なくば　一三〇
雪嶺より
—来る風に耐へ　二七
—高き祭の　三〇
雪の来し　九〇
雪の来る　一〇七
雪のなき　八一
雪の鴨　一一七
雪の降る　四四
雪の八ヶ岳
—吹き出し雲を　一二二
—近々とあり　一五八
雪の夜の
—藁火ともゆる　一九
—まざと土間ゆく　一二三
雪はげし　八七
行き場なき　一一三

雪はまづ　三一
雪晴や
—隣家への路　一一七
—展示農具に　一五三
雪もやの　四三
雪催ひ　一五三
雪山に　七九
雪山の　一六
雪を染め　八一
行く先の　一三一
ゆく年の
—火の粉を浴びて　五七
—闇に餡むく　五七
—夫婦の　一二五
行く年の　一九
逝く春の　一五二
行く春や　六四
柚子一個　八七
柚子三個　九二
柚子匂ふ　一八
柚子風呂に　九一
楪の　一二二
湯疲れを　一四九
湯殿開け　一四〇
湯の中の　一〇一
指折りて　一三二
指切りの　八九
指笛に　一三三
夢の母　六三
夕焼中　一六
揺椅子の　一二五
百合ひらき　三九
酔ひて眠り　八七
八日目に　一五〇
酔ふほどに　一〇七
洋蘭の
—ひかり真冬の　四三
—咲く室を出る　六七
夜神楽の　一四三
夜神楽や　八七
夜ざくらの　九三
夜桜の　一四〇
夜鷹きて　四一
夜鷹鳴く　五一
夜鷹啼く　六六
夜通しの　四三
夜となりて　四五
夜の山の　二二
呼ぶ声も　四五
読初の　一四一
嫁が君　一二七
蓬野の　七七
四姉妹　九二

ら行

雷雲の　一二四
雷鳴に　五八
雷鳴の　七二
落日に　一二三
落石の　一四八
落花舞ふ　九四
螺鈿めく　一〇八
溶岩山の　一四一
蘭かをる　一四一
立春の
—田の湿り吸ふ　一二五
—雲の濃淡　一五八
立春を　一五〇
流血の　九一
柳絮とぶ　一一三
龍天に　一一九
龍之介全集　一四〇
漁期来る　七二
稜線の　一三二
両掌合せて　五二
涼風に　六八
涼風や　一二八
緑蔭の　四〇
隣家から　一五八
林間学校　一二八
林檎咲く　六四
隣人と　七七
隣席の　二一
留守の家　一四五
連峰の　一五七
老鶯や　四七
老人と　一〇三
老人の　一二七
老婆ゐて　一一七
臘梅の　一〇七
老婆来る　一一七
老婆にも　一三二
老木を　六九
六月の
—山は朽木の　一二四
—花々白き　一五六
露天湯の　一四九
炉をひらき　七三
炉を開き　七八

わ　行

わが子に子　七一
若狭こゆ　二五
若竹の
　―奥を見つむる　一三三
　―一本折れて　一四五
わが額に　一五八
若葉の夜　六〇
わが晩年の　三三
若緑　一四二
忘れゐし　五〇
忘れたる
　―焚火見にでる　二八
　―ひとのうかびし　八八
早稲の香に　二四
絮とばし　四六
絮飛ばし　一四八
綿虫の　一三四
罠かけて
　―雪嶺の茜　八一
　―つんと落葉の　八六
鰐口の　一三三
藁束を　一四一
藁にさす　四一
藁にまだ　六五
藁灰の
　―底のぞきみる　三九
　―底の火の色　四九
　―底にあかあか　一二一
割箸で　六二
われ死なば　四九

季語索引

＊［　］は収録句集を示す
［藁］＝『藁火』
［青］＝『青蟬』
［白］＝『白根山麓』
［山］＝『山の風』
［盆］＝『盆地の灯』
［草］＝『草虱』
［師］＝『師の掌』

春

時候

［春］
おのづから揺れて明けゆく春の藪　［藁］　二六
倒したる樹の裂け目より春の声　［白］　六〇
春煌と心斎橋の書店の灯　［白］　六四
春の雛灯にかたまりて鳴きあへる　［山］　八八
春しんと工房隅の漆桶　［草］　一一九
遺跡掘る土の山から春のこゑ　［草］　一二三
葬儀場の仏花を捨つる春の峡　［師］　一五一
駅名の変はりし春の葡萄山　［師］　一五四
［二月］
二月まだ夜明けの遅き伊予蜜柑　［青］　四六
注連縄のたるむ二月の道祖神　［青］　四六
筬音の切羽つまりし二月かな　［白］　六三
果樹園の二月の風に草起きる　［師］　一五一
［睦月］
睦月去る霙の藁をつむ舟も　［藁］　三一
［寒明］
寒明けの空部屋の隅鼠くさし　［藁］　一六
寒明ける播州平野の根なし虹　［青］　四六
寒明けの手花火に似し雨の音　［青］　五〇
寒明ける甲斐の疾風のなかに佇つ　［白］　六〇
寒明けの風向きすこし藪をそれ　［白］　六〇
寒明けの花活けてゐる老婆かな　［白］　六三
果樹園に椋鳥殖えて寒明ける　［白］　六五
枯色の馬刺とろりと寒明ける　［山］　七七
寒明けるつひに開かぬ薔薇一枝　［山］　八五
寒明ける唐三彩の馬の耳　［山］　九三
どの家の前も甕あり寒明ける　［盆］　一〇三

［立春］
春立つや折れて艶めく鼈甲櫛　［白］　五八
また越ゆる川に春立つ光の粒　［山］　八四
立春の田の湿り吸ふ藁の束　［草］　一二五
立春を過ぎて荒ぶる山の風　［師］　一五〇
立春の雲の濃淡艶めきし　［師］　一五八
［冴返る］
冴返る甲斐犬の眼に奥嶺の色　［山］　七七
白杖の倒れしひびき冴え返る　［盆］　一〇五
凍返る谷は奥歯をかみしめて　［草］　一一七
泥鰌買ふ寒の戻りの風を背に　［草］　一二二
四顧の山あかねに染まり冴えかへる　［師］　一四一
厄地蔵寒の戻りの風吹けり　［師］　一五〇
寒もどる醬油の焦げる香りして　［師］　一五一
椎の実の踏めば弾けて冴え返る　［師］　一五四
［余寒］
藪をゆくともしびの絃余寒かな　［藁］　二〇
斧こだま余寒の峰は雲おかず　［山］　九四
谷川の音のつまづく余寒かな　［盆］　一〇五
螺鈿めく余寒の月のひかりかな　［盆］　一〇八
内子座の枡席に立つ余寒かな　［師］　一三九
［春寒］
春さむき日かげ日向を結ぶ橋　［藁］　二三
春さむし赤土ためて文士の靴　［藁］　三一
春さむし米こぼれゐる菩薩の前　［青］　四四
また一人子が家を出る春の冷え　［青］　四四
春寒したためらひ鎖す蔵とびら　［青］　五〇
春寒し眉なき素顔見てしまふ　［白］　六〇
春寒し鳥の鳴き声ききちがふ　［白］　六五
春さむし三人の子の専門書　［白］　六九
春さむし灯油の匂ひ指にしむ　［盆］　一〇八
春寒しことに水辺の馬刀葉椎　［草］　一一九
三月の寒波山々むらさきに　［師］　一五四
［春めく］
春めきし山の高さを教へゐる　［白］　六四
［如月］
きさらぎの糸吐くごとく病み給ふ　［藁］　二〇
きさらぎの三たび雪積む寺の屋根　［青］　四三
きさらぎの麓よく見え梯子市　［青］　四九
きさらぎや朝ごとにあふ霊柩車　［山］　八八
［啓蟄］
啓蟄のどの木も風にさからはず　［山］　八四

[竜天に登る]
龍天に登る古墨に重さなし　[草]　一一九
[彼岸]
風荒ぶ彼岸太郎の濤もまた　[藁]　三二
祖父祖母に彼岸の塔婆ふやしけり　[白]　六〇
玄関に雪掻きのある彼岸かな　[草]　一二七
[春暁]
春暁の家に残る子離れる子　[藁]　三二
春暁の奥へ鶫の消えゆけり　[白]　六七
春暁の樹の洞を出る蟾蜍　[白]　六七
[春昼]
春昼や子が笛鳴らす遺族席　[藁]　一五
春昼の樹を挽く親子光りをり　[青]　三九
[春の暮]
肢肉つり再び白き春の暮　[藁]　一八
畑より鶏つれ帰る春の暮　[白]　六四
[暖か]
人ごゑの乾く畝々温みあふ　[藁]　二五
糸尻の温みいとほし大和粥　[白]　五九
人肌にふるるいのちのあたたかし　[師]　一五八
[麗か]
春うらら蝶の濃き影ぬれてをり　[師]　一五八

[日永]
古菜漬炒る匂ひせし日永かな　[師]　一五一
永き日の山のかがやく通夜の経　[師]　一五四
ゆきずりの人に声かく日永かな　[師]　一五五
[花冷]
生誕も死も花冷えの寝間ひとつ　[藁]　二八
花冷えの酢の香まとひて友倒る　[山]　八八
花冷えやときに子のこと父のこと　[山]　九四
鳥鳴き高きを忌むや花の冷　[師]　一五一
骨となるひとときを待つ花の冷　[師]　一五四
[木の芽時]
身籠もりし報せの来たる芽立時　[白]　六九
芽起しの風は山の香ともなひて　[山]　七九
[花時]
花時の疾風にうるむ深山星　[白]　七二
花過ぎのしくしく乾く飯野村　[盆]　九九
眠ければ眠りて花のときすごす　[盆]　一〇三
[蛙の目借時]
同齢の急死のつづく目借時　[白]　六七
[八十八夜]
看護婦と八十八夜の橋渡る　[白]　六四

[暮の春]
梅壺に塩のふきだす暮春かな [青] 四四
井の底に人声のする暮春かな [白] 六五
黒鯛の鰭で指切る暮春かな [草] 一二三
悪態をつくかに鴉鳴く暮春 [草] 一二七
薹立ちの菜を刈り伏せる暮春かな [師] 一五一
師の生花一対並ぶ暮春かな [師] 一五二
味噌の香の家にしみつく暮春かな [師] 一五五

[行く春]
行く春や海に来て鳴く山の鳥 [白] 六四
逝く春の黄泉への道を一歩先 [師] 一五二

[春惜しむ]
惜春の津軽山唄雨を呼ぶ [草] 一二八
斎場に句集四冊春惜しむ [師] 一五二

[弥生尽]
知らぬ間にビル壊さるる弥生尽 [山] 八四

天文

[春光]
砥部焼の面のひかりも春のいろ [青] 四六
誘ひあひ春光ととぶ登校児 [白] 六四
春光や外国銀貨水の底 [師] 一五一
春光にみちびかれゆく閻魔堂 [師] 一五三
春光のまづきらめくは葡萄棚 [師] 一五四

[春の空]
春の空わからなくなる妻の声 [師] 一五八

[春の月]
啐啄を秘めて春月のぼりけり [盆] 一一三
春の月障子の家は影多し [草] 一二五
春月に覚めてぎよろりと白鼻心 [師] 一四七

[朧月]
知りつくす道に迷ひし朧月 [白] 六九
月おぼろ地の冷えいまだ抜けきらず [山] 八四
鍵さがしあぐねてゐたり朧月 [盆] 一〇七
人の死をはかる朧の月の暈 [師] 一五一

[朧]
おぼろなる一夜を契る滝こだま [青] 三九
おぼろ夜の谷行く白き女人講 [白] 七二
おぼろ夜の厄除け詩集また開く [盆] 一〇八

[春の闇]
妻の父弔ひ帰る春の闇 [青] 四九
春の闇五行不動の眼より [盆] 一〇七
白毫か黒豹の眼か春の闇 [盆] 一〇八

【春風】
春の風吹く千本の葡萄杭　［藁］　三一
師の句帖ちらとまぶしく春の風　［草］　二二七
【東風】
荒東風やころがる酒の樽二つ　［山］　八四
【貝寄風】
貝寄風や直人雅人の子も余所へ　［山］　八四
【涅槃西風】
陣痛のごとく夜に入る涅槃西風　［山］　九四
真夜中を過ぎて狂へる涅槃西風　［山］　九四
谷地榛の枝折れてやむ涅槃西風　［盆］　一一二
日の落ちてぴたとやみたる涅槃西風　［師］　一五一
【彼岸西風】
砂山を吹き減らしゐる彼岸西風　［藁］　二八
老木をためらはず吹く彼岸西風　［白］　六九
彼岸西風先祖返りの富士額　［師］　一五四
【比良八荒】
湖を吹く比良八荒の飛沫あび　［草］　二二一
【春一番】
春一番砂ざらざらと家を責め　［白］　六七
春一番少女両手に水提げて　［山］　八四
春一番殯の丘に日の沈む　［盆］　一一一
春一番藁まみれなる濡れ仔牛　［師］　一三九
春一番水勢は胸つらぬきぬ　［師］　一五八
【風光る】
風ひからせて斧を振る男かな　［白］　五八
風光る白一丈の岩田帯　［白］　六九
【春疾風】
春疾風職得て次男西国へ　［白］　六四
【春北風】
春北風二日二夜を吹きすさぶ　［山］　八四
立会へぬ死の儀式あり春北風　［師］　一五四
【桜まじ】
待つことに馴れて沖暮る桜まじ　［白］　六〇
【霾】
つちふるや隣人の縊死検案書　［白］　六五
霾天や喪の列長き安部医院　［白］　六七
黄砂降る経文の声ともなひて　［白］　六九
黄沙降る若き日の罪数々と　［白］　七二
嘶くは霾天を恋ふ木霊かな　［師］　一四七
【春雨】
春の雨ときに激しく農婦うつ　［青］　四四
春の雨野に生きものの臭ひたつ　［師］　一五四

【春時雨】
諏訪口は青空みせて春時雨 〔山〕 七九
大菩薩峠をつつむ春しぐれ 〔山〕 八二
職を辞す日の定まりし春しぐれ 〔盆〕 一〇二
春しぐれ山を越す道また造る 〔盆〕 一〇八
【菜種梅雨】
鯉痩せてしづかに浮ぶ菜種梅雨 〔白〕 七二
【春の雪】
春雪の樹の下をゆくしづかな馬 〔藁〕 二〇
道普請春の粉雪は谷越えず 〔青〕 四六
結納の式の終りの春の雪 〔白〕 六四
研ぎ終る斧に降りくる春の雪 〔白〕 六七
春の雪をのこ生まるる報せあり 〔山〕 八二
骨壺に火だすきのある春の雪 〔盆〕 一〇八
数知れぬ灯が橋わたる春の雪 〔草〕 一一七
春の雪搔きて葬りの道あくる 〔草〕 一一九
牛蒡削ぎ婚家はなやぐ春の雪 〔草〕 一一九
燃えのこる桑の根株に春の雪 〔師〕 一五一
山越えて来る列車待つ春の雪 〔師〕 一五三
三月の雪は椿の葉をすべる 〔師〕 一五四
【淡雪】
鬢止の玉虫いろにぼたん雪 〔青〕 四三
牡丹雪遷都は湖の見える地へ 〔白〕 五八
【斑雪】
夕陽さす岬の斑雪嶺濤にうき 〔青〕 四六
【雪の果】
火は人を眠りにさそふ雪の果 〔山〕 八七
【忘れ霜】
峡中にとどろく晩霜注意報 〔草〕 一一八
集落をつなぐ畷の別れ霜 〔草〕 一二四
【春の虹】
春の虹堅田に着きて消えにけり 〔草〕 一二一
玉葱の追肥を撒く春の虹 〔師〕 一五〇
【春雷】
春雷は空にあそびて地に降りず 〔盆〕 一〇〇
【佐保姫】
佐保姫の産衣を浸す谷の水 〔山〕 九三
【霞】
北嶽のかすみのなかへ落行く日 〔青〕 三九
鐘かすみては遠ざかる母郷かな 〔草〕 一二二
【陽炎】
かげろふや命名前の赤子抱く 〔白〕 六三
登呂遺跡水かげろふに迎へらる 〔草〕 一三三

[花曇]
ふるさとの土に溶けゆく花曇 [青] 三九
結納の品の揃ひし養花天 [盆] 一一三

地理

[春の山]
火の始末してゐる春の雑木山 [盆] 一〇五
燻くさき風の吹きくる春の山 [盆] 一〇八
[焼野]
末黒野の果の雪嶺に真赤な日 [盆] 一〇八
[春潮]
春の潮岩つぎつぎに越え迫る [師] 一五二
[春田]
山風に飛ばされてゐる春田水 [山] 八四
[苗代]
苗代に雪解をいそぐ白根嶽 [藁] 二六
[逃水]
逃水を追ひて岬の端に佇つ [盆] 一〇八
[残雪]
残雪の樹海女の香をうばふ [藁] 一九
残雪の山揺り籠となり寝おつ [藁] 二〇
残雪の点々とある猿の毛 [草] 一二七
残雪を踏み固めては斧を打つ [師] 一四七
[雪間]
果樹園の雪間の二つ繋がりぬ [師] 一五三
[雪崩]
靴の紐むすぶ雪崩の音ききて [青] 四九
石仏に享保の文字雪崩見ゆ [山] 九三
[雪解]
墓掘の鶴嘴反つて雪解光 [藁] 一八
雪解けの山の悦ぶ夕日射 [藁] 二三
象の骸を遠まきに雪解山 [藁] 三一
天の鳶地の墓ひかる雪解かな [白] 五八
山羊つなぐ木の株えらぶ雪解中 [白] 五八
鞭となる枝を確かむ雪解空 [白] 六〇
がうがうと雪解虹たつ駒ヶ岳 [白] 六一
雪解風どどと崩るる杉丸太 [山] 八五
融雪をうながして鳴く虎つぐみ [山] 八五
雪解けのはじまる馬頭観世音 [山] 九三
踏ん張りて甲斐駒ヶ岳雪解けす [山] 九三
墓草の肥えてなびける雪解山 [盆] 一一二
雪解の土くろぐろと帰郷の子 [草] 一二二
雪解の泡立つ水を田に落す [師] 一四二
富士川の荒岸を打つ雪解水 [師] 一五〇

［薄氷］
薄氷の束子をのせて岸離る ［師］ 一五三
［木の根明く］
雪原の木の根ぽつかり空く日かな ［盆］ 一一二

生活

［花衣］
花衣畳紙をほどく目は空へ ［師］ 一五二
［木の芽和］
明日は霜降るらしき夜の木の芽和 ［白］ 七二
［田楽］
田楽の柚の香の中の師弟かな ［盆］ 一一一
［青饅］
青饅や谷川の音あふれをり ［師］ 一五三
［蜆汁］
石遊ぶ音して煮立つ蜆汁 ［草］ 一三一
［目刺］
山越えし藁まだ青き新目刺 ［盆］ 一〇八
［草餅］
草餅や風の狂気の底知れず ［白］ 六七
草団子九死に一生得し笑ひ ［草］ 一二七
草団子彼岸の湯気をあげてをり ［師］ 一五五
草餅や主宰にかすか師のにほひ ［師］ 一五八
［桜餅］
どの山の雪もはなやぐ桜餅 ［山］ 八九
［春暖炉］
春暖炉消えて乳の香残りけり ［盆］ 一〇七
［春火鉢］
西方は山に閉ざされ春火鉢 ［山］ 九三
［厩出し］
南無妙の声が尻うつ厩出し ［草］ 一二七
［目貼剝ぐ］
目貼剝ぐ強風注意報の中 ［山］ 八四
酢の香たてはやばや目貼剝ぎにけり ［山］ 九三
［橇蔵う］
橇しまふ熱き牛乳吹きくぼめ ［盆］ 一〇八
［野焼］
遠野火のときにいろ濃くあがりけり ［山］ 八七
巽風吹きて野焼の火を起す ［草］ 一一七
富士川の日暮れて野火の立ちあがる ［草］ 一二一
遠野火や死は同齢にまでおよぶ ［草］ 一二三
川越えることなく消えて野焼の火 ［草］ 一二五
集まりて一筋となる富士の野火 ［師］ 一四〇

［畑焼く］
鳴く雛に畦焼く炎見えはじむ　［青］　三九
畦焼く火夜に入る嶽のちらちらと　［白］　五八
畦焼きて土動きだす巨摩郡　［師］　一四一
［耕］
むんむんと荒地耕す男の餉　［薹］　二九
春耕の畝間をあさる椋鳥の群れ　［師］　一五一
春耕のいつしか楔抜けてをり　［師］　一五三
［畦塗］
明星の映るまで畦塗り叩く　［師］　一五四
［種浸し］
種浸す風のをさまる空の色　［山］　八四
灯を消してかぼそき音す種浸し　［盆］　一〇七
［種蒔］
蒔き終る顔寄せあひて日暮なか　［薹］　二〇
種おろし遠嶺しぐれのうつるころ　［薹］　二〇
種籾をおとす明るき嶺の下　［薹］　二九
靄あげて種蒔くを待つ大地かな　［草］　一一七
種まくや一粒万倍日を信じ　［師］　一五〇
種おろし南アルプスきりりとす　［師］　一五〇
［物種蒔く］
蒔き終へし畑に鴉の羽を吊る　［白］　五八
渓流の音せる袋種まけり　［師］　一五〇
胡瓜蒔き月に濡れゆく畝の土　［師］　一五〇
もろこしを蒔くや鳥の目を気にし　［師］　一五〇
［苗床］
苗床の大き足跡あかねさす　［青］　四六
［苗木市］
八方に陽をひろげゐる苗木売　［青］　三九
出雲女に芽吹く牡丹の苗木買ふ　［山］　八四
［牛蒡蒔く］
てのひらに踊る牛蒡の種を蒔く　［師］　一五〇
［糸瓜蒔く］
糸瓜蒔く端山の雪の消えたる日　［師］　一五〇
［芋植う］
藷苗の根付きて伸びる扇状地　［師］　一三九
畑の石拾ひ拾ひて薯を植う　［師］　一五一
［木の実植う］
地より湧く暮色まとひて木の実蒔く　［山］　七七
［球根植う］
植ゑ忘る球根の芽の伸びてをり　［師］　一五一
［剪定］
闇にひよろひよろ剪定の枝焼く火　［白］　六〇
剪定の木に吊るラジオ戦火告ぐ　［盆］　一〇七

畑道は知人ばかりぞ剪定す　〔盆〕一〇八
剪定を促すひかり野にあふる　〔草〕一三二
剪定の枝焼く婆の髪いぶる　〔師〕一五一
剪定の束ねし枝の芽吹きをり　〔師〕一五四
【接木】
桜桃の接木を終へし眼を富士へ　〔師〕一四八
【挿木】
挿木終へ疲れ眼いやす駒ヶ岳　〔師〕一四八
花束の薔薇の挿木の芽を吹けり　〔師〕一五五
【桑解く】
桑解きて農夫に匂ひもどりけり　〔白〕六三
【霜くすべ】
霜防ぐ火が懸命に旭を呼べり　〔藁〕三一
【桑摘】
空青し桑を切る音水ふくみ　〔白〕七〇
【蚕飼】
蚕捨つ雨の河原に咎はなし　〔青〕四〇
黴じめりして蚕室の藁草履　〔青〕五一
蚕終へ書店をわたり歩きけり　〔白〕六八
【海女】
磯海女のひとりがピアスしてゐたり　〔盆〕一〇八
にぎやかに磯海女礁わたり来る　〔盆〕一〇八
【木流し】
木流しの水満々とはづみをり　〔山〕八五
【踏青】
踏青の盆地見下ろす結び二個　〔師〕一五四
【野遊】
野遊びのをんなに墓地の道をきく　〔盆〕一一二
【山菜採り】
山菜採り日暮忘れてゐたるかな　〔草〕一二六
【花筵】
たれかれの齢のみえし花筵　〔山〕九四
【夜桜】
夜ざくらの奥にただよふ苑子の句　〔山〕九三
夜桜のどよめきこもる谷の底　〔師〕一四〇
【凧】
凧もつて風くる空に瞳を澄ます　〔青〕四六
船帰る港に揚がる大絵凧　〔盆〕一一一
【入学試験】
水際の落葉をてらす受験の灯　〔藁〕二七
受験日のせつせつ嶽の裏表　〔藁〕三一
【大試験】
どの山も雲なく晴れし大試験　〔師〕一五四

[春休]
電柱の張り紙ふゆる春休 [師] 一五〇
山家また一戸減りたる春休 [師] 一五四
[杜氏帰る]
杜氏帰る山端に桑のかがやく日 [藁] 二五
[池替え]
池替への声燦々と嶺に流れ [藁] 二九

行事

[建国記念日]
施設の灯ともれど暗き建国日 [師] 一三九
[初午]
初午の陽のある雨戸閉ざしけり [盆] 一〇八
[雛祭]
雛の日の雨いつしんに滲みゆけり [白] 六四
山山は紺に日暮れて雛まつり [山] 九三
飾ることなき母の雛祖母の雛 [盆] 一〇六
[伊勢参]
風吹いて大地の乾く伊勢参り [山] 七九
[四月馬鹿]
町名の消ゆる故郷万愚節 [師] 一五一
[春祭]
酢の香たて谿の戸毎の春まつり [青] 三九
[涅槃会]
能登よりの涅槃団子に紅一寸 [草] 一二五
[彼岸会]
戒名をほめあひてゐる彼岸寺 [山] 七七
[花祭]
花祭張り子の象の据ゑらるる [草] 一二九
[花御堂]
黄のいろの少し多目の花御堂 [師] 一四七
[バレンタインの日]
名を告げぬバレンタインの花届く [山] 八五
[西行忌]
夜通しの雨が雪消す西行忌 [青] 四三
[呉龍忌]
呉龍忌や在所の雪嶺見晴かす [盆] 一〇三
呉龍忌の枯葦背丈こえてをり [盆] 一〇三

動物

[馬の子]
草原の日陰をさがす親仔馬 [師] 一四六

［山羊の子］
生誕の山羊のひと声夜明けの峰　［青］　四七
［春の鹿］
春の鹿片眼つむりて風に向く　［山］　八四
［猫の恋］
宰相のごとき声だす恋の猫　［白］　六九
恋猫に西風の吹きはじめけり　［山］　七七
［猫の子］
猫の子と通夜の僧侶を迎へに行く　［白］　六〇
［蛙］
蛙鳴く小さな駅の娑婆めく灯　［藁］　一七
神殿の奥にて鳴ける初蛙　［草］　一一九
蛙鳴き桃の摘果をしまひけり　［師］　一四八
［春の鳥］
山風に向ひてひかる春の鳶　［山］　八五
［百千鳥］
百千鳥ワインの栓を抜く音す　［盆］　一一三
［雉］
啼く季を限られし雉子力をつくし　［青］　五〇
雉子啼くや三寸けむる雨後の土　［白］　五八
雉子の鳴く山また山の奥に墓　［師］　一五一
雉の子の育ちて空をうかがへり　［師］　一五三
［雲雀］
牧草のかがやく中の雲雀籠　［藁］　三三
揚雲雀とどまる高さ定めをり　［草］　一二九
［春の鵙］
春の鵙こゑかれはてて帰りけり　［山］　七九
［燕］
家々の日暮をまとひつばくらめ　［藁］　二三
皿洗ふ燕しきりに日暮をよび　［藁］　二九
経典に読めぬ字多し燕来る　［白］　六〇
まだ澄まぬ田水をすべる夕燕　［草］　一二〇
初燕新橋梁をめぐりをり　［師］　一五九
［白鳥帰る］
帰る日の白鳥頸をふり啼けり　［盆］　一一三
白鳥の帰心のこゑに月の暈　［盆］　一一三
白鳥の翔つはボンゴのひびきもち　［盆］　一一三
白鳥の艶めき増すは引くならむ　［盆］　一一三
［帰雁］
雁帰る満月はいま海の上　［白］　六七
雁帰るにはかに遠き北の空　［盆］　一〇〇
沼太郎帰る露西亜の空いかに　［盆］　一一二
［引鴨］
引鴨の羽音ののこる日暮空　［盆］　九九

引鴨のふたてにわかる暮天かな　〔盆〕　一一二
引鴨を見入る展望湯の裸身　〔盆〕　一一二
鴨引きてさざ波のこる夜明けかな　〔盆〕　一一二

[残る鴨]

春の鴨波の流れに逆らはず　〔盆〕　一一二
白鳥の隙間をすべる春の鴨　〔盆〕　一一二
隠沼の底を見たしと残り鴨　〔師〕　一四七
緑さすプールに残る鴨一羽　〔師〕　一五五

[鳥帰る]

鳥帰るときの近づく空のいろ　〔山〕　九三

[鳥雲に入る]

鳥雲に山廬への橋二つ越ゆ　〔山〕　九四

[囀]

囀りのたちまち風となる梢　〔藁〕　二九
囀の森くぐり来る笊売女　〔師〕　一四四

[鳥交る]

鳥交る恋といふには淡すぎし　〔草〕　一一七
真ん丸き目のふち紅く海猫の恋　〔草〕　一二〇
嘴に菜の花くはへ恋の海猫　〔草〕　一二〇

[鳥の巣]

巣籠の鳥の目とあふ古墳かな　〔白〕　五八

[巣立鳥]

鳥巣立つ葡萄酒の透く日の中へ　〔青〕　四四
鳥巣立つ山の彼方の濤をめざし　〔青〕　五〇

[鱒]

生臭き鱒を並べる草の上　〔山〕　八五

[柳鮠]

柳鮠群なさずには生きられず　〔白〕　六七
鮠の香の満月のぼる瀧の上　〔盆〕　一一二

[若鮎]

放流す若鮎は群れなさざりき　〔師〕　一五一

[蜆]

あかつきの軒よりおろす蜆舟　〔盆〕　一一一

[田螺]

田螺とるどの顔もみな日が沈む　〔藁〕　三四
田螺汁棚田の匂ひのこりをり　〔草〕　一三一

[蝶]

古墳観る同じ眼もちて蝶をみる　〔藁〕　一五

[蜂]

蜂飼の家族をいだく花粉の陽　〔藁〕　二〇
地蜂炒る四方木屋に朝はじまれり　〔藁〕　三三
蜂の尻縞くつきりと芯に入る　〔盆〕　一一二

[虹]
胎の子の名前あれこれ虹の昼 [白] 六九
[春蟬]
いのち張り深山春蟬夜明け呼ぶ [山] 八五
春蟬や昆布干場の砂利締る [草] 一二九

植物

[梅]
水甕に浮ぶ白梅通夜の燭 [青] 四九
木の香まじりに梅匂ふ梯子市 [青] 四九
梅の香や服薬刻の父を呼ぶ [青] 五〇
小走りに梅の香をひきホテルの子 [白] 六四
満開の梅のなか吹く嶽おろし [白] 六七
抱きあまる巨き野梅の花ひらく [山] 七九
刻たがはずに鶲くる梅の枝 [山] 八一
臼売りのうしろに梅の花匂ふ [盆] 一〇五
花はみな地を向き甲州野梅咲く [盆] 一〇六
梅の香の地にしづみゆく夜の雨 [草] 一一八
満願の水垢離に濡る梅の花 [草] 一二七
橋ひとつ越えて闇夜の梅匂ふ [師] 一五一
[紅梅]
紅梅の雪は一夜の戯れか [盆] 一〇七
紅梅やあまたの蕾つけて散る [師] 一五三
[椿]
鳥が去り夕日が去りて椿山 [藁] 一三
岬の雨ふればふるほど椿もゆ [藁] 二八
ひらかずに凍みる椿の花あまた [盆] 一〇八
椿落ちしづくとびちる一草庵 [草] 一一九
風やみて椿の花の流れくる [草] 一二九
[彼岸桜]
墓地際の彼岸桜の折れて咲く [師] 一五二
[桜]
さくら咲く闇檻となり人いる [藁] 一八
さくら咲く妻子連れても行処なし [藁] 一八
千本の桜を抜けて墓地に入る [草] 一一九
千年の桜を支ふ墓百基 [師] 一四三
[花]
ことに花かげは公園の清掃婦 [藁] 二八
安達太郎の山麓から花便り [藁] 三二
燃ゆる火へ世阿弥来さうな花ざかり [青] 三九
花の香のときめき流る山の空 [青] 五〇
花万朶記念写真の目がそろふ [山] 八四
父は子の名前忘るる花の闇 [山] 八五
明け早き花の中なる一軒家 [山] 八八

花月夜死後もあひたきひとひとり　[盆]　一〇五
聞き覚えある声のする花の闇　[師]　一五一

[山桜]

舌かみ切らんばかり余寒の山桜　[青]　四六
さまざまの人ごゑに散る山ざくら　[山]　八九
満月の墓にあかるき山ざくら　[山]　九四
石仏の首がころがる山ざくら　[盆]　一〇三

[落花]

長男を次男が送る花吹雪　[藁]　三二
花吹雪兄に見習ふ髪かたち　[青]　四三
人焼きて落花のうける浄め酒　[白]　六六
花散るにはやき筑紫の山河かな　[白]　六六
花あびて日蓮宗徒谷に入る　[山]　九三
落花舞ふ経文谷を越えゆけり　[山]　九四
花吹雪月夜の谷を舞ひのぼる　[盆]　一〇三
たちまちに落花のたまる水の上　[盆]　一〇五
随身の腕折れてをり花吹雪　[盆]　一一二
一行にはぐれ落花をあびてをり　[草]　一一九
ふんだんに落花のたまる遍路墓　[草]　一一九
駒ヶ岳目ざす夕日の飛花落花　[草]　一二五
山寺の落花一片舌にのり　[草]　一二五
一団の喪服落花を浴びてをり　[師]　一五四

散る花の石に厳に行く雲に　[師]　一五八

[山茱萸の花]

近道やまだ雪ふかき花山茱萸　[草]　一三二

[辛夷]

灯もして寝おつ喪の家こぶし咲く　[藁]　二〇

[三椏の花]

三椏の蕾にはやき山の雪　[盆]　一一〇

[沈丁花]

授乳の目とぢて日向の沈丁花　[白]　六四
丁字の香闇濃き方へ漂へり　[師]　一四〇

[土佐水木]

土佐みづき豆粒ほどの花芽つけ　[盆]　一一〇

[桜桃の花]

桜桃の花純白を通しけり　[師]　一五五

[満天星の花]

雉子羽搏けば満天星の花揺る　[青]　四六

[山吹]

固くつく白山吹の四粒の実　[草]　一三三
山吹の谷になだるる甲斐大和　[師]　一四〇
山吹や敬友は師の心地して　[師]　一五八

[桃の花]

暮るる地に摘みとる桃の花あふれ　[藁]　二〇

桃ひらく遠嶺の雪をひからせて　[藁]　二〇
桃は釈迦李はイエス花盛り　[藁]　二八
雪の降る山を見てゐる桃の花　[青]　四四
桃すもも散り重なりて許しあふ　[白]　五八
すももは智桃は怨もつ花ならむ　[白]　七一
散る前の紅のはげしき桃の花　[白]　七二
桃の花滝なすなかを走者の汗　[白]　七二
ほつほつと桃は夕日にひらく花　[白]　七二
桃蕾用心ぶかき小鳥の目　[山]　八五
千人の眼にみつめらる桃の花　[盆]　一〇〇
ひらく日を決めかねてゐる桃の花　[草]　一二七
[李の花]
桃は釈迦李はイエス花盛り　[藁]　二八
桃すもも散り重なりて許しあふ　[白]　五八
すももは智桃は怨もつ花ならむ　[白]　七一
黒紙へすもものの花粉あつめをり　[山]　八八
すもも咲く香は蜂蜜の匂ひして　[盆]　一〇八
[梨の花]
キリストの蒼さただよふ梨の花　[藁]　二四
[林檎の花]
陽に呼ばれ月に阻まれ花林檎　[藁]　三二
林檎咲く農具小屋より女ごゑ　[白]　六四
[伊予柑]
伊予柑の匂ひかがやく山の家　[山]　九四
骨壺の重さ伊予柑三個ほど　[盆]　一〇六
[木の芽]
雪折のまざとはげしき芽吹山　[山]　八八
定年を待ちうけてゐる芽吹き空　[盆]　一〇二
曲るたび猿の数ふゆ木の芽山　[草]　一二五
嬌声のときに谷こえ芽吹山　[師]　一三九
必死なることは雑木の芽吹きにも　[師]　一三九
なつかしき大樹の芽吹く小学校　[師]　一四〇
[蘖]
ひこばえや何処からとなく小蟲群れ　[青]　四三
[若緑]
一本の抜きんでてゐる若緑　[草]　一三三
若緑子をなして髭つくりをり　[師]　一四二
[令法]
瀧しぶきあびて令法の若葉摘む　[盆]　一一三
[楓の芽]
山もみぢ梢の芽吹き紅きはむ　[師]　一五二
[楤の芽]
楤の芽のあふるるほどに腰の魚籠　[師]　一四二
楤の芽に残る猪の毛猿の毛　[師]　一五三

[こしあぶらの芽]
金漆樹若芽ひらけばつまれけり [草] 一二六
[草蘇鉄の芽]
雨の谿こごみの若芽たちあがる [草] 一二六
草蘇鉄みどりの渦をほどかむと [師] 一四三
[柿の芽]
爪ほどに伸びて柿の芽とがりけり [師] 一四四
[金縷梅]
まんさくの花つけぬ枝なかりけり [師] 一五三
[木瓜の花]
木瓜の花風吹くたびに山乾く [藁] 二六
[櫨子の花]
北風のまだ力ある花しどみ [藁] 二九
[杉の花]
杉山の花粉の帯が谷越ゆる [山] 七九
墓十基杉の花粉が谷越ゆる [山] 八五
母を呼ぶ声にも杉の花粉湧き [山] 九四
帯をなし谷越えてくる杉花粉 [師] 一五一
間伐の終る杉山花粉の帯 [師] 一五四
[赤楊の花]
ことごとく街に灯がつく榛の花 [藁] 二三
[白樺の花]
樺の花こぼるる風の丸木橋 [藁] 一五
[猫柳]
猫やなぎ急ぎて通る僧二人 [山] 八七
[柳絮]
柳絮とぶヨガ教室の昼下がり [盆] 一一三
[通草の花]
抹茶席通草花咲く棚の下 [師] 一三九
[竹の秋]
一山の一郭染まる竹の秋 [草] 一一二
[春の筍]
春筍は犀の角ほど曲りをり [草] 一一七
[芝桜]
どの道を行きても墓へ芝桜 [青] 四四
[菜の花]
蛇笏の山めざし花菜のなか急ぐ [青] 五〇
菜の花を帯にさしをり祭の子 [師] 一三九
菜の花のあふるる川間畑かな [師] 一五四
菜の花の咲き盛りたる捨て畑 [師] 一五四
[葱坊主]
通院の道かへてみる葱坊主 [師] 一五一

[茎立]
葉牡丹の茎立つ上の雪の峰 [白] 七二
土の香の甦る雨茎立てり [師] 一五一
[萵苣]
緑濃く高原レタス球となる [師] 一四六
[独活]
籾殻を抜けて独活の芽ひらきけり [盆] 一一二
独活の芽の黒きは祖母の乳首ほど [草] 一一八
山独活のをさなき紅の匂ひかな [師] 一四二
[青麦]
つきまとふ不安青麦さむくゆれ [薫] 一七
[種芋]
種芋の俵をあける風の中 [白] 六七
[下萌]
墓山へ萌えて近づく雑木山 [青] 四四
大山の野を萌えたたす怒濤かな [白] 七二
草萌ゆる村碑に戦士百余名 [盆] 一〇七
下萌ゆる死は公平に一度きり [草] 一二三
萌え出づる山を両手に身延路 [草] 一三一
[草の芽]
千草の芽はぐくむ雨の地靄かな [草] 一一九
[雀隠れ]
山の風雀隠れの草吹けり [山] 七七
[蔦若葉]
きつちりと向きを同じく蔦若葉 [師] 一四三
[葛若葉]
捨てられし家を巻きたる葛若葉 [師] 一三九
[紫雲英]
げんげ田や沢庵をかむ晴れ晴れと [師] 一五〇
[薺の花]
風は牙かくし薺の花吹けり [白] 七二
馬入れの径のなづな花盛り [盆] 一一二
田の畔の水を欲しがる花薺 [草] 一一七
[土筆]
われ死なば土葬となせや土筆野へ [青] 四九
土筆野に月招かれて山を越ゆ [青] 四九
野の荒るる一夜土筆の袴とり [草] 一二五
[杉菜]
日日に記憶空へかへして杉菜長け [青] 五〇
鉄道員雨の杉菜を照らしゆく [白] 六四
母の墓杉菜根ぶかくはえてをり [山] 八〇
墓所の目地はがれて杉菜伸びしかな [師] 一四七

[虎杖]
虎杖のなだるる崖に断けり　[盆]　一〇一
鮫といふ岬の虎杖芽が真赤　[草]　一二〇
[蓬]
あかつきの山燦々とよもぎの香　[青]　三九
蓬野の雨に小走る虎鶫　[山]　七七
毒薬のごと飲みくだす蓬の汁　[山]　八九
[茅花]
焙じ茶の匂ふ茅花の一軒家　[師]　一五四
[蘆の角]
水中の葦の角よりのびはじむ　[盆]　一一二
[座禅草]
八ヶ岳の雪見あげて開く座禅草　[山]　八五
源流のきらめきを抱く座禅草　[師]　一四七
[石蓴]
深海のいろして相馬石蓴着く　[山]　九二
[海苔]
海苔あぶる香のこもりゐる崖の家　[山]　八五

夏

時候

[夏]
畳屋のあまたの刃物ひかる夏　[藁]　一三
黙禱の終るむらさき色の夏　[藁]　二五
地に草に蝀しみつく夏の闇　[藁]　二九
夏の火事樫の大樹が燃えてをり　[青]　五一
南天の貧しき杖も三度の夏　[白]　六一
廃船のたまり場に鳴く夏鴉　[白]　六六
茎漬の酸き香ただよふ夏の寺　[山]　八六
乙女らの顔みな同じ夏化粧　[盆]　九九
眠りても覚めてもふたり夏半ば　[盆]　一〇九
水槽の夏さめざめと伊富魚の目　[草]　一二四
[初夏]
少年に怒濤のごとき初夏の山　[藁]　二一
藺田麦田隣りあはせに夏若し　[盆]　一〇三
[五月]
起きてすぐ眠き五月の草あかり　[藁]　一九
追伸の一行を恋ひ聖五月　[盆]　一〇〇
五月来る野猿のわたる声を連れ　[師]　一四〇

[立夏]
暗闇に立夏の峰の泛かびけり [白] 六九
滝音のなかの鳥ごゑ夏に入る [山] 八五
諸々の花は立夏へ山廬かな [草] 一三三
糠床の甕の口切る立夏かな [草] 一三三
足袋二足履き尽したる立夏かな [師] 一四四
月夜とて灼けるふるさと夏に入る [師] 一四八
師の帽子鴨居に並ぶ立夏かな [師] 一五二

[夏めく]
夏めくや一筆箋に河童の図 [師] 一四〇

[薄暑]
湯上がりの山の濃くなる薄暑かな [師] 一四八

[麦の秋]
麦秋の動かぬ塔を見詰めをり [藁] 三二
麦秋の煉瓦は耐へる色ならむ [山] 八九
麦秋のすれあふ汽車は青島へ [山] 九〇

[六月]
六月の山は朽木の臭ひ溜め [草] 一二四
六月の花々白き巨摩野かな [師] 一五六

[皐月]
早苗月身をかくさねば安らげず [師] 一五五

[芒種]
甲斐駒ヶ岳の北壁へ落つ芒種の日 [師] 一四〇

[入梅]
梅雨に入る橋の上なる夜学生 [藁] 二二
松葉杖供養の火の粉梅雨に入る [草] 一三三
渓流の石ころぶ音梅雨に入る [師] 一四四

[梅雨寒]
首桶の漆びかりす梅雨の冷え [盆] 一〇四
梅雨寒し暗澹と淵渦巻けり [盆] 一一三

[半夏生]
満ちるより引潮はやき半夏生 [盆] 一〇三
半夏生撞木は棕梠の丸太かな [師] 一四五

[晩夏]
刃物ならべて晩夏なる店小さき [藁] 二二
声あげて嶽離れゆく晩夏の川 [藁] 二六
木曾晩夏子が育ち樹が育ちゐる [藁] 三三
声あげて己はげます晩夏の川 [青] 四四
子の声の井戸にひびける晩夏かな [白] 五八
船齢のありありと見ゆ晩夏かな [白] 五九
遥かなる国より帰る晩夏の船 [白] 六一
桃の葉の厚み増したる晩夏かな [山] 八〇

【七月】
七月の囀りちかきほどけがれ 〔藁〕 二四
旅人に七月さむき風吹けり 〔藁〕 二九
七月や枝打ち済まぬ森暗き 〔師〕 一四四
【水無月】
月赤し青水無月の山幾重 〔白〕 六八
滝ひびく青水無月の星の数 〔山〕 八三
【梅雨明】
白御影黒御影石梅雨明ける 〔山〕 九〇
【炎昼】
炎昼のくらき谿から斧ひびく 〔藁〕 二一
炎昼やわれのみ生きてゐるごとし 〔青〕 四七
【短夜】
短夜の鱒はこぶ馬車鈴ならし 〔藁〕 二六
明易き梢動かす能登の濤 〔藁〕 三二
乾繭の声のはるかに明易し 〔青〕 四七
明易し隣の畑草みえて 〔青〕 五一
短夜の灯を消せば山うかびけり 〔山〕 八二
仔鹿食ふ羆の話明易き 〔草〕 一二四
短夜の作句は細くなるばかり 〔師〕 一五六
【土用】
虻はらふ眼前の嶺土用明け 〔青〕 四〇
土用明けたる母の村妻の町 〔青〕 四七
【盛夏】
井戸掘の仰ぐ小さな真夏空 〔白〕 六八
柩材反りし真夏の駒ヶ岳 〔山〕 八五
赤飯の大粒の豆夏旺ん 〔草〕 一二一
【暑し】
暑きベンチ船の彼方は死後の色 〔藁〕 一九
いたるところに古墳前後なく暑し 〔白〕 五九
海青し自殺防止の網暑し 〔白〕 六二
死のこゑを払ふ生者の声暑し 〔白〕 七三
白樺も暑光の鞭にうたれをり 〔山〕 八三
踏みなれし暑き線路の石の錆 〔山〕 八三
ひとり子の泣きごゑ暑き秘仏の前 〔山〕 八九
【暑き日】
暑き夜の泥の匂ひの月に臥す 〔藁〕 二五
【大暑】
焼跡の朱ぬりの膳の大暑かな 〔青〕 五一
鐘の音の割り込む隙のなき大暑 〔青〕 五二
麺箱の動かぬ池の大暑かな 〔白〕 五九
伊吹嶺を望む大暑の草木かな 〔白〕 六四
【極暑】
旅の塵はらふ極暑の家の前 〔藁〕 二五

一山の松みな枯れし極暑かな　〔盆〕一〇九
一枚の白紙舞ひゆく極暑かな　〔師〕一五六
〔溽暑〕
無縁墓碑山と積まるる溽暑かな　〔草〕一二〇
〔炎暑〕
うつむくほかなき炎暑の鰊小屋　〔藁〕二九
断崖のいたどりぬらす炎暑の濤　〔藁〕二九
考へること何かあり炎暑の鶏　〔青〕五〇
薬草の湯に子を浸す炎暑かな　〔白〕六二
ままかりの酢の香炎暑を払ひけり　〔盆〕九九
屋久杉の株に炎暑の片手触る　〔盆〕一〇六
荷ひ桶橋越えて来る炎暑かな　〔草〕一三三
〔灼くる〕
靴音が正確に灼け神父来る　〔藁〕一七
灼ける町より峠へふかき轍あり　〔藁〕一七
駿河口より諏訪口の雲灼ける　〔青〕四七
灼熱の鷗みたくて船に乗る　〔青〕五二
錆はげし灼くる開拓記念塔　〔山〕八三
果樹園の境界に灼け小石塚　〔盆〕一一〇
〔涼し〕
隣席の人わすれゐて涼しき夜　〔藁〕二一
二階の子よぶ晩涼の夕餉どき　〔藁〕二九
老婆にも涼しさ賜ふ峠空　〔藁〕三二
檜山杉山涼しさに従へり　〔藁〕三三
崖に稲荷ありて涼しさ光る家　〔藁〕三四
拝みたくなる晩涼の嶽ばかり　〔青〕四〇
神は高きにありて仏もまた涼し　〔青〕四六
坂越ゆるたびに海風涼しさ増し　〔青〕四七
山中の十戸涼しき蔵の窓　〔青〕五一
晩涼の紬ぎ出される紺の衣　〔青〕五二
松よりも檜涼しき貯木場　〔白〕五九
寝落ちたる子の歯のひかる夜涼かな　〔山〕八〇
山明ける涼しさ曳きて鷺の白　〔山〕八二
時忘る地下宮殿の涼しさよ　〔山〕八九
涼しきは対潮楼の僧のこゑ　〔盆〕一〇一
年輪をかさねて一位は涼しき木　〔盆〕一〇四
涼しさに妙見菩薩の扉開く　〔盆〕一〇六
織りかけの機に涼しき紺の糸　〔盆〕一〇九
奈落より湧く経文の声涼し　〔草〕一二三
参道の半里涼しき樹の根かな　〔草〕一三一
薪能背伸びの涼し火入れ稚児　〔草〕一三三
出湯の鍵腕に巻きつけ涼気浴ぶ　〔師〕一四八
狂ひ舞ふ涼気の底の修羅場かな　〔師〕一四九
韓の甕ゆがみ涼しく並びをり　〔師〕一五六

[夏深し]
二の腕の葉切り傷見え夏深む [白] 七二
[夏の果]
夏終る子を呼ぶ母の声荒らし [白] 七〇
[秋近し]
向秋の風波にのる笹の舟 [藁] 一八
[夜の秋]
ふところの鍵の鈴なる夜の秋 [藁] 二五
白粥の湯気すぐに消ゆ夜の秋 [青] 五二
葦を吹く風のはるけさ夜の秋 [白] 七二

天文

[夏の空]
放課後の砂の乱れに夏の空 [藁] 一六
伐りごろの杉そそり立つ夏の空 [藁] 二九
草を攻め草に攻められ夏の空 [山] 八二
誰も疲れて長城の夏の空 [山] 八九
夏の空鍵数鳴らす若者等 [山] 八九
夏空や遺品の眼鏡真ん丸し [盆] 一〇一
[夏の雲]
夏雲や電線多く苛立たし [藁] 一六
夏雲のうしろ気になる女の前 [藁] 一六
夏雲やビル壊しゐる鉄の玉 [藁] 三三
夏の雲汗に男女の区別なし [青] 四七
夏雲や人目恐れぬ草の丈 [白] 六六
切り傷の血を舐めてゐる夏の雲 [山] 七八
夏の雲白馬の異端かがやけり [盆] 一〇一
夏雲やぴんと乾きし熊の皮 [盆] 一一三
夏雲や畑は山へ山へ伸び [草] 一二三
瑞牆の荒峰なだむ夏の雲 [師] 一四五
表情の固さをほぐす夏の雲 [師] 一四六
[雲の峰]
雲の峰大志は山に閉さるる [青] 四七
雲の峰田に飼ふ真鯉緋鯉よび [青] 四七
善意より悪意ただよふ雲の峰 [青] 五〇
鐘ついて男立ちさる雲の峰 [白] 六一
水舐めて蜂の飛びさる雲の峰 [白] 六六
雲の峰校歌紺碧こそ似合ふ [山] 八二
伸びきりし草のうなだる雲の峰 [山] 八五
雲の峰海よりも澄む仔馬の目 [盆] 一〇一
俳諧の狂気にふるる雲の峰 [盆] 一〇七
雷雲の頭上に迫る刃物市 [草] 一二四
雲の峰鉄棒わたる子供たち [師] 一四五

［夏の月］
直会の唄に傾く夏の月　［盆］　一〇一
人ふたり立つ二の丸の夏の月　［師］　一五五
［旱星］
玫瑰の実よりも赤き旱星　［白］　七〇
［南風］
南風わたる四国三郎細目して　［藁］　三一
［黒南風］
黒南風や杜国流寓の海荒るる　［草］　一三一
［白南風］
白南風やひかり放たぬ山はなし　［草］　一二一
白南風に乗りて宇治から手紙来る　［草］　一二一
白南風や袴びらきに八ヶ岳　［草］　一三〇
白南風にまづ応へたる楝かな　［師］　一四七
［茅花流し］
吹きはじむ茅花流しの畷道　［師］　一四八
［青嵐］
山鋸の刃に錆うける青嵐　［白］　七二
青嵐子が職替へる報せあり　［山］　七九
子雀のふんばつてゐる青嵐　［師］　一四七
露天湯の目かくし葭簀風青し　［師］　一四九
［薫風］
風薫る船に鳥笛売る男　［山］　八九
入港の帆綱千本風かをる　［盆］　九九
薫風を胸に飛びたつ蒼鷹　［師］　一三九
［涼風］
涼風にそよげど知らぬ花ばかり　［白］　六八
人群れて塔の涼風あびてをり　［山］　九〇
涼風や金峰山塊倒れさう　［草］　一二八
［夕凪］
夕凪ぎて子の熱たかみはじめけり　［藁］　二四
夕凪ぎて荒布いろなる家の中　［藁］　二四
夕凪の琵琶の語りは死へ急ぐ　［盆］　一〇九
夕凪や流木杖に突堤へ　［草］　一三一
夕凪や船名同じ船並ぶ　［草］　一三三
［走り梅雨］
走り梅雨いきなり匂ふ木曾漆器　［師］　一五二
［梅雨］
思ひ出せぬことおもひゐる梅雨の夜　［藁］　一八
石臼の穴いぶかしむ梅雨の鶏　［藁］　二一
梅雨の蚕臭をよろよろと煮つめる火　［藁］　二一
梅雨の崖修羅のごとくに木の根垂れ　［青］　四〇
梅雨の夜の雛のいのちが匂ひたつ　［青］　四七

梅雨の青葉陽ざせば嘆きすぐに見せ　[青]　五〇
梅雨はげし谿の早鐘いつまでも　[青]　五一
梅雨を病み母の死齢にたどりつく　[白]　六一
幾夜明けても眼前に梅雨の山　[白]　六一
抱卵の矮鶏の見てゐる梅雨の花　[白]　七〇
行四人越後の梅雨の中に佇つ　[山]　八五
死は瞼とぢられぬこと梅雨半ば　[盆]　一〇三
数本の残る歯見えて梅雨に死す　[盆]　一〇三
うとうとと曾良をおもへば梅雨ふかし　[盆]　一〇三
高館は無言をしひる梅雨の間　[盆]　一〇四
梅雨はげし鳴子木地師の鑿の数　[盆]　一〇四
梅雨滂沱楷書で記す鬼籍帳　[草]　一二六
梅雨の燈を煌と最後の製糸場　[草]　一二八
荒梅雨の上も陽のなき晴子の死　[草]　一三〇
梅雨激し不断念仏続く闇　[師]　一四一
うづくまるところを得たる梅雨の杜　[師]　一五五

[空梅雨]
空梅雨のことにかがやく椿の葉　[盆]　一〇六
郷離れすすむ空梅雨月夜かな　[草]　一一八

[夕立]
遥かなる野の夕立の風とどく　[山]　九〇

[驟雨]
驟雨来て土の匂ひを起しゆく　[青]　四四

[喜雨]
原七郷篠つく雨も喜雨のうち　[山]　七九

[雹]
富士川を遡りくる雹の風　[山]　八六

[夏の露]
夏の露ぬれ髪いろに寺の屋根　[藁]　一三
露涼し臥所まで燈に送らるる　[草]　一二〇

[海霧]
親馬は海霧のしづくの音にも覚め　[盆]　一〇一
黙々と海霧はらひゐる駿馬の尾　[盆]　一〇一
目つむりて首すりあはす海霧の馬　[盆]　一〇一
海霧ふかし昆布番屋は入居前　[盆]　一〇一
盛り木と死木とむつむ海霧の森　[草]　一二四
一膳の飯の間に立つ海霧襖　[草]　一二九

[虹]
馬車馬の白き鼻筋青野の虹　[青]　五一

[雷]
雷鳴に育つ畑の杉の苗　[白]　五八
雷鳴のたちまち過ぎし甲斐の空　[白]　七二
岩を打ち大樹をたたきはたた神　[師]　一四四

[五月闇]
墓碑の笠半分に欠け五月闇　[師]　一四四
[梅雨晴]
白河にかかりて梅雨の晴間見ゆ　[盆]　一〇三
[五月晴]
大樽を男がみがく五月晴　[白]　六六
[夕焼]
夕焼の橋女きて紙飛ばす　[薹]　一五
夕焼中子がかたまりて石数ふ　[薹]　一六
夕焼の桐の根におく松葉杖　[薹]　一八
髪のびるごと夕焼の青公孫樹　[薹]　二二
越前の夕焼芭蕉も曾良もなし　[薹]　二四
夕映えのオホーツクを背に魚箱うつ　[薹]　二六
夕焼のどこに立ちても荒き海　[薹]　二七
潮じめりして夕焼けの常緑樹　[薹]　二七
夕焼の砂になまめく錨綱　[薹]　三四
事切れしごと夕焼の山河かな　[青]　四七
夕焼の一途にたかむ男富士　[青]　四八
夕焼の地図の山河を子と歩む　[青]　五二
夕焼の奥に鐘なる五重塔　[青]　五二
夕焼けて神輿を飾る男たち　[白]　六五
船名をとどむ廃船夕焼ける　[白]　六六
夕焼けて昂ぶる濤の鎮まらず　[白]　六八
夕焼の瑪瑙色なす神楽笛　[盆]　一〇四
熱き茶に舌やく夕焼け露西亜領　[草]　一二四
海夕焼旅心一気にたかむかな　[師]　一四九
畑隅に五基の墓ある小夕焼　[師]　一五四
[日盛]
日盛りや首から下が消えてゆく　[薹]　一七
日盛りや流木いろの港まち　[薹]　二四
[西日]
声たまる道より低き西日の家　[薹]　一七
海の隅より西日さす北庄　[薹]　二四
森あれば墓あり加賀の西日落つ　[薹]　二四
幼な子流れ稗流れ西日の川　[薹]　三三
西日さす豁枯竹の槍襖　[青]　四〇
坂多き鳴海の町の大西日　[白]　六四
葬送の列順を読む西日中　[山]　七八
西日さす大注連縄に銭ささる　[盆]　一〇四
歯舞島の家浮きて見ゆ大西日　[草]　一二四
[炎天]
炎天の牛が店舗を覗き行く　[薹]　一七
炎天の家と古びて柿の幹　[薹]　一八
炎天の海をめざして神父の歩　[薹]　二一

炎天の暗き谿間の家に入る　[藁]　二一
炎天の船ゐぬ港通りけり　[藁]　二四
野ざらしに見ゆ炎天の蟹港　[藁]　二四
炎天に眠りをふかめ木曾檜　[藁]　三三
炎天の葉蘭は葉先より枯るる　[青]　四〇
炎天や校歌の調べみな同じ　[青]　四七
炎天の田の母を呼ぶ嬰児の目　[青]　四七
炎天や取れどつきざる滑莧　[山]　七九
炎天や鶏一羽枠の外　[草]　一二一

[油照]
じりじりと山の寄せくる油照り　[白]　六八

[片蔭]
出棺を待つ片かげの樹齢かな　[白]　六一
葬儀果て片蔭に花並べらる　[山]　八六

[旱]
大旱の百姓に栖なにもなし　[藁]　一五
暗き家に暗く人ゐる旱かな　[藁]　三二
石神になる旱魃の続くとき　[師]　一五六

地理

[夏の山]
繭を煮る老婆に青嶺より微風　[藁]　一七
青嶺こす鉄塔墓の上に光り　[青]　四〇
代参の護符をうけとる夏の峰　[白]　六一
夏山の木霊予期せぬ谷に湧く　[草]　一二八
夏山へ谺つぎつぎ猿威し　[草]　一三三
幾青嶺こえ越後へと道造る　[師]　一四六

[夏富士]
校訓は忍耐夏の富士聳ゆ　[山]　八二

[五月富士]
湖ことに暮るるをこばみ五月富士　[盆]　一〇〇

[富士の雪解]
礫像は潮風に錆び雪解富士　[藁]　二〇
男気のさらりと落ちし雪解富士　[草]　一二四
百たびの吐息や富士の雪消ゆる　[師]　一四五

[雪渓]
雪渓にわきたる雲は国後島へ　[草]　一二四
雪渓を仰ぐがれ場の金漆樹　[草]　一二六
雪渓のまだ汚れざる深さかな　[草]　一三三

[夏野]
影寄せあひ遺されし者夏野ゆく　[藁]　一七
夏野きて生前のごと甕暗し　[藁]　一七
いくたびか馬の目覚むる夏野かな　[藁]　二一
濡紙に真鯉つつみて青野ゆく　[青]　四六

小康の父卯月野に涙して 〔白〕 六〇
しんしんと青野のつづく虚空かな 〔白〕 六八
頭の赤き杭の打たる夏野かな 〔山〕 八九
老人と呼ぶをためらふ夏野かな 〔盆〕 一〇三
大夏野越える男の挽歌かな 〔盆〕 一一三
手彫り駒刻む青野の一軒家 〔草〕 一二〇
青野へと一目散に峡の川 〔師〕 一四五
逃場なき青野のなかの停留所 〔師〕 一四六
卯月野の果を見据ゑる嫗かな 〔師〕 一四八
卯月野や匂ふばかりの青頭 〔師〕 一五四
卯月野や人恩師恩幾重にも 〔師〕 一五五
牧の娘の馬をなだめつ青野跳ぶ 〔師〕 一五六

〔夏の川〕
思ひ切り悪き子もゐる夏の川 〔盆〕 九九
夏の川街抜けてより急ぎけり 〔師〕 一四五

〔卯波〕
白壁は女なく場所卯波みえ 〔藁〕 二二
暗殺のつづく卯浪の果の国 〔白〕 六六
牧場の果てに卯波の白さたつ 〔草〕 一三〇

〔土用波〕
硝子磨く床屋の奥を土用波 〔藁〕 三三

〔夏の潮〕
山羊がすり寄る夏潮の輝く丘 〔藁〕 三三

〔代田〕
水張りて田植の順を待ちてをり 〔盆〕 九九
一枚の代田といふも果て見えず 〔草〕 一二〇

〔植田〕
たかぶりが鎮まる月の植田かな 〔藁〕 三二
植田よりこぼるる水の嗚咽かな 〔青〕 四〇
植ゑ残る田に落日の嶽うつる 〔青〕 四四
植田守る男ときをり街を眺め 〔青〕 四七
植ゑをへしどの田にも星沈みをり 〔盆〕 一〇〇
植田水はや杉の香のおりて来し 〔盆〕 一〇九
植田ごと緑のちがふ風吹けり 〔盆〕 一〇九
植ゑ終る田の落着きて駒ヶ岳 〔師〕 一四五
明日植ゑる田の波立ちてこぼれをり 〔師〕 一四五
植ゑ終へし田を見て回る杖の人 〔師〕 一五六

〔青田〕
起き臥して離れぬ青田ばかりなり 〔藁〕 二四
若狭こゆ青田の夕日にはげまされ 〔藁〕 二五
てのひらの蚕おとさず青田こゆ 〔藁〕 三二
青田早苗田対岸の青蘆も 〔青〕 四七
青田波うち博多人形忘らるる 〔青〕 五一

燦々と生きてさらばふ青田の中　［青］　五二
真贋を見透かされゐる青田の中　［白］　七〇
子育ての乳房のはづむ青田中　［山］　八〇
雲白し青田のつづく旅路かな　［山］　八五
みちのくの青田はすでに黒み帯び　［盆］　一〇四
相馬はや青田の果に家沈む　［盆］　一〇九
人に会ふことのまれなる青田原　［師］　一四六

［田水沸く］

田水沸く匂ひただよふ月夜かな　［山］　九〇

［泉］

母の忌の蟹みつつ汲む泉かな　［藁］　一五
ときに砂吐きてきらめく山泉　［山］　八九
献燈の倒れしままや泉汲む　［師］　一四八

［滴り］

人去りて森の滴りあをみけり　［山］　八二
滴りのたまる岩場の紙コップ　［草］　一二七
滴りのきらめきが掌に溜りけり　［師］　一四四

［滝］

滝涼し見せ場つくりて岩つばめ　［山］　八〇
滝音の一枚となる杉の谷　［山］　八〇
堰堤の滝さかのぼる背鰭見ゆ　［山］　八二
瀧壺を出る水もまた激りをり　［盆］　一〇七
瀧壺を出る水勢の青さかな　［師］　一四四
落ちつづく瀧の白さの動かざる　［師］　一四五

生活

［夏服］

夏服を肩に百戸の谿の坂　［白］　七〇

［生布］

芭蕉布といへば宋淵老師かな　［草］　一二一

［夏羽織］

落日に翅なす僧の夏羽織　［草］　一二三

［浴衣］

浴衣着て爪に幼さ残しをり　［藁］　三三

［日傘］

日傘さし他人のごとくよそよそし　［盆］　一一三

［汗拭い］

ハンカチの忘れてありぬ自害石　［草］　一二八
ハンカチを忘れて登る小黒坂　［師］　一四三

［梅干］

梅を干す大き平笊屋根の上　［師］　一四〇

［水貝］

水貝のこりと歯ごたへ濤しぶき　［草］　一一九

【筍飯】
筍飯青臭き香を噴きはじむ 〔師〕 一五五
【冷麦】
冷麦の捏鉢に鱒入りをり 〔師〕 一四八
【葛練】
葛切の身震ひしたる峰の月 〔草〕 一三一
【心太】
ところてん海の夕陽をしたたらす 〔盆〕 一〇八
【氷水】
地下深き駅構内の氷旗 〔盆〕 一〇八
【氷菓】
氷菓手に万里の長城のぼりけり 〔山〕 八九
【夏炉】
夏炉消えすり寄る闇のひえびえと 〔草〕 一二〇
【噴水】
風向きの変る噴水飛沫かな 〔師〕 一四六
【陶枕】
陶枕の風に翁は目を細む 〔師〕 一五六
【青簾】
飴いろの簾の奥に師の住まふ 〔草〕 一二一
【葭簀】
晴天の丘の道ゆく葭簀売り 〔白〕 六一
【蚊遣火】
ひと渦をともして寝入る蚊遣香 〔師〕 一五五
【暑気払】
大粒の梅干ひとつ暑気払ひ 〔盆〕 一一三
【虫干】
消えし名と曝書の中で逢ひにけり 〔盆〕 一一三
【打水】
祭場に水打つて待つ山の風 〔白〕 五八
定宿梅が枝打水の玉ころぶ 〔山〕 九〇
水撒きて北吹く大地宥めをり 〔山〕 九一
【麦刈】
刈りのこる麦は孤島に似てさびし 〔稾〕 二一
【牛馬冷す】
馬冷すただただ加賀の入日かな 〔稾〕 二四
【溝浚え】
汽車通るたびに手を振り溝さらひ 〔白〕 六〇
【代掻】
代掻のどの田も形たがへをり 〔盆〕 一〇〇
【田植】
田植すむ青年やるせなき晴夜 〔稾〕 一九
田を植ゑて浄土夢みる風吹けり 〔青〕 四七
田を植ゑて眠り田植に覚めてゆく 〔青〕 四七

鶏小屋の網目ひそかに田植人 [青] 五一
田植後の人なき水に白根嶽 [白] 六八
花の咲くごとく田植の人つどふ [山] 八二
田植待つ水のたかぶる日の出前 [山] 八二
田を植ゑて水すふ綿のごと眠る [山] 八五
三人の田植終りし茜空 [山] 八九
植ゑかけの田の水に甲斐駒ヶ岳 [盆] 一〇〇
備中は田植仕度の水あふる [盆] 一〇三

[早乙女]

田植女の誰も火がまつ家路あり [藁] 一九
鉄橋をかへる早乙女星をふやし [藁] 二六
梢夜明けて早乙女が動き出す [藁] 三二
早乙女が着替へる納屋の月明り [藁] 三二
魚煮て早乙女を待つ高嶺星 [藁] 三二
坂のぼる田植女鮎のごとくなり [青] 四〇
早乙女と別れて急ぐ杉の坂 [青] 四四
夕映えの中に早乙女棒立ちぬ [白] 六六
早乙女の目覚めの水に駒ヶ岳 [白] 六六
早乙女の耳の産毛の金色に [白] 六八

[雨乞]

雨乞の竹の葉が鳴る岩の上 [青] 四八
雨乞に登る老若男女かな [白] 六八
雨乞の樟の大樹に文字彫られ [盆] 一〇三

[水番]

水番に鮠ひるがへりては光る [青] 四四
水番の莚の上の晴夜かな [青] 四七

[早苗饗]

さなぶりの明るき夜空胸の上 [山] 八二
あかあかと田植仕舞の風呂火もゆ [山] 八二

[草刈]

酸き花の香の漂へる草刈女 [青] 四四
蜥蜴みて乳房ふくます草刈女 [青] 四八
乳房まで濡れて樹に入る草刈女 [白] 六一
刈草の嵩半減す山の風 [盆] 一〇四
雲を踏むごと刈草の上あるく [草] 一二三
濤あがる果てまで刈草ロールかな [草] 一二四
刈草の乾く匂ひに血の気引く [師] 一四五

[茄子植う]

茄子植ゑて夕風のたつ保育園 [白] 五八

[昆布刈]

漁期来る海に昆布のうねり見ゆ [白] 七二
昆布漁近づく海の生くさし [白] 七二
髪むすび拾ひ昆布の濤かぶる [草] 一二九

[上蔟]
上蔟す夜に入る雨の激しさ増し　[青]　五一
上蔟の夜更けて声の濡れやすし　[白]　六八
上簇す鳳凰三山照るなかに　[盆]　一〇九
[繭]
なまなまと父が繭搔く夢をみし　[山]　九〇
大声で話す車中の繭相場　[盆]　一〇九
[避暑]
避暑期了ふ谷に木霊のかへりきし　[盆]　一一〇
[登山]
月明の富士にまばたく登山の灯　[山]　八六
登山口錆し賽銭散らばれり　[草]　一一八
まん丸の啄木鳥穴多き登山宿　[師]　一四四
[滝浴び]
瀧行の榾火あかあか人を待つ　[盆]　一〇二
一団に少女もまじる瀧行者　[盆]　一〇七
[花火]
靄流る夜明けの浜の花火殻　[盆]　一〇三
皆帰りバケツにあふる花火殻　[師]　一四一
[草矢]
草矢飛べ信濃の川を越ゆるほど　[師]　一四三
[裸]
個々に岩得て裸子の匂ひけり　[藁]　一八
[汗]
水面に聖母がまざと汗の妻　[藁]　二一
馬みたび汗を休めて山越ゆる　[青]　五一
ひさびさの板額坂に汗流す　[師]　一四六
[日焼]
日焼して眼のきらきらと夜汽車の娘　[白]　六五
[昼寝]
昼寝さめ農婦にもどる髪たばぬ　[青]　五〇
[帰省]
髭たくはへて沖を見て帰省の日　[青]　五一
[林間学校]
林間学校谺も嗄るる応援歌　[草]　一二八

行事

[子供の日]
子供の日薄紅色に遠嶺暮る　[師]　一四七
[原爆の日]
杉叢を鐘つきぬける原爆忌　[青]　四四
たかだかと原爆の日の紅蜀葵　[山]　八〇
鳩百羽飛ばず歩まず原爆忌　[盆]　一〇一

[端午]
山際にたまる端午の紺の闇　[草]　一二九
[幟]
富士見えぬ日は風強し武者幟　[山]　八八
[氷餅を祝う]
加賀を去る氷室節句の日なりけり　[盆]　一〇九
[山開き]
撒く塩の草に音する山開　[草]　一二九
[祭]
硝子戸に浴衣うつりて祭くる　[藁]　二三
青草がサイロに満ちて祭くる　[藁]　二九
雪嶺より高き祭の幟旗　[藁]　三〇
笛合はす祭の若き男たち　[藁]　三二
竹出揃へばあちこちに祭来る　[青]　五一
[富士詣]
富士講の信者のひとり赤子負ひ　[盆]　一一三
[夏越]
樹の洞に蛇の入りゆく夏祓　[白]　六〇
薄闇を二人でてくる茅の輪かな　[草]　一一三
[鱒二忌]
鱒二忌は師の誕生日山女どき　[草]　一二一
[河童忌]
我鬼の忌の木洩れ日にある蛇笏の眼　[盆]　一〇四

動物

[鹿の子]
木の幹に匂ひをつけて親仔鹿　[師]　一四〇
[蝙蝠]
富士の灯が見えて飛び交ふ蚊喰鳥　[草]　一三一
かはほりの群れて月夜の熱き風呂　[草]　一三三
[蟇]
離れんとして蟇の声地を離れず　[青]　五〇
真昼間の蟇のだみごゑ樹々に沁み　[山]　七七
木曾谷の蟇鳴くこゑに目覚めけり　[山]　八九
蟇交む川に片肢遊ばせて　[草]　一二五
雄を負ひ谷川わたる蟾蜍　[草]　一二五
[蜥蜴]
晴天の樹の雫おつ青蜥蜴　[青]　四四
蔵壁に張りついてゐる青蜥蜴　[師]　一四四
[蛇]
沼わたる蛇夕焼けを消しながら　[藁]　三三
崖に張り出す栂の根に青大将　[草]　一一八

［蛇衣を脱ぐ］
夕焼の沼は動かぬ蛇の衣 ［白］ 六八
［時鳥］
掌中の砂の涼しさほととぎす ［藁］ 一九
土蔵ひらけば晴天のほととぎす ［白］ 五八
歓談の果てし真夜のほととぎす ［白］ 七〇
［郭公］
距離を置くことのすがしき閑古鳥 ［白］ 七〇
鳴き声を変へるすべなき閑古鳥 ［山］ 八九
郭公や霧消す風が吹きはじむ ［山］ 九〇
閑古鳥細身しぼりて啼きつづく ［盆］ 一一三
閑古鳥啼くとき尾羽ぴんと張る ［師］ 一四三
［夜鷹］
夜鷹きて男ばかりの家灯る ［青］ 四一
夜鷹鳴く農衣まとひて眠る納屋 ［青］ 五一
夜鷹啼く榧の梢に月かかり ［白］ 六六
湯の中の身の上ばなし夜鷹啼く ［盆］ 一〇一
［老鶯］
老鶯や青きは耕地白きは街 ［青］ 四七
指笛に驚きこたふ夏うぐひす ［草］ 一三三
［燕の子］
飛び過ぎていのち落すな燕の子 ［草］ 一二三
［葭切］
果樹園の葭切雨に声澄ませ ［白］ 六一
［翡翠］
川せみの嘴にあまりし鱥の尾 ［草］ 一三一
翡翠の体当りせる夜の玻璃戸 ［師］ 一四四
［雨燕］
雨つばめ黐の巨木を讃へあふ ［白］ 七〇
［四十雀］
ひびきくる照葉樹林の四十雀 ［師］ 一四九
［鮎］
鮎帰る山河みどりを尽しけり ［白］ 六一
串刺の鮎の尾のそる火の周り ［盆］ 一〇三
鮎釣の反り身にたぎる川瀬かな ［草］ 一二〇
［山女］
蕗の葉に山女三匹空青し ［白］ 六〇
腹裂きて味噌ぬり焼きぬ尺山女 ［草］ 一三三
［目高］
斧浸す目高あふるる川の淵 ［白］ 六〇
［鰹］
鰹来る大土佐晴れの濤高し ［盆］ 九九
［章魚］
海暗く少し過ぎたる蛸の旬 ［師］ 一四六

【蟹】
水絶えし蟹に白帆のごとき雲　［藁］　一八
暗がりを知りつくしゐる沢の蟹　［藁］　二六
【夏の蝶】
石庭や翅打ち合はす黒揚羽　［草］　一二四
【蛾】
甕に落つ蛾の銀粉のひろがれり　［白］　七三
地獄絵の炎にとまる白蛾かな　［草］　一一七
笛の音に鼓に酔ひて火蛾狂ふ　［草］　一二六
【夏蚕】
家占むる夏蚕の眠り夜の富士　［藁］　一八
【毛虫】
寺裏の魯桑の毛虫動き出す　［草］　一三〇
【鉄砲虫】
潮鳴りや鉄砲虫の穴さむし　［藁］　三一
【蛍】
螢火のごと湖にきゆアイヌの灯　［藁］　二六
子の恋の成就を願ふ螢の夜　［白］　六一
親指をなめて眠る子螢とぶ　［山］　八三
【兜虫】
夜の山のあをさ動かず兜虫　［藁］　二三
田の涯が灯もりてとぶ兜虫　［藁］　二六
木屑山より青天へかぶと虫　［青］　四〇
壮年の死にざまに似て兜虫　［青］　五〇
月光に翅ひろげたる兜虫　［山］　七八
【穀象】
穀象のみな北さしてゆくは何故　［師］　一五六
【蟬】
蟬の死にもつとも水の虔しく　［藁］　一六
鶏買が影忘れゆく蟬時雨　［藁］　一七
雲たかし蟬満開の故郷の杉　［藁］　二二
蟬逃げる羽音かがやく夕陽の寺　［藁］　二三
山の墓地鳥に追はるる蟬のあり　［藁］　三三
蟬はげし夕餉仕度の女充ち　［藁］　三三
鳴きながら月の青田をこえる蟬　［青］　四〇
乳せめる子と青蟬の鳴く声と　［青］　四〇
桃の葉も蟬もおとろへ鯉そだつ　［青］　四一
青蟬の鳴きて急かるることばかり　［青］　四四
曇天の激しき蟬に喪の予感　［青］　四四
峠二つ越えて日暮るる蟬の声　［青］　五一
順番をわきまへて鳴く山の蟬　［白］　五八
蟬はげし斧を入れざる森匂ふ　［白］　六四
一斉に蟬の鳴き出す風吹けり　［山］　八三
灯ともれば蟬ごゑ水をふくみけり　［山］　八六

鼻つまらせてみんみんの鳴き仕舞ひ　〔山〕　九〇
月光に夜蟬鳴き出す薪能　〔草〕　一三三

【空蟬】
墓巡りいつか蟬殻裾につけ　〔草〕　一二四

【川蜻蛉】
はじめての青空恐る川蜻蛉　〔山〕　九〇

【蚊】
両掌合せて昼の蚊をはたと打つ　〔青〕　五二

【蟻】
左右たしかむ山蟻も孤独なり　〔青〕　四七
合歓のぼる蟻の隊列泣きもせず　〔山〕　八〇
だまさるるふりして蟻の列曲る　〔山〕　八三
無患子の大樹をのぼる山の蟻　〔盆〕　一〇六
山の蟻出てくる墓の名刺受　〔草〕　一一九
ぢりぢりと観音像を蟻のぼる　〔草〕　一二〇
山の蟻三百余段のぼりきる　〔師〕　一四五
音たてず蟻の門渡り山へのび　〔師〕　一五六

【蜘蛛】
藤村の村の芒の女郎蜘蛛　〔藁〕　三三
一山の緑に動く女郎蜘蛛　〔師〕　一五二

【蜈蚣】
満月の障子をのぼる大百足虫　〔山〕　八〇
大百足腹に張りつく手術痕　〔師〕　一五七

【蛞蝓】
蛞蝓の月夜をのぼる朱の柱　〔師〕　一五五
なめくぢの眼をさがしゐる少女かな　〔師〕　一五六

【蝸牛】
竹山の雨燦々とかたつむり　〔藁〕　二一
仏壇の花より落ちし蝸牛　〔山〕　七八

【蛭】
山蛭の落ちし音する恩賜林　〔山〕　九一

【蚯蚓】
道路にて行き倒れたる大蚯蚓　〔師〕　一四五

植物

【葉桜】
葉ざくらとなる子遍路に風はげし　〔山〕　七八
葉桜のあまたの瘤に楉伸び　〔草〕　一二七
人骨を吸ひて桜の青葉濃き　〔師〕　一四四

【桜の実】
山中のことに淋しき桜の実　〔青〕　五一
桜の実多きは寿命つきたる樹　〔師〕　一四八

【薔薇】
満開の蔓バラくぐりさびしさます　〔藁〕　二四

紅さうび蕊まで見せることはなし　［師］一四九
蔓薔薇の伸びたる先に駒ヶ岳　［師］一四九
誕生の薔薇に勇気をうながされ　［師］一五七

［牡丹］
志節とは悲しきものよ牡丹散る　［盆］一一三

［百日紅］
わが晩年の充実は百日紅　［藁］三三

［繡毬花］
大でまり咲くや戸毎の家の距離　［盆］一〇六

［金雀枝］
熱のわが子に金雀枝の揺れとほす　［藁］二四

［海紅豆］
噴煙の湧けば燃えたつ海紅豆　［青］五〇

［仏桑花］
仏桑華遺影三つ編みばかりなり　［盆］一〇七

［石榴の花］
柘榴咲き雉子は寡黙にもどりけり　［青］五〇

［青梅］
喪の家の梢に黄ばむ豊後梅　［白］五八

［青栗］
青栗やゆく手ゆく手の屋根ひかる　［青］五一

［青胡桃］
青胡桃握り拳のほどにかな　［師］一四六

［早桃］
桃すもも捥ぐに夜明けの待ち切れず　［山］八六

［桜桃の実］
雨にひび割れ南限のさくらんぼ　［白］七二
桜桃の実を割る雨の降りはじむ　［盆］一〇六

［李］
桃すもも捥ぐに夜明けの待ち切れず　［山］八六

［枇杷］
忘れゐし仏かがやく枇杷の種　［青］五〇

［すぐりの実］
すぐり熟る水禍の日高思ふとき　［白］七二

［夏蜜柑］
夏蜜柑つぎつぎ黴びて光る空　［藁］二一

［夏木立］
磨かれし馬匂ふなり夏木立　［藁］一八
ふたかかへほどの夏樹に乳房ふれ　［青］五一
ただ眠ることのみに生き夏木立　［青］五一

［新樹］
一山の新樹のうねる目覚めかな　［盆］一〇三

[若葉]
若葉の夜隣のつかふ桶ひびく　[白]　六〇
政変の夜のひえびえと若葉揺れ　[白]　七〇
山頂に若葉いぢめの風吹けり　[盆]　一〇九
曲るたび急峻となる若葉山　[草]　一二一
旅立ちをつつむ若葉の十神山　[草]　一二三
谷若葉曲り曲りて滾ちけり　[師]　一四八
湯疲れを癒すは渓の若葉かな　[師]　一四九
幾重にも青葉若葉に抱かれぬ　[師]　一五五
嫗きて若葉の谷に手を合はす　[師]　一五六
[青葉]
老婆来る青葉の月を淋しくし　[藁]　一七
青葉の旭執念水と流れ去る　[藁]　一八
北嶽の青葉にしめり峠の馬　[藁]　二一
馬帰り青葉なまめきつつ暮るる　[藁]　二四
雛をのせ狩勝をゆく青葉の汽車　[藁]　二六
去る人も来るも青葉の暗さおひ　[藁]　二九
いんいんと青葉地獄の中に臥す　[青]　四八
ふるさとの青葉がくれに神楽笛　[白]　五八
退院の膳の箸割る青葉月　[白]　六一
行き場なき青葉の杜のももんがよ　[盆]　一一三
双幹の黐の巨木の青葉照る　[師]　一五二
山犬を祀る青葉の濃く暗し　[師]　一五五
[新緑]
新緑に眼をやすめゆく囚徒たち　[藁]　一五
新緑の激流に立ち名を呼ばる　[藁]　一五
緑のなか雨具もたざる神父行く　[藁]　一七
陽が強きみどりの山に岩動かす　[藁]　二一
みどり濃き山へ川音還るなり　[藁]　二九
任地めざして新緑の甲斐を去る　[青]　五〇
緑濃き谿の百戸が六戸ふゆ　[青]　五〇
牧草のみどりの中の岩ひとつ　[青]　五一
水桶をさげて緑の奥に入る　[白]　五八
友讃へあふ新緑の若者ら　[白]　六一
稚魚放つみどり湧きたつ谷の中　[白]　六六
出雲より伯耆のみどり豊満に　[白]　七二
押し寄せる緑のなかの生家かな　[山]　八五
峰へ峰へと新緑の行者径　[山]　八九
新緑に染まり谷越す鳥のこゑ　[盆]　九九
濤あげて緑したたる馬の国　[盆]　一〇一
墓の真横に緑濃きゴルフ場　[盆]　一一二
雨気こめて緑のりだす春日山　[草]　一三三
新緑の師にまみえむと雲を踏む　[草]　一三三
尼と稚児みどりの奥へ消えゆけり　[草]　一三三

開拓の緑にむせて夕陽落つ　〔師〕一五五
新緑や恩愛のいろ深くせり　〔師〕一五五
新緑にむせて言葉を失へり　〔師〕一五五

〔茂〕

ふるさとはおぼろにしげり川しろし　〔藁〕二一
米はかる音のかそけき茂りかな　〔藁〕二三
ほのぐらき寺の茂りに女くる　〔藁〕二三
栃の葉の茂りに土鳩孵りをり　〔草〕二八
人こばむ学校林の茂りかな　〔師〕一五二

〔万緑〕

気息ととのへ万緑の山に入る　〔盆〕一〇九
しつこりと固き童女よ万緑よ　〔盆〕一一三
万緑や墓石にふかく洗礼名　〔草〕一一九
万緑や首なし地蔵多き谷　〔師〕一四三
万緑のかむさつてくる喪中かな　〔師〕一五二

〔木下闇〕

雛つれて孔雀のあゆむ木下闇　〔青〕四〇
蚕籠から子が顔をだす木下闇　〔青〕四七
啄木鳥穴の巨木に古ぶ青葉闇　〔師〕一四五
結界の青葉の闇へ迷ひ入る　〔師〕一四五
猪起こす氏神裏の木下闇　〔師〕一四九

〔緑蔭〕

緑蔭の風朝刊に蟻おとす　〔青〕四〇

〔柿若葉〕

恩寵は柿の若葉のもゆるいろ　〔師〕一五五

〔若楓〕

逆風にきらめく谷の若楓　〔山〕八二

〔常磐木落葉〕

夏落葉寺に見馴れぬ女靴　〔白〕五九
杉落葉子育て夢のやうに過ぎ　〔白〕六一
水甕に一位の落葉きりもなし　〔白〕六六
纏足の老婆掃きゐる夏落葉　〔山〕八九
夏落葉樹の根に傾ぐ修那羅仏　〔盆〕一〇九
常磐木の落葉に雨の音たかむ　〔師〕一四〇
武田勝頼終焉の夏落葉　〔師〕一四四

〔卯の花〕

花終へし壺の卯つ木が葉をのばす　〔藁〕三三
闇に馴れまづ卯の花の見えてきし　〔白〕六八

〔忍冬の花〕

忍冬の香は月光をのぼりゆく　〔師〕一五六

〔白雲木の花〕

白雲木蜜蜂をよぶ香を放ち　〔師〕一四三

[山法師の花]
山刃伐峠を越えて陽のさす山法師 [盆] 一〇四
[アカシアの花]
針槐うつうつと花落しをり [盆] 一〇六
梢まで花うつうつと針槐 [草] 一三三
針槐うつうつと雲山に垂れ [師] 一四七
[榊の花]
縊死多し榊の花のひらくころ [白] 六七
[定家葛の花]
月さして定家葛の花匂ふ [山] 八九
[木天蓼の花]
木天蓼の花咲く谷に温泉の湧けり [盆] 一〇九
[えごの花]
えご散るや大悲にすがるほかはなし [盆] 一一三
[合歓の花]
葉を閉ぢし合歓の花香に惑ひけり [白] 六八
合歓咲くや盆地に影のなくなりぬ [師] 一四六
[沙羅の花]
二三滴雨のこりゐる夏椿 [白] 七〇
夏椿ひらく月夜の女客 [山] 八〇
[さびたの花]
人ひとり足りぬ炎暑の花さびた [山] 八三
挿木せしさびたの花の咲きにけり [師] 一五六
[玫瑰]
はまなすの花風を嗅ぐ三歳馬 [盆] 一〇一
[桑の実]
留守の家桑の大木実をこぼす [師] 一四五
[竹落葉]
石棺の暗さをこめて竹落葉 [稾] 二四
竹落葉太宰の葉書隙間なし [盆] 一〇六
どの甕に五体沈めむ竹落葉 [師] 一五六
[竹の皮脱ぐ]
竹の皮落ちて緑光たちのぼる [白] 六八
竹皮を脱ぎたる奥に屋敷墓 [師] 一四八
[竹の花]
味噌釜のなかの暗闇竹の花 [白] 六四
山中に空家の並ぶ竹の花 [山] 八九
[若竹]
夕陽すりよる谷底の今年竹 [青] 四四
若竹の奥を見つむる龍太の眼 [草] 一三三
若竹の一本折れて道ふさぐ [師] 一四五
[篠の子]
篠の子の出てくる墓地に人を待つ [山] 七七

［あやめ］
針仕舞ふ女のうしろあやめ咲く　［青］　三九
［花菖蒲］
そよりともせずに雨待つ花菖蒲　［白］　七〇
山みえてゐて菖蒲田の雨はげし　［盆］　一〇六
［菖蒲］
水撒いて撒いて菖蒲の丈伸ばす　［草］　一二〇
［芍薬］
討ち果たすごと芍薬の倒れをり　［師］　一五六
［ユッカ］
風さむしユッカの花が石に落つ　［白］　七一
［向日葵］
焦れ死ぬ向日葵の黄のみじろがず　［山］　九〇
［紅蜀葵］
紅蜀葵茎まで染めてひらきけり　［盆］　一〇六
［罌粟の花］
繭を煮る臭ひの中に芥子赤し　［藁］　一五
白芥子の花に声かけ通夜の人　［藁］　三二
ヒマラヤの青芥子ひらく難波の地　［盆］　一〇六
［雛罌粟］
拒みつづけし雛罌粟のひらきけり　［盆］　一〇九
雛罌粟のもみ紙めきて揺れてをり　［師］　一四四
［月下美人］
しこしこと月下美人の花食べる　［師］　一四一
［百合］
百合ひらき甲斐駒ヶ嶽目をさます　［青］　三九
青蝉がきて山百合の盛り過ぐ　［青］　四〇
山百合の花粉まみれに飯場の子　［青］　五二
山中の泪をためて鳴子百合　［山］　八九
潮待ちの港の風は百合の香す　［盆］　一〇一
鏃のごとき山百合の青蕾　［盆］　一〇六
隧道のなかも百合の香ただよへり　［盆］　一一三
［鉄線花］
鉄線の花のひとひら水の上　［白］　六八
［巌藤］
岩藤の花咲きのぼる飛沫かな　［盆］　一〇六
［苺］
席題の苺白磁の皿こぼる　［盆］　一〇八
［南瓜の花］
強きものに磧畑の花南瓜　［藁］　三二
あふれ出る田の水吸ひて花南瓜　［青］　四〇
［茄子の花］
草木より目覚めの早き茄子の花　［藁］　二九

〔独活の花〕
独活の花ひらきて霜にあひにけり　〔山〕　九〇
〔筍〕
筍のあく抜きあがる谿の空　〔山〕　八九
一日の雨に筍のびすぎし　〔盆〕　一〇〇
淡竹の子むけばまことのいのちの香　〔草〕　一二〇
筍の姫皮稚児の香を放つ　〔草〕　一二九
筍の指天の気負ひにほひけり　〔師〕　一五五
〔蕗〕
隣より蕗煮る匂ひせし日暮　〔山〕　八五
指切りの指に蕗の香しみてをり　〔山〕　八九
蕗の皮するするむけて水はじく　〔草〕　一二九
蕗の葉の十日旱にみな萎れ　〔師〕　一五五
〔茄子〕
救ひなき茄子に水かけ旅に出る　〔藁〕　二四
〔蓮〕
十八本蓮の花挿し句と遊ぶ　〔草〕　一二四
〔蓮の浮葉〕
石臼の浮葉押し合ひ圧しあひて　〔師〕　一五六
〔麦〕
あるだけの明るさを負ひ麦運び　〔藁〕　一七
褐色の麦褐色の赤子の声　〔藁〕　一七
恋のこと報せくる子や麦穂立つ　〔白〕　六一
〔早苗〕
早苗たばねる一本の藁つよし　〔青〕　四四
固まりて人まつ雨の早苗束　〔青〕　四四
束となり早苗の力みなぎりぬ　〔青〕　四七
植ゑのこる苗に月光そよぎけり　〔盆〕　一〇〇
畦草と早苗と丈を競ひけり　〔盆〕　一〇一
田の隅に出を待ちてゐる余り苗　〔草〕　一三三
氏神の格子戸に結ふ余り苗　〔師〕　一五五
〔棉の花〕
絆とは入日にしぼむ棉の花　〔青〕　四〇
〔夏草〕
北辺の夏草の名を教へらる　〔白〕　七〇
青草の匂ひを払ふ悍馬の尾　〔白〕　七二
浦風になびく荒草夏穂たつ　〔盆〕　一〇九
山羊乳に青草の香のしみてをり　〔師〕　一四五
道の端の垂るるを知らぬ夏穂草　〔師〕　一四六
伸びることのみに徹する夏の草　〔師〕　一五六
〔草いきれ〕
草いきれつづく子殺し親殺し　〔白〕　六八
青鷺を仰ぐうしろの草いきれ　〔盆〕　一〇六
断崖に刑場の址草いきれ　〔草〕　一二八

[青蔦]
蔦のびる後にはひけぬ青さかな　[青]　五〇
一枚の葉も狂ひなく蔦茂る　[草]　一二八
[青歯朶]
青歯朶や大樹ばかりの暗さ憂し　[白]　七〇
金堂のひかりは歯朶の若葉にも　[盆]　一〇四
[竹煮草]
山風のしなやかに吹く竹煮草　[藁]　三三
位置いつかしつかと占めて竹煮草　[師]　一四六
[風蘭]
風蘭の根のとびだして香りけり　[師]　一四四
[鈴蘭]
甲斐の地に十勝鈴蘭殖えつづく　[白]　六〇
三和土まで殖えて鈴蘭咲きにけり　[師]　一四四
[九輪草]
九輪草群落をなす泉あと　[師]　一四四
[擬宝珠の花]
擬宝珠咲きのぼる晴夜の山上湖　[白]　六一
植ゑてすぐ馴染む擬宝珠の深みどり　[草]　一一八
[萱草の花]
花萱草青野の青をさそひだす　[青]　四〇
[射干]
鳥くはへ来し射干の花咲けり　[盆]　一一三
[狐の提灯]
雨呼びて狐の提灯揺れはじむ　[師]　一四五
花つけて狐の提灯叢なせり　[師]　一四八
雨の日の狐の提燈みどりなす　[師]　一五六
山墓へ宝鐸草にそひゆけり　[師]　一五六
[駒繋]
駒繋ぎくまなく干さる香具師の庭　[草]　一一八
[破れ傘]
子規没後百年の世や破れ傘　[草]　一三一
[蛇の髭の花]
蛇の髯の花の香日影より出でず　[山]　七八
[夕菅]
蝦夷黄萱牧は墓石を境とす　[草]　一二九
[苔の花]
谷音に育ちて苔の花咲けり　[師]　一四五
[藻の花]
藻の花の涼しさ揺るる授乳刻　[藁]　一六
旅つづく花藻にのぞく妻子かな　[藁]　二四
[梅雨茸]
公園の芝生にぽこと梅雨茸　[草]　一二八

[黴]
鰐口の紅白の綱黴てをり [草] 一三三
[オクラの花]
花オクラ月夜の風をうけ刻む [師] 一四一
[プラタナスの青実]
プラタナス青実の棘のうひうひし [師] 一四六
[小楢の青実]
小楢の実青きに落つるものもあり [師] 一四七
[木天蓼の青実]
またたびの青実をのぞく修行僧 [師] 一四〇
[合歓の青実]
洞窟をおほひし合歓の青実かな [盆] 一〇七
[海桐の青実]
灯台の真下海桐の青実照り [盆] 一〇四
[南瓜苗]
八日目に土あぐ南瓜子葉かな [師] 一五〇
[蔓桔梗]
蔓桔梗先々摘まれ咲き出せり [草] 一二四
[トルコ桔梗]
闘病の土耳古桔梗にはげまされ [師] 一四九

秋

時候

[秋]
隠亡の白髪秋の闇と親し [藁] 一七
船去りてしらじらのこる秋のビル [藁] 二五
孤児のごと陽を恋ひて鳴く秋の雛 [藁] 二六
秋は豊かに山富む国の晴れわたり [白] 五九
山国の秋迷ひなく木に空に [白] 六二
廓ぬければ一遍の寺の秋 [山] 八一
秋の谷空にみなぎる音放ち [盆] 一〇七
看護師の輝く肌に秋匂ふ [師] 一五七
胃を取る秋鼻の傷には唾つけて [師] 一五七
[初秋]
初秋の地におろされし鬼瓦 [藁] 三三
秋口の川はひたすら飛沫あげ [白] 七〇
[八月]
猫黒く八月の屋根静かなり [藁] 一九
[立秋]
田からあがりて秋に入る空の下 [藁] 三三
川しぶきつつ杉の木も秋に入る [藁] 三三

縁遠き他郷の次男秋立てり　[山]　八〇
秋に入る濤のとどろく鮨屋の灯　[山]　八三
筵の目脛に跡つく今朝の秋　[草]　一二一

[残暑]

残暑いよいよ黙りつづける屋形舟　[藁]　三四
秋暑し港のクレーン肢肉吊り　[白]　六六
会ふごとに残暑いひあひ鉄路越ゆ　[山]　九〇
いたづらに撞く鐘の音や秋暑し　[師]　一四一

[新涼]

新涼や闇夜にひかる濤しぶき　[青]　四一
新涼の月わたりくる浄土の舟　[青]　四一
新涼の伐るべき竹に印つけ　[白]　五七
新涼やもつれほぐるる真田紐　[白]　五九
新涼の木を伐るこだま岩にはね　[山]　八〇
酒断ちの師のはつらつと涼新た　[草]　一三〇
新涼や道路の端に朱の数字　[師]　一四一
花の名に師の太き文字涼新た　[師]　一四一
新涼や続飯でつなぐ木曾の椀　[師]　一五六

[処暑]

処暑の日や迦陵頻伽を見むと発つ　[草]　一二六

[二百十日]

田を責める二百十日の雨の束　[白]　五七
蔵壁に大蛾ぺたりと厄日かな　[草]　一二四

[九月]

九月来る杉を見上げて牛啼けり　[藁]　三三
果樹園に九月近づく鍬の音　[青]　四一

[葉月]

病床に葉月去りゆくあせりかな　[師]　一四九

[八朔]

声あげて八朔の夜の火が走る　[盆]　一〇六

[晩秋]

鳶の眼とあふ晩秋の旱山　[白]　六五

[十月]

十月の賽銭箱を蝮出づ　[盆]　一〇九

[秋の日]

秋の日は忘れ形見のごと光る　[藁]　二七
神仏の加護あり秋日身をつつむ　[師]　一五七

[秋の暮]

藪焼きて墓をひろげる秋の暮　[青]　四五
大工左官に竹屋くる秋の暮　[青]　四五
爪につく土おとしをり秋の暮　[盆]　一一〇

[秋の夜]

秋の夜のかすかに傾ぐ皿秤　[白]　五九
秋の夜書きし己が名他人めく　[盆]　一〇七

切除する一キロの胃や秋夜更く　［師］一五七
病院の秋夜の奥のからす啼き　［師］一五七

［夜長］
幾本の管身にからむ夜長かな　［師］一五七
難しき篆刻文字聞く夜長　［師］一五七

［秋麗］
秋うらら水底にある鼠取　［白］七〇

［秋澄む］
秋澄める海に向く墓背向ける墓　［山］八三
黒雲の切れ目の奥の空澄めり　［師］一四五

［秋気］
連峰の秋気を浴びて癒えゆけり　［師］一五七

［爽か］
鎮魂の鳩爽やかな風をのこし　［藁］二九
爽やかに大き古代の耳飾り　［山］八〇

［冷やか］
雨冷えの突堤に鳴く犬殺せ　［藁］一六
ひややかに捨髪ひかる藪の中　［藁］一六
久女読む夜明けの冷えを肩におき　［山］九四
ひえびえと作務衣につきし歯磨粉　［草］一一九
芥川賞懇願の文冷ゆる　［草］一二八
十団子の輪のひえびえと御羽織屋　［草］一三〇

太宰治生誕の間に冷えたる炉　［師］一四六
冷え込みて山の色めく盆地晴　［師］一四八

［身に入む］
身に入むや口寄せ小屋の車椅子　［師］一四六
花巻に近づく空の身にしむる　［師］一五二

［そぞろ寒］
終刊の号にも誤植そぞろ寒　［草］一一七

［うそ寒］
鐘楼のなかの地獄絵うそ寒し　［山］八一
磨かれて藜の杖のうそ寒き　［草］一一八

［朝寒］
朝寒や雀一羽になりきれず　［白］五七

［冷まじ］
すさまじや地蔵菩薩の頭に鴉　［師］一四六

［秋深し］
深秋の月を知らざる高層街　［藁］二〇
藁にさす人形の首秋ふかし　［青］四一
秋ふかむ墓地の隅々まで見えて　［青］四五
秋ふかむ本に紐跡くっきりと　［山］八六
秋ふかむ博多中洲の屋台の灯　［盆］九九
秋ふかむ折れたる竹をそのままに　［盆］一〇七

[秋惜む]
糸で切る陶土の照りや秋惜しむ　[草]　一二六
[冬隣]
冬せまる月の樅山ばかりなり　[藁]　二三
音の絶間に冬せまる石切場　[青]　四八
死に隣る父のすり足冬隣　[白]　六九
冬近む北限猿の毛の伸びも　[師]　一四六
作ること書くこと必死冬迫る　[師]　一五八

天文

[秋晴]
秋晴の盆地のビルを人翔びたつ　[藁]　二三
未知の顔知己の顔みな秋日和　[藁]　三〇
秋晴の嶺が彼方の嶽を呼ぶ　[青]　四二
[秋の空]
秋天やころと仰向くもぐらもち　[山]　九一
秋の空少女並びて逆立ちす　[盆]　九九
秋の空馬匂ふまで近づけり　[草]　一二三
秋空の風をうかがふ凧師たち　[草]　一二八
[鰯雲]
貨車の馬嘶く暁のいわし雲　[藁]　一八
拓きたるところ月さす鰯雲　[藁]　三四
[鯖雲]
鯖雲の果ての落暉へ馬帰る　[草]　一二二
[月]
老婆ゐて墓場のごとき月の土間　[藁]　一七
舗装路に水溢れゐる月夜の田　[藁]　三三
飯櫃の湯気たちのぼる月夜かな　[青]　四八
月光は葡萄に甘味そそぎをり　[白]　六二
歯をはづし月の迎へを待ちてをり　[白]　七三
月渡る鳥ごゑ箍を締むるごと　[盆]　一〇二
おさきにと月夜の風呂を出てゆけり　[盆]　一一一
草々に露をうながし月のぼる　[草]　一二四
山ぐにの月に抜け出る七菜子の句　[師]　一四七
月の夜や夢に宋淵老師たつ　[師]　一四九
月が身をいやして日柄過ぎゆけり　[師]　一五七
食いまだ喉を通らず月の夜　[師]　一五八
[名月]
満月の屋根に子の歯を祀りけり　[藁]　二一
沼わたりきりし満月萱の上　[白]　六二
満月の葦に寄せくる湖の波　[白]　六二
満月にいざなはれ行く墓の前　[山]　八〇
望の夜の水子供養の女たち　[山]　八一
満月の湧く山鳴りの息みかな　[草]　一二六

満月の中へ白馬をひきゆけり　［師］　一四九
［十六夜］
十六夜の野を駆けてゆく危篤報　［白］　七二
十六夜の韓国へ飛ぶ頭上の灯　［盆］　一〇二
［立待月］
さとされし老師見送る十七夜　［山］　七八
濤の音立待月をはこびくる　［草］　一二八
［真夜中の月］
奥信濃二十三夜の月まつる　［草］　一三一
［後の月］
胡麻を炒る音のかそけき十三夜　［白］　五七
窓ごしに赤子うけとる十三夜　［白］　六二
思はざる山より出でし後の月　［白］　七三
揺椅子の揺れのとどまる十三夜　［草］　一二五
建蘭の香りをひきて後の月　［師］　一四九
［天の川］
さらば御嶽銀漢に見送らる　［草］　一三〇
［流星］
甲高くわが名呼ばるる流れ星　［師］　一四三
［秋風］
炭火吹く秋風を負ひ一家負ひ　［藁］　一七
灯は個々の思ひをいそぐ秋の風　［藁］　二一
秋の風繭のごとくに山ひかる　［藁］　二五
引潮の砂とかがやく秋の風　［藁］　二六
火の中の鍋づるを見て秋の風　［藁］　二九
秋風が口をとざして通りけり　［藁］　二九
草々に声かけて過ぐ秋の風　［藁］　二九
獣らをあたために来る秋の風　［藁］　三四
石を売る娘と雲仰ぐ秋の風　［青］　四一
何も見えざる海原へ秋の風　［青］　四二
友の髭北の秋風ただよはせ　［白］　六六
何処に佇ちても城の眼と秋の風　［山］　八一
秋の風守袋の口ひらく　［盆］　一〇九
秋風の句座ありひとり僧のをり　［草］　一二三
少し背をかがめて来たる秋の風　［草］　一二六
犬鷲の黒眼の動く秋の風　［草］　一三四
溶岩山の赤子を泣かす秋の風　［師］　一四一
秋の風広葉樹林抜け来たる　［師］　一四六
秋の風子規終焉の間を過ぎる　［師］　一五二
薬臭の日に日に沁みる秋の風　［師］　一五七
［颱風］
颱風の灯が煌々と牛うまる　［藁］　一五
台風の近づきてくる目白籠　［山］　八〇
襁褓して台風の来る風の音　［師］　一五七

【盆東風】
屋根葺のまだ半ばなる盆の東風　［盆］　九九
【高西風】
高西風のわたる在所の祝餅　［草］　一三一
【秋曇】
秋の曇天何よりも妻さびし　［薬］　二六
【秋の雨】
秋霖や笠きせて発つ島の馬　［青］　四一
秋霖や皮むかれたる杉丸太　［白］　六二
【御山洗】
御山洗御師の家より降りはじむ　［草］　一一八
五合目の燈の消え御山洗ひかな　［師］　一三九
【秋雪】
秋雪の日あたる卵暈らるる　［青］　四二
真つ向の連峰にはや秋の雪　［師］　一五七
【秋の虹】
つぎつぎに船の出てゆく秋の虹　［山］　八三
【霧】
壜ひびかせ霧へ翔びゆく配達夫　［薬］　二〇
太陽は雉子の眼霧の雑木山　［薬］　三四
霧をぬけ千の水滴髪にとめ　［白］　六九
霧ふかき橋二つ越え転勤す　［山］　七八
霧ふかき橋半ばにて尼と会ふ　［盆］　一一〇
【露】
牛の眼が人を疑ふ露の中　［薬］　一五
山腹に露けき灯あり髪匂ふ　［薬］　一八
弔旗いま出てゆく露のふかき谿　［薬］　二二
茶をはこぶ少女に露の草ひかる　［薬］　二三
大豆煮る灯や山腹も露の中　［薬］　三四
露散るや日を見ぬ谷の流人墓地　［青］　四一
月明の露に下向くものばかり　［青］　四二
露ひかる筑波の花卉が耀られをり　［白］　五七
終バスの灯を見てひかる谷の露　［白］　五七
赤飯を下げ露の村二つ越ゆ　［白］　六二
戒名をあれこれ思ふ露の中　［山］　八六
祖母に似し叔母を迎へる露の夜　［盆］　九九
月の出を待ちて露けき甲武信岳　［盆］　九九
まだ死ぬな死ぬなよ夜露かがやくに　［草］　一二六
燈台の灯のめぐり出す露けさよ　［草］　一二八
分蘖を終り稲の葉露むすぶ　［師］　一四〇
武士の切腹思ふ露の月　［師］　一五七
【秋の夕焼】
秋夕焼帰るカヌーはオール立て　［盆］　一一一

地理
［秋の山］
秋の山花から花へ蜂移る ［山］ 八六
秋嶺や行く方しれぬ鈴の音 ［草］ 一一七
下草にばかり風吹く秋の山 ［草］ 一二六
ちらつく死さへぎる秋の山河かな ［師］ 一五七
［花野］
友の墓さがしあぐねし花野かな ［盆］ 一〇四
梵鐘を花野におろす男たち ［草］ 一一八
雑草にみな名のありし花野かな ［草］ 一三〇
指折りて定型となす花野かな ［草］ 一三二
［秋の田］
竹林をぬけ稔田の温かし ［藁］ 一八
終校の鐘穂孕みの田を越えて ［藁］ 三三
［刈田］
風つのる刈田の農婦うつむくな ［藁］ 一六
火をのこす刈田離れて細き川 ［藁］ 二五
老人の働く刈田しぶきに濡れ ［藁］ 二七
陽をあびて産後のごとき刈田跡 ［藁］ 三〇
刈田跡亀を埋むる子供たち ［師］ 一四八
［穭田］
穭田のあまりに伸びて他郷めく ［師］ 一四三
［落し水］
水落す相馬の夜空晴れわたり ［白］ 六八
水落す音にかがやく峰の月 ［山］ 八〇
水落したちまち乾く棚田かな ［師］ 一三九
水落し実りのいろのあふれけり ［師］ 一四九
［水澄む］
嶽ねむらんと澄む水にうかびけり ［藁］ 三〇
水澄みて山を離るる牛の群 ［青］ 四八
御朱印のはじめ室生寺水澄めり ［草］ 一二三
澄む水に杉の香まじる身延谷 ［草］ 一二六
水澄める賢治産湯の井戸の底 ［師］ 一五二
［秋の川］
秋の川もつれし糸の解けたるごと ［青］ 四八
［秋出水］
洪水の引きたる後の母のこゑ ［山］ 八〇
［秋の海］
秋の波鳶の激しさときに見ゆ ［山］ 八六

［菊膾］
菊なます酢のつよすぎし月夜かな　［盆］　一〇五
菊膾撥でつくりし象牙箸　［師］　一四九
［衣被］
部屋中に川音を入れ衣被　［草］　一一八
［とろろ汁］
麦とろや門弟ひとり無言にて　［盆］　一一〇
擂粉木の瘤のにほへるとろろ汁　［師］　一三九
［新豆腐］
闇いつか背後にせまり新豆腐　［師］　一四九
［松茸飯］
茸飯とつぷり暮れて匂ひ出す　［師］　一四三
［干柿］
柿のしぶ抜けたるやうな日和かな　［草］　一一九
柿の皮干す麺箱の並びをり　［草］　一三四
枯露柿に粉のふきだせり山の風　［師］　一四七
［ずんだ餅］
いさぎよく一夜で饐えしずんだ餅　［盆］　一〇四
［温め酒］
いつの世も流離は暗し温め酒　［青］　四一
［秋の灯］
火をつける顔がのり出す秋灯　［藁］　一七
秋ともし賢治の書より私信落つ　［師］　一五二
［燈籠］
盆燈籠風立てば人うつろへり　［青］　四〇
墓にゆく切子の房が草に濡れ　［青］　四〇
［火恋し］
火の恋し地蔵菩薩の国に着く　［草］　一二八
［鳥威し］
棚田はや金糸銀糸の鳥威し　［師］　一四六
［稲刈］
故郷は稲の刈りごろ雲とべり　［藁］　一九
稲刈られにはかに土の色親し　［青］　四二
稲刈りの日取がきまる峡の村　［青］　四五
稲刈つて鳥入れかはる甲斐の空　［白］　五七
稲刈りて三里向ふの潮の香す　［白］　六八
瀧の音近づいてくる晩稲刈　［師］　一四〇
［稲干す］
掛稲の盗まるる世となりしかな　［草］　一三〇
［稲架］
稲架を組む男のおけさ夕日を呼び　［青］　四一
稲架解きて光も風も束をなし　［盆］　九九

稲架竹を仕舞ふ音より暮れゆけり　［草］　二二七
［籾］
銃声の中にまどろむ籾莚　［藁］　一九
［秋収め］
畷より畑仕舞ひの風吹けり　［白］　七〇
［豊年］
豊年の田に透きやすき水の音　［白］　六二
豊年を呼び交しゐる山河かな　［盆］　二一〇
［藁塚］
藁塚裏の陽中夢みる次男たち　［藁］　一五
降りつづく藁塚の穂に芽のにじむ　［盆］　二一〇
［竹伐る］
竹伐つて墓山に月浮びけり　［藁］　二三
竹を伐る音真青に雨のなか　［青］　四二
竹伐つて川のひかりが仏間に入る　［白］　六二
［薬掘る］
薬掘る漆かぶれの大き耳　［草］　二二八
［大豆干す］
大豆打つこだま谷底までとどく　［草］　二一九
［胡麻刈る］
荏胡麻叩けば碧空の匂ひたつ　［盆］　二一〇
［蘆火］
葦を焼くなかにひとすぢ蓬の香　［山］　八七
芦を焼く火が火を追ひてつらなれる　［師］　一四〇
［秋繭］
秋繭の乾きし音を確かむる　［白］　七三

行事

［月見］
暁暗の月見団子に星の渦　［師］　一五八
［菊人形］
霧吹いて菊人形の肩あぐる　［草］　二二八
［虫籠］
仏壇の裏に虫籠動きをり　［師］　一四一
［七夕］
木を眠らせて七夕の空晴るる　［青］　四〇
［盆］
神棚の習字に盆の夕日さす　［藁］　一七
盆ちかき妻の裁ち屑火のやうに　［藁］　二一
蛇笏くる盆の裏山草刈られ　［藁］　二五
川底に盆供の桃のとどまれり　［藁］　二五
盆すぎて山のおちつく夕日かな　［藁］　二五
盆の灯をよろこびめぐる蟬ひとつ　［藁］　二六

盆が去る激しき雨の屋根ばかり　［藁］　二七
桃ひからせて遠ざかる盆の雨　［青］　四〇
盆の灯にうかぶ山脈母の香も　［青］　四一
盂蘭盆のことなる谿の西東　［青］　五二
盂蘭盆の家族そろひし朝はじまる　［白］　六一
盆過ぎてたちまち溢るダムの水　［白］　六一
うたた寝の父の上吹く盆の風　［白］　六八
浮かびゐる竈馬を掬ふ盆の風呂　［白］　七〇
盆前の田水あふるる峠口　［山］　七八
墓山の草波だてる盆の風　［山］　八〇
盂蘭盆の果てたる空のはるけさよ　［盆］　一〇一
曼陀羅の破れを張りて盆迎ふ　［草］　一二八
盆過ぎの花を手に手に菩提寺へ　［師］　一五二

［迎火］
対岸の迎火に芦はなやげる　［藁］　二四
燃え残る木曾の門火の割木束　［草］　一三〇
藁束を焚きて門火となす掟　［師］　一四一
魂迎へ外科病棟に入院す　［師］　一五七

［茄子の馬］
茄子馬が息して並ぶ月明り　［藁］　二六
茄子馬の捨てられてゐる谷の岩　［白］　七〇

［送り盆］
木の香のせ山風の吹く仕舞盆　［白］　六二

［送り火］
送火を吹く秋風をみてゐたり　［藁］　一八
末の子と送火をたく雨の中　［藁］　二七
送火に寄せあふ膝の照らさるる　［白］　六一

［百八燈］
百八燈塔婆の山に知人の名　［草］　一三〇

［精霊舟］
蟹ゆでる火をあかあかと精霊舟　［藁］　二六

［踊］
夕焼の暮れて出を待つ踊舟　［藁］　三四
竹山を越えて踊の唄きこゆ　［青］　四一
宿の傘たたむ月夜となる踊　［青］　四一
盆太鼓しづまる草のきらきらと　［白］　六一
星沈むまでを踊りて嫗たち　［師］　一四九

［秋祭］
木から樹へ縄の張らるる秋祭　［盆］　一〇一

［吉田火祭］
火祭の火の崩れゆく青田原　［青］　四一
火祭の火粉露よび母を呼び　［青］　四一
火祭の焔にうかぶ杉木立　［青］　四一

山仕舞ふ火祭の火をうちかぶり　〔山〕　八〇

[蛇笏忌]

蛇笏忌の田に出て月のしづくあび　〔白〕　六二
子規忌より山の露けき蛇笏の忌　〔白〕　六四
蛇笏忌や裏富士もまた内股ぞ　〔盆〕　一〇九
蛇笏忌や月にたかぶる薩摩琵琶　〔草〕　一二六
蛇笏忌の海月ひかりの矢をあぶる　〔草〕　一二六
それぞれの場を得て座る蛇笏の忌　〔草〕　一三二
龍之介全集揃ふ山廬の忌　〔師〕　一四〇
邂逅や十月三日の句碑の前　〔師〕　一四一
蛇笏忌や砂に穴あく雨の粒　〔師〕　一四九
蛇笏忌の信玄堤しぶきあげ　〔師〕　一四九

動物

[鹿]

灯を消して韓国岳の鹿を寄す　〔白〕　五九
塔を掃く男地上の鹿呼べり　〔白〕　五九
秋風を全身できく雄鹿の目　〔山〕　八三
甲斐が嶺や月呼ぶ鹿の息継げり　〔草〕　一三一

[蛇穴に入る]

山風に生き恥さらし穴まどひ　〔白〕　七三
母に恋してゐるならむ穴まどひ　〔山〕　九〇
山門のけら穴に蛇入りゆけり　〔師〕　一四五

[渡り鳥]

校塔の大きな徽章鳥渡る　〔盆〕　一〇四
鳥渡る甲斐駒ヶ岳赤みおび　〔盆〕　一〇九

[燕帰る]

遮断機の夕空ふかく秋燕　〔藁〕　一五
燕帰る葡萄いろなる空をのこし　〔藁〕　三四
秋つばめ夕陽に白き腹みせて　〔盆〕　一〇六
秋燕の最後の一羽かも知れず　〔草〕　一二二
御嶽の空にあつまる帰燕かな　〔草〕　一三〇

[鵙]

信玄の棒道つづく鵙日和　〔盆〕　一〇〇

[鵯]

ひよどりの眼かがやきはじめけり　〔藁〕　二九
実棟の空をしばしば鵯仰ぐ　〔盆〕　一一一

[椋鳥]

椋鳥千羽とまる欅の闇ふかし　〔盆〕　一一〇

[雁]

誰が呼んでも雁はふり向かず　〔青〕　四八
雁鳴くや富士五合目の灯がともる　〔山〕　七八
雁すぎし墓石の上に眼鏡おく　〔山〕　九一
かりがねや濡れあとのこる夜の机　〔山〕　九二

かりがねの行方さだまる盆地空　［師］　一三九
［鶴来る］
石に穴あくる濤あり鶴渡る　［草］　一二八
［落鮎］
錆鮎の死に場所さがし流れをり　［師］　一四九
落鮎のたどり着きたる月の海　［師］　一四九
［鰡］
濤しぶきくぐりて行くは鰡釣か　［盆］　一一
［秋刀魚］
外泊す炭火の秋刀魚まづ箸を　［師］　一五七
［秋の蚊］
子規庵の秋蚊一匹まとひつく　［師］　一五二
［秋の蝶］
秋の蝶花を選ばずすぐ止る　［白］　五七
萩に来て夕日をたたむ蝶の翅　［白］　七三
［秋の蟬］
掌中の秋蟬鳴かせ寺に入る　［山］　八六
秋の蟬はげしく鳴きて地に近む　［盆］　一〇六
［蜩］
蜩の濃淡は木の茂りにも　［青］　五二
蜩をつぎつぎに消し杣下る　［白］　六二
献体にひぐらしのこゑしみとほる　［草］　一三〇

［つくつく法師］
葡萄の彩をはこび来る法師蟬　［藁］　三三
ひと杓の水大切に法師蟬　［青］　四八
［蜻蛉］
交みたるままに湖越ゆ銀蜻蛉　［草］　一二六
［虫］
虫ひとつ先だつ闇をふかめけり　［青］　四五
虫の音を殖やし山風草に消ゆ　［白］　六四
虫の音は荒れゆく山の怨みごゑ　［山］　九〇
［竈馬］
風呂底に沈みてゐたる竈馬かな　［草］　一二〇
［蟋蟀］
星からのこゑとも閻魔蟋蟀は　［草］　一二三
［鈴虫］
鈴蟲を飼ふ老人に月夜の山　［青］　四一
［轡虫］
月明の嬰児とびこす轡虫　［藁］　二九
［菜虫］
割箸でつまむ菜の虫山暮るる　［白］　六二

植物

[木犀]
木犀の匂ひ日影にかくれゐし [藁] 二六

[木槿]
夕暮の外ばかりみて花木槿 [藁] 二七

[芙蓉]
祭くる木曾の晴夜の白芙蓉 [藁] 二六
身のほどを知らず咲きたる洋芙蓉 [山] 九〇

[椿の実]
椿の実はぜて深山の風さそふ [山] 七八

[桃の実]
揚羽流れて白桃の果が張れり [藁] 三三
桃箱にうつ釘の音白みけり [青] 五一
過熟の桃を捨てにゆく月夜かな [青] 五一
袋はづせば白桃のはにかむや [山] 八〇
はちきれんばかり天端の桃のいろ [山] 八〇
風わたり青実の桃の毛がひかる [山] 八五
垣越えて気になる桃の三個熟る [山] 九〇
完熟の白桃につく指の跡 [盆] 九九
白桃の人見知りする色ならむ [盆] 一〇一
白桃の紅ほど稚児の目尻染め [盆] 一〇六
桃実る下枝が土に触るるほど [草] 一二一
油桃てかてかとがり色づける [師] 一四五
袋より紅はみだして桃熟るる [師] 一四六
ほの暗く白桃熟るる地のしめり [師] 一四六

[青蜜柑]
海もまた一夜を経たる青蜜柑 [藁] 三四
青蜜柑荒れくる海の富士を愛す [青] 四八

[柿]
柿うれて白壁何もかもこばむ [藁] 二五
初霜を待つ鈴なりの富有柿 [白] 七〇
たつぷりと柿にいろのる夜明け富士 [山] 八六
夕陽より山の風待つ百目柿 [山] 九一
山柿のとがり少女の乳首ほど [盆] 九九
柿膾とろとろ山の暮れゆけり [盆] 一〇五
樽柿の渋まだのこるふるさとよ [盆] 一一〇
病窓の半里向ふに在所の柿 [師] 一五七

[信濃柿]
山風に棘の出はじむ信濃柿 [山] 八三
身知らずの信濃の柿の小粒かな [草] 一三四
豆柿の落ちて山風力増す [師] 一四二

[葡萄]
熟れ葡萄種見ゆるまで陽に透きし [盆] 一一〇

葡萄剪る音棚を抜け茜富士 〔盆〕 一一一
剪りのこす葡萄畑に月遊ぶ 〔草〕 一一八

【栗】

栗の毬割れて青空定まれり 〔盆〕 一〇一

【石榴】

流血のいろしてイラン柘榴着く 〔山〕 九一
なつかしきイラン柘榴の酸味かな 〔山〕 九一
柘榴の実三方に裂けまた戦 〔草〕 一三一

【棗の実】

棗熟る少女に道をきく日暮 〔藁〕 一九

【胡桃】

胡桃割る夜はふたりに広すぎぬ 〔草〕 一一七

【柚子】

鵯鳴いて葉叢の奥の柚子ひかる 〔白〕 六二
柚子一個風のをさまる日にまぶし 〔山〕 八七
吹き晴れし陽をたつぷりと柚子の山 〔盆〕 一〇〇

【榠樝の実】

空青し一個の榠樝まだ落ちず 〔白〕 七一
榠樝の実黄ばむに幾夜霜へしや 〔山〕 八一
死は近き者にもおよび榠樝の黄 〔山〕 八七
個をあきらかに月明の青榠樝 〔山〕 九〇
榠樝熟るどの家も人気なかりけり 〔盆〕 一一〇
己が木の下に捨てらる榠樝の実 〔草〕 一二〇

【紅葉】

潮ひくごとく雲晴るる紅葉山 〔青〕 四八
やはらかき首筋にふる紅葉山 〔山〕 七八
水辺より湧く風白し紅葉山 〔山〕 七八
夕陽にも葡萄紅葉の乾く音 〔山〕 八一
花嫁の家族あつまる紅葉山 〔盆〕 一一〇
御詠歌の声にぬれゆく紅葉山 〔草〕 一二八
行く先の見えて日の落つ紅葉山 〔草〕 一三一
一筋の蔓のふれたる紅葉川 〔草〕 一三二
どの岩もあらはに紅葉仕舞かな 〔草〕 一三二
支柱まで葡萄紅葉の巻きのぼる 〔草〕 一三四
湯殿開けどつと入りくる谿紅葉 〔師〕 一四〇
音たてて葡萄紅葉を日のわたる 〔師〕 一四三

【黄葉】

蔓あぢさゐ桂黄葉を締めのぼる 〔草〕 一二六

【黄落】

黄落の公園に機関車おかれ 〔藁〕 三四
黄落の村減りもせず弥撒の鐘 〔白〕 六二

【錦木】

錦木の実の舌を出す御師の家 〔草〕 一二二

【柿紅葉】
一夜明けあとかたもなき柿紅葉 〔山〕 九二
【色変えぬ松】
色変へぬ山廬の松の月日かな 〔草〕 一二五
【新松子】
風荒ぶ青松毬を枯らさんと 〔青〕 四二
【木の実】
霧の夜の荒濤こふる蘇鉄の実 〔藁〕 二五
山査子の実のてらてらと山の雨 〔白〕 六三
しがみつくアカシアの実を誰も見ず 〔盆〕 一〇二
屋久杉につく寄生木の木の実かな 〔草〕 一二二
針槐川風に実の鳴りはじむ 〔草〕 一二四
【橡の実】
谷底の橡の実拾ふ嫗たち 〔草〕 一二七
【一位の実】
家あらば墓あり一位実をつけぬ 〔草〕 一三〇
【檀の実】
檀の実割れて山脈ひかり出す 〔藁〕 三四
【楝の実】
ずぶ濡れの空梅檀の実の奥に 〔山〕 九一
梅檀の実の房なして落ちにけり 〔山〕 九三
楝の実目だちてきたる茜空 〔盆〕 一〇四
梅檀の枯実にいまだ鵯の来ず 〔草〕 一一七
【黐の実】
黐の実の彼方雪くる白根岳 〔山〕 八三
【銀杏】
銀杏の雌木ならばこそ匂ひたつ 〔師〕 一四二
【梅擬】
梅もどきはや鵯に覚えらる 〔草〕 一二〇
もみぢ濃き黒梅擬棺にそへ 〔草〕 一二二
【茨の実】
野茨の実を透く風の過ぎにけり 〔青〕 四八
薔薇の実はがんじがらめの棘の上 〔山〕 九一
【檜の実】
大甕の蓋に檜の実が三個 〔師〕 一五六
【蘡薁】
蘡薁の実のくろぐろと野猿群る 〔草〕 一二〇
【通草】
熊除の鈴のかがやく通草山 〔青〕 四五
山姥の曳き摺りてゆく通草蔓 〔師〕 一四〇
【蔦】
天辺に蔦行きつけず紅葉せり 〔白〕 五七
落石の金網はらむ蔦紅葉 〔師〕 一四八

［サフランの花］
泊夫藍の花芯摘み干す日和かな ［白］ 六九
［蘭］
蘭かをる金色の釘棺に打つ ［師］ 一四一
［鶏頭］
鶏頭の暮色をはなす吾子の声 ［藁］ 一五
鶏頭の中を半身に抜けにけり ［師］ 一五二
［コスモス］
夕日背に墓のコスモス刈りにけり ［白］ 五九
［菊］
菊白し棺の遺体の眼鏡まで ［草］ 一二四
［南瓜］
雲白し南瓜嫌ひの子がひとり ［草］ 一二四
［青瓢］
船を待つ女の吊す青瓢 ［白］ 六八
［芋］
里芋のぬめりに暮るる八ヶ岳 ［師］ 一四七
［芋茎］
芋茎干す陽の山脈へ群れとぶ鳥 ［藁］ 三四
［貝割菜］
あちこちにいつか灯がつく貝割菜 ［藁］ 二三
貝割菜妻に夕べの仕事ふゆ ［山］ 八〇

［間引菜］
岩におく間引菜にある夕日射 ［藁］ 二一
間引菜の小笊にあふる櫓音かな ［盆］ 一一〇
［紫蘇の実］
紫蘇の実の鉾立つ日和つづきけり ［山］ 九〇
［唐辛子］
浅間燃ゆたびに色づく唐辛子 ［白］ 五七
唐辛子吊りてからから空乾く ［山］ 七八
［稲］
水枕つる一陣の稲の風 ［藁］ 一六
出穂ひかる加賀路の果の昼さびし ［藁］ 二四
根づきたる稲田の風も信濃かな ［白］ 七〇
分蘗のはじまる稲の匂ひかな ［山］ 八二
穂孕みの稲の真上に糸を張る ［盆］ 一〇六
北ニケンクワ南に稲の実りかな ［師］ 一四一
［早稲］
早稲の香に沈みゆく陽の泥まみれ ［藁］ 二四
［玉蜀黍］
唐黍に月のさしゐる峠口 ［藁］ 二一
［黍］
黍畑に月の輪熊の遊びをり ［盆］ 一〇一

[秋草]
秋の草濡れて月光待ちてをり [師] 一五二
[草の穂]
廃軌道帰る穂草に闇をふかめ [藁] 三四
穂草うねりて黒光る親仔馬 [白] 七〇
草の穂に夕陽しめりの風吹けり [盆] 一〇一
富士薊まんじともゑに絮の舞ふ [草] 一三一
[草の実]
山風に実の鳴りはじむ竹煮草 [山] 七八
犬蓼の実も葉も紅をつくしけり [盆] 一一〇
草の実の人の気配にはじけたる [草] 一一八
獄塀の際に沿ふ草実を弾き [草] 一二四
草の実の頬に撥ねくる甲斐の空 [師] 一四一
[草紅葉]
曲がることなき道さみし草紅葉 [草] 一二六
[萩]
山仕舞ひたる白萩に月夜かな [白] 五八
[薄]
穂芒や沖の大島不意に見ゆ [藁] 三四
青空をほしがる岸の花すすき [青] 四一
人形が銜へて落す花すすき [青] 四一
芒白みて川魚に脂のる [青] 四二
穂芒の中にたちまち遺族消ゆ [青] 四五
絮とばし終へし芒に火を放つ [青] 四六
川音を得て穂芒のなびきをり [山] 八三
芒野の月光を吸ふ厩口 [盆] 一〇九
富士川をなだめて揺るる花芒 [盆] 一一〇
[萱]
止り木をさがす萱野のはぐれ鶏 [青] 五二
[葛]
土くさき霧のながるる真葛原 [藁] 一五
警報がひびく夜明けの葛の谷 [青] 四一
谷のぼる葛に怠惰は許されず [白] 六四
葛の葉の下の割れ甕うつうつと [山] 七八
馬小屋の洋燈のゆるる真葛原 [山] 七八
葛の葉の一夜に枯るる風吹けり [山] 八一
身じろぎも許さぬ月の真葛原 [盆] 一一三
[葛の花]
遅刻児に日が重くなる葛の花 [藁] 一六
山の風水になごみて葛の花 [青] 四八
葛の花巻きのぼりたる観世音 [山] 九〇
[美男葛]
石棺の暗き歳月かづらの実 [白] 六五

[野菊]
まづ風は河原野菊の中を過ぐ　[山]　七八
[葈耳]
葈耳を勲章として死ぬるかな　[草]　一三一
葈耳の実は巫の袂まで　[師]　一四三
[藪虱]
草虱袖にまでつけ巫女二人　[草]　一二七
[曼珠沙華]
岩蔭に痩せてまたたく彼岸花　[青]　四五
植ゑしはずなき曼珠沙華咲きてをり　[草]　一一八
曼珠沙華死は来るものを待つのみか　[師]　一五二
[桔梗]
みどりがくれに桔梗の花そよぐ　[青]　四四
[吾亦紅]
生まれたるままの身がよし吾亦紅　[師]　一五七
[竜胆]
なつかしき竜胆のなか深ねむり　[師]　一五七
[杜鵑草]
地に伏して咲きふえてゆく時鳥草　[盆]　一〇四
[鳥兜]
鳥かぶと背筋のばして咲きにけり　[山]　九一
[赤のまんま]
畑売ると嫗の言へり赤のまま　[草]　一二六
[茸]
裏山に茸の匂ひしてきたり　[盆]　一〇四
はぐれ来て茸の城にあたりたる　[草]　一二六
神農に詣でて登る茸山　[師]　一四一
[椎茸]
茸干す不老長寿の日和かな　[山]　八七
[紅茸]
紅茸の蹴りしひとつが仰向けり　[盆]　一〇九

冬

時候

[冬]
没日いますがるもの欲し冬の橋　[藁]　一八
葬具はこぶ月下の橋に離れぬ冬　[藁]　一九
石門を入る人々に冬の輝り　[藁]　二三
冬ながき山をみてゐる聾学校　[藁]　二八
鐔を打つ野鍛冶が冬へ耳澄ます　[青]　四一
鳥の背を吹き過ぎてゆく確かな冬　[青]　四八

日当りて珊瑚色なす飛鳥の冬　［白］　五九
北嶽のかがやき増せば一挙に冬　［白］　七三
雪を染め冬の花火の香が流る　［山］　八一
追へば逃げ追はねば寄り来冬の栗鼠　［山］　八六
けんめいにひらきし冬の仏桑花　［山］　九一
終りかと思へばあがる冬花火　［盆］　一〇〇
冬刻々とはこびくる濤白し　［盆］　一一一
冬一歩浄衣の朱印ひとつ増ゆ　［草］　一三三
隙間なく桶にはりつく冬田螺　［師］　一三九
冬の柿落ちず捥がれず朱を尽す　［師］　一四二

［初冬］

初冬の浄土びかりす熊野灘　［青］　四二
鉄繋ぐ火花野にとぶ冬はじめ　［白］　六二

［十一月］

空井戸へ十一月の夜の霙　［青］　三九

［立冬］

川ひとつ越え故郷の冬に入る　［藁］　二八
飴屋一軒酒屋二軒の冬に入る　［青］　四八
冬きたる鳥の羽音の乾きにも　［山］　八一
漆喰の壁ぴかぴかと冬に入る　［山］　九一
岩叢は冬来る濤を打返す　［草］　一一八
梅檀の木膚ひびわれ冬に入る　［草］　一一八
大き灯の消えし西国冬に入る　［草］　一三四

［冬ざれ］

冬ざるる船は陽のある港をさし　［藁］　三一

［小春］

小春日の鳥に慕はれゐる農婦　［藁］　二三
小春日の痩せしとおもふ父の顔　［藁］　三〇
小春日の漂ひてゐる蜘蛛の糸　［白］　五九
父の髭切りて小春の地に落す　［白］　六三
小春日や若き尼僧の白鼻緒　［山］　八三
小春日や兎とあそぶ巫女の膝　［山］　八六
山親し二人暮らしの小六月　［山］　九二
敷きつめし藁に小春の日がたまる　［山］　九二
家乾く音のしばしば小春かな　［山］　九二
町長が捨犬を飼ふ小春かな　［盆］　一〇四
小春日の山廬後山に鋸の音　［盆］　一〇四
水うちしごと小春日の身延空　［盆］　一〇五
印伝の財布のなじむ小六月　［盆］　一〇五
小春日のみたらし団子並び食ふ　［盆］　一一〇
小春日の教室をとぶ雀蜂　［草］　一一九
捨て榾にまだ茸の出る小六月　［草］　一三〇
四斗樽の天水あふる小六月　［草］　一三三
小春日の風さがしゐる鳶一羽　［師］　一三九

竹炭を割る音きんと小六月 [師] 一四七
わが額に師の掌おかるる小春かな [師] 一五八
小春日の和紙の袋に吉野葛 [師] 一五八

[十二月]
山道や不義理つづきの十二月 [青] 四六

[霜月]
富士うかぶ霜月浄土のあまねく日 [盆] 一〇四

[冬至]
藁にまだ青さの残る冬至空 [白] 六五
夕茜さして冬至のうかびけり [白] 七三
味噌蔵に塩の香つよき冬至かな [山] 八一
鳶うかぶ冬至明けたる空のいろ [山] 八七

[師走]
足の裏手のひら荒れて師走空 [青] 四五
極月の米こぼす音かぶりをり [青] 四五
極月や最もふかき田の眠り [白] 五七
検診を終へて師走の人となる [山] 八三
極月の闇を吐きゆく寺の鐘 [山] 九二
酒中花の苗の届きし師走空 [山] 九二
畝ひとつ立てて日暮るる師走かな [草] 一二三
濤音にのりて満ちくる師走かな [草] 一二三

[年の暮]
歳晩の靴音星に護られて [藁] 一六
歳晩のいつまでも立つ家具屋の前 [藁] 二三
年つまる刺繍の糸に夕日さし [藁] 二五
鮭つられきらきら年のつまる町 [藁] 二五
歳晩の水を欲しがる盆地の灯 [藁] 三〇
年の瀬のときにかすめる菩提心 [藁] 三〇
子の背広買ふ歳晩のまばゆき中 [青] 三九
歳晩の空温室に藁積まれ [青] 四三
年暮るる振り向きざまに駒ヶ嶽 [青] 四五
紐引いて亀まぎれなき年の暮 [青] 四六
羽つつきあふ錦鶏や年暮るる [青] 四六
鴨の胸年つまる陽に吹かれをり [白] 六三
刻々と歳晩の山雲をため [白] 七一
どの峰も己を護り年暮るる [白] 七一
雪のなき山めぐらせて年暮るる [山] 八一
年つまる繰上げて忌を修しけり [山] 九二
抽斗の鉛筆にほふ年の暮 [盆] 一〇五
正確に錠剤をのみ年暮るる [草] 一一九
瀧の音かたまりのぼる年の暮 [草] 一二二
内股の下駄の片減る年の暮 [草] 一二七
象膚となりたる四肢や年の暮 [師] 一五八

[数え日]
数へ日の日暮ことさら瀧白し　[盆]　一〇五
[行く年]
行く年の追へばひろがる家郷の灯　[藁]　一九
ゆく年の火の粉を浴びて船を待つ　[白]　五七
ゆく年の闇に飴むく紙の音　[白]　五七
年つれてやまびこかへる深山空　[山]　八七
ゆく年の夫婦の小豆枕かな　[草]　一二五
[大晦日]
釘をうつ音穴となる大晦日　[藁]　一九
大年の白紙舞ひて水に落つ　[白]　七一
大年の青菜を洗ふ滝ほとり　[白]　七一
[年越]
皺よせて郁子の実三個年を越す　[草]　一二一
いくたりに弔句捧げて年を越す　[草]　一二七
山査子の実のまだ残り年を越す　[草]　一三四
年を越す山々満身創痍かな　[師]　一四七
[年の夜]
古ぶ忌は煙のごとくまた除夜も　[藁]　三〇
どの大学にも真暗な除夜が来る　[青]　四六
子につきて除夜の銀河を見つづける　[白]　五七
つぎつぎに子が着き除夜の家となる　[白]　五九
年の夜の銀杏を割る音澄めり　[白]　六五
除夜団欒ガラスの湯気の珠なせり　[山]　八七
年の夜の湯気たちのぼる子の婚期　[山]　八七
十四人家族のそろふ除夜の家　[草]　一二五
[寒の入]
何もかも折れ易き谷寒に入る　[白]　六〇
山襞の雪引き締る寒の入　[師]　一四四
[大寒]
大寒の牛に物音なかりけり　[藁]　二八
芽を八方に大寒の桃の枝　[山]　八八
大寒のまた辿りつく南大門　[盆]　一〇二
大寒や燈のまだつかぬ小黒坂　[草]　一二一
[寒の内]
なにに触れても音たてて寒の谷　[藁]　三一
つぎつぎに扉をおろす寒の街　[白]　五七
畝立ててほのと湯気わく寒の土　[白]　五九
寒中の樹を移植する男たち　[山]　七七
樹を植ゑて落着きもどる寒の家　[山]　七七
花の香の迷ひただよふ寒の家　[山]　八八
寒の鵜の匂ひを洗ふ飛沫かな　[草]　一二三
[寒土用]
焦土より明るき声す寒土用　[草]　一二一

[冬の日]
冬日向雛のごとくに紙漉女 [藁] 一六
仕事する腕見られゐる冬日向 [藁] 一六
冬日いま紙に賢し嶺にやさし [藁] 一九
蜂のごと渉る冬日の交叉点 [藁] 二〇
なだらかな冬日の丘は母の頸 [藁] 二三
禱るにはあらず冬日のクルス像 [藁] 二五
冬の日の小走りに持つオーム籠 [藁] 二七
邂逅は藁火にも似て冬日向 [藁] 三四
病者から見送られゐる冬日向 [青] 三九
冬の陽は海より畑ひからせて [青] 四二
蒼石が舟月を呼ぶ冬日向 [山] 八三
学生の服焦げくさき冬日向 [山] 九二
山はるかなり冬日また遥かかな [盆] 一一一
冬落暉最後は富士に煌めけり [草] 一二七
[冬の朝]
寒暁のどの屋上も蒸気噴く [盆] 一〇二
[冬の暮]
家々に寒暮を頒ちゐる老樹 [藁] 二七
大仏の胸のうしろに湧く寒暮 [青] 四九
斧一丁寒暮のひかりあてて買ふ [青] 四九
親送り終へて寒暮の茜富士 [山] 八八
葬り終へ寒暮の道を幾曲り [盆] 一〇八
八ヶ岳吹き出し雲のある寒暮 [草] 一二七
稜線の際立ちてくる寒暮かな [草] 一三二
白菜の生首めきし寒暮かな [師] 一四二
[短日]
短日の麻紐白き帰郷の荷 [藁] 二〇
暮早しふたたび訪ひし初音町 [盆] 九九
日の入りの早き五体の四肢伸ばす [師] 一五七
[冬の夜]
冬の夜の子にきかるるは文字のみ [藁] 二八
葡萄酒の滓引にほふ寒夜かな [白] 六七
寒夜抱く赤子の重みやすらかに [白] 七一
声あげて泣く夢に覚む寒夜かな [山] 八七
伝言の妻の書置き読む寒夜 [山] 八七
酔ひて眠り覚めて寒夜の星仰ぐ [山] 八七
火の気なき寒夜の家のきしむ音 [山] 八八
死者にまだ人あつまらぬ寒夜かな [盆] 一〇〇
半鐘に人走り出す寒夜かな [師] 一五〇
[霜夜]
手さぐりに水甕さがす霜夜かな [藁] 二〇
霜の夜鋏に音のあるかぎり [藁] 二七
田を越えて本を送りに行く霜夜 [青] 四三

ナホトカに帰る霜夜の船の銅鑼 [白] 六三
相馬の血甲斐の血享けし霜夜の子 [白] 七一
隣人と離ればなれになる霜夜 [山] 七七
死の用意ととのへてゐる霜夜かな [山] 九二
団欒の林檎に蜜の濃き霜夜 [草] 一三一

[冷し]

金襴の下は冷たき未知の国 [山] 八八
諺文の冷たく人をこばみけり [盆] 一〇二
山祇は冷たき風の湧くところ [師] 一四三

[寒し]

樫の木の小鳥啼かねば寒き墓地 [藁] 二〇
去る人の荷を見つめゐる寒き道 [藁] 二三
頭の上に白羽毛舞ひゐて寒し [藁] 二七
さむざむと畳におかれ洋鬘 [藁] 二八
寒き山から働く匂ひもち帰る [藁] 二八
海峡の障子をこえて来る寒さ [藁] 三〇
人それぞれに山中の寒気に溶け [藁] 三一
松まだ寒く白蟻の穴を見る [藁] 三一
臼売が木の香はらひてゐる寒さ [青] 三九
嶽暮るる人に逢はねば寒さ増す [青] 四二
谷寒し動かぬ牛の眼にも [青] 四五
日が沈み寒気小松菜めがけけり [白] 六五
成人す姪の寒さの哀れかな [白] 七一
樹も家も星出る寒さまとひをり [山] 八二
鹿の目に晴夜の寒気空より来 [盆] 一〇〇
南無妙の幟のきしむ寒さかな [草] 一一九
切株に寒気ふきだす櫟山 [草] 一二九
眼がなれて闇の白樺寒気吐く [草] 一三〇
鴨居より寒気おりくる仏間かな [草] 一三二
膝つたふ寒気をこらへ歎異抄 [師] 一四二
山に日の沈みし盆地寒気たつ [師] 一四三
日の入りてがつくり寒き鉋屑 [師] 一四三

[冱つる]

しののめの凍てにあからむ桃の枝 [白] 六三
餌を撒きてより夕凍みのはじまれり [白] 六五
凍みとほり葡萄の幹の裂けにけり [山] 八二
人絶えて通夜の家族も花も凍み [山] 八八
四姉妹並ぶ月夜の凍の中 [山] 九二
昭和逝くしまきも凍てもなき日かな [盆] 一〇二
凍てはげし緯度もて国をわかちあひ [盆] 一〇二
凍みとほる韓の葬儀の笛太鼓 [盆] 一〇三
国境の凍てをうるほす缶牛乳 [盆] 一〇三
納戸あけ潜みし凍てに突き当る [草] 一二九

［厳寒］
極寒の出口をさがす雑木山　［藁］　二三
極寒のいづこの山も日影もつ　［藁］　二八
斧のこだまも落石も極寒裡　［青］　四二
酷寒の死は老人に限るべし　［青］　四九
身を捨てて立つ極寒の駒ヶ岳　［白］　五九
極寒の大樹倒して酒そそぐ　［白］　五九
極寒の峠越えきし馬の汗　［白］　六九
来し道は通らず帰る極寒裡　［山］　八八
［冬深し］
洋蘭のひかり真冬の楽器店　［青］　四三
冬ふかむ樹を翔つ鳶の羽荒らび　［山］　七九
果樹園の鉄扉閉ざされ冬深む　［草］　一三〇
隣家からつぼの差入れ冬ふかむ　［師］　一五八
［日脚伸ぶ］
潮騒や爪のびるごと日脚伸ぶ　［藁］　一五
四十雀鳴きて日脚を伸ばしをり　［白］　六七
［春近し］
春ちかき馬に夕陽の砂嵐　［藁］　二〇
井戸水に杉の香まじる春隣　［白］　六七
［冬尽く］
冬を越す洋蘭の葉の二枚折れ　［青］　五〇
冬名残蔵は仕置の闇を秘め　［白］　六七
［節分］
節分の風にあをめる峰の星　［山］　八四
節分の灯のつく前の夕景色　［山］　八七

天文

［冬晴］
冬晴の呟きをきく橋の上　［藁］　一五
冬晴の地底に知らぬ顔ばかり　［藁］　三〇
冬うらら師の言葉また聞きもらす　［青］　四二
冬うらら雀がたてる土埃　［青］　四三
冬晴の襤褸がくれに野の社　［青］　四五
負ひし子に木の名教へる寒日和　［白］　六五
頬白のこゑの眩しき寒日和　［白］　六六
冬うらら果樹園をとぶ蜘蛛の糸　［山］　九二
［冬旱］
鶏おどす猫が土かく冬ひでり　［白］　六〇
黒胡麻のごと鴉群る冬ひでり　［白］　六三
冬ひでりソウル裏街怒声とぶ　［盆］　一〇二
土埃あげて畝たつ冬ひでり　［草］　一二五
階段の一箇所きしむ寒旱　［師］　一四三

［冬の雲］
冬雲を吹き払ひたる茜富士　［山］　八四
［冬の月］
寒の月ひかりはじめて茜消ゆ　［山］　八四
子星つれ冬三日月の沈む山　［師］　一四七
［冬の星］
山芋をすりて寒星もえはじむ　［白］　六四
冬銀河おびえ羽搏く檻の雉子　［白］　六七
飲むだけの水汲みおきぬ冬銀河　［山］　七九
冬銀河橋半ばより他村領　［草］　一二二
冬の星瞬く北の国に発つ　［草］　一二八
［天狼］
天狼の位置をたしかむ波濤かな　［草］　一二二
［冬の風］
寒風の崖みづいろに入日の塔　［藁］　二〇
剪定の樹液をとばす風寒し　［白］　六六
［凩］
東京の木枯にたち方位なし　［藁］　一五
木枯の川におよべる華燭の灯　［藁］　一八
こがらしや川砂をつむ男たち　［藁］　二二
木枯の青年高き山をめざし　［藁］　二三
凩の涯にあかるき真夜の塔　［藁］　二七
木枯は受験地獄の灯を囃す　［藁］　三〇
木枯は死の順番を告げて去る　［藁］　三〇
木枯はいよいよ葱の香を覚ます　［山］　八六
こがらしや千かぞへねば眠られず　［山］　九一
だしぬけに凩の吹く出棺時　［草］　一二二
凩を踏みて菩提寺までの道　［草］　一三二
［寒波］
山よりも水にすばやく寒波くる　［藁］　二八
［北風］
北風の吹けば吹くほど富士聳ゆ　［山］　七九
鳶四五羽明日は北風つよからむ　［山］　八六
北風強し神戸の火の手案ずるに　［草］　一二一
遺跡掘る北吹く底に馬の骨　［草］　一二九
［北颪］
眠る田に三日つづきの嶽颪　［青］　三九
嶽おろし森の正体見えはじむ　［青］　四五
男は耐へ女は忍ぶ北おろし　［青］　四九
濤音のごとき深夜の嶽颪　［山］　七七
新しき家頼りなく北おろし　［山］　七七
北おろし一夜吹きても吹きたらず　［山］　八七
こうこうと笹子颪の吹く夜かな　［山］　九二
富嶽射るごと八ヶ岳颪かな　［草］　一二五

岳おろし首捥ぎとらる六地蔵 [師] 一四四
岳おろし四段五段と波状なす [師] 一五三

[虎落笛]

川底を陽の照らしゐる虎落笛 [青] 四五
石積まる畑境の虎落笛 [師] 一四二

[鎌鼬]

山姥の口は真赤ぞ鎌鼬 [草] 一一八

[初時雨]

竹の根を掘りおこしゐる初時雨 [山] 八三
師と歩む伊賀玄蕃町初しぐれ [盆] 一一一

[時雨]

眠る子のにぎる竹笛しぐれけり [白] 五九
楢の葉に音をのこして時雨去る [白] 五九
花卉を積み湖わたる舟しぐれけり [白] 六二
葱ぬいて時雨のせくる運河べり [白] 六二
研ぎをへし斧に錆の香山しぐれ [白] 六五
燈明の火をなびかせて時雨くる [白] 六五
灯をこばみ唐招提寺しぐれけり [白] 六五
河豚の旬近し海よりしぐれ来る [白] 六六
しぐれ来る天草石の鑿のあと [白] 七一
ふりかへる伊賀はたちまち時雨けり [盆] 一〇二
しぐれ呼ぶ嵯峨狂言の鉦の音 [盆] 一一〇
しぐれ来るまづは椿の葉を濡らし [草] 一一七
ひとつづつ山消し移る時雨かな [草] 一三二

[冬の雨]

旧誌より故人顔だす冬の雨 [青] 四九

[霰]

書道塾出る子入る子に玉霰 [藁] 一六
夕爾の詩つぶやく藁の玉あられ [青] 四二

[霙]

墓の文字幾たび消しに来る霙 [藁] 三一

[初霜]

初霜や夢ことごとく覚えゐし [山] 九一

[霜]

人の死が重なる霜へ釣瓶の音 [藁] 一五
鐘が父母きき入る霜の天使たち [藁] 一七
霜の窓ふけば月夜の嶽せまる [藁] 二二
雲ひくく越後につづく霜の道 [藁] 二七
杉青く日向にむかふ霜の巫子 [藁] 三〇
朝の霜谷へ町から教師来る [藁] 三一
殉死戦死情死それぞれ霜白し [青] 四五
殉死のごと霜の曠野の牛の目は [青] 四六
霜ふかし鳥が目つぶり脚かくす [青] 四六
残る歳過ぎたる歳も霜のなか [白] 五九

納豆の糸のかがやく霜日和〔山〕八一
ひつそりと甲斐国分寺霜の中〔山〕八八
霜ふかし湘子狩行の顔そろふ〔山〕九一
霜をゆく少女は鈴に守られて〔盆〕九九
霜晴や木喰不動の真赤な絵〔盆〕一〇七
強霜や日光下駄の音締る〔草〕一二七
霜に立つ駄馬三頭の大蹄〔師〕一四八
〔雪催い〕
雪ちかづく田に安息の水みちて〔藁〕二一
藁灰の底のぞきみる雪催ひ〔青〕三九
知りつくす隣家の物音雪催ひ〔白〕七一
空鍋を犬のころがす雪催〔草〕一三一
雪催ひ背負子の縄を確かむる〔師〕一五三
〔初雪〕
甲斐駒に初雪の来し女郎蜘蛛〔白〕六六
雪の来し山を見をさむ蝶の翅〔山〕九〇
〔雪〕
石を積む荷馬車たちまち雪の中〔藁〕一五
雪の夜の藁火ともゆる漁婦の髪〔藁〕一九
鳥よりも早く目覚めて雪の杣〔藁〕一九
泣き声のつぎつぎ雪の種痘室〔藁〕二二
雪の夜のまざと土間ゆく母の影〔藁〕二三
戸が開いて陵塢がくる雪の夜〔藁〕二三
雪はまづ田の畝をうめ墓につもり〔藁〕三一
米にぎり善男善女雪の森へ〔青〕三九
店ごとに時計がちがふ雪の夜〔青〕四二
松の種買ふ安達太郎の雪の中〔青〕四三
雪もやのなかの電線四方に消え〔青〕四三
夜となりて雪となりたる八ッ手の葉〔青〕四五
三日居て三日雪舞ふ刃物の町〔青〕四八
火事の夢さめて越後の雪の中〔青〕四八
滔々と雪の意地みゆ信濃川〔青〕四八
ふと雪のやめば田母木の家族めく〔青〕四九
屋根の雪落ちてはひびく星ひとつ〔青〕四九
雨の野を越えて雪降る谷に入る〔白〕五七
学僧に降って解けざる樅の雪〔白〕五八
父抱いて雪来る山を拝みけり〔山〕八六
明けしらむ雪中の川湯気をあげ〔山〕八八
鳥ごゑを消して山風雪はこぶ〔山〕九二
粉雪舞ふ鯉の小骨の尖わかれ〔盆〕一〇二
信徒一団雪の来し峰めざす〔盆〕一〇五
父と子のあはひに雪の降り積る〔盆〕一〇五
俎板の柾目をえらぶ雪の中〔盆〕一〇五
雪の来る安曇野の鳶大きかり〔盆〕一〇七

裏山の雪は駿馬の鼻梁ほど 〔草〕 一一七
雪の鶫群れて棟の実を落す 〔草〕 一一七
鵜は蔵に雪に埋もるる懐古譚 〔草〕 一二二
雪重き梁より垂るる真田紐 〔草〕 一二三
菰樽の縄の匂へる雪の中 〔草〕 一二九
雪となる越後の雲が甲斐覆ふ 〔草〕 一二九
三条の雪ふみし音しかとあり 〔草〕 一三二
山越しの雪の横降りはじまれり 〔師〕 一三九
籾殻を撒いて雪来る桃畑 〔師〕 一四八
空青し雪は葉蘭の裏にまで 〔師〕 一五三

〔雪晴〕

設計図抱き雪晴の木戸くぐる 〔藁〕 一九
雪晴や隣家への路踏み固む 〔草〕 一一七
足跡は狐か鼬か深雪晴 〔草〕 一二七
雪晴や展示農具に田下駄あり 〔師〕 一五三

〔吹雪〕

吹雪く夜の一束の藁持ちにでる 〔藁〕 二八
吹雪く嶺夕陽火の色地獄の色 〔藁〕 三〇
帰りゆく吹雪の信夫山めざし 〔青〕 四三
地吹雪に消え現れて先ゆく蓑 〔青〕 四九
帰寮の子吹雪の海峡越えたるや 〔白〕 五八
桑山の吹雪は祖の貌をもつ 〔白〕 六〇
山中の吹雪抜けきし小鳥の目 〔白〕 六三
夢の母いつも吹雪の中にをり 〔白〕 六三
しばらくは雪煙りあげ夜の富士 〔白〕 六三
雪煙りあがる裏富士月夜かな 〔白〕 七一
西の峰吹雪けば東山晴るる 〔山〕 九三
甲斐駒岳の吹雪を前に酒林 〔盆〕 一一一

〔雪しまき〕

昭和逝くしまきも凍てもなき日かな 〔盆〕 一〇二
芽たたきの飛雪の杜の火焔土器 〔草〕 一二七

〔冬の雷〕

辞表書く寒夜の雨に雷ひとつ 〔盆〕 一〇二
塩の竈割れしとおもふ寒の雷 〔草〕 一三一

〔冬霞〕

山の創かくしきれざる冬霞 〔師〕 一四二

〔冬の虹〕

原爆の子の像と見る冬の虹 〔青〕 四六
師の村の真上にたちし冬の虹 〔草〕 一一九

〔冬夕焼〕

冬茜くらき染場の糸ひかる 〔藁〕 二七
冬あかね杣の家族が汽車を待つ 〔青〕 四五
念珠手に冬夕焼のなか帰る 〔山〕 七七
冬夕焼濃き道三の国に入る 〔盆〕 九九

死してなほ冬の茜をかへりみる　［盆］　一〇〇
盆地は灯の海山脈は寒茜　［盆］　一一一
寒茜刻々たまる駿河口　［師］　一五〇

地理

［冬の山］

雪山の星の吐息が水にあり　［藁］　一六
枯桑の上の枯山あたたかし　［藁］　一八
柚子匂ふ夜の雪山見ゆるなり　［藁］　一八
雀より眼ざとき雪の茜山　［藁］　二三
教会がきちきちひらく雪嶺の前　［藁］　二三
襟首に日暮の雪嶺離れざる　［藁］　三一
子に学資わたす雪嶺の見える駅　［青］　四三
藁灰の底の火の色雪嶺星　［青］　四九
甲斐犬の耳向きをかふ雪嶺空　［青］　四九
墨縄のつんとはじくや雪の峰　［白］　六七
甲斐犬の仔のころころと雪嶺光　［山］　七七
桃の咲く日数をかぞへ雪の峰　［山］　七九
灯ともりて茜まだある冬の峰　［山］　八一
罠かけて雪嶺の茜みて帰る　［山］　八一
日かげればたちまち冬の山となる　［山］　九〇
枯山の一灯を恋ひこがるかな　［山］　九一
枯山にけむりあがるは友の村　［山］　九二
曲らざる道枯山につきあたる　［草］　一二〇
雪の八ヶ岳吹き出し雲をのせて暮る　［草］　一二三
雪の八ヶ岳近々とありゑくぼみえ　［師］　一五八

［山眠る］

山々を眠りにつかせ谷の川　［藁］　三〇
蜘蛛の糸舞ひくる山の眠りかな　［山］　八一
真竹割り眠る山より水引けり　［草］　一一八
雪なくば眠りにつけぬ八ヶ岳　［草］　一三〇

［冬野］

進学の話冬野の変圧器　［藁］　一九
雪原は水を導き鷹とべり　［藁］　二八
凪に消えゆく雪原の鎖あと　［青］　四三
雪原をさすらふ雉子の眼とあへり　［盆］　一一一
波をなし雪原凍りゆく月夜　［草］　一二五
前を行く人に追ひつく雪野原　［師］　一五三

［枯野］

北嶽に項みられて枯野ゆく　［藁］　二七
枯野ゆく葬りの使者は二人連れ　［藁］　二七
身のうちに山を澄ませて枯野ゆく　［藁］　二八
ダンプ枯野に水をこぼして遠ざかる　［藁］　三〇
夕ぐれの枯野六腑につきまとふ　［藁］　三〇

腕のべては看護婦の枯野越え　〔藁〕　三〇
枯野行く釦の多き少女の服　〔青〕　四二
枯野の犬川こえてより随いて来ず　〔青〕　四九
母郷とは枯野にうるむ星のいろ　〔山〕　八四
どこからも見られ枯野の人となる　〔山〕　八八
純白のネクタイが行く枯野かな　〔草〕　一一七
二筋の枯野の流れ交はらず　〔草〕　一二二
教会の燈をめざし行く枯野人　〔草〕　一二九
骨壺に五体収まる枯野かな　〔草〕　一三〇
豨薟をさけて通れぬ枯野径　〔草〕　一三一
遅るる子待ちては走る枯野道　〔師〕　一四〇
一軒屋目がけ野の枯れ押し寄せる　〔師〕　一四四
投薬の袋提げ行く枯野かな　〔師〕　一五〇

〔冬景色〕
正確な感覚を呼ぶ冬景色　〔師〕　一五八

〔水涸る〕
涸れ川の火に少女きて鶴となる　〔藁〕　一六
涸谷へただならぬ火の進みをり　〔白〕　六九

〔寒の水〕
寒水に鯉の血沈みつつ咲けり　〔白〕　六七
塩つよき蕨を浸す寒の水　〔白〕　六九
寒の水飲めばうるめる夜明け星　〔山〕　七七

〔冬の泉〕
縄文の唄のきこゆる冬泉　〔藁〕　二七

〔冬の川〕
亡きひとの名を呼び捨てに冬河原　〔藁〕　二八
織りあがる甲斐絹のひかり冬川原　〔青〕　四三
箍しめる音冬川を明るくす　〔白〕　六三
ためされてゐるごとわたる冬の川　〔白〕　七一
渓流の冬とて飛沫失なはず　〔草〕　一三二

〔冬の波〕
海に入らんと寒き波たち吉野川　〔藁〕　三一
冬の濤目つむり耐へる家ばかり　〔青〕　四五

〔霜柱〕
霜柱踏み締む音ぞ甲斐の国　〔草〕　一三〇

〔初氷〕
転勤のよりどころなき初氷　〔山〕　七八
谷川の碧させつなき初氷　〔山〕　八六
はんざきの二三歩動く初氷　〔師〕　一三九

〔氷〕
藁塚凍る夕日に吹かれ幟立つ　〔藁〕　一六
妻が病む家うち凍る夜をかさね　〔藁〕　二八
むつびあふ刻の谷間の草凍る　〔青〕　三九
顔凍るまで天草の海のぞく　〔白〕　六三

三十八度線零下の田に老婆　［盆］　一〇三
凍る田をめぐる老婆より殺気　［盆］　一〇三
［氷柱］
氷柱よりつめたき森のマリア像　［藁］　二三
谷川の飛沫に太る氷柱かな　［師］　一四二
［冬滝］
ひとすぢに瀧落ち凍てを忘れをり　［盆］　一一一
岩を打ち打つて湯気あぐ冬の瀧　［草］　一二〇
［氷湖］
肥後の娘と渉る夕焼け結氷湖　［白］　六三

生活

［冬羽織］
半纏の身になじみくる日暮かな　［草］　一二〇
［蒲団］
富士へ向け暮に来る子の蒲団干す　［師］　一四〇
［冬帽子］
丘陵の十字架をめざす冬帽子　［盆］　一〇二
［春着縫う］
富士に眼を休めては縫ふ晴着かな　［師］　一四〇
［茎漬］
浅漬の野沢菜の茎しやりしやりと　［盆］　一〇五
［味噌搗］
味噌つくり始むる前の薪の山　［草］　一一八
［乾鮭］
銀漢の近き乾鮭鉈で切る　［草］　一二六
［餅］
しんしんと白く厚きは越後の餅　［青］　四九
餅切るや刃を大根にしめらせて　［山］　九一
［蕎麦掻］
蕎麦掻を練る箸折れし山は雪　［師］　一五三
［葱汁］
富士胸を張つて茜す根深汁　［草］　一二三
根深汁夫婦二人の夜にもどる　［師］　一四二
［干菜汁］
忘れたるひとのうかびし干菜汁　［山］　八八
［牡丹鍋］
猪鍋の肉をあましで押し黙る　［草］　一二〇
猪鍋の煮つまりてくる日暮かな　［師］　一五〇
［蕪蒸］
まだ箸の通らぬ湯気の蕪蒸　［盆］　一〇五
［風呂吹］
風呂吹の煮立ち谷川どつと暮る　［白］　六五
ふろふきの火の弱まりて深山星　［白］　六五

風呂吹の湯気にも後ろめたさかな　［草］　一二一
［煮凝］
山際の茜消えゆく凝鮒　［草］　一三三
煮凝の底の目玉の動きけり　［草］　一三三
［冬構］
水音の人寄せつけぬ冬構　［草］　一二八
［雪掻］
ひたすらに河へ雪曳く母子かな　［青］　四九
［寒燈］
寒灯を消す紐たるる枕上　［盆］　一〇二
［冬座敷］
別々に山を見てゐる冬座敷　［藁］　二八
［埋火］
鑑真の眼か堂守の埋火か　［白］　六五
埋火や名残りの家の闇ふかし　［白］　七三
［消炭］
消炭の壺まだぬくく闇に入る　［山］　九一
［炉］
酔ふほどに唄にじみ出る炉火明り　［盆］　一〇七
［湯婆］
あけぼのの湯タンポにおくいのちかな　［師］　一五八
［炉開］
炉をひらき滝音暗くなりにけり　［白］　七三
炉を開きはづむ幼児の数へ唄　［山］　七八
［敷松葉］
敷松葉日あたれば尖空に向け　［師］　一五三
［冬耕］
乳牛に似て尻親し冬耕婦　［藁］　一七
冬耕のをんな男のためにのみ　［藁］　二八
冬耕の音のくまなき母郷かな　［盆］　一〇〇
［蕎麦刈］
霧を来て蕎麦刈り霧を帰りけり　［青］　四八
まだ刈らぬ蕎麦の実夕陽にもこぼれ　［師］　一四一
［大根引］
大根引く山から湖へ雲移る　［盆］　一〇四
［蓮根掘る］
蓮掘りの攻めあぐみたる息づかひ　［白］　六〇
［狐罠］
何もかも見抜かれてゐる狐罠　［山］　八八
白樺の柵のうちなる狐罠　［草］　一三〇
［注連作］
月の出ぬ夜の風荒ぶ注連作り　［山］　九一

[歯朶刈]
歯朶刈の籠にあふるる夕陽かな [山] 八二
[藁仕事]
白洲場のごとし寒夜の藁仕事 [白] 六三
[紙漉]
ひとり消えまた一人来る紙漉女 [藁] 三一
[焚火]
忘れたる焚火見にでる闇の中 [藁] 二八
楢山の焚火を覗く尾長鳥 [青] 四三
山中の焚火の跡に魚の骨 [盆] 一〇〇
[火事]
火の見櫓高し安堵の冬部落 [藁] 一六
火事多しことに夜空の青き日は [白] 六四
[寒見舞]
飲めば生き飲まねば死すと寒見舞 [山] 八八
[雪見]
さかづきを珠なしあふる雪見酒 [盆] 一〇五
[湯ざめ]
つぎつぎに星座のそろふ湯ざめかな [草] 一三〇
[風邪]
風邪の子と夜更凬をきき澄ます [藁] 二二
碧空へ吊る小鳥籠風邪流行る [藁] 二五
[咳]
闇ふかし生きゐる証の父の咳 [白] 六三
乾ききつたる楢山に咳ひとつ [草] 一一七
痩身の少女鼓のやうに咳く [草] 一二〇
[息白し]
馬を拭きはづむ少女の息白し [青] 四二
[悴む]
闇ふかし木の香蘭の香もこごえをり [山] 七七
こごえ書く見舞の文も届かざる [草] 一二一
[皸]
風つよき夜は皸の口ひらく [山] 八四
皸の口あく茜濃き盆地 [師] 一五三
[霜焼]
霜焼の子によくひびく寺の鐘 [白] 六九
霜やけの手のてらてらと夜の富士 [山] 七九
霜焼の手に梅檀の実をこする [山] 九二
雀には霜焼はなし空晴るる [山] 九三
霜焼の指をはにかむ役場の娘 [盆] 一〇八
[年用意]
正月の松伐りにゆく親子かな [白] 五七
[注連飾る]
注連飾りをへて満月山を出づ [山] 七九

【寒施行】
いつよりぞ忘れられたる寒施行　［草］　一二三

行事

【十日夜】
米浸す水に紅とく十日夜　［盆］　一〇五
【七五三】
子供らの名を呼びたがふ七五三祝　［草］　一三二
【飾売】
雪となる大樹の下の飾売り　［白］　五七
【冬至粥】
迎への日待つ死のありぬ冬至粥　［草］　一三二
【柚子湯】
棺に座すごとく柚子湯につかりけり　［山］　八二
柚子風呂にしみゆく手足のばしけり　［山］　九一
柚子三個ぷかと浮きたる風呂熱し　［山］　九二
風呂を出て五体柚の香を放ちけり　［山］　九三
【岡見】
小康の身をひきずりて岡見かな　［師］　一五八
【世継榾】
藁灰の底にあかあか世継榾　［草］　一二一
【晦日蕎麦】
山の灯の盆地になだる晦日蕎麦　［草］　一二九
【追儺】
滝音のやや力得し追儺の灯　［白］　六七
海老色の夕空となる追儺の日　［白］　七一
【恵比寿講】
奥白根晴れてとどろく夷講　［白］　六二
【里神楽】
陽の溜る盆地の底の里神楽　［草］　一二九
【夜神楽】
野猿とぶ月夜の谿の神楽笛　［青］　四八
夜神楽や杉の梢より寒気くる　［山］　八七
夜神楽の幔幕に泛く武田菱　［師］　一四三
【遠山の霜月祭】
霜月の祭の人出すぐに絶ゆ　［白］　六九
【札納】
肩の雪はらひて札を納めけり　［山］　八四
【十夜】
暮れてより川ひかりだす十夜粥　［師］　一四二
【臘八会】
山の火かはた明星か臘八会　［草］　一一七

[納め不動]
事務の娘と納め不動に詣でけり [白] 六三
[除夜の鐘]
除夜の鐘果てたるあとの高嶺星 [稾] 一五
[寒垢離]
寒垢離の白衣すつくと立ちあがる [盆] 一〇二

動物

[冬眠]
爪痕は冬眠さめし熊のもの [師] 一三九
[兎]
野兎の肢ぴんと張るむくろかな [草] 一三二
[隼]
隼は頸つき出して谷越ゆる [盆] 一〇七
[寒禽]
冬の鳥群れて夕闇さそひだす [白] 六九
[冬の鵙]
天辺に個をつらぬきて冬の鵙 [山] 八六
[笹鳴]
笹鳴の小枝も揺れず移りけり [草] 一二七
[冬鷗]
教会の十字架恐る冬鷗 [白] 七一
[白鳥]
湖しらむはや白鳥の横すべり [盆] 一一二
[鱈]
鱈さげて夜間工事のなか通る [青] 三九
[蟷螂枯る]
潮風を浴び砲身の枯蟷螂 [草] 一二五
[綿虫]
綿虫の空より湧きて燈をふやす [草] 一三四

植物

[臘梅]
臘梅の香をふりかへる尼僧かな [盆] 一〇七
[帰り花]
みくじ結ふ幼桜の狂ひ咲く [白] 六五
遺りたるひとりが仰ぐ狂ひ花 [山] 八三
狂ひ咲く木瓜の花のみ揺れてをり [師] 一四二
返り花紅つくさむと陽に縋る [師] 一四二
[室咲]
開かんと室芥子殻を落しけり [白] 六五
洋蘭の咲く室を出る晴夜かな [白] 六七
[冬薔薇]
山国のわづかにひらく霜の薔薇 [青] 四二

力つくして紅ひらく霜の薔薇　[山]　八一
部屋ごとに色かへて挿す冬の薔薇　[師]　一四二

[寒椿]

家乾く音はればれと寒椿　[山]　七九
茫然と山を見てゐる冬椿　[盆]　一〇〇

[山茶花]

山茶花は日影ばかりに花散らす　[青]　四二

[寒木瓜]

伸びあがる赤子の力寒の木瓜　[白]　七一

[蜜柑]

耐へ忍ぶことのなかりし蜜柑山　[青]　四二

[橙]

橙やなじめぬ家のひかりあび　[山]　七七

[木守]

身じろがず落暉をまとふ木守柿　[山]　八一
目残りの柚子に金色みなぎりぬ　[師]　一四二

[枇杷の花]

雪嶺より来る風に耐へ枇杷の花　[薹]　二七
花枇杷は人の気配におびえけり　[薹]　二七

[冬紅葉]

空おほふ巨岩危ふき冬紅葉　[師]　一四八

[木の葉]

碧空に触れて散りくる大欅　[白]　六九
陽に裏返る石卓の木の葉かな　[師]　一四八

[枯葉]

枯葉舞ふ音のたかきは桑の葉か　[盆]　一一一
吹き溜る葡萄の枯葉乾く音　[師]　一四二

[落葉]

どの家も落葉いよいよ奥嶺かな　[薹]　三〇
髪かたち変へて落葉を明るくす　[青]　四二
呼ぶ声も呼ばるるこゑも落葉の中　[青]　四五
影ふかむ落葉する木もせざる木も　[白]　六二
山毛欅の葉の落ちはじめたる深山空　[白]　六七
罠かけてつんと落葉の匂ひけり　[山]　八六
落葉してどの木の枝も天めざす　[山]　九一
まだ青き桃の落葉が地を埋む　[山]　九二
吹き溜る落葉は乾くほかはなし　[山]　九二
どこも戦跡沖縄に落葉なし　[盆]　一〇七
銃声や桂の落葉ひとしきり　[草]　一一八
桜落葉踏みて鏡の割るる音　[草]　一二六
小黒坂くぬぎの落葉片溜る　[草]　一三二
とめどなき落葉や死には予告なし　[草]　一三四
村護る樹々の落葉にうもれをり　[師]　一三九

落葉降る片眼をかつと不動像 [師] 一四二
覗の落葉にすべる石畳 [師] 一四二
溝蓋を外し落葉の問へとる [師] 一四九
[銀杏落葉]
病む父に落葉しつくす大銀杏 [白] 五七
[冬木]
いろいろの死に方思ふ冬木中 [白] 六六
家囲む沙羅の冬木のぼうぼうと [山] 七七
[冬木立]
時間欲し日の入る山の冬木立 [山] 八七
[寒林]
馬嘶いて寒林を明るくす [藁] 二〇
[名の木枯る]
枯れ果てて棚をとびだす葡萄蔓 [草] 一二一
[枯木]
少年の声が旭にのる枯林 [藁] 一六
崖をおつ想ひの中に枯木照る [藁] 一九
枯枝の風音さとき一夜の旅 [藁] 二三
火を育てんと枯枝を折る兜太 [藁] 三一
[枯桑]
喝采は堂内のこと桑枯るる [藁] 一九
枯桑に風暗澹と甕ひとつ [藁] 二〇
枯桑の陽につながれて糸車 [藁] 二三
[枯蔦]
蔦枯て際立ちてくる黒実かな [草] 一三四
[冬枯]
濤たかし龍舌蘭の枯るるとき [藁] 二五
枯れはてて隣部落の墓見ゆる [藁] 三一
枯れはてて力出しあふ葡萄杭 [青] 四五
黍枯れし野の落日を身ほとりに [山] 八一
凪ぎわたる枯菖蒲田に火を放つ [山] 八八
枯れはげし丘のぼり行く主従かな [盆] 一〇二
枯ふかむ高嶺ばかりが日を浴ぶる [草] 一二三
吹き出しの雲乗りだせり枯盆地 [草] 一三四
[霜枯]
霜枯の罠に吊られし鶏の首 [青] 四五
霜枯の岩にふかぶか火薬の穴 [白] 七一
霜枯の陽に下草の声あげる [師] 一五三
[冬芽]
あぢさゐの冬芽三節を残し剪る [青] 四九
風強し桃の冬芽の意志かたし [山] 八一
空青し沙羅の冬芽の泣かむばかり [山] 九二
木蓮の冬芽はぐくむ谷こだま [盆] 一〇五
銀色に桃の冬芽のふくらみぬ [師] 一四二

[雪折]
雪折の松の折れ口匂ひたつ　[青]　四九
雪折の木霊さすらふ谷の空　[白]　六〇

[水仙]
空碧し水仙の芽が藁をおす　[藁]　二八
水仙のくまなく陽ざす淡路に入る　[藁]　三一

[枯菊]
菊焚きてたまる疲れをほぐしけり　[山]　九三

[冬菜]
波の碧さに育ちゐる冬野菜　[青]　四二
茜さす川に並びて菜を洗ふ　[白]　六三
山の風意怙地になりて冬菜畑　[山]　八四
菜洗ひの川に靄たつ八ヶ岳　[草]　一二五

[白菜]
真二つに白菜を割る夕日の中　[青]　四三
白菜の固さたしかむ茜空　[山]　七八

[葱]
山に雪葱に白身のふえにけり　[白]　六六

[大根]
大根の俄かに日射し積まれゆく　[藁]　一九
ふるさとの青首大根丈そろふ　[山]　八六

[蕪]
寒風の土へ掘り出す紅かぶら　[藁]　二七
五合目に雪来て緋蕪洗ひをり　[山]　八六

[セロリ]
山風や火山灰舞ひあがるセロリ畑　[山]　八三

[冬草]
冬草のみどりと遊ぶ病後の父　[青]　五〇
わが子に子生る冬草あをあをと　[白]　七一
冬の草抜きてつきくる土の嵩　[草]　一二三
抜かれたる根のながながと冬の草　[師]　一四七
冬草の積みたる山のよみがへる　[師]　一五三

[名の草枯る]
葛枯れていよいよ光る山の空　[青]　四三
枯茅を刈つてなだめて束ねけり　[草]　一一八
ももとせの世を見尽して名草枯る　[草]　一二二

[草枯]
山上の夕陽枯草のみ愛す　[藁]　三〇
拭く鍬のぬくもりのこる枯穂草　[青]　三九
枯草を踏めば音たつ帰心かな　[山]　七九
枯草に染まりてかへる木霊かな　[山]　八七
草枯るる境界の石さがし出す　[盆]　一一〇
枯穂草馬刺は舌に溶けやすし　[草]　一二四

葬り終へ枯草の実をつけ帰る 〔師〕 一四〇
［枯蘆］
絮飛ばし終へし枯芦どよめきぬ 〔師〕 一四八
［枯歯朶］
断崖の歯朶にも枯れのおよびけり 〔盆〕 一一一
［枯葎］
枯葎底にみどりのにじみをり 〔草〕 一二三
［藪柑子］
子の帰り待ちわぶ谿の藪柑子 〔青〕 四六
［石蕗の花］
石蕗の黄の濃き殉教の島に着く 〔白〕 六三
石蕗ひらき箪笥の衣服入れ替ふる 〔盆〕 一一一
［寒蘭］
寒蘭の鋭くのびし月の冷え 〔山〕 七八
寒蘭の香に病み細る家の闇 〔山〕 八七
寒蘭の新芽かぞへる土佐の市 〔盆〕 九九
寒蘭の香と日溜りに遊びをり 〔盆〕 一〇五
［どんこ］
亀甲の形にひび入る冬菇かな 〔草〕 一三一

新年

時候

［新年］
年明くる川辺に箸を洗ふ音 〔藁〕 二五
暁闇の杉に新年満ちてをり 〔盆〕 一〇〇
ふとうかぶ一句を玉と年新た 〔師〕 一五八
扉にあたる風音もまた年新た 〔師〕 一五八
［去年］
風呂落す音のきらめく初昔 〔山〕 八一
山風のはこぶ杉の香初昔 〔草〕 一二三
［元日］
元日の日向の手足小虫とぶ 〔藁〕 三〇
元日が河原すすきの中に消ゆ 〔青〕 四三
助産婦とあふ元日の霧の中 〔青〕 四三
元日の水のぞきゐる尉鶲 〔白〕 七一
人待ちてゐる元日の夜空かな 〔山〕 九三
喧嘩して泣いて元日暮れゆけり 〔師〕 一四三
元日の山脈越ゆる凧の張り 〔師〕 一五〇
［元朝］
元旦の街を出てゆく貨車の馬 〔藁〕 二三

歳旦の明星にまづ額づけり　［師］　一五〇

［三日］

ちりぢりに子が去り雪となる三日　［山］　八二

三日はや子の忘れゆく腕時計　［盆］　一一一

飲食の火のとぼとぼと三日暮る　［草］　一一九

引き潮のごとく子等去る三日かな　［師］　一四三

［四日］

うたた寝の覚めて四日の鴨のこゑ　［草］　一一七

［女正月］

米櫃の柿をほりだす女正月　［山］　七九

天文

［初空］

残る灯のまだきらめきて初御空　［山］　九三

初御空師の下駄音につきゆけり　［草］　一一七

［淑気］

淑気満つ笛方の膝揃ひをり　［師］　一四一

地理

［初白根］

初白根風ごうごうと星を吹く　［山］　九三

初白根百歩すすめば隠れけり　［盆］　一〇〇

生活

［春着］

樹に岩に礼して行くよ春着の子　［白］　五七

［切山椒］

口にせしことを大事に切山椒　［山］　九二

［屠蘇］

正面になだらかな山屠蘇を酌む　［草］　一二九

［福沸］

福沸真白き泡をはねあぐる　［草］　一三二

［年の餅］

餅三切れ父がぺろりと朝日さす　［山］　八八

［注連飾］

注連飾留守居の鸚哥よくこたへ　［師］　一四三

［飾臼］

雪山にむかひて据ゑる飾臼　［山］　七九

［松納］

日の暮のとろりと伸びし松納め　［盆］　一〇二

［鳥総松］

風はたと絶えし月夜の鳥総松　［山］　八二

［鏡開］

松山の風鏡餅割りに来る　［藁］　三二一

可も不可もなく生きて割る鏡餅 [山] 九三
[初湯]
初湯出て山の茜と向きあひぬ [山] 九三
[初便り]
名前なき賀状三通届きけり [草] 一三一
[読初]
読初の辞典の裏に子の名前 [師] 一四一
[初旅]
初旅や鯔待櫓まづ見あげ [師] 一四七
[新年会]
榾燃して刻待つ新年互礼会 [草] 一二五
[初句会]
誰も富士詠まむと黙す初句会 [盆] 一一一
[仕事始]
雪はげし仕事始めの印を捺す [山] 八七
[樵初]
くさむらに闇たまりゐる斧始 [白] 六九
[独楽]
勝独楽のまだ余力あるひかりかな [師] 一五三

行事

[若水]
一睡のあと暁闇の若井汲む [草] 一二九
[弓始]
笛籐のよく撓ひたる弓始 [師] 一四七
[成人の日]
八方の嶺吹雪きをり成人祭 [藁] 三一
粉雪舞ふ成人の日の記念樹へ [青] 四三
[達磨市]
目を入れし達磨の顔に粥の湯気 [盆] 一〇二
[成木責]
責めし木の皮はじけとぶ雪の上 [山] 七九
[田遊]
田遊の紅つけて酔ふ男衆 [山] 七九
[左義長]
対岸と火の丈競ふどんどかな [草] 一二一
どんどの火跳ねてふるさと逃げもせず [草] 一二五
ひた走る川音に揺れどんどの火 [師] 一四三
[初詣]
橋越ゆるたびに明けきし初詣 [山] 八二
根付鈴音たててをり初詣 [師] 一三九

氏神にわが名を記す初詣　［師］一五〇
［恵方詣］
橋二つ越えて日のさす恵方道　［師］一四一

動物

［伊勢海老］
木屑より出て伊勢海老の髭うごく　［山］九一
［嫁が君］
嫁が君天守閣より下り来しか　［草］一二七
そつ気なく尾を覗かせて嫁が君　［師］一四四

植物

［楪］
楪の群生の島今日も雨　［草］一一三

雑

巨船きて木蔭の少女明るくす　［藁］一九
師の部落見ゆる日向のゆるみけり　［藁］二三
洗濯のかわく音する楠の家　［藁］二四
山中をすぎ菜の夕陽みてゐたり　［藁］二六
影ふかむ北限の田の観世音　［藁］二六

実にならぬ花鮮やかに背後の闇　［藁］二六
気短かき木曽山中の走り雨　［藁］三三
献血す腕の真横に白根嶽　［白］六九
牛蒡煮る祝事前夜の山の風　［山］七七
白樺の木蔭の風を讃へあふ　［山］八三
あだし野の石仏どれも目鼻なし　［盆］一一〇

福田甲子雄全句集

二〇一八年一〇月一日第一刷
定価＝本体三五〇〇円＋税
●著者――福田甲子雄
●編者――『福田甲子雄全句集』刊行委員会
●発行者――山岡喜美子
●発行所――ふらんす堂
〒一八二―〇〇〇二 東京都調布市仙川町一―一五―三八―二F
TEL〇三・三三二六・九〇六一 FAX〇三・三三二六・六九一九
ホームページ http://furansudo.com/ E-mail info@furansudo.com
●装画――今村由男
●装幀――和 兎
●印刷――㈱渋谷文泉閣
●製本――㈱渋谷文泉閣
落丁・乱丁本はお取替えいたします。
ISBN978-4-7814-1101-9 C0092 ¥3500E